HEYNE <

W0251409

ALMA KATSU

THE HUNGER
DIE LETZTE REISE

ROMAN

Aus dem Amerikanischen übersetzt
von Michael Pfingstl

Mit einem Anhang über den historischen
Hintergrund von »THE HUNGER«

WILHELM HEYNE VERLAG
MÜNCHEN

Die amerikanische Originalausgabe erschien unter dem Titel
»The Hunger« bei Putnam, New York.

FSC
www.fsc.org
MIX
Papier aus verantwortungsvollen Quellen
FSC® C083411

Verlagsgruppe Random House FSC® N001967

Deutsche Erstausgabe 09/2018
Redaktion: Joern Rauser

Printed in the Czech Republic
Karte: Meighan Cavanaugh
Umschlaggestaltung: DAS ILLUSTRAT, München,
unter Verwendung eines Motivs von Slava Gerj/Shutterstock
Satz: Leingärtner, Nabburg
Druck und Bindung: CPI books GmbH, Leck

ISBN: 978-3-453-31927-1
www.heyne.de

Für meinen Mann, Bruce

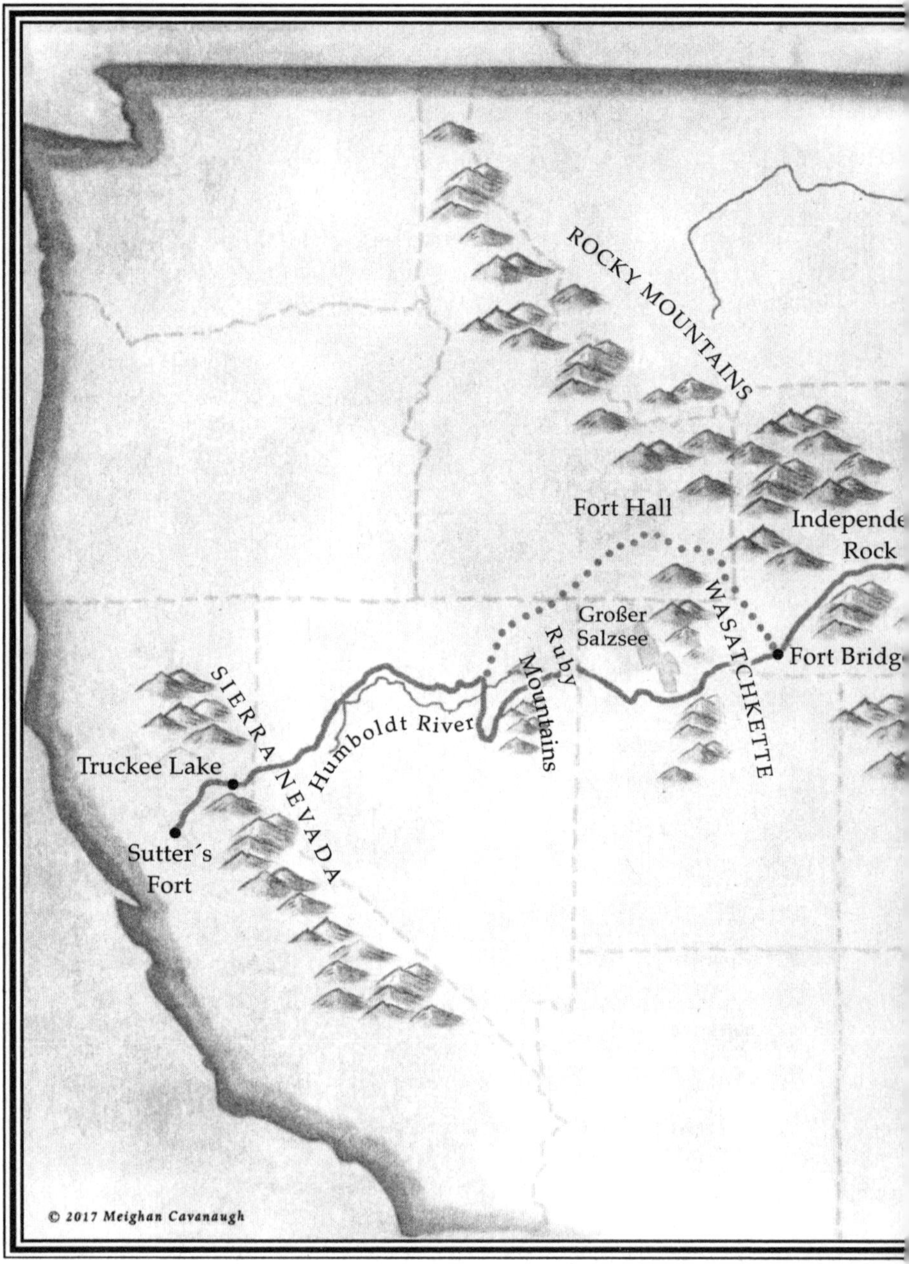
ROCKY MOUNTAINS
Fort Hall
Independe
Rock
WASATCHKETTE
Großer
Salzsee
Ruby
Mountains
Fort Bridg
SIERRA NEVADA
Humboldt River
Truckee Lake
Sutter´s
Fort
© 2017 Meighan Cavanaugh

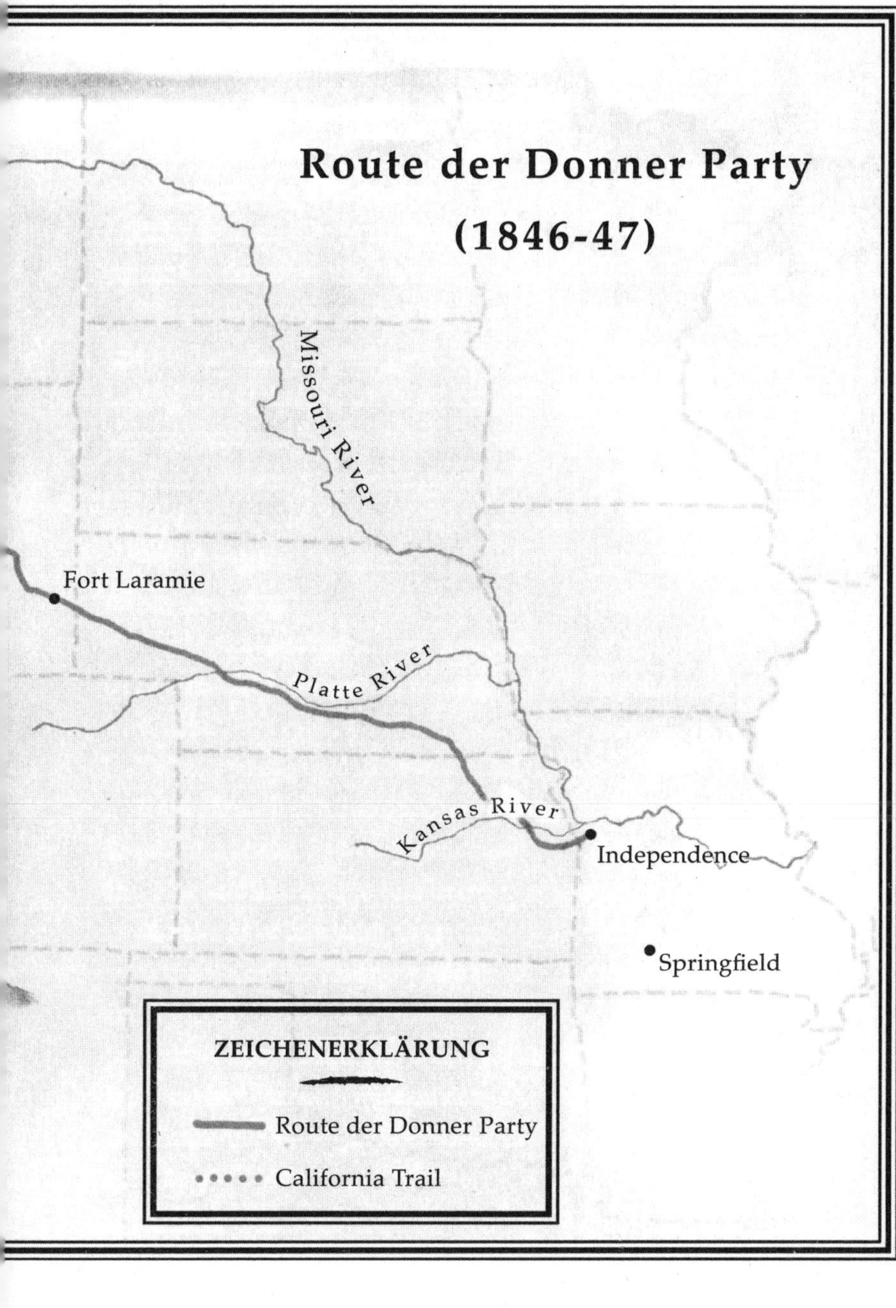
Route der Donner Party
(1846-47)
Missouri River
Fort Laramie
Platte River
Kansas River
Independence
Springfield
ZEICHENERKLÄRUNG
Route der Donner Party
California Trail

Prolog

April 1847

Es war ein harter Winter gewesen, das sagten alle, einer der schlimmsten überhaupt. So schlimm, dass manche Indianerstämme, Paiute und Miwok, aus den Bergen heruntergekommen waren. Es gab kein Wild zum Jagen, ihren Bewegungen wohnte ein ruheloser Hunger inne, die Lagerplätze, die sie zurückließen, waren kahl, voller schwarzer, geruchloser Feuerstellen, die wie dunkle Augen in den Himmel schauten.

Zwei Paiute behaupteten sogar, sie hätten einen verrückten Weißen gesehen, der diesen entsetzlichen Winter irgendwie überstanden hatte. Wie ein Geist sei er über den zugefrorenen See geschwebt.

Das musste er sein: Lewis Keseberg. Der letzte Überlebende der Donner-Party-Tragödie. Der Bergungstrupp war ausgesandt worden, um ihn zu finden und, wenn irgend möglich, lebend zurückzubringen.

Mitte April war es, und der Schnee reichte den Pferden bis zur Brust. Sie hatten sie bei einer Ranch zurückgelassen, den Rest der Strecke mussten sie zu Fuß bewältigen.

Vom Gipfel waren es noch drei Tage bis zum See – kalt und ausgesetzt und trostlos. Frühling bedeutete Matsch, eine ganze Menge davon, aber hier oben herrschte immer noch Winter, der Boden lag unter einer dicken Schicht Weiß verborgen. Es war tückisch, dieses Weiß: Darunter versteckten sich Spalten und steile Abrisskanten. Der Schnee hatte

Geheimnisse. Man glaubte, man befände sich auf festem Grund, doch es war nur eine Frage der Zeit, bis er einem unter den Füßen wegbröckelte.

Der Abstieg war viel schwieriger als erwartet, der Schnee gab nach, nass und rutschig, beseelt von einem übergroßen Verlangen, die ganze Gruppe einfach zu verschlingen.

Je näher sie dem See kamen, desto dunkler wurde es. Die Bäume waren so hoch, dass sie die Berggipfel genauso verdeckten wie die Sonne. Aufgrund der Schäden an den Bäumen konnte man sehen, wie unfassbar viel es geschneit hatte: abgebrochene Äste und abgekratzte Rinde bis in eine Höhe von vier und noch mehr Metern. Und es war gespenstisch still. Nicht ein einziges Geräusch, kein Zwitschern, kein Plätschern, wenn eine Gans auf dem Wasser landete. Nur das Stampfen ihrer Füße und der angestrengte Atem, ab und zu das Knistern von schmelzendem Schnee.

Das Erstc, was auffiel, als ihnen der Nebel über dem See entgegenstieg, war der Geruch: Der ganze Ort roch nach Aas. Der durchdringende Gestank verrottenden Fleisches vermischte sich mit dem harzigen Duft der Kiefern und machte die Luft schwer. Der Geruch von Blut, dieser Geschmack von Eisen schien von überall herzukommen, aus dem Boden, aus dem Wasser und vom Himmel.

Ihnen war gesagt worden, die Überlebenden hausten in einer großen verlassenen Hütte und zwei kleineren mit Schrägdach, von denen eine an einen großen Felsen gebaut war. Sie folgten dem Ufer des Sees, dessen Wasser sich unter dem Nebel träge kräuselte, und hatten die Hütte bald gefunden. Sie stand mutterseelenallein auf einer kleinen Lichtung, eindeutig verlassen. Trotzdem wurden sie das Gefühl nicht los, dass sie nicht allein waren. Dass drinnen jemand auf sie wartete, ein Geschöpf wie aus einem Schauermärchen.

Das mulmige Gefühl schien sich durch die gesamte Gruppe zu fressen, der unnatürliche Geruch in der Luft machte alle nervös. Ganz langsam gingen sie auf die Hütte zu, die Gewehre im Anschlag.

Mehrere Dinge lagen im Schnee: ein kleines Gebetbuch, das Lesebändchen flatterte in der Brise.

Zähne.

Etwas, das aussah wie der Wirbelknochen eines Menschen, blank genagt.

Das mulmige Gefühl war nun ganz deutlich spürbar und drückte von innen gegen den Schädel. Einige weigerten sich, auch nur einen einzigen Schritt weiterzugehen. Die Eingangstür befand sich jetzt direkt vor ihnen, neben dem Rahmen lehnte eine Axt.

Die Tür schwang von allein auf.

Erster Teil
Juni 1846

1

Für Charles Stanton gab es nichts Besseres als eine ordentliche, glatte Rasur.

Er stand vor dem Spiegel, den er an die Seite von James Reeds Wagen gehängt hatte. In jeder Richtung erstreckte sich die Prärie wie eine endlose Decke, in der gelegentlich der Wind spielte: Meile um Meile unberührten Büffelgrases, nur unterbrochen von der roten Spitze des Chimney Rock, der wie ein Wachposten in der Ferne aufragte. Wenn Stanton die Augen zusammenkniff, wirkten die Wagen wie Kinderspielzeug, das im endlosen Gras verstreut lag – klein, unwichtig und bedeutungslos.

Er wandte sich dem Spiegel zu und setzte die Klinge an. Eine Lieblingsredensart seines Großvaters fiel ihm ein: *Ein schlechter Mann versteckt sich hinter einem Bart wie Luzifer.* Stanton kannte Männer, die sich mit einem scharfen Jagdmesser zufriedengaben, manche benutzten sogar eine Axt, aber für ihn musste es ein gerades Rasiermesser sein. Die Kälte des Stahls an seinem Hals schreckte ihn nicht. Er mochte sie sogar.

»Eigentlich hätte ich Sie nicht für eitel gehalten, Charles Stanton«, kam eine Stimme von hinten, »aber wenn ich es nicht besser wüsste, würde ich sagen, dass Sie sich gerade im Spiegel bewundern.« Edwin Bryant kam mit einer Blechtasse voll Kaffee heran. Sein Lächeln verblasste. »Sie bluten.«

Stantons Blick wanderte zu dem Rasiermesser. Die Klinge war rot. Im Spiegel sah er einen blutigen Strich auf seinem Hals, fünf Zentimeter lang und klaffend, genau an der Stelle, wo die Klinge gewesen war. Sie war so scharf, dass er nicht das Geringste gespürt hatte. Er riss das Handtuch von seiner Schulter und presste es auf die Wunde. »Ich muss abgerutscht sein.«

»Setzen Sie sich«, erwiderte Bryant. »Lassen Sie mich mal sehen. Mit Medizin kenne ich mich ein bisschen aus, wie Sie wissen.«

Stanton wich zurück. »Mir fehlt nichts. Ein kleines Missgeschick, nichts weiter.« Genau das war, zusammengefasst, diese ganze verfluchte Reise: ein »Missgeschick« nach dem anderen.

Bryant zuckte die Achseln. »Wenn Sie meinen. Wölfe wittern das Blut aus zwei Meilen Entfernung.«

»Wie kann ich Ihnen helfen?«, fragte Stanton. Er wusste, Bryant war nicht den ganzen Weg von der Spitze des Trosses herübergekommen, bloß um zu reden. Nicht, wenn sie sich eigentlich fertig machen sollten. Um sie herum tobte das übliche allmorgendliche Chaos: Die Fahrer trieben die Ochsen zusammen, und der Boden erzitterte unter dem Gewicht der Tiere. Männer bauten ihre Zelte ab und luden sie auf die Wagen, oder sie löschten das Lagerfeuer mit Sand. Die Luft war vom Geschrei der Kinder erfüllt, die das Wasch- und Trinkwasser in Eimern herbeiholten.

Stanton kannte Bryant noch nicht lange, aber die beiden hatten sich schnell angefreundet. Die Gruppe, mit der Stanton zuvor gereist war – ein kleiner Wagentreck aus Illinois, hauptsächlich aus den Familien Donner und Reed bestehend –, hatte sich vor Kurzem in der Nähe von Independence mit einem größeren Treck vereinigt, der von dem pensionierten

Offizier William Russell angeführt wurde. Edwin Bryant war einer der Ersten aus der Russell-Gruppe gewesen, die sich vorstellten, und er schien Stantons Gesellschaft zu suchen; vielleicht weil sie beide allein reisten - inmitten all der Familien.

Äußerlich gesehen, war Bryant Stantons genaues Gegenteil. Stanton war groß, eine imposante Erscheinung, ohne es darauf anzulegen. Sein ganzes Leben lang schon bekam er Komplimente wegen seines Aussehens, das er wohl von seiner Mutter geerbt hatte. Er hatte das gleiche wellige, dunkelbraune Haar und die gleichen gefühlvollen Augen.

Dein Aussehen ist ein Geschenk des Teufels, Junge. Du verleitest andere zur Sünde. Das war noch so ein Ausspruch seines Großvaters gewesen. Einmal hatte er Stanton mit der Gürtelschnalle mitten ins Gesicht geschlagen, vielleicht um den Teufel auszutreiben, den er darin sah. Es war vergeblich. Stanton behielt alle seine Zähne, die Nase heilte wieder, und die Narbe auf seiner Stirn war inzwischen verschwunden. Der Teufel war, soweit Stanton wusste, immer noch in ihm.

Edwin Bryant mochte zehn Jahre älter sein als er. Die Jahre als Zeitungsjournalist hatten ihn weicher gemacht, als die meisten anderen Männer im Treck es waren - Farmer, Tischler und Schmiede, Männer, die ihren Lebensunterhalt mit harter körperlicher Arbeit verdienten. Er hatte schlechte Augen und trug fast ständig eine Brille. Sein Haar war immer zerzaust, als wären seine Gedanken regelmäßig woanders. Trotzdem war er ohne Zweifel klug, wahrscheinlich sogar der Klügste von allen hier. Ein paar Jahre hatte er bei einem Arzt gelernt, damals, als er noch jung war, wollte sich aber nicht in die Rolle des Lagerarztes pressen lassen.

»Sehen Sie sich das an.« Bryant trat nach einem Büschel Grau, eine kleine Staubwolke flog auf. »Ist es Ihnen auch aufgefallen? Das Gras ist ungewöhnlich trocken für diese Jahreszeit.«

Sie waren seit Tagen in dieser Ebene unterwegs, der Horizont bildete eine lange flache Linie aus hohem Präriegras und Gestrüpp. In der Ferne erhoben sich goldbraune und rotgelbe Hügel, manche wie knorrige Finger direkt gen Himmel gereckt. Stanton ging in die Hocke und riss ein paar Halme aus. Sie waren kurz, keinen Fuß lang, und schon zu einem stumpfen Grünbraun verblasst. »Sieht so aus, als hätte es hier vor nicht allzu langer Zeit eine Dürre gegeben«, erwiderte er. Stanton stand auf, klopfte sich den Staub von den Händen und blickte hinaus in den violetten Dunst am Horizont. Das Land vor ihnen schien endlos.

»Dabei haben wir die Ebenen gerade erst betreten«, merkte Bryant an.

Es war klar, worauf er hinauswollte: Möglicherweise gab es unterwegs nicht genug Gras für die Ochsen und das restliche Schlachtvieh. Gras, Wasser, Holz: die drei Dinge, auf die jeder Treck dringend angewiesen war. »Die Bedingungen sind schlechter, als wir gedacht hatten, und wir haben noch einen langen Weg vor uns. Sehen Sie den Höhenzug dort in der Ferne? Das ist erst der Anfang, Charles. Dahinter kommen *richtige* Berge - Wüste, Prärie und Flüsse, breiter und tiefer als alles, was wir bisher durchqueren mussten. Bis zum Pazifik haben wir noch einiges vor uns.«

Stanton kannte die Litanei. Seit sie vor zwei Tagen an der Trapperhütte bei Ash Hollow vorbeigekommen waren, redete Bryant von kaum etwas anderem. Die verlassene Hütte diente inzwischen als eine Art Vorposten. Viele, die in die dahinterliegenden Ebenen weiterfuhren, ließen dort Briefe zurück in der Hoffnung, dass der Nächste, der von Ash Hollow nach Osten unterwegs war, sie zu einem Postamt mitnahm.

Die meisten dieser Briefe waren nicht mehr als ein gefaltetes Stück Papier, mit einem Stein beschwert.

Beim Anblick der Briefe hatte Stanton einen eigenartigen Trost verspürt. Sie waren wie ein Beweis für die Freiheitsliebe der Menschen, für ihren Wunsch, ihre Lebenssituation zu verbessern, gleichgültig wie hoch das Risiko sein mochte. Bryant hingegen erschien inzwischen ganz aufgeregt. *Sehen Sie sich doch all diese Briefe an. Das müssen Dutzende sein, vielleicht sogar mehr als hundert. Die Siedler, die sie geschrieben haben, sind alle vor uns auf dem Trail. Wir gehören zu den Letzten, die sich dieses Jahr auf den Weg machen, und Sie wissen, was das bedeutet, nicht wahr?*, hatte er Stanton gefragt. *Wir sind vielleicht zu spät dran. Wenn der Winter kommt, macht der Schnee die Gebirgspässe unpassierbar, und in diesen Höhen kommt der Winter früh.*

»Geduld, Edwin«, erwiderte Stanton. »Wir sind doch gerade erst von Independence aufgebro…«

»Und trotzdem haben wir schon Mitte Juni. Wir kommen zu langsam voran.«

Stanton legte das Handtuch zurück auf seine Schulter und sah sich um: Die Sonne war schon vor Stunden aufgegangen, und trotzdem war das Lager noch immer nicht abgebrochen. Überall saßen die Familien noch um die herunterbrennenden Kochfeuer und beendeten ihr Frühstück. Mütter mit Babys auf den Armen tauschten den jüngsten Klatsch aus. Ein Junge spielte mit seinem Hund, statt die Ochsen vom Grasen zu holen.

»Wer könnte ihnen an einem so schönen Morgen das Trödeln schon verübeln?«, sagte er leichthin. Nach vielen Wochen auf dem Trail hatte es niemand eilig, den nächsten Tag zu beginnen. Die Hälfte der Männer hatte es ohnehin nur dann eilig, wenn es darum ging, das nächste Fass Bier oder

Schnaps aufzumachen. »Wenn, dann müssen Sie mit Russell sprechen.«

Bryant runzelte die Stirn und stellte seine Kaffeetasse ab. »Ich habe schon mit ihm gesprochen. Er ist der gleichen Meinung, trotzdem unternimmt er nichts. Kann niemandem was abschlagen. Anfang der Woche – Sie erinnern sich – hat er den Männern eine Büffeljagd erlaubt. Danach haben wir zwei Tage Pause gemacht, um das Fleisch zu räuchern und zu trocknen.«

»Vielleicht werden wir später noch dankbar sein für das Fleisch.«

»Ich garantiere Ihnen, dass wir unterwegs noch mehr Büffeln begegnen werden. Aber die verlorenen Tage holen wir nicht mehr auf.«

Stanton sah ein, dass Bryant recht hatte. Er wollte nicht mit ihm streiten. »Gut. Heute Abend gehe ich mit Ihnen zu Russell, und wir sprechen gemeinsam mit ihm. Wir zeigen ihm, dass wir es ernst meinen.«

Bryant schüttelte den Kopf. »Ich habe das Warten satt. Ich bin hier, weil ich Ihnen sagen möchte, dass ich den Treck verlassen werde. Ich und ein paar andere, wir reiten mit unseren Pferden voraus. Die Wagen sind zu langsam. Die Familienväter ... ich verstehe ja, dass sie ihre Wagen brauchen. Sie haben kleine Kinder, Alte und Kranke dabei. Sie müssen auf ihr Hab und Gut aufpassen. Ich nehme es ihnen nicht übel, aber ich lasse mich auch nicht zu ihrer Geisel machen.«

Stanton dachte an seinen eigenen Wagen und die beiden Ochsen. Die Ausstattung hatte ihn beinahe das gesamte Geld gekostet, das er mit dem Verkauf seines Ladens verdient hatte. »Ich verstehe.«

Bryants Augen blitzten hinter den Brillengläsern. »Der Reiter, der sich uns gestern Abend angeschlossen hat, sagte, dass sich die Washoe immer noch südlich ihres gewöhnlichen Weidelandes aufhalten, etwa zwei Wochen westlich von hier. Ich darf sie nicht verpassen.« Bryant hielt sich für eine Art Menschenkundler. Angeblich schrieb er ein Buch über den Glauben und die Geisterwelt verschiedener Indianerstämme. Er konnte stundenlang von ihren Legenden erzählen - von sprechenden Tieren, verschlagenen Göttern, Geistern, die in der Erde, dem Wind und dem Wasser lebten. Dabei wurde er oft so leidenschaftlich, dass er manchen Siedlern bereits verdächtig vorkam. Stanton mochte Bryants Geschichten, gleichzeitig wusste er, wie erschreckend sie in den Ohren eines Christen klingen mussten, der nur die Bibel kannte und sonst nichts; für Menschen, die einfach nicht nachvollziehen konnten, was einen Weißen an der Religion der Eingeborenen faszinierte.

»Ich weiß, diese Menschen hier sind Ihre Freunde, aber«, fuhr Bryant fort - wenn er einmal in Fahrt war, konnte er nur schwer von einem Thema ablassen - »wie um Himmels willen kommen die Leute denn auf die Idee, sie könnten ihren gesamten Hausstand mit nach Kalifornien nehmen?«

Stanton konnte sich ein Lächeln nicht verkneifen. Er wusste, was Bryant meinte: George Donners riesenhafte Sonderanfertigung von einem Planwagen. Als er noch in Bau war, war er das Stadtgespräch von Springfield gewesen, und jetzt war er das Gespräch der Siedler. Der Wagen war ein ganzes Stück höher als die anderen, drinnen war Platz für eine Sitzbank und sogar für einen kleinen Ofen, dessen Kamin durch das Stoffdach ragte.

Bryant nickte in Richtung von Donners Wagen. »Ich meine, wie wollen sie denn bloß mit diesem Ding über die Berge kommen? Das ist ein Behemoth. Nicht einmal vier Ochsen können diesen Koloss die Steigungen dort hinaufziehen. Und wozu das Ganze? Damit Königin Saba es schön bequem hat.« In der kurzen Zeit, seitdem die beiden Gruppen sich vereinigt hatten, hatte Bryant eine herzliche Abneigung gegen Tamsen Donner entwickelt, so viel war klar. »Haben Sie einmal das Innere gesehen? Da sieht es wie in Kleopatras Vergnügungsbarke aus, mit Federbetten, Seidenkissen und ... einfach allem.«

Stanton grinste innerlich. Die Donners schliefen nicht in ihrem Wagen, denn der war bis oben hin voll mit Haushaltsgütern – und dazu gehörte nun mal Bettzeug, wie bei allen anderen auch. Bryant hatte einen Hang zur Übertreibung.

»Ich hatte George Donner für einen klugen Mann gehalten. Anscheinend habe ich mich getäuscht.«

»Wollen Sie ihm verübeln, dass er seine Frau glücklich machen möchte?«, fragte Stanton. Er hätte George Donner gerne seinen Freund genannt, aber das war unmöglich. Donner kannte die falschen Leute.

Was alles noch schlimmer machte, war, dass er kaum den Blick von Donners Frau losreißen konnte. Tamsen Donner war gute zwanzig Jahre jünger als ihr Mann und betörend schön, wahrscheinlich sogar die schönste Frau, die Stanton je gesehen hatte. Sie war wie eine dieser Porzellanpuppen in den Schaufenstern der Damenschneider, an denen man die neueste Mode aus Frankreich in Miniaturversion bewundern konnte. Eine gewisse Gerissenheit lag in ihrem Blick, die Stanton magisch anzog, und ihre Taille war so schmal, dass ein Mann sie mit zwei Händen umspannen konnte. Mehrere Male hatte er sich dabei ertappt, wie er sich vorstellte, wie diese Taille sich in *seinen* Händen anfühlen würde. Wie es George Donner gelungen war, eine solche Frau zu erobern, war Stanton ein Rätsel. Sein Geld dürfte eine Rolle gespielt haben, vermutete er.

»Wie gesagt, ich breche morgen mit den anderen auf«, sagte Bryant nun etwas leiser. »Möchten Sie sich uns anschließen? Sie sind ungebunden, haben keine Familie, für die Sie sorgen müssen. Würden Sie mitkommen, wären Sie ... viel schneller dort, wo immer Sie hinmöchten.«

Bryant klopfte ihn also wieder einmal ab in dem Versuch herauszufinden, warum Stanton den langen Weg nach Westen auf sich nahm. Die meisten sprachen nur zu gerne über ihre Gründe. Bryant wusste, dass Stanton in Springfield eine Kurzwarenhandlung und ein Haus gehabt hatte, aber Stanton hatte ihm nicht verraten – genauso wenig wie allen anderen –, *warum* er all das eigentlich zurückließ. Sein Partner, derjenige mit dem Geschäftssinn, war überraschend gestorben, sodass Stanton sich allein um alles hatte kümmern müssen. Er hatte zwar den nötigen Grips dazu, aber nicht die Nerven: sich ständig um die Kunden kümmern, das ständige Feilschen um die Preise. Versuchen, seine Regale mit Dingen zu füllen, die Menschen, die Stanton kaum kannte und noch viel weniger verstand, gefallen könnten. Exotische Duftwasser vielleicht, oder lieber bunte Seidentücher? Es war eine einsame Zeit gewesen und sicher mit ein Grund, warum er Springfield den Rücken gekehrt hatte.

Aber nicht der einzige.

Er beschloss, die versteckte Frage einfach zu ignorieren. »Und was mache ich mit meinem Wagen und den Ochsen? Ich kann sie doch schlecht hier stehen lassen.«

»Müssen Sie auch nicht. Ich bin sicher, jemand würde sie Ihnen abkaufen. Oder Sie bezahlen einen der Fahrer, damit er dafür sorgt, dass Ihr Wagen es sicher bis nach Kalifornien schafft.«

»Ich weiß nicht.« Im Gegensatz zu Bryant machte es Stanton nichts aus, gemeinsam mit all den Familien zu reisen. Er hatte nichts gegen das Geschrei der Kinder oder gegen das helle Geschnatter der Frauen. Aber da gab es noch etwas anderes. »Geben Sie mir ein wenig Zeit, darüber nachzudenken.«

Eine Staubwolke kündigte einen Reiter an, er hielt im Galopp auf sie zu. George Donner. Zu seinen Aufgaben gehörte es, in der Früh dafür zu sorgen, dass sie loskamen. Normalerweise verrichtete er diese Aufgabe gut gelaunt, forderte die Leute mit einem Lachen auf, das Lager abzubrechen und die Ochsen einzuspannen, aber diesmal war seine Miene düster.

Stanton grüßte ihn kurz. Es konnte also endlich losgehen. »Ich wollte gerade ...«, begann er, aber Donner schnitt ihm das Wort ab.

»Wir brechen noch nicht sofort auf«, sagte er finster. »Weiter vorn gab es ein Missgeschick.«

Stanton spürte eine böse Ahnung in sich aufsteigen, doch er schluckte sie hinunter.

Bryant blickte auf. »Soll ich meinen Arztkoffer holen?«

Donner rutschte im Sattel hin und her. »Nicht diese Art von Missgeschick. Ein Junge wird vermisst. Er war nicht im Zelt, als seine Eltern ihn wecken wollten.«

Stanton war sogleich erleichtert. »Kinder entfernen sich eben manchmal ein Stück vom Tross ...«

»Wenn wir unterwegs sind, ja, aber nicht nachts. Seine Eltern werden hierbleiben und nach ihm suchen. Ein paar andere bleiben ebenfalls und helfen ihnen.«

»Brauchen Sie noch mehr Freiwillige?«

Donner schüttelte den Kopf. »Wir haben schon mehr als genug. Sobald sie ihre Wagen vom Trail gezogen haben, fährt der Rest los. Haltet die Augen nach dem Jungen offen. So Gott will, taucht er bald wieder auf.«

Donner ritt wieder davon, unter den Hufschlägen seines

Pferdes spritzte trockene Erde auf. Wenn sich der Junge tatsächlich nachts vom Lager entfernt haben sollte, war es unwahrscheinlich, dass seine Eltern ihn jemals wiedersahen. In dieser Weite, in dieser unerbittlichen Leere, die sich in alle Richtungen erstreckte, konnte ein Kind einfach verschluckt werden - von diesem unendlichen Horizont, dem selbst die Sonne nicht zu entrinnen vermochte.

Stanton zögerte. Vielleicht sollte er sich der Suche anschließen. Zwei Augen mehr konnten nicht schaden. Er legte sich eine Hand auf den Hals und überlegte, sein Pferd zu satteln. Als er die Hand wegzog, war sie rot. Er blutete wieder.

2

Die Karawane erstreckte sich vor Tamsen Donner über die Ebene soweit ihr Auge reichte. Wer auch immer sich das Wort »Prärieschoner« hatte einfallen lassen, war ein Genie, denn die Dächer aus Baumwolltuch, strahlend weiß unter der morgendlichen Sonne, sahen exakt wie Segel aus. Die von den Wagenrädern aufgewirbelten Staubwolken konnte man beinahe für Wellenkämme halten, auf denen Schiffe durch ein endloses Wüstenmeer fuhren.

Die meisten Siedler ritten abseits des Trails auf ihren Pferden, um den Ochsen das zusätzliche Gewicht zu ersparen und sich selbst den Staub. Das Nutzvieh, Rinder, Ziegen und Schafe, trotteten ebenfalls nebenher durch das hohe Gras. Kinder trieben sie mit ihren Ruten an, und der Familienhund gab Acht, dass kein Nachzügler verloren ging.

Tamsen ging lieber zu Fuß, als zu reiten. So konnte sie besser nach Kräutern und Pflanzen Ausschau halten, die sie für ihre Arzneien brauchte: Schafgarbe gegen Fieber, Weidenrinde gegen Kopfschmerz. Sie führte Buch über alle Pflanzen, die sie fand. Auch von denen, die sie nicht kannte, nahm sie ein paar mit, um sie zu untersuchen und damit zu experimentieren.

Außerdem hatten die Männer so mehr Gelegenheit, ihre Figur zu bewundern. Wozu sein Aussehen verschwenden, wenn man so aussah wie sie?

Aber es gab noch einen Grund: Wenn Tamsen den ganzen

Tag im Wagen eingesperrt war, regte sich wieder diese nagende, ruhelose Unzufriedenheit in ihr. Wie ein gefangenes Tier, genau wie zu Hause. Hier draußen konnte das Tier – dieses *Unglücksgefühl* – frei umherstreifen, während Tamsen Platz zum Atmen und Nachdenken hatte.

An diesem Morgen sollte sie ihre Entscheidung allerdings schon bald bereuen – Betsy Donner, die Frau von Georges jüngerem Bruder, Jacob, kam in ihre Richtung geeilt. Sie hatte nicht direkt eine *Abneigung* gegen Betsy, sie mochte sie nur einfach nicht. Betsy war so schlicht wie eine Vierzehnjährige und kein bisschen wie die Frauen, die Tamsen vor ihrer Hochzeit mit George in Carolina gekannt hatte: die anderen Lehrerinnen, vor allem Isabel Topp – und Isabels Hausmädchen Hattie, die Tamsen all die Heilkräuter gezeigt hatte – oder auch die Frau des Pfarrers, die Latein beherrschte. Tamsen vermisste sie alle.

Das war das größte Problem. Sie waren jetzt seit eineinhalb Monaten unterwegs, doch Tamsen war immer noch unruhig. Sie hatte sich vorgestellt, sich umso freier zu fühlen, je weiter sie nach Westen kamen. Mit diesem Gefühl des Gefangenseins hatte sie nicht gerechnet. Während der ersten Wochen hatte es immer Ablenkung gegeben: das vollkommen neue Leben in einem Planwagen und die Nächte unter dem Sternenhimmel – und dann, die Kinder Tag für Tag auf dem endlosen Trail beschäftigen und neue Spiele erfinden und aus den Spielen Unterrichtsstunden machen zu müssen. Es hatte wie ein Abenteuer begonnen, doch jetzt konnte Tamsen nur noch daran denken, wie langweilig das alles war und wie viel die Familie verloren hatte.

Wie viel *Tamsen* verloren hatte.

Wie das dunkle, nagende Verlangen in ihr mit jeder Meile stärker wurde statt schwächer.

Sie war von Anfang an dagegen gewesen, nach Westen zu gehen, doch George hatte ihr klargemacht, dass er allein über die wirtschaftliche Zukunft der Familie zu entscheiden hatte. Als Besitzer eines großen Landwirtschaftsbetriebes, Hunderten von Morgen Ackerfläche und einer Rinderherde war er an sie herangetreten. *Ich bin zum Erfolg geboren. Überlass mir die Geschäfte, dann wirst du nie Mangel leiden*, hatte er ihr versprochen. Seine Zuversicht hatte etwas Gewinnendes gehabt. Seit ihr erster Mann an den Pocken gestorben war, war Tamsen allein gewesen. Sie hatte das ständige Kämpfen sattgehabt und geglaubt, sie würde schon noch lernen, George zu lieben.

Sie musste. Es war die einzige Möglichkeit, die Verkehrtheit in ihrem Herzen auszulöschen, diese Gebrochenheit.

Und außerdem: Was auch immer geschah, sie wusste, auf Jory war Verlass. Ihr Bruder hatte George für den Richtigen gehalten, und Tamsen war geneigt gewesen, ihm zu glauben. Hatte sich dazu gezwungen.

Dann kam George mit der Idee, nach Kalifornien zu gehen. *Dort liegt das Land der unbegrenzten Möglichkeiten*, sagte er, nachdem er Bücher von Siedlern gelesen hatte, die die Reise gewagt hatten. *Wir werden reich sein, reicher als in unseren kühnsten Träumen. Wir könnten Tausende Morgen Land kaufen, viel mehr als hier in Illinois. Wir werden unser eigenes Imperium aufbauen und es an unsere Kinder vererben.* Seinen Bruder Jacob überzeugte er, ebenfalls mitzukommen und ein großes Stück Land zu erwerben. Als Tamsen ihn nach den Gerüchten fragte, die sie gehört hatte – lebten in Kalifornien nicht schon die Mexikaner? Wie freiwillig würden die ihr Land wohl hergeben? Und was war mit dem Gerede von einem baldigen Krieg mit Mexiko, wie es einen in Texas gegeben hatte? –, da winkte George nur ab. *Die Leute übersie-*

deln scharenweise nach Kalifornien, entgegnete er. *Das würde die Regierung gar nicht zulassen, wenn es dort nicht sicher wäre.* Er zog sogar sein Lieblingsbuch hervor, *Der Auswandererführer für Oregon und Kalifornien*, geschrieben von Lansford Warren Hastings, einem Rechtsanwalt, der die Reise bereits gemacht hatte. Tamsen hätte noch viele weitere Fragen gehabt, gleichzeitig wollte sie genauso hoffen wie George ... hoffen, dass vielleicht *tatsächlich* alles besser würde in Kalifornien.

Und nun war sie gefangen auf diesem endlosen Trail, umgeben von den Menschen, mit denen sie am wenigsten anfangen konnte: der Verwandtschaft ihres Mannes.

»Guten Morgen, Betsy«, begrüßte sie ihre Schwägerin mit einem gezwungenen Lächeln. Als Frau musste man immer lächeln; Tamsen beherrschte es so gut, dass sie manchmal selbst darüber erschrak.

»Guten Morgen, Tamsen.« Betsy war eine kräftige Frau mit breiten Schultern und Hüften und Speck um die Taille, gegen den jedes Korsett machtlos war. »Hast du schon gehört? Weiter vorne wird ein Junge vermisst.«

Tamsen war nicht überrascht von dieser Nachricht. Schon die ganze Zeit widerfuhr dem Tross ein Unglück nach dem anderen. Vorzeichen, wenn man sie nur zu deuten wusste. Erst letzte Woche hatte Tamsen ein Fass mit Mehl aufgemacht. Es war von Rüsselkäfern befallen gewesen, sie hatte es wegwerfen müssen. Ein teurer Verlust. In der Nacht darauf hatte Philippine Keseberg, die junge Frau eines der weniger appetitlichen Männer im Tross, eine Totgeburt gehabt. Tamsen dachte mit einem Schaudern an Mrs. Kesebergs Klageschreie, die einfach nicht verhallen wollten, als hielte die Prärie sie fest.

Dann waren da noch die Wölfe, die ihnen folgten. Eine Familie hatte ihr gesamtes Trockenfleisch an sie verloren, sogar ein quiekendes neugeborenes Kalb hatten sie sich geholt.

Und jetzt wurde ein Junge vermisst.

»Die Wölfe«, antwortete Tamsen. Eigentlich hatte sie die beiden Vorfälle nicht miteinander in Verbindung setzen wollen, aber sie konnte nicht anders.

Betsy schlug sich eine Hand vor den Mund – eine ihrer vielen affektierten Angewohnheiten. »Aber es haben doch noch andere Kinder in dem Zelt geschlafen«, entgegnete sie. »Wären sie nicht wach geworden?«

»Wer weiß?«

Betsy schüttelte den Kopf. »Natürlich können es auch Indianer gewesen sein. Ich habe von Stämmen gehört, die weiße Siedlungen überfallen und die Kinder entführen ...«

»Um Himmels willen, Betsy, hast du auf den letzten zwanzig Meilen auch nur einen einzigen Indianer gesehen?«

»Aber was ist dann mit diesem Jungen passiert?«

Tamsen schüttelte nun ebenfalls den Kopf. Kindern – und Frauen – widerfuhren ständig schreckliche Dinge: in ihrem Zuhause, durch Menschen, die sie kannten, denen sie vertrauten. Und als ob das nicht schon schlimm genug wäre, waren sie hier von Hunderten vollkommen Fremden umgeben. Die Chancen, dass mindestens einer davon sich schrecklicher Sünden schuldig gemacht hatte, standen gut.

Tamsen hatte nicht vor, einer Tragödie zum Opfer zu fallen. Nicht, wenn sie etwas dagegen tun konnte. Sie hatte – wenn auch begrenzte – Mittel und Wege: Zauber, Talismane, einige Methoden, das Böse von der eigenen Türschwelle fernzuhalten.

Nur leider taugten diese Methoden nicht, das Böse in einem selbst auszutreiben.

Ein Mann, in dem Tamsen Charles Stanton erkannte, trieb mit einem Stock die Rinder zusammen. Er war jünger als George und sah aus wie jemand, der sein bisheriges Leben mit harter Feldarbeit verbracht hatte, nicht irgendwo in einem Laden. Stanton blickte auf, sah, wie Tamsen ihn anstarrte, und sie schaute eilig weg.

»Die Wahrheit ist oft viel schlimmer, als wir uns das vorstellen können«, erwiderte sie und genoss Betsys entsetzten Gesichtsausdruck.

»Wo sind deine Töchter überhaupt? Ich sehe nur drei«, fragte Betsy. Ihre Stimme klang plötzlich ganz aufgeregt.

Normalerweise ließ Tamsen ihre Töchter während der ersten Tageshälfte zu Fuß gehen. Sie hoffte, dass sie auf diese Weise schlank und gesund blieben. Im Mädchenalter konnte ihre Schönheit ihnen zwar gefährlich werden, aber sie war eine der wenigen Waffen, die einer Frau im Erwachsenenalter blieben. Tamsen wollte, dass ihre Töchter ihre Schönheit behielten, falls möglich. Die älteren, Elitha und Leanne, die aus Georges zweiter Ehe stammten, passten auf die jüngeren auf: Frances, Georgia und Eliza. Heute gingen nur Elitha und Leanne zu Fuß, während Frances wie ein verspieltes Fohlen um sie herumsprang, voller Energie und Freude darüber, ihre ungeteilte Aufmerksamkeit zu haben. Betsys sieben Söhne und Töchter waren ein Stück weiter vorn. Mit hängenden Köpfen schleppten sie sich wie hirnlose Ochsen dahin.

»Kein Grund zur Sorge. Georgia und Eliza sind im Wagen«, antwortete Tamsen. »Sie hatten heute früh Fieber. Ich hielt es für besser, wenn sie sich ausruhen.«

»O ja, ganz recht. Die Kleinen ermüden ja so leicht.«

Manchmal konnte Tamsen selbst kaum glauben, dass sie Mutter war. Dass sie schon lange genug mit George verheiratet war, um drei Kinder mit ihm in die Welt gesetzt zu haben, schien ihr unmöglich. Sie waren hübsch, ein Ebenbild ihrer selbst als Kind – Gott sei Dank. Elitha und Leanne hingegen kamen ganz nach ihrem Vater: grobschlächtiger Körperbau und längliche Gesichter. Wie bei einem Pferd.

Aber sie bereute es nicht. Mutter zu sein gehörte wahrscheinlich zu den wenigen Dingen, die Tamsen nicht bereute. Sie war stolz auf ihre Töchter, hatte ihnen als Babys Honig auf die Zunge getan, damit sie süß wurden; hatte ihnen geflochtene Balsamtannenzweige in die Bettdecken gesteckt, damit sie stark wurden. So hatte die indianische Dienerin es ihr beigebracht, als Tamsen selbst noch Kind gewesen war.

Sie würden immer wählen können, würden nie unter das Joch der Ehe kommen, wie es Tamsen nicht nur einmal passiert war, sondern zweimal.

Doch Tamsen hatte ihre Methoden, auf ihre Kosten zu kommen, wie mancher sagen würde.

Stanton fing ihren Blick ein zweites Mal auf. Betsy war zu ihren Kindern gegangen, und diesmal schaute Tamsen erst weg, als er es tat.

Sie streckte die Arme nach den Wildblumen und ließ ihre Finger über die Blüten gleiten. Einen Augenblick lang dachte sie an den Gelben Sonnenhut, der auf den weiten Weizenfeldern ihres Bruders Jory gedieh, unbezähmbar in seinem Überfluss. Sie wusste, ihr Zuhause lag vor ihr, nicht hinter ihr. Eigentlich sollte sie jede Erinnerung an Jorys Farm aus ihren Gedanken verbannen, so wie alle Gedanken an ihr altes Leben. Aber sie konnte es einfach noch nicht.

Die Blüten wogten und schaukelten unter ihrer Hand so zart, dass es beinah kitzelte.

3

Mary Graves kniete sich ins Gras und stellte den Waschzuber ans Flussufer. Der nördliche Platte River floss hier langsam und sanft, vielleicht lag es aber auch daran, dass der Sommer ihn bereits hatte schrumpfen lassen. Das Land ringsum zeigte alle Anzeichen einer bevorstehenden Dürre.

Sich um die Wäsche der Großfamilie zu kümmern war eine von Marys vielen Aufgaben. Sie waren insgesamt zu zwölft – ihre Eltern, fünf Schwestern und drei Brüder, nicht zu vergessen der Mann ihrer älteren Schwester Sarah. Das bedeutete eine Menge schmutziger Kleider und Laken, und Mary erledigte lieber jeden Abend einen kleinen Teil, als zu warten, bis sich die Wäsche türmte. Außerdem war es eine der wenigen Gelegenheiten, wo sie allein sein konnte. Den ganzen Tag über war sie von ihrer Familie umgeben, kümmerte sich um die jüngeren Geschwister, bereitete mit ihrer Mutter die Mahlzeiten zu, saß abends mit ihrer Schwester am Feuer und stopfte zerrissene Kleidung. Von dem Moment an, da sie morgens aufstand, bis sie sich wieder hinlegte, drangsalierten die anderen sie mit ihren Stimmen und Bedürfnissen, Geschichten und Beschwerden. Manchmal kam sich Mary vor, als stünde sie in einem Sturm, der sie mal hierhin, mal dorthin wehte. Selbst hier am Fluss hörte sie noch das raue Gelächter und das Geschrei aus dem Lager.

Oft verschwand sie von dort, um einfach nur dazustehen

und dem sanften Rascheln der Gräser in der Brise zu lauschen, doch heute machte ihr die Nähe all der anderen Menschen nicht so viel aus. Das Verschwinden des Jungen hatte alle erschreckt, selbst sie. Armer Willem Nystrom. Seine Familie gehörte zum ursprünglichen Russel-Treck, mit dem sie nur wenig zu tun hatten, deshalb hatte Mary den Jungen auch nur aus der Ferne gesehen. Er war ein süßes Kind gewesen, immer am Spielen und Lachen, sechs Jahre alt und so blond, dass sein Haar beinahe weiß war. Ihre Brüder, Jonathan und Franklin junior, waren in einem ähnlichen Alter. Bei dem Gedanken, einer der beiden könnte einfach verschwinden, setzte Marys Herz jedes Mal einen Schlag lang aus. Es war wie in einer dieser Schauergeschichten, in denen Kinder über Nacht ins Totenreich verschleppt wurden, entführt von zornigen Geistern.

Der Anblick der Lagerfeuer ein Stück entfernt tröstete sie. Die Männer trieben das Vieh zum Grasen und banden die Pferde an, damit sie nicht davonliefen, suchten Achsen und Wagenräder nach Anzeichen von Verschleiß ab, damit am nächsten Tag wieder alles bereit war. Kinder kamen zurück ins Lager, die Arme voller Zweige, Äste und Kleinholz für das Feuer. Als Mary zum Fluss ging, waren ihre kleinen Brüder gerade damit beschäftigt gewesen, ein Feld für eine Partie Fuchs und Gänse in den kahlen Boden zu ritzen. Kurz gesagt: Alle versuchten, die tägliche Routine aufrechtzuerhalten.

Sie hatte gerade begonnen, das erste Wäschestück zu schrubben - Williams Hemd, das ganz steif war vom Schweiß -, da sah sie Harriet Pike und Elitha Donner, ebenfalls mit Waschzubern unterm Arm, in ihre Richtung kommen. Mit einem Gefühl der Erleichterung, das sie selbst überraschte, winkte Mary den beiden zu.

»Guten Abend, Mary«, sagte Harriet steif. Sie waren im

gleichen Alter, kannten sich aber kaum. Mary fand, dass Harriet sich weit älter gab, als es für ihre zwanzig Jahre normal gewesen wäre; sie schrieb es der Tatsache zu, dass Harriet schon verheiratet war und Kinder hatte. Sie ausgerechnet mit Elitha Donner zu sehen, die sieben oder acht Jahre jünger war und sich sogar *noch* jünger benahm, war eigenartig.

»Ihr kommt gerade noch rechtzeitig«, erwiderte Mary möglichst fröhlich. »Es wird schnell dunkel.«

Harriet schaute Elitha lange von der Seite an, während sie die Wäsche sortierte. »Na ja, ich hab's mir nicht ausgesucht. Ich wollte heute keine Wäsche mehr machen, aber Elitha hat mich angefleht mitzukommen. Sie hatte zu viel Angst, um allein zu gehen.«

Elitha sagte nichts, während sie mit bis zu den Ohren hochgezogenen Schultern in dem seichten Wasser schrubbte. Sie war ein zappeliges, nervöses Mädchen. Wie ein schreckhaftes Pferd.

»Stimmt das, Elitha?«, fragte Mary. »Ist es wegen des verschwundenen Jungen? Dafür musst du dich nicht schämen. Ich glaube, deshalb sind alle ein wenig beunruhigt.«

Die Kleine schüttelte stumm den Kopf, also versuchte Mary es noch einmal. »Liegt es an den Indianern?« Mary selbst konnte es kaum erwarten, endlich welchen zu begegnen. An ihrem ersten Tag im Indianergebiet hatten sie ein paar aus der Ferne gesehen – eine Gruppe berittener Pawnee, die aus der Entfernung beobachtete, wie die Karawane sich durch das Tal schlängelte, aber nicht näher kam.

Die meisten im Treck hatten Angst vor Indianern, ständig erzählten sie Geschichten von Viehraub und Kindesentführungen, aber Mary fürchtete sich nicht. Einer der Siedler am Little Blue River hatte ihr erzählt, bei den Pawnee hätten die

Frauen das Sagen. Die Männer gingen zwar auf die Jagd und auf den Kriegspfad, aber die Entscheidungen würden von den Frauen getroffen.

Der Gedanke faszinierte Mary.

»Es sind nicht die Indianer, vor denen ich Angst habe«, antwortete Elitha. Sie arbeitete schnell, ohne aufzublicken, als wollte sie keine Sekunde länger hier sein als unbedingt nötig.

»Sie hat Angst vor Geistern«, erklärte Harriet seufzend. »Sie glaubt, es spukt hier.«

»Das habe ich nicht gesagt«, fuhr Elitha auf. »Und von Geistern habe ich auch nichts gesagt.« Sie zögerte, ihr Blick sprang zwischen Harriet und Mary hin und her. »Aber Mr. Bryant meint …«

Harriet schnaubte. »Ist es das, was dich beunruhigt? Eine von Mr. Bryants Geschichten? Eigentlich solltest du es ja besser wissen, als auf diesen Kerl zu hören.«

»Das ist nicht fair«, entgegnete Elitha. »Er ist klug. Du hast es selbst gesagt. Er ist hier, weil er ein Buch über Indianer schreibt. Er sagt, sie hätten ihm verraten, dass es hier Geister gibt. Waldgeister, Hügelgeister und Flussgeister.«

»Ach, Elitha, mach dir nichts aus Mr. Bryants Gerede«, warf Mary ein. Sie wusste selbst nicht recht, was sie von dem Mann halten sollte. Er war sehr gebildet, das war offensichtlich. Dass er auch als Arzt was konnte, hatte er eindrücklich bewiesen, als er Billy Murphys gebrochenes Bein wieder einrichtete, das der sich beim Sturz vom Pferd gebrochen hatte. Aber die Art, wie er umherlief und mit seinen Gedanken regelmäßig woanders war, hatte etwas Beunruhigendes. Als lausche er auf eine Stimme, die nur er allein hören konnte.

»Aber ich habe sie gehört«, sprach Elitha mit gerunzelter Stirn weiter. »Ich höre sie, wie sie nachts nach mir rufen. Ihr nicht?«

»Die Geister rufen dich?«, fragte Mary.

»Sie hat zu viel Fantasie. Ihre Stiefmutter gibt ihr *Romane* zum Lesen. Das bekommt ihr nicht«, antwortete Harriet, ohne Elitha zu Wort kommen zu lassen.

Mary spürte Ärger in sich aufsteigen. Im Lauf der Jahre war sie vielen Frauen von Harriets Schlag begegnet, Frauen mit schmalen Lippen und Gesichtern, als hätte die endlose Bibellektüre sie zerdrückt. Sie tätschelte Elithas Hand. »Da war bestimmt nichts. Vielleicht haben sich Leute im Nachbarzelt unterhalten, und du hast es gehört.«

»Es klang nicht wie zwei Menschen, die sich unterhalten. Es klang überhaupt nicht so.« Elitha biss sich auf die Lippe. »Es klang wie ... jemand, der mit hoher Stimme etwas flüstert, aber die Stimme war sehr schwach, als würde der Wind sie von weit entfernt hertragen. Es war komisch ... und traurig. Es war das Beängstigendste, was ich je gehört habe.«

Mary lief ein Schauder über den Rücken. Seit sie dem nördlichen Platte River folgten, hörte auch sie nachts seltsame Dinge, sagte sich aber jedes Mal, sie bilde sich das nur ein, es sei der Schrei eines unbekannten Tieres oder der Wind, der durch eine tiefe Schlucht weht. Hier in dieser Weite hörten sich die Geräusche anders an.

»Du lässt bloß deine Fantasie mit dir durchgehen«, kommentierte Harriet. »Ich glaube, du solltest ein bisschen vorsichtiger damit sein, den Leuten von Geistern und Indianern und dergleichen zu erzählen. Sie könnten auf die Idee kommen, du hättest es mit den Heiden, so wie dieser Mr. Bryant.«

»Ach, Harriet, komm schon«, murmelte Mary.

Harriet ließ sich nicht beirren. »Wieso? Vielleicht hat einer der Siedler schon ein Auge auf sie geworfen, aber wenn sie sich wie ein dummes, ängstliches Mädchen benimmt, wird er sie bestimmt nicht heiraten.«

Mary wrang das letzte Wäschestück besonders kräftig aus und stellte sich vor, es wäre Harriets Hals, dann warf sie es in den Zuber. »Elitha ist erst dreizehn und noch ein bisschen zu jung, um ans Heiraten zu denken, findest du nicht?«

Harriet wirkte verletzt. »Nein, das finde ich nicht. Ich war bei meiner Hochzeit vierzehn.« Sie warf Mary ein kaltes Lächeln zu. »Was ist überhaupt mit dir? Hattest du je einen Liebsten? Ich finde es seltsam, dass du noch nicht verheiratet bist.«

»Ich war verlobt, vor nicht allzu langer Zeit«, antwortete Mary knapp. Sie wusch sich die Hände im Fluss ab. »Aber mein Verlobter ist überraschend gestorben, bevor wir heiraten konnten.«

»Wie schlimm für dich«, sagte Elitha leise.

»Manchmal ist das Schicksal eben unbeständig«, erwiderte Mary, so fröhlich sie konnte. »Man weiß nie, was das Leben für einen bereithält.«

Harriet hob den Kopf und blickte die beiden von oben herab an. »Du überraschst mich, Mary. Du bist eine gute Christin. Gott allein entscheidet, was mit uns passiert, alles geschieht nach seinem Plan. Er wird einen Grund gehabt haben, warum er diesen Mann von dir genommen hat.«

Mary machte sich nichts aus dem Kommentar, doch Elitha schnappte nach Luft. »Das kann nicht dein Ernst sein, Harriet. Gott wäre bestimmt nie so grausam zu Mary!«

»Ich behaupte ja nicht, dass es Marys Schuld ist«, entgegnete Harriet, auch wenn ihre Stimme etwas anderes nahelegte. »Ich sage nur, dass solche Dinge nicht zufällig geschehen. Gott hat Mary gezeigt, dass die Hochzeit eben nicht sein sollte.«

Mary biss sich auf die Zunge. Harriet machte es Spaß, gemein zu sein, aber in einer Hinsicht hatte sie recht: Mary würde es nie vor anderen zugeben, und ganz bestimmt nicht vor ihren Eltern, doch tief in ihrem Herzen hatte sie gewusst, dass sie noch nicht bereit war. Sarah war neunzehn gewesen, als sie Jay Fosdick geheiratet hatte, und sie hatte ihn gern geheiratet, aber Mary war nicht wie ihre ältere Schwester - etwas, das mit jedem Tag offensichtlicher wurde. Als ihr Vater verkündete, dass sie nach Kalifornien gehen würden, war Mary insgeheim entzückt gewesen. Sie hatte die Kleinstadt, in der sie seit ihrer Geburt lebte - wo jeder wusste, wie arm sie einmal gewesen waren -, so satt. Dass sie das Feuerholz verkauft und zum Heizen Kuhdung verwendet hatten, bis die Pflanzen auf ihrem Acker kräftiger waren und die Ernten besser wurden. Die Leute dort würden bis ans Ende aller Zeiten von Mary erwarten, exakt dem Bild zu entsprechen, das sie sich von ihr gemacht hatten. Sie hätten ihr niemals gestattet, mehr zu sein als das. Für immer geknechtet unter einem Joch.

Beim Tod ihres Verlobten hatte Mary vor allem Erleichterung verspürt - und sich dafür gewaltig geschämt. Sie wusste, ihr Vater hatte alles auf diese Hochzeit gesetzt, auf den höheren Lebensstandard, den sie mit sich gebracht hätte.

Sarahs Ehe war aus praktischen Gründen geschlossen worden, aber auch aus Liebe. Doch für Mary hatte Franklin Graves schon immer andere Pläne gehabt. Sie war diejenige, die durch eine vorteilhafte Verbindung die gesamte Familie retten sollte. Mary konnte nicht einmal mehr zählen, wie oft ihr Vater zu ihr gesagt hatte, sie sei seine einzige Hoffnung.

Genauso wenig konnte sie zählen, wie oft sie sich schon gewünscht hatte, Sarah wäre die Hübschere von ihnen, diejenige, auf deren Schultern das Glück der anderen lastete.

Harriet stand auf und stützte den Waschzuber auf ihre Hüfte. »Gott hat einen ganz besonderen Plan für jeden von uns. Es steht uns nicht zu, seine Weisheit zu hinterfragen. Vielmehr ist es unsere Pflicht zuzuhören und zu gehorchen. Ich gehe jetzt zum Lager zurück. Kommst du mit, Elitha?«

Elitha schüttelte den Kopf. »Ich bin noch nicht fertig.«

Mary legte Elitha eine Hand auf den Arm. »Keine Sorge, ich warte so lange, und dann gehen wir gemeinsam zurück.«

»Umso besser!«, rief Harriet über die Schulter und machte sich auf den Weg. »Das Abendessen kocht sich nicht von allein.«

Elitha wartete, bis Harriet außer Hörweite war, dann sagte sie mit geweiteten Augen zu Mary: »Es macht dir doch nichts aus, wenn ich dir davon erzähle, oder? Ich *muss* es einfach jemandem sagen. Es waren nicht die Stimmen, die mir Angst gemacht haben.« Verstohlen blickte sie über die Schulter. »Die höre ich nämlich schon immer. Tamsen sagt, ich bin empfänglich - für die Geisterwelt, meint sie. Meine Stiefmutter interessiert sich für solche Dinge. In Springfield hat sie sich von einer Frau aus der Hand lesen lassen. Und die Karten legen. Die Frau sagte ihr, dass die Geister mich mögen. Dass es ihnen leichtfällt, zu mir zu sprechen.«

Mary zögerte, dann nahm sie Elithas Hand. Sie war ganz kalt vom Wasser. »Ist schon in Ordnung. Du kannst es mir ruhig erzählen. Ist etwas passiert?«

Elitha nickte langsam. »Vor zwei Tagen, als wir an der verlassenen Trapperhütte vorbeikamen ...«

»Ash Hollow?« Mary sah den winzigen Schuppen noch vor sich, die provisorisch zusammengezimmerten Bretter, die wegen der gnadenlosen Präriesonne so weiß wie Knochen waren. Es war ein trauriger, einsamer Ort, wie das verlassene Farmhaus, an dem Mary jeden Sonntag auf dem Weg zum Gottesdienst vorbeigekommen war. Wind und Wetter hatten dem Haus arg zugesetzt, die Fenster waren dunkel und leer wie die Augenhöhlen eines Totenschädels. Ein eindringliches Mahnmal für das Scheitern einer Familie. *Lass es dir eine Lehre sein*, sagte ihr Vater, als sie mit dem Wagen - nur wenige Jahre nachdem sie selbst kurz davor gewesen waren, alles zu verlieren - an dem Haus vorbeifuhren. *Wäre uns Gott nicht so gnädig gewesen, hätte es genauso gut uns treffen können.*

Die Welt war zerbrechlich. Am einen Tag Gedeihen, am nächsten Verderben.

Elitha presste die Augenlider zusammen. »Ja, Ash Hollow. Warst du drinnen?«

Mary schüttelte den Kopf.

»Überall waren Briefe, Hunderte. Sie lagen aufgestapelt auf einem Tisch, mit Steinen beschwert. Mr. Bryant hat gesagt, dass die Siedler sie dort gelassen haben, damit jemand, der nach Osten unterwegs ist, sie zum nächsten Postamt bringen kann.« Sie blickte Mary unsicher an. »Würdest du mich für einen schlechten Menschen halten, wenn ich dir sage, dass ich ein paar davon gelesen habe?«

»Aber Elitha, diese Briefe waren nicht für dich bestimmt.«

Sie wurde rot. »Ich dachte, es tut ja niemandem weh. Es war, wie eine Geschichte zu lesen. Die meisten Briefe waren nicht einmal versiegelt. Sie lagen einfach zusammengefaltet auf dem Tisch, die Absender wussten also, dass *jeder* sie lesen kann. Nur dass es gar keine Briefe waren.«

Mary blinzelte verwirrt. Elitha stand gebeugt vor ihr, blass wie der aufgehende Mond. »Wie meinst du das?«

»Es war keine Adresse drauf und auch keine Anrede.« Elitha senkte die Stimme zu einem Flüstern. »Und es stand auch keine Nachricht darin ... Ich habe einen nach dem anderen gelesen, in jedem stand das Gleiche, immer wieder.«

»Ich verstehe immer noch nicht, was du meinst.« Mary hatte das Gefühl, ihr laufe eine Spinne über den Rücken, rauf und runter. »Aber wenn es keine Briefe waren, was dann?«

Unbeholfen griff Elitha in ihre Schürze, zog ein gefaltetes Stück Papier hervor und reichte es Mary. »Einen habe ich mitgenommen. Ich wollte ihn jemandem zeigen, habe es aber nie getan. Ich wusste nicht, wem. Mir hätte ohnehin keiner geglaubt. Vielleicht hätte er gedacht, ich habe ihn selbst geschrieben, um Aufmerksamkeit zu erregen. Aber ich habe ihn nicht selbst geschrieben, wirklich nicht.«

Mary nahm das Stück Papier. Von der Hitze in der Hütte war es trocken und brüchig, so sehr, dass sie fürchtete, es könnte sich unter ihren Fingern auflösen. Sie faltete es vorsichtig auseinander. Die Tinte war verblasst, als wären die Worte schon vor langer Zeit geschrieben worden, aber sie waren noch immer gut zu entziffern.

Macht kehrt, stand dort in dünner, krakeliger Handschrift. *Macht kehrt, oder ihr werdet alle sterben.*

4

Sie fanden den Nystrom-Jungen, oder was von ihm übrig war, später in derselben Nacht.

Stanton folgte George Donner aus dem Wagenkreis hinaus in die dunkle, leere Ebene. Angst schnürte ihm die Kehle zu.

Zwei Fahrer hatten die Entdeckung erst vor wenigen Minuten gemacht, als sie das Vieh zum Grasen trieben. Im verblassenden Licht hatten sie im hohen Gras eine Vertiefung entdeckt und nachgesehen. Beide waren gestandene Männer, trotzdem hatte sich einer von ihnen übergeben.

Ein Stück voraus tanzten Lichtpunkte durch die Nacht. Stanton hielt sie im ersten Moment für eine Sinnestäuschung, doch im Näherkommen wurden die Punkte zu Flammen und die Flammen zu Fackeln. Ein Dutzend Männer stand in einem Kreis versammelt, die Fackeln schwebten wie ein Heiligenschein aus Feuer über ihren Köpfen. Stanton kannte die meisten von ihnen – William Eddy, Lewis Keseberg und Jacob Wolfinger, außerdem Edwin Bryant –, aber es waren auch ein paar Mitglieder des Russel-Trecks dabei, Freunde der Familie des Jungen, die er bisher nur im Vorbeigehen gesehen hatte. Ein eigenartiges Geräusch, irgendetwas zwischen einem Schrei und einem Heulen, erhob sich in der Ferne. Wie eine Welle rollte es über die Ebene auf sie zu.

»Verfluchte Wölfe«, murmelte jemand.

Das Erste, was Stanton sah, als er sich einen Weg durch den Kreis bahnte, war Edwin Bryant, der auf dem Boden kniete. Was wie ein nasser roter Fleck im Gras wirkte, stellte sich als ein Leichnam heraus. Stanton schloss für einen Moment die Augen. Es war nicht der erste schreckliche Anblick in seinem Leben, aber er konnte sich nicht erinnern, jemals etwas so Entsetzliches gesehen zu haben. Dann öffnete er die Augen wieder.

Der Kopf war unversehrt. Wenn man nur das Gesicht betrachtete, würde man nicht einmal merken, dass etwas nicht stimmte. Die Augen des Jungen waren geschlossen, lange braune Augenbrauen hoben sich dunkel von den kreideweißen Wangen ab. Das dünne blonde Haar klebte ihm am Schädel, der kleine Mund war geschlossen. Er sah so friedlich aus, als schlafe er.

Aber vom Hals abwärts ...

George Donner stieß ein leises Wimmern aus.

»Was ist mit ihm passiert?«, fragte Lewis Keseberg. Er klopfte mit dem Gewehrkolben den Boden um die Leiche ab, als ließe es sich auf diese Weise herausfinden. Keseberg und Donner waren befreundet - weshalb, war Stanton ein Rätsel. Keseberg war unbeherrscht und gewalttätig, für ihn gab es nur Schwarz und Weiß: *deine Seite, meine Seite.* Stanton konnte sich Keseberg nur schwer als Vater vorstellen, trotzdem hatte er anscheinend eine kleine Tochter.

»Das müssen Wölfe gewesen sein, so wie die Leiche aussieht.« William Eddy rieb sich den Bart, eine nervöse Angewohnheit. Eddy war Tischler und gut im Reparieren von gebrochenen Rädern und Achsen. Das machte ihn bei seinen Mitreisenden beliebt, aber er war auch nervös und schreckhaft. Stanton wusste nicht, ob er ihm trauen sollte.

»Was meinen Sie, Doc?«, fragte Jacob Wolfinger mit seinem leichten deutschen Akzent.

Bryant setzte sich mit den Hinterbacken auf die Fersen. »Ich bin kein Arzt«, berichtigte er. »Und ich weiß es wirklich nicht. Aber wenn Sie mich fragen, ich glaube nicht, dass es Wölfe waren. Es sieht mir zu sauber aus.«

Stanton erschauerte. Es gab nicht einmal eine richtige Leiche. Es war praktisch nur noch das Skelett übrig. Fleischfetzen und verstreute Knochen auf einem flachgedrückten, blutgetränkten Stück Gras, die Eingeweide bereits schwarz von Fliegen. Und noch etwas beunruhigte ihn: Sie befanden sich sechs Meilen von der Stelle entfernt, an der der Junge verschwunden war. Kein Wolfsrudel schleppte seine Beute so weit, bevor es sie fraß.

»Was immer es war, es war jedenfalls hungrig«, kommentierte Donner mit bleichem Gesicht. »Wir sollten die Überreste begraben. Bevor die Frauen und Kinder sie noch sehen.«

Eddy spuckte auf den Boden. »Was ist mit den Eltern? Jemand muss feststellen, ob das der richtige Junge ist oder nicht ...«

»Wir sind hier mitten im Nirgendwo. Die nächste weiße Siedlung ist mehrere Tage weit entfernt«, sagte Wolfinger. »Wer sollte es sonst sein?« Wolfinger hatte sich als Anführer der Deutschen im Tross etabliert und übersetzte für die, die kein Englisch konnten. Sie blieben die meiste Zeit unter sich, versammelten sich nachts um ihre Lagerfeuer und sprachen ihr Schnellfeuer-Deutsch. Dennoch war Stanton Wolfingers hübsche, junge Frau Doris aufgefallen. Ihre Hände sahen aus, als wären sie fürs Klavierspielen gemacht, nicht um Feuerholz zu schleppen oder Zügel zu halten.

Am Ende holten ein paar der Männer Schaufeln, während die anderen zurück zu den Wagen liefen und nach ihren

Familien sahen, ihre schlafenden Kinder weckten oder sie einfach nur anschauten, sich von ihrem Anblick beruhigen ließen.

Stanton schlug die Ärmel hoch und machte sich ans Graben.

Sie brauchten kein großes Loch - es war nur noch so wenig von dem Jungen übrig -, aber es sollte tief genug sein, damit die Kojoten die Knochen nicht wieder ausgruben. Außerdem fühlte sich die körperliche Anstrengung gut an. Stanton wollte möglichst müde sein, wenn er später zu Bett ging.

Zu müde zum Träumen.

Wie zu erwarten gewesen war, blieb George Donner zwar, warf aber nur ein paar Schaufeln voll Erde auf das Grab. Als sie endlich fertig waren, sprach er stockend ein kurzes Gebet. Die altehrwürdigen Worte klangen jedoch dünn in der Nachtluft.

Danach ging Stanton mit Donner, James Reed und Bryant zurück zu den Wagen. Er kannte Reed nicht gut und war auch nicht sicher, ob er es wirklich wollte. Reed war unter den Geschäftsleuten in Springfield zwar wohlbekannt gewesen, aber nicht geschätzt. Seine Fackel war beinahe heruntergebrannt, die Flamme richtete wenig gegen die Dunkelheit aus, die die Gruppe umgab. Mal befanden sich Reed und Donner im Flammenschein, mal außerhalb, ihre blassen Gesichter schwebten im Dunkel wie Geister. Der Boden war uneben und tückisch, immer wieder unterbrochen von den Tunneleingängen der Präriehunde und dicken Grasbüscheln. Die tags so drückend heiße Sommerluft hatte sich abgekühlt, war aber immer noch trocken und staubig.

»Etwas Derartiges habe ich noch nie gesehen«, sagte Reed nach einiger Zeit in die entstandene Stille hinein. »Ich stimme mit Ihrer Einschätzung überein, Mr. Bryant. Wäre es ein Tier gewesen, hätte die Leiche anders ausgesehen. Die Antwort liegt auf der Hand. Indianer ... es müssen Indianer gewesen sein.« Er hob die Hand, bevor Bryant ihn unterbrechen konnte. »Ich weiß, Sie halten sich für eine Art Indianerexperten, Mr. Bryant. Gehen Sie ruhig zu ihnen, leben Sie unter ihnen, reden Sie mit ihnen und machen Sie Ihre Notizen für Ihr Buch. Aber Sie haben nie gegen sie *gekämpft*, haben nie ihren Hass erlebt, wie *ich* ihn erlebt habe. Ich weiß, wozu sie in der Lage sind.« Reed erzählte jedem, der es hören wollte oder nicht, dass er im Black-Hawk-Krieg gekämpft hatte - wahrscheinlich, damit die anderen Siedler endlich aufhörten, ihn wie ein Greenhorn zu behandeln.

Bryants Stimme blieb ruhig. »Ganz recht, Mr. Reed. Alles, was ich über Indianer weiß, habe ich herausgefunden, indem ich mit ihnen gesprochen habe, statt aus der Entfernung auf sie zu schießen. Aber Streiten bringt uns nicht weiter. Selbst Sie werden zustimmen müssen, dass es alles nur noch schlimmer macht, wenn wir die Leute glauben lassen, die Indianer wären es gewesen. Wir befinden uns auf ihrem Gebiet. Das Letzte, was wir jetzt brauchen, ist eine Panik. Außerdem«, fügte er hinzu, als Reed gerade widersprechen wollte, »habe ich noch nie zuvor von einem Indianerbrauch gehört, bei dem eine Leiche so drapiert wird.«

Donner fuhr herum. »Drapiert? Sie reden ja, als wäre der Junge von einem Fleischer geschlachtet worden.«

Bryant erwiderte nichts. Musste er auch nicht.

»Das würde bedeuten, dass alles mit Absicht geschah«, warf Stanton ein. Allein die Worte schmeckten übel auf der Zunge. »Aber wenn es nicht Indianer waren, wer dann?«

Bryants Miene wurde hart. »Wir dürfen die Möglichkeit

nicht ausschließen, dass der Mörder des Jungen zum Treck gehört. Dass er sich mitten unter uns befindet.«

Die Stille war angespannt. »Unsinn«, stammelte Reed und zog sein Taschentuch hervor, so wie jedes Mal, wenn er nervös war. Ein unverkennbares Anzeichen.

»Ein solcher Mann würde doch sicher auffallen.« Donner fingerte an den Knöpfen seines Mantels herum. »Sein Verhalten würde ihn verraten.«

Stanton wusste, dass das nicht unbedingt stimmen musste. Der Anblick des toten Jungen hatte ihn an einen längst vergangenen Tag in seiner Heimatstadt in Massachusetts erinnert, als die Frau, die er geliebt hatte, aus dem zugefrorenen Fluss gezogen und auf den Schnee gelegt worden war. Lydia. Fünfzehn Jahre waren seitdem vergangen, und er konnte die Erinnerung noch immer kaum ertragen. Auch sie hatte ausgesehen, als hätte sie sich nur schlafen gelegt, ihr Gesicht hatte genauso friedlich gewirkt wie das des Jungen. Eine Lüge. Stanton erinnerte sich an die dunklen Wimpern über der Haut, die vom kalten Wasser bläulich geworden war, an die Lippen, violett wie ein Bluterguss. Etwas Schreckliches hatte sie an jenem Wintertag hinaus auf das dünne Eis getrieben, ein Übel, das mitten unter ihnen lebte und das er nicht als solches erkannt hatte. Zumindest in dieser Hinsicht hatte sein Großvater recht gehabt: Das Böse war unsichtbar, und es war überall.

»Auch ein Verrückter kann sich normal benehmen, wenn er muss«, entgegnete Bryant. »Es könnte ihm gelingen, sich noch eine ganze Weile zu verstecken. Es könnte ihm gelingen, sein wahres Gesicht *für immer* vor uns zu verstecken.«

Reed wischte sich über die Stirn. »Wenigstens ist Colonel Russell von seinem Posten zurückgetreten. Es ist Zeit für einen neuen Anführer.«

Stanton schaute zu Donner hinüber, dessen sonst so selbstsicherer Gang im tanzenden Fackelschein ein wenig schief wirkte. Donner war einer von Russells Leutnants gewesen, er hatte seinen Posten und all die kleinen Pflichten, die dieser mit sich brachte, ganz offensichtlich genossen. Donner redete gerne mit, wenn es darum ging, etwas zu entscheiden. Es gefiel ihm, wenn die Leute zu ihm aufschauten, er schien geradezu nach der Bewunderung anderer zu lechzen. Deshalb respektierte ihn Stanton umso weniger.

»Sie haben nicht etwa vor, Russell dafür verantwortlich zu machen?«, fragte Bryant.

»Es war ein Fehler, ihn überhaupt zu unserem Anführer zu wählen. Unter einem stärkeren Mann wäre das gar nicht erst passiert«, antwortete Reed mit einem Räuspern. Stanton glaubte zu wissen, was als Nächstes kommen würde. »Mein Ruf, so denke ich, spricht für sich selbst.«

»Überschätzen Sie Ihre Chancen nicht«, wandte Donner ein; sein großes Gesicht strahlte hell im Fackelschein. »Sie mögen ein guter Geschäftsmann sein, aber ich bin nicht sicher, wie viel das hier draußen wert ist.«

»Faktisch gehöre ich schon jetzt zu den Anführern dieser Gruppe, wenn auch nicht dem Rang nach. Das können Sie nicht bestreiten«, erklärte Reed steif. Stanton musste ihm zustimmen; wann immer eine wichtige Entscheidung anstand, wandten sich die Leute schon beinahe instinktiv an James Reed.

»Sie würden zulassen, dass wir den ersten Indianer, dem wir begegnen, sofort umbringen«, platzte Donner heraus. »Sie würden uns in einen Krieg stürzen, wo wir nicht den *geringsten* Beweis haben, wer oder was den Jungen getötet hat.«

»Verstehe. Ich nehme an, Sie halten sich für einen besseren Anführer, als ich es wäre?« Reeds Stimme schnitt wie ein Messer.

Selbst in dem spärlichen Fackelschein sah Stanton, wie Donner errötete. »Das tue ich in der Tat. Ich habe bereits Erfahrung im Führen dieses Trosses. Die Leute kennen mich – und sie mögen mich. Das ist wichtig, James. Unterschätzen Sie das nicht.«

Reed blickte Donner finster an. »Ich werde lieber respektiert als gemocht.«

Donner bedachte ihn mit einem dünnen, aufgesetzten Lächeln. »Was genau der Grund dafür ist, warum niemand Sie wählen wird. Sie können nicht einfach auftauchen und die Leute herumkommandieren. Sie müssen sich ihren Respekt verdienen, und das haben Sie bisher nicht getan.«

Reed blieb wie angewurzelt stehen. Sein Kopf schwoll an vor Zorn, als würde er jeden Moment platzen. »Und Sie glauben tatsächlich, man würde Sie respektieren? Jeder weiß doch, dass Sie nicht einmal Ihre eigene *Frau* im Griff haben.«

Nun blieb auch der Rest der Gruppe stehen. Stanton trat unbehaglich von einem Fuß auf den anderen und beobachtete durch die staubige Luft, wie George Donners Gesicht so blass wurde, als wäre alles Blut daraus gewichen. Er stand ganz still, seine riesigen Hände hingen schlaff an den Seiten herab. Er überragte James Reed um einen ganzen Kopf, doch Reed wich nicht zurück und schien – in diesem Augenblick – der Stärkere zu sein.

Bryant brach das Schweigen und stellte sich zwischen die beiden. »Meine Herren. Es ist schon spät. Wir stehen alle unter Schock.«

Stanton merkte, dass er den Atem angehalten hatte. Trotzdem war es unwahrscheinlich, dass Reed und Donner die

Fäuste gegeneinander erhoben hätten. James Reed mochte ein Hitzkopf sein, aber er war auch eitel und würde sich nicht zu einer Schlägerei herablassen. Stanton war aufgefallen, wie viel Wert er auf sein Äußeres legte. Sein Bart war immer feinsäuberlich gestutzt, er machte ständig seine Fingernägel sauber und klopfte den Staub von seinem Mantel, als würde er nicht innerhalb weniger Minuten wieder schmutzig werden. Und Donner mochte ein Schwadroneur sein, aber im Kern war er zu weich, beinahe wie ein Schwamm; er machte seine Meinung und sein Tun zu sehr von seiner Umgebung abhängig. Er war der Typ, der andere dazu brachte, die Drecksarbeit für ihn zu erledigen.

Doch die Spannung, die selbst dann noch in der Luft lag, als Reed ohne ein weiteres Wort davonstapfte, gefiel ihm nicht.

Donner schüttelte den Kopf. »Das ist Irrsinn«, murmelte er, wünschte ihnen eine gute Nacht und wandte sich in Richtung Lager.

Stanton schaute ihm einen Moment lang in der Dunkelheit hinterher, beneidete ihn um seine Familie, um die Gesellschaft seiner schönen Frau und die schlafenden Kinder mit ihrem süßen, gleichmäßigen Atem in dieser Sommernacht.

Bryant holte tief Luft. »Ich hoffe bei Gott, dass ein anderer sich bereit erklärt, uns zu führen.«

Stanton nickte in Richtung der beiden von dannen gezogenen Kontrahenten. »Welchen würden Sie wählen, wenn Sie müssten?«

»Eher Reed als Donner. Er hat eher das Zeug zum Anführer. Aber wenn Sie die Wahrheit wissen wollen, wären Sie meine erste Wahl.«

»Ich?« Stanton hätte beinahe gelacht. »Damit dürften Sie

so ziemlich der Einzige sein. Die Familienväter vertrauen mir nicht, weil ich weder Frau noch Kinder habe. Außerdem habe ich keine Lust auf all den Ärger. Ich kümmere mich lieber um meine eigenen Angelegenheiten. Wenn Sie so begierig auf einen neuen Anführer sind, warum stellen Sie sich dann nicht selbst zur Wahl?«

Bryant lächelte trocken. »So leicht kriegen Sie mich nicht zum Bleiben.«

»Sie wollen uns also immer noch verlassen? Nur mit einer kleinen Gruppe unterwegs zu sein, solange das, was sich den Jungen geholt hat, noch auf freiem Fuß ist, könnte gefährlich werden.«

»Stimmt.« Bryant neigte den Kopf, als lausche er auf etwas in der Ferne. »Wissen Sie, das alles erinnert mich an etwas. An eine alte Geschichte, die ich vor langer Zeit gehört habe.«

»Haben die Indianer sie Ihnen erzählt?«

»Nein.« Bryants Lächeln sah nun eher wie ein forschender Blick aus. »Es ist eine reichlich bizarre Begebenheit, die sich ereignete, als ich noch als Arzt gearbeitet habe. Beinahe so wild wie in einem Märchen. Wenn ich je schlau daraus werde, erzähle ich sie Ihnen.« Er hatte sich schon halb herumgedreht und hob die Hand zum Abschied. »Passen Sie auf sich auf, Stanton. Ich schreibe Ihnen, sobald ich kann.«

Beinahe so wild wie in einem Märchen. Aus irgendeinem Grund gingen die Worte Stanton nicht mehr aus dem Kopf.

Er schlug sein Lager immer ein Stück abseits von den anderen auf – Stanton mochte die nächtliche Einsamkeit und sah die Wagen der anderen durch ein Gitter aus Bäumen, Schlafzelten und schwelenden Feuerstellen, roch die Reste des Abendessens in der Luft. Doch jedes Feuer, an dem er vorbeikam, war verlassen. Die Väter hatten ihre Familien in die Zelte gescheucht. So war es immer, wenn sich die Dinge zum Schlechten wandten: Die Gruppen wurden kleiner, jeder wollte die Seinen beschützen.

Er wusste, die zerfleischte Leiche sollte ihn beunruhigen ... und das tat sie. Aber noch etwas beunruhigte ihn, hartnäckig wie der Blutgestank in der Luft. Das nagende Gefühl, dass etwas ausgesprochen Wichtiges - ein unsichtbarer Faden - kurz davor war, sich aufzulösen. Er hatte Konflikte noch nie gemocht, aber was Donner vorhin gesagt hatte, drang Stanton nun mit unangenehmer Klarheit ins Bewusstsein: *Unterschätzen Sie nicht, wie wichtig es ist, gemocht zu werden.* Stanton hatte nicht gerade versucht, sich beliebt zu machen. Bryant war sein einziger Verbündeter, und der würde sie bald verlassen.

Außerdem setzte ihm die Möglichkeit zu, dass der Mörder des Jungen vielleicht mitten unter ihnen war. Es gab eine Menge Männer im Tross, denen er Gewalttätigkeit, vielleicht sogar Perversion, zutraute. Er dachte an das, was Bryant über Verrückte gesagt hatte, wie sie sich verstecken konnten. Es ging das Gerücht, dass Keseberg seine junge Frau schlug, wenn er sich unbeobachtet wähnte, und Stanton glaubte es. Beim Kartenspielen war er gierig wie ein Hai und vergaß nie etwas - er war genau der Typ, der dazu neigte, einen tiefen Groll zu hegen und sein Verhalten davon leiten zu lassen.

Dann war da noch der Fahrer der Graves, John Snyder; er tyrannisierte seine jüngeren Kollegen erbarmungslos, riss sich oft ihr Bier unter den Nagel und ließ sie seine Nachtwache übernehmen. Widerwärtige Männer waren das allesamt, und auch brutal, aber auf gewöhnliche, durchschnittliche Art. Hunderte von ihrem Schlag waren bereits nach

Westen gegangen, wahrscheinlich Tausende. Doch Stanton konnte sich nur schwer einen von ihnen als das Ungeheuer vorstellen, das den kleinen Jungen verstümmelt hatte. Dazu brauchte es eine ganz besondere, einzigartige Grausamkeit, und das ließ ihn innerlich erzittern. Eine Frage ohne Antwort.

Er wusste, dass er nicht würde schlafen können.

Von seinem Lagerfeuer waren nur noch ein paar rauchende Kohlen übrig. Zu spät, um etwas zu kochen, aber Stanton hatte ohnehin keinen Hunger. Nicht nach dem, was er gerade gesehen hatte. Er würde sich mit dem Rest des Whiskeys in seine Bettrolle verkriechen und versuchen, das Bild auszulöschen, das einfach nicht verschwinden wollte. Er versuchte gerade, sich zu erinnern, wo er die Flasche versteckt hatte, da hörte er ein Geräusch in der Dunkelheit. Er war nicht allein.

Stanton griff nach dem Revolver an seinem Gürtel, da trat eine Gestalt aus dem Schatten seines Wagens. Tamsen Donner. Sie zog sich ein Tuch vom Kopf, und das Bild bohrte sich wie ein Messer in ihn ein. Die Frau war schöner, als es gut für sie war.

Gut für *irgendjemanden.*

Er zog die Hand vom Holster zurück. »Kann ich etwas für Sie tun, Mrs. Donner?«, fragte er und sprach ihren Namen besonders deutlich aus.

Das Haar fiel ihr lose auf die Schultern. Wann hatte er zum letzten Mal die Haare einer Frau berührt? In Springfield hatte es eine junge Witwe gegeben, sie arbeitete bei dem Hutmacher in Stantons Straße, eine stille Frau, die sich zweimal in der Woche die Hintertreppe zu dem Zimmer über seinem Laden hinaufgeschlichen hatte. Ihr krauses Haar hatte sie regelmäßig zu einer Steckfrisur gebändigt, als schämte sie sich für ihre ungezähmten Locken. Tamsen Donners Haar war dunkel und fließend wie Wasser.

Sie blickte zu ihm auf. »Das ganze Lager spricht von dem Vorfall. Mein Mann war nicht da, und ich wusste nicht, wohin er verschwunden war ... Ich glaube, ich bin nicht ganz bei mir gewesen, aber alles, woran ich denken konnte, war, dass ich jemanden brauche - da dachte ich an Sie.«

In der Donner-Familie gab es noch mehr Männer: Georges Bruder Jacob und mehrere Treiber für die Ochsen. Genug, um die Frauen und Kinder zu beschützen. Doch Tamsen war hier, hatte ihre Töchter allein gelassen, um bei einem Fremden Trost zu suchen.

Sie kam näher. Ihr Tuch verrutschte so, dass Stanton ihre Schlüsselbeine sehen konnte und ihr Dekolleté, makellos und weiß, zusammengepresst im Ausschnitt ihres Kleides. »Ich hoffe, es macht Ihnen nichts aus, dass ich hergekommen bin.«

Seine Kehle wurde trocken. Er musste sich zwingen wegzusehen. »Ihr Mann muss jeden Moment zurück sein.«

Tamsens Mundwinkel bogen sich nach oben. »Mein Mann?« Ihre Stimme klang unbekümmert wie ein Kiesel, der einen Abhang hinunterrollt. »Sie kennen doch George. Er ist gut darin, andere zu trösten. Sie brauchen ihn im Moment mehr als ich.«

Sie sagte das, als wäre es eine Art Opfer für sie, hier zu sein. Ihre Finger fühlten sich auf seiner Wange kühl an, sie rochen nach einem wilden Parfüm, das er nicht benennen konnte, wie zerdrückte Blütenblätter und Präriewind. Tamsen Donner sammelte Kräuter und, so hieß es, braute Tränke daraus. Hinter vorgehaltener Hand flüsterten die Leute, sie sei eine Hexe, die sich für Männer unwiderstehlich machen könne. Vielleicht war sie das.

Er küsste sie.

Stanton war kein Heiliger, ja, nicht einmal ein guter Mensch. Zwar war er körperlich stark, aber er hatte immer den Verdacht gehabt, tief in seinem Innern schwach zu sein. Ihre sanft geschwungenen Lippen. Schwäche. Ihr Haar, das federleicht seinen Kiefer berührte. Schwäche. Ihr Geruch. Schwäche.

Er spürte, wie ihre kühlen Hände unter seine Jacke glitten und nach seiner Brust tasteten. Ihm wurde heiß und kalt. Tamsen Donner war in einer ganz bestimmten Absicht hergekommen. Sie wusste, was sie tat.

Irgendwie schaffte er es, sein Gesicht wegzudrehen. »Sie sollten es besser wissen, als einen Mann so zu reizen, Mrs. Donner.«

Er fühlte ihre Lippen an seinem Ohr. »Sie haben recht. Ich möchte keine Schwierigkeiten machen.« Die Worte kitzelten seinen Hals.

Der unsichtbare Faden zerriss.

Plötzlich waren sie in seinem Wagen, waren irgendwie über das Rückbrett geklettert und hatten sich unter dem Verdeck verkrochen. In dem vollgepackten Inneren war nirgendwo Platz, schließlich presste er sie gegen eine Kommode, die an der Wand festgezurrt war. Der Boden unter ihren Füßen schwankte wie ein Schiffsdeck, als er sie nahm, blind tastend und in der Dunkelheit zupackend.

Als er fertig war, stieß sie einen kurzen Schrei aus – es war praktisch das einzige Geräusch, das sie machte. Stanton spürte keinerlei Befreiung oder Befriedigung, stattdessen hatte er das Gefühl, rückwärtszufallen. Er fuhr sich durchs Haar und atmete ein paar Mal tief durch, um sich zu beruhigen, noch während er zusah, wie sie sich sofort wieder herrichtete, ihre Brüste zurück ins Korsett schob, das Kleid glattstrich und verirrte Haarsträhnen einfing. Sie war wunderschön. Wunderschön und ausgesprochen fern. Tamsen Donner kam ihm jetzt sogar noch fremder vor als zuvor.

Er schüttelte den Kopf. »Wir hätten das nicht tun sollen.« Allmählich begriff er die Tragweite. Sie war Donners Ehefrau.

Etwas huschte über Tamsens Gesicht. Angst war das Wort, das es am ehesten traf, doch der Ausdruck verschwand so schnell wieder, dass Stanton glaubte, einer Täuschung erlegen zu sein. Sie blinzelte. »Es gibt vieles, das man nicht tun sollte, Mr. Stanton.«

Er spürte einen Schmerz, dachte an seinen Großvater, wie der gesagt hatte: *Fordere nicht den Teufel heraus, Junge.* Er spürte, wie ihm die Gürtelschnalle des alten Mannes ins Gesicht schlug, nachdem er Stanton mit seinen damals neun Jahren dabei erwischt hatte, wie er auf dem Friedhof die Nachbarstochter geküsst hatte. Spürte, wie elend seine Kindheit im Haus seines Großvaters gewesen war. Und die Wut auf seinen Vater, der ihn und seine Mutter dort alleingelassen hatte.

Stanton merkte, wie sein Kopf wieder klarer wurde. Er fühlte einen hohen, stechenden Schmerz und fasste sich an den Hals. Blut. »Sie haben mich gekratzt?«

Tamsen blickte ihn mit dunklen, beinahe ausdruckslosen Augen an. Undeutbar. Wie beiläufig hob sie eine Hand an sein Gesicht. »Ich hoffe, es wird keinen Ärger geben.« Ihre Stimme klang jetzt ganz anders.

»Ist das eine Drohung?«

Sie antwortete nicht und schwang sich elegant aus dem Wagen. Stanton lauschte, bis ihre Schritte verhallt waren. Zu spät begriff er, dass Tamsen Donner zu den Versuchungen gehörte, von denen man besser die Finger ließ. Wie ein Whiskey, der so stark war, dass er blind machte.

Am besten redete er vernünftig mit ihr. Stanton sprang aus dem Wagen und erschrak, als er ein Mädchen, verängstigt und verloren, aus einem Unterholz rennen sah. Panik erfasste ihn. Wie lange hatte sie schon dort gestanden?

Er rief ihr hinterher, bevor sie außer Hörweite war. »Warte. Du da, Mädchen, wer bist du? Eine von den Breens?« Es gab so viele Kinder im Tross, dass man unmöglich den Überblick behalten konnte.

Das Mädchen blieb wie erstarrt stehen, als wüsste sie plötzlich nicht mehr, wie man läuft. »Nein, Sir. Ich bin Elitha Donner.«

Schlimm – sogar noch schlimmer. »Was hast du da gemacht?«, bellte er.

»Ich ... man hat mich geschickt, um Feuerholz zu holen. Ich war gerade auf dem Rückweg, ich schwöre es.« Ihr Gesicht glänzte rot, ihre Lippen zitterten störrisch. Und sie hatte kein Holz dabei.

»Sag mir, was du gesehen hast, Elitha.« Stanton machte einen Schritt auf sie zu. »Mach schon. Und lüg mich nicht an.«

Er hatte ihr keine Angst machen wollen, aber Elitha wirbelte herum und rannte wie ein aufgescheuchtes Reh zurück in den Wald. Stantons erster Impuls war, ihr hinterherzulaufen, aber er beherrschte sich. Es gehörte sich nicht für einen erwachsenen Mann, ein Kind durch den Wald zu verfolgen, schon gar nicht nach der grausigen Entdeckung, die sie heute gemacht hatten.

Stanton drehte sich wieder dem Wagen zu, um endlich nach der Flasche Whiskey zu suchen. Er wusste, was ihn heute Nacht erwartete: ein Besuch von Lydia. Zuerst der Junge und dann Tamsen, da war es unausweichlich. Die arme Lydia würde ihm im Traum erscheinen mit ihrem durchnässten Kleid und der bläulichen Haut und ihn anflehen, sie zu retten. *Ich brauche dich, Charles* – Worte, die sie zwar nie zu ihm gesagt hatte, die aber jedes Mal, wenn sie ihm im Traum erschien, überdeutlich in ihren Augen standen. Wie hatte er Lydia so gut kennen und die schreckliche Wahrheit nicht sehen können?

Hilf mir, Lydia. Er schaute zu seinem heruntergebrannten Kochfeuer hinüber, diesem dünnen Rauch. *Hilf mir, die Ungeheuer diesmal rechtzeitig zu erkennen.*

5

Fort Laramie, Indianergebiet

Meine liebe Margie,
wir haben endlich Fort Laramie erreicht, tief im Indianergebiet. Nachdem ich sechs Wochen lang aus meinen Satteltaschen gelebt habe, versetzte mich die Aussicht auf eine Rasur und ein heißes Bad in einer anständigen Wanne in größere Aufregung als erwartet - nicht zu vergessen die Möglichkeit, dass ich einen Brief von Dir vorfinde.
Es wird Dich freuen zu hören, dass ich die gesamte erste Woche nach meinem Aufbruch von Independence damit verbracht habe, mich zu fragen, ob ich nicht gerade den größten Fehler meines Lebens begangen habe. Nachdem ich mir zweiundvierzig Jahre Zeit gelassen hatte, mir eine Frau zu suchen, mit der ich den Rest meines Lebens verbringen will, wie konnte ich da mit voller Absicht davonreiten und ausgerechnet diese Frau allein zurücklassen? Nachdem der erste Schock nachgelassen hatte, unternahm ich jede Anstrengung, mich mit einer Gruppe bekannt zu machen, die sich unserem Treck außerhalb von Independence angeschlossen hatte. Die Gruppe, insgesamt sind es etwa sechs Familien, von denen einige recht wohlhabend sind (den Wagenladungen voller Möbel, Dienern und Gerüchten von Mengen an Gold- und Silbermünzen nach zu urteilen) stammt aus Springfield, Illinois. Außer ihnen schloss sich uns noch eine Handvoll alleinstehender Männer an, die im Westen ihr Glück suchen wollen.

Das illustreste Mitglied dieser Gruppe ist zweifellos George Donner, Oberhaupt des Donner-Clans, zu dem nicht nur seine Familie, sondern auch sein jüngerer Bruder Jacob gehört. Sie wirken wie einfache Männer, müssen aber schlauer sein, als man ihnen ansieht, denn es heißt, sie hätten in Illinois beträchtlichen Besitz gehabt. Der ältere Donner zitiert gerne aus der Bibel, bringt aber regelmäßig die Stellen durcheinander. Ich habe auch meine Zweifel, ob er über die nötige Weisheit verfügt, die Gruppe zu führen, andererseits vertrauen ihm die Leute, und zwar deshalb, weil er genau weiß, wie er niemandem zu nahetritt. Das Auffälligste an ihm - außer seiner Statur (stattlich) - ist seine Frau Tamsen. Die meisten Männer in der Gruppe sind mittlerweile in sie verliebt, doch habe ich eine gewisse Härte an ihr bemerkt, die an Grausamkeit grenzt. Ich habe gesehen, wie sie Diener zum Weinen brachte und sich gegenüber den Kindern anderer kalt verhielt. Frauen, die nicht so hübsch sind wie sie, geht sie aus dem Weg, und sie steht in dem Ruf, eine Hexe zu sein - wahrscheinlich ist das ein Gerücht, das aus der Eifersucht der anderen Frauen geboren wurde.

Dann hätten wir noch James Reed, Besitzer eines großen Möbelunternehmens in Springfield. Von der äußeren Erscheinung her ist er Donners exaktes Gegenteil: klein und schmächtig mit einem schmalen, angespannten Gesicht. Er nestelt oft mit seinem Taschentuch an seinen Händen herum, wobei ich jedes Mal unwillkürlich an die Dame Macbeth denken muss (Fort, verdammter Fleck, fort!). *Doch so unangenehm und streitsüchtig er sein kann, so ist er wohl ein vorbildlicher Bürger, wie er selbst nie müde wird zu betonen. Er ist mit einer älteren Frau verheiratet, einer Witwe, die einen ganzen Haufen Kinder von ihrem verstorbenen Gatten hat. Die Springfielder sagen, diese Heirat wäre Margaret Reeds Rettung gewesen, die dünn und kränklich ist und die man ehrlich gesagt für Reeds Mutter halten könnte. Die ganze Familie kommt mir wie ein Wanderzirkus vor - drei große Wagen, voll beladen mit extravaganten Möbeln (die Arbeit seiner Firma, möchte ich meinen) und allen Arten von sonstigen Annehmlichkeiten. Sie haben Diener, darunter auch eine junge Frau, die das Kochen und die Wäsche erledigt, ja, es gibt sogar Ponys für die Kinder.*

Die liebste unter meinen neuen Bekanntschaften aus Springfield habe ich bis zum Schluss aufgehoben: Charles Stanton, ein Junggeselle, der allein in seinem Conestoga-Wagen reist. Er ist ganz anders als die anderen Unverheirateten im Tross - die entweder Lohnarbeiter sind oder mittellose Herumtreiber -, was wahrscheinlich der Grund dafür ist, dass wir uns schnell angefreundet haben. Wir wurden beide von Priestern erzogen (im Gegensatz zu meinem einfachen Pfarrersvater ist sein Großvater ein bekannter anglikanischer Prediger, so bekannt, dass sogar ich von ihm gehört habe) und haben von ihrer Erziehung ähnliche Wunden davongetragen. Ich war geschmeichelt, als er mir sagte, er kenne die Artikel, die ich für den Washington Globe *über den falschen Erweckungsprediger Uriah Putney geschrieben habe.*

Für einen so stillen Mann hat er ein bewegtes Leben hinter sich: Er wurde in Massachusetts geboren und ging bei einem Anwalt in Virginia in die Lehre, um schließlich alles hinter sich zu lassen und unter General Sam Houston in der Schlacht von San Jacinto zu kämpfen. Dass er für Texas' Unabhängigkeit in den Krieg zog, obwohl er keinerlei Verbindung zu dem Land hat, lässt mich denken, dass er entweder ein Romantiker ist oder ein Idealist. Soweit ich es bis jetzt beurteilen kann, ist er sogar ein bisschen von beidem - und das bedeutet, so fürchte ich, dass ihn kein glückliches Leben erwartet. Er machte Andeutungen über ein schreckliches Ereignis, das ihn damals aus Massachusetts vertrieb, weigerte sich aber strikt, darüber zu sprechen. Was er in Kalifornien tun wird, weiß er auch noch nicht; ein weiteres Anzeichen für seinen ruhelosen Geist, der ihn ständig umtreibt.

Es ist eine eigenartige Mischung von Charakteren, und trotz der gelegentlichen Machenschaften und Intrigen fällt es mir nicht leicht, sie alle zu verlassen, wenn ich mich morgen von dem Treck trenne, um meine eigenen Wege zu gehen. Ich habe beschlossen, den Plan weiterzuverfolgen, von dem ich Dir geschrieben hatte, und mich einer kleinen berittenen Gruppe von Männern ohne Familien anzuschließen, um schneller voranzukommen. Ich konnte Stanton nicht dazu bringen, uns zu begleiten. Ich habe den Verdacht, der Grund dafür ist, dass er glaubt, den Menschen im Treck helfen zu können, so zänkisch sie auch sein können. In gewisser Weise bin ich erleichtert – wenigstens haben sie so einen vernünftigen Kerl in der Gruppe –, andererseits gehe ich nur ungern, bevor sie sich auf einen neuen Anführer geeinigt haben.

Fort Laramie ist ein Grenzfort und genauso, wie sie in den Zeitungen immer beschrieben werden. Man bekommt das Gefühl, sich am äußersten Rand der Zivilisation zu befinden, dass jenseits der Lehmziegelmauern ein Land beginnt, das vom weißen Mann noch so gut wie unberührt geblieben ist und in dem die Natur regiert. Mir wurde gesagt, dass allein in diesem Jahr Tausende Wagen hier durchgekommen sind, und den Schätzungen nach wird diese Zahl nächstes Jahr sogar noch größer werden, vorausgesetzt es gibt keinen Krieg mit Mexiko oder Kämpfe mit den Indianern. Dem Fort scheint es gut zu gehen: Außer der kleinen Garnison gibt es einen gar nicht mal so kleinen Handelsposten, eine Schmiede, eine Pferdevermietung und eine Bäckerei. Innerhalb der Mauern stehen mehrere zweistöckige Häuser, wahrscheinlich für die Besitzer des Forts, deren Familien und die Arbeiter.

Obwohl dieser Treck einer der letzten in diesem Jahr ist, war das Fort bei unserer Ankunft sehr geschäftig. Trapper luden vor dem Handelsposten ihre Packtiere ab, schmutzig und ungekämmt in ihren abgewetzten Wildlederkleidern und Waschbärmützen. Kinder liefen kreischend und lachend die Straße entlang. Ein halbes Dutzend Indianer auf fantastisch gefärbten Appaloosas und Paint Horses ritt gemächlich durch die staubigen Straßen, Männer in Cowboykleidung und mit Federn und Perlen geschmückt sonnten sich vor den Ställen.

Selbstverständlich hatte sich schnell herumgesprochen, dass es bei dem Handelsposten auch eine Bar gab, ich für meinen Teil wollte aber lediglich eine warme Mahlzeit. Ich habe meine Kochkünste schon jetzt so satt. Ich hatte mich kaum mit meinem Blechteller voller dünnflüssigem Eintopf an einen der abgewetzten Tische im Speiseraum gesetzt, da fiel mir ein Mann in der üblichen Trapper-Kleidung auf. Sein Haar war lang und weiß und das gegerbte Gesicht so dunkel wie Leder. Sein Name lautete Lionel Farnsworth. Im Gegensatz zu allen anderen war er nach Osten *unterwegs, nicht nach Westen. Vor allem aber reiste er allein, was in dem kaum bewohnten Gebiet durchaus gefährlich ist. Er erzählte mir, er habe bereits einmal die Reise nach Oregon und zweimal die nach Kalifornien gemacht und kenne die Trails weit besser als die meisten anderen.*

Seine Meinung vom Hastings Cutoff – der Route, die Donner mit seinem Treck nehmen will – war recht düster. Farnsworths Ansicht nach ist das Terrain zu schwer für die Wagen und kaum geeignet, das Vieh zu ernähren. Donner war zufällig dabei und nicht begeistert, als er hörte, was Farnsworth zu sagen hatte. Also versuchte er Farnsworth davon zu überzeu-

gen, dass er sich täuschte, und erklärte, Hastings würde sie persönlich in Fort Bridger treffen und habe versprochen, sie den gesamten Weg nach Kalifornien zu führen. Doch der Alte ließ sich nicht umstimmen. Er sagte Donner in unmissverständlichen Worten, er solle sich an die alte Route halten. Genauso gut hätte er versuchen können, einem Teekessel eine Arie beizubringen.

Tatsächlich versuchte Farnsworth, als er erfuhr, dass ich vorhatte, die gleiche Route zu nehmen (wohlgemerkt ohne Wagen und in einer weit kleineren Gruppe), es mir ebenfalls auszureden. Nach einigen Nachfragen stellte sich heraus, dass das schwierige Gelände nicht der einzige Grund war, ja nicht einmal der wichtigste, warum er die Route so sehr hasste. Er sagte, er sei in der Nähe des Truckee Lake noch auf eine andere Gruppe Indianer gestoßen, die Anawai, und schärfte mir ein, ihnen aus dem Weg zu gehen. Als ich ihm erzählte, dass ich noch nie von den Anawai gehört hatte, sagte er, das sei keine Überraschung, da der Stamm klein sei und wahrscheinlich sehr zurückgezogen lebte. Er behauptete, die Anawai seien besonders wild und pflegten eine grässliche Tradition, die er mit eigenen Augen gesehen habe: Menschenopfer.

Ich war sprachlos. Menschenopfer sind unter den Stämmen der Ebenen äußerst selten. Die alten Kulturen im Süden, die Mayas und Azteken, praktizierten rituelle Menschenopfer, aber nach allem, was ich gelesen habe, sind solche Gebräuche nördlich des Rio Grande praktisch unbekannt. Ich bat ihn, genau zu beschreiben, was er gesehen hatte. Aus naheliegenden Gründen nahm ich an, er hätte schlichtweg missverstanden, was er gesehen hatte.

Er sagte, er habe beobachtet, wie etwa ein Dutzend Anawai einen ihrer Krieger in den Wald gebracht hätten. Der Krieger versuchte sich zu befreien, aber es war zwecklos. Sie führten ihn weit weg von ihrem Lager und fesselten ihn mit Händen und Füßen an einen Baum, und dann überließen sie ihn seinem Schicksal, obwohl er ihnen aus vollem Halse hinterherbrüllte. Farnsworth glaubt, er habe sie angefleht, ihn gehen zu lassen.

Das ist zweifellos ein verstörender Vorfall, und ich verstehe gut, dass Farnsworth so erschrocken war, trotzdem hört es sich für mich nicht nach einem Opferritual an. Nach allem, was ich zu dem Thema gelesen habe, erachten die, die als Opfer ausgewählt werden, es meist als Ehre und legen sich bereitwillig auf den Altar.

Ich erklärte ihm, dass das, was er gesehen hatte, sich eher nach einer Bestrafung *anhörte. Es schien mir sehr wahrscheinlich, dass der Krieger etwas verbrochen hatte und vom Stamm verstoßen worden war. Doch Farnsworth bestand darauf, dies sei nicht der Fall gewesen, und behauptete, er kenne den Grund für das Menschenopfer: Die Anawai fürchteten nämlich den »Dämon, der beim Truckee Lake haust« und brächten ihm Opfer dar, damit er den Rest des Stammes in Frieden ließ.*

Zu den Hintergründen konnte er mir zwar nicht mehr erklären, aber er hatte im vergangenen Jahr Geschichten von Indianerdörfern nicht weit vom Gebiet der Anawai gehört, aus denen Menschen verschwunden waren, zumeist Kranke, Alte und Kinder, die nachts aus den Zelten geraubt worden oder nicht mehr vom Feuerholz- oder Beerensammeln zurückgekehrt waren. Es gibt natürlich in beinahe jeder Kultur derartige Geschichten, dennoch war ich seltsam berührt, vielleicht auch wegen des bedauernswerten Nystrom-Jungen, der ebenfalls aus seinem Bett verschwunden und nicht mehr zurückgekehrt war.

Farnsworth war nur widerwillig mit seiner Geschichte herausgerückt und hatte befürchtet, ich könnte ihn für verrückt halten. Er erzählte sie mir erst, nachdem ich ihm mehrfach versi-

chert hatte, dass ich sie hören wollte, *dass solche Geschichten der Grund dafür seien, dass ich überhaupt ins Indianergebiet unterwegs bin: um ihre seltsamen Mythen und Gebräuche zu erforschen und sie, soweit möglich, mit der beobachtbaren Realität in Einklang zu bringen. Schließlich sah er ein, dass mich nichts vom Truckee Lake fernhalten würde, flehte mich aber an, Donner und die anderen doch noch umzustimmen.*

Ich fürchte allerdings, dass ich bisher sehr wenig Einfluss auf Donner hatte und sich das in dieser Angelegenheit auch nicht ändern wird. Was mich betrifft, so hat Farnsworth mit seinen Warnungen das Gegenteil dessen erreicht, was er im Sinn hatte. Ich kann an nichts anderes mehr denken als an diesen einzigartigen Stamm und die Geschichte von ihrem Geist - dem Dämon - vom Truckee Lake.

Daran und an Dich, meine Liebe. So möchte ich meinen Brief an dieser Stelle beenden, bevor Du noch deine vorschnelle Einwilligung bereust, einen geschwätzigen alten Windbeutel wie mich zu heiraten. Manchmal befallen mich Zweifel, ob ich wirklich so viel Glück haben kann, dass eine Frau wie Du - so klug und weise und schön - einen verschrobenen sturen Narren wie mich ehelicht. Denn sosehr ich Dich liebe und Dich vermisse und bei Dir sein möchte, weiß ich doch, dass ich jetzt - da ich die Geschichte von dem Ungeheuer vom Truckee Lake gehört habe - nicht mehr ruhen kann, bis ich selbst dort gewesen und der Angelegenheit auf den Grund gegangen bin. Über meine Absicht wirst Du zweifellos nicht erfreut sein, aber Du weißt, dass mich dieses Rätsel bis ans Ende meiner Tage plagen wird, wenn ich nicht versuche, es zu lösen. Mach Dir keine Sorgen um mich, meine liebe Margie, und wisse, dass ich zu Dir zurückkehren werde, sobald ich irgend kann.

Dein Dich liebender Edwin

Zweiter Teil
Juli 1846

6

Lebt wohl, lebt wohl.

Die Worte klangen Stanton immer noch in den Ohren, obwohl der Teil der Karawane, der nach Oregon unterwegs war, schon vor Stunden aufgebrochen war. Die insgesamt über hundert Wagen hatten eine erstickende Staubwolke aufgewirbelt – war es nur eine Einbildung von Stanton, oder hatten sie es tatsächlich kaum erwarten können? Kaum erwarten können, das Unglück und die Erinnerung an den toten Nystrom-Jungen hinter sich zu lassen? Hatten sie kaum erwarten können, die zänkische Donner-Party, wie sie die Gruppe, die nach Kalifornien unterwegs war, getauft hatten, hinter sich zu lassen? Edwin Bryant und die Handvoll Männer, die ihn begleiteten, hatten sich ein paar Tage zuvor bereits in Fort Laramie verabschiedet. Schon jetzt vermisste Stanton seinen einzigen Freund.

Wolken schwebten am Himmel, flauschig wie Baumwolle noch am Strauch und so niedrig, dass man glaubte, man könnte sie berühren. Die Ebene erstreckte sich bis zum Horizont, mal grün, mal golden, und der Little Sandy River schlängelte sich mitten hindurch. Er war ein sanfter Fluss und getreu seines Namens überhaupt nicht breit. Dass sich an einem solchen Ort etwas Schlimmes ereignen sollte, schien kaum vorstellbar.

Die anderen bereiteten gerade ein Fest vor, eine Art gemeinsames Picknick. Es war Donners Vorschlag gewesen – natürlich –, den Anbruch der letzten Etappe zu feiern. Er hatte allen ordentlich Honig ums Maul geschmiert und ihnen versichert, dass ihre mutige Entscheidung für den Hastings Cutoff bestimmt belohnt werden würde. Sie seien kühne Pioniere und kurz davor, einen neuen Pfad durch die Wildnis zu bahnen, ihre Namen würden in die Geschichte eingehen. Stanton hatte den Verdacht, dass das Picknick lediglich ein Ablenkungsmanöver war, damit niemand die Entscheidung infrage stellte. Es ging das Gerücht, dass sich die Indianerstämme in dem vor ihnen liegenden Gebiet mit aggressiven Wolfsrudeln herumschlagen mussten. Die Quelle dieses Gerüchts war ein nicht unbedingt vertrauenswürdiger Goldschürfer, aber da nach wie vor niemand wusste, wie der Nystrom-Junge umgekommen war, machte die Geschichte alle nervös.

»Sollten wir nicht besser aufbrechen wie die andere Gruppe?«, hatte Stanton Donner gefragt, als er von dem geplanten Picknick hörte.

»Wir haben Sabbat, den Tag der Ruhe«, hatte Donner herablassend geantwortet. »Gott wird für uns sorgen.«

»Wenn wir uns ein bisschen anstrengen, können wir Fort Bridger innerhalb einer Woche erreichen«, erwiderte Stanton. »Es gibt keine Garantie, dass wir unterwegs nicht aufgehalten werden.«

»Die Fahrer sagen, die Ochsen brauchen noch Erholung«, warf William Eddy mit einem kurzen Seitblick in Stantons Richtung ein. Das war ohne Zweifel gelogen. Sie hatten gestern kaum sechs Meilen zurückgelegt.

»Wissen Sie, was Ihr Problem ist, Stanton? Sie sind zu zaghaft«, sagte Lewis Keseberg und fingerte grinsend an seinem Gürtel herum, die Hand nur Zentimeter von seinem Revolver entfernt.

Eddy lachte. »Zaghaft wie eine alte Schullehrerin.«

Normalerweise hätte er nicht gelacht, das wusste Stanton, aber jetzt, da Bryant fort war und Donner sich selbst zum neuen Anführer ernannt hatte, verschoben sich die Machtverhältnisse. Eddy und Keseberg gehörten zu einer Gruppe von Männern, um deren Freundschaft sich Donner sichtlich bemüht hatte, und jetzt benahmen sie sich wie seine inoffiziellen Hilfssheriffs. Stanton war nicht der Typ, der sich mit Leuten anlegte, die Streit suchten; schon gar nicht, wenn das Zahlenverhältnis so unausgeglichen war.

In der Ferne erklang Luke Hallorans Geige. Stanton fand, sie hörte sich wie ein Kind an, das in Not aufschreit. Alles kam ihm falsch vor: sich von der großen Gruppe zu trennen, einen unbekannten Weg einzuschlagen und ein Picknick zu veranstalten wie an einem Kirchenfeiertag, wenn sie eigentlich so schnell wie möglich weitermussten.

Und dann war da noch dieses entsetzliche Bild des toten Jungen, das er nicht aus dem Kopf bekam, obwohl die Leiche längst schon unter der Erde war. Der Gedanke an die abgenagten Knochen ließ ihm das Picknick umso grotesker erscheinen.

Trotzdem zwang sich Stanton, den Lagerplatz zu überqueren. Er fürchtete sich zwar davor, auf Tamsen zu treffen, gleichzeitig wollte er aber genau das. Sie kam ihm jetzt sogar noch schöner vor, aber auch so beängstigend wie ein frisch geschliffenes Messer. In der Dunkelheit wurde sie unter seinen Händen ganz weich, sie kam zu ihm wie Rauch, der sich in seinen Haaren verfing, in seiner Kleidung und in seiner Lunge. Vor zwei Nächten hatte er sie gefragt, ob sie vielleicht tatsächlich eine Hexe war, weil sie ihn so verzaubert hatte, doch Tamsen hatte nur gelacht.

Die aus Brettern und Kisten improvisierten Tische waren mit karierten Baumwolldecken abgedeckt, die Familien gingen an ihre Vorräte und servierten Pasteten mit extra viel Schinken. Später würde man tanzen und einander Geschichten erzählen. Stanton ließ sich von Lavinah Murphy eine Schale Hühnereintopf geben - Schinken hätte er nicht hinunterbekommen - und tunkte die Sauce mit Kekskrümeln auf.

»Sie essen ja, als hätten Sie seit einer Woche nichts mehr bekommen«, zog Lavinah ihn auf. Sie war verwitwet und Mormonin. Neben ihren Kindern, von denen das jüngste erst acht Jahre alt war, gehörten ihre bereits verheirateten Töchter und deren Männer zur Familie. Auf der Suche nach einem Fleckchen, wo sie unter Menschen gleichen Glaubens leben konnten, führte Lavinah sie alle nach Westen. »Vielleicht haben Sie ja auch so lange nicht gegessen, Sie haben schließlich keine Frau, die für Sie kocht. Sind Sie des Junggesellenlebens nicht allmählich müde, Mr. Stanton?«

»Ich hatte noch nicht viel Gelegenheit, die richtige Frau zu finden«, erwiderte er und zwang sich, seine Ungeduld zu unterdrücken. Es war die einzige Möglichkeit, Freunde zu gewinnen, und die brauchte er, wenn er Donner die Stirn bieten wollte.

Seine Antwort brachte die Frauen zum Lachen. »Es fällt mir schwer, das zu glauben, Mr. Stanton.« Das kam von Peggy Breen. Wegen der Sonne hielt sie sich eine Hand vor die Augen. Hinter ihr stand Doris Wolfinger wie ein hübsches Entenküken, das seiner Mutter hinterherläuft. Peggy war eine große Frau, kräftig wie ein Ackerpferd, und hatte ein halbes Dutzend Söhne zur Welt gebracht. Doris hingegen war gerade einmal Anfang zwanzig, sprach kaum Englisch und lächelte jedes Mal, als verstehe sie, wenn jemand das Wort an sie richtete, nicht das Geringste. Stanton fragte sich unwillkürlich, was sie in Wahrheit dachte.

»Sie wissen doch, welches Schicksal Männer erwartet, die zu lange allein bleiben, Mr. Stanton?«, bohrte Peggy Breen mit einem schelmischen Blick weiter. »Irgendwann fangen sie an, sich seltsam zu benehmen.«

»Wollen Sie damit sagen, ich wäre ungesellig, Mrs. Breen?«, fragte er gespielt beleidigt zurück. »Dabei bin ich doch so freundlich zu Ihnen.«

»Ich möchte damit lediglich sagen, dass Sie *in Gefahr* sind, einer von diesen säuerlichen alten Junggesellen zu werden«, antwortete Mrs. Breen, begleitet vom Lachen der anderen. »Es ist doch wohl besser, ein gutnachbarschaftliches Verhältnis aufzubauen, meinen Sie nicht?« Stanton glaubte, eine Veränderung in ihrem Tonfall zu bemerken: Das war keine Feststellung gewesen, sondern eine Warnung.

Lavinah Murphy mischte sich wieder ein, als wäre nichts. »Ich war dreimal verheiratet, und ich sage: Wo bleibt das Vergnügen, wenn man allein ist? Besser, man hat auf so einer Reise jemanden an seiner Seite. Peggy hat recht, Mr. Stanton. Es wäre eine Schande, wenn ein so prächtiger Mann wie Sie alleine bliebe.«

Wieder Gelächter. Sogar Doris Wolfinger beäugte ihn schüchtern.

»Ich glaube nicht, dass es viele Frauen gibt, die einen Mann wie mich ertragen würden«, entgegnete Stanton, um seine Zuhörerinnen bei Laune zu halten, auch wenn er tief in seinem Innern wusste, dass es die Wahrheit war. Er verdiente keine gute Frau. Nicht nach dem, was er getan, oder besser gesagt: was er nicht getan hatte.

»Ich möchte wetten, es gibt selbst in unserer kleinen Karawane Frauen, die anderer Meinung sind und es Ihnen auch beweisen würden, Mr. Stanton, wenn Sie ihnen nur die Gelegenheit gäben«, fuhr Lavinah Murphy fort. »Wenn Sie weniger Zeit allein verbrächten und mehr mit uns anderen.«

Die versteckte Bedeutung ihrer Worte - wie sie ihn mit zusammengekniffenen Augen unter ihren langen Augenbrauen hervor musterte - gefiel Stanton nicht. Frauen verfügten über ihre ganz eigene Macht. Es war nicht mehr als eine einzige Beschuldigung nötig, und schon würden sich alle auf ihn stürzen. Es war genauso wie damals. Niemand hatte die Behauptungen angezweifelt, die Lydias Vater über ihn in die Welt setzte, und das obwohl Stanton der Enkel eines der prominentesten Prediger an der gesamten Ostküste war. Über zehn Jahre lag das jetzt zurück, trotzdem krampfte sich sein Herz von einer plötzlichen Furcht erfasst zusammen.

»Ich versuche, mich von Frauen fernzuhalten, die ich ohnehin nicht bekommen kann.« Stanton stand auf und war sich nur zu bewusst, wie verlogen seine Worte klangen. Umso dankbarer war er, dass Tamsen gerade nicht in der Nähe war.

»Vielleicht finden Sie ja unterwegs eine Liebste«, erwiderte Lavinah Murphy. »Der liebe Gott möchte, dass wir alle zusammenkommen.«

»Die besten Mädchen werden bald weg sein«, stimmte eine der jüngeren Frauen mit ein. Sarah Fosdick. Sie war frisch verheiratet und offensichtlich ein wenig betrunken. »Dann müssen Sie mit den alten Besen vorliebnehmen.« Und sie lachte.

»Sie müssen meiner Schwester verzeihen, Mr. Stanton«, sagte jemand hinter ihm. »Ich glaube, sie hat ein bisschen zu viel Schnaps erwischt.«

Stanton drehte sich um und sah eine weitere junge Frau, es war Mary Graves. Sie hatte ein scharf geschnittenes Gesicht und war sehr groß. Er hatte sie noch nie aus der Nähe gesehen. Ihre Augen waren von einem ganz außergewöhnlichen Grau, wie der frühe Morgenhimmel.

»Sind Sie Franklin Graves' Tochter?«, fragte er, obwohl er es genau wusste. Sie war ihm bereits aufgefallen, schien aber immer von ihrer Familie umgeben zu sein, von ihren Eltern und einer Horde kleiner Geschwister, die alle um ihre Aufmerksamkeit schrien.

»Bin ich«, antwortete sie. »Zumindest eine davon.«

Das Geschnatter der anderen Frauen erstarb, während die beiden sich beinahe wie von selbst aus der Gruppe lösten und auf einen kleinen Kiefernhain am Rand des Lagerplatzes zugingen.

»Ich hoffe, Sie finden es nicht anmaßend von mir, wenn ich Ihnen einen Rat gebe, Mr. Stanton, aber Sie sollten sie einfach ignorieren.« Ihr Rock streifte raschelnd über das wilde Präriegras. Sie ging mit langen, federnden Schritten, die Stanton an eine junge Stute erinnerten. Anmutig und athletisch. »Sie wollen Sie nur aufziehen. Verheiratete Frauen sehen es nicht gerne, wenn ein Mann allein ist. Es macht sie nervös.«

»Warum sollte ein alleinstehender Mann sie nervös machen?«

Mary lachte. »Tja, das ist eines der großen Rätsel dieser Welt.«

»Edwin Bryant – falls Sie ihm einmal begegnet sind – hatte eine Theorie dazu. Er glaubt, es wirkt wie eine Art Zurückweisung, wenn man unverheiratet bleibt.« Sie gingen weiter, das Picknick hinter ihnen schrumpfte zu einem Miniaturzirkus zusammen, einem verschwommenen Fleck aus Farbe und Bewegung, bis nur noch das leise Klagen von Hallorans Geige zu hören war, das der Wind herantrug, und das gelegentliche Lachen eines Kindes. Die Leute würden natürlich reden, wenn sie sich zu weit entfernten, aber das war Stanton gleich. Außerdem wollte er weg von diesen Frauen, bevor er noch etwas sagte, das er später bereute.

Wie es schien, machte sich Mary Graves ebenfalls nichts aus dem Klatsch der anderen.

Ihre Stirn legte sich in Falten. »Eine Zurückweisung der Frauen oder der Ehe als solcher?«

Stanton zögerte und überlegte. Ihm gefiel, wie sie so schnell und frei von der Leber weg sprach. Die meisten Frauen drehten ihre Worte so lange im Mund hin und her wie einen Würfel Zucker, bis niemand mehr sagen konnte, wie der ursprüngliche Gedanke ausgesehen hatte. »Beides, glaube ich.«

»Manche Frauen mögen das als Beleidigung empfinden, aber ich nicht. Nicht jeder ist für das Eheleben gemacht«, erwiderte sie. »Wussten Sie, dass Lavinah Murphy ihre vierzehnjährige Tochter an einen Mann verheiratet hat, den sie erst seit vier Tagen kannte? Aber in einem hatte meine Schwester recht: Es sind nicht mehr viele Frauen frei.«

Er schüttelte den Kopf. »Heißt das, dass auch Sie bereits vergeben sind, Miss Graves?« Er hatte es eigentlich als Witz gemeint, doch als ihre Miene sich verfinsterte, bekamen seine Worte plötzlich eine ungewollte Schwere.

»Mein Verlobter ist kürzlich verstorben. Das ist der Grund, warum meine Familie jetzt auf dem Weg nach Westen ist.«

»Das tut mir leid.« Es war, als wäre Graves plötzlich hinter einem Schleier verschwunden. »Dann versuchen Sie also, schlimme Erinnerungen zu begraben?«

»So in der Art.« Sie sprach immer noch ganz beiläufig, aber einen Augenblick lang sah Stanton hinter die unbekümmerte

Fassade, und da wusste er, dass Mary Graves zutiefst unglücklich war. »Wahrscheinlich trifft das auf beinahe jeden in diesem Treck zu.«

»Da haben Sie wohl recht ... trotzdem tut es mir leid.« Stanton verspürte das wilde und unangemessene Bedürfnis, ihre Hand zu nehmen.

»Das muss es nicht. Ich kannte ihn gar nicht besonders gut.« Wenn Mary also unglücklich war, dann aus einem anderen Grund. Sie schlug sich eine Hand vor den Mund und rief: »Das klingt ja sogar noch schlimmer! Ich sage immer das Falsche.«

Stanton lächelte. »Damit wären wir schon zwei. Jetzt müssen Sie mir aber die ganze Geschichte erzählen.«

Mary duckte sich unter einem niedrigen Ast hindurch. »Sie ist nicht besonders originell, fürchte ich. Ehrlich gesagt, klingt sie sogar furchtbar gewöhnlich. Ich bin mir auch sicher, Sie haben die gleiche Geschichte schon tausendmal gehört: Pflichtbewusste Tochter willigt in eine arrangierte Hochzeit mit einem reichen Mann ein, um die Schulden ihres Vaters zu bezahlen.«

»Dann war es vielleicht Ihr Glück, dass sich die Dinge so entwickelt haben«, erwiderte Stanton. Doch als ihm bewusst wurde, wie seine Worte klingen mussten, fügte er eilig hinzu: »Ich hoffe, er hatte wenigstens einen netten Mann für Sie ausgesucht.«

»Er war schon nett zu mir, das stimmt. Alle sagten, wir hätten ein gutes Leben zusammen gehabt. Aber wer weiß das schon?«

Ihre Stimme hatte etwas Sanftes, Musikalisches, das Stanton wünschen ließ, sie würde ewig so weitersprechen. »Und ... was ist passiert?«, fragte er. Als Mary zögerte, fügte er hinzu: »Wenn Sie es mir nicht erzählen möchten ...«

»Nein, ist schon in Ordnung.« Sie brach einen Kiefernzweig ab und zerdrückte gedankenverloren die Nadeln zwischen den Fingern. Harzgeruch breitete sich in der Luft aus. »Zwei Wochen vor der Hochzeit ging er mit Freunden auf eine Hirschjagd und wurde von einer verirrten Kugel getroffen. Man brachte ihn sofort ins Haus, aber jede Hilfe kam zu spät. Am nächsten Tag starb er.«

»Das ist furchtbar.«

Mary blickte ihn unverwandt an. Stanton kannte diesen Gesichtsausdruck: Schuld. »Wissen Sie, was noch schlimmer ist? Der Freund, der geschossen hatte, war von seinem Kummer wie zerfressen. Er hat praktisch den Verstand darüber verloren. Ich war geschockt, das schon, aber ich habe kaum geweint. Wollen Sie die reine Wahrheit wissen, Mr. Stanton? Ich war erleichtert. *Erleichtert.*« Sie brachte ein kleines, bitteres Lächeln zustande. »Ich bin ein Ungeheuer, nicht wahr? Ich hätte doch außer mir sein müssen – wenn schon nicht um des armen Randolph und seiner Familie willen, dann wenigstens wegen meines Vaters. Ohne das Geld, das meine Heirat eingebracht hätte, war er bankrott. Wir mussten alles verkaufen. Vater konnte den Gedanken, am gleichen Ort noch einmal ganz von vorne anzufangen, sich noch einmal vor denselben Menschen beweisen zu müssen, nicht ertragen. Ich habe ihm den Floh ins Ohr gesetzt, nach Kalifornien zu gehen. Was auch immer uns widerfahren, was auch immer meine Familie dort erwarten mag, Reichtum oder Ruin, nun bin ich dafür verantwortlich.«

»Sie, ein Ungeheuer? Unsinn. Für mich sind Sie eine bemerkenswert ehrliche Frau«, entgegnete er, und sie lächelte wieder.

»Mag sein. Aber vielleicht wollte ich auch nur jemandem

meine Sünden beichten.« Mary drehte sich weg und ging weiter.

»Sprechen Sie Fremden gegenüber immer so offen?«, fragte Stanton. Der Lagerplatz lag jetzt weit hinter ihnen, die Stimmen und die Musik waren fast nicht mehr zu hören.

»Ich bin noch in Trauer. Wenn man in Trauer ist, darf man so gut wie alles sagen – ist Ihnen das schon einmal aufgefallen?« Sie drehte sich kurz um und hob eine Augenbraue. Ihr Profil war lang und scharf, wie mit einem Skalpell geschnitten. »Aber jetzt sind Sie an der Reihe. Es hat doch sicher einen Grund, dass Sie noch nicht verheiratet sind, Mr. Stanton. Erzählen Sie ihn mir?«

Stanton holte sie ein und ging neben ihr. »Es ist eine ganz gewöhnliche Geschichte, so wie die Ihre. Es lohnt sich kaum, sie anzuhören.«

»Ich habe Ihnen die meine erzählt. Darum wäre es nur fair.«

Er war nicht sicher, ob er seine Sache genauso gut machen würde wie sie. »Ich war einmal verliebt.«

»Und schon verlobt?«

Selbst nach all der Zeit schmerzte der Gedanke an Lydia in seiner Brust wie der erste tiefe Atemzug in eisiger Luft. »Ihr Vater mochte mich nicht. Und er konnte es nicht ertragen, sie zu verlieren, wie man so sagt.«

Mary schaute ihn mit ihren großen, grauen Augen an. Wie ein Himmel voller schwerer Wolken oder das Schiefergrau des Ozeans an der Küste von Boston. »Wollte er, dass sie als alte Jungfer endete?«

»Ich weiß nicht, was er sich für sie gewünscht hat«, antwortete Stanton knapp. Erst jetzt, zu spät, merkte er, dass er sich auf gefährlichem Boden befand. Gefährlich nahe an der Wahrheit. »Er hat es nie herausgefunden. Sie starb mit neunzehn, viel zu jung.«

Mary schnappte nach Luft. »Das tut mir leid.«

Stantons Gewissen ließ nicht zu, dass er noch mehr preisgab. Als er jung war, hatte er geschworen, niemandem Lydias Geheimnis zu verraten. So sinnlos sein Versprechen nach fünfzehn Jahren – noch dazu gegenüber einer Toten – auch erscheinen mochte, er konnte sich einfach nicht dazu durchringen, es zu brechen. Außerdem gab es so viele Dinge, die er getan hatte und bereute, eine lange und verworrene Kette von Täuschungen, die er schon so viele Jahre mit sich herumschleppte und die er niemandem erklären konnte, ohne wie ein Monster dazustehen. Sein Puls schien sich auf das Fünffache zu beschleunigen. »Es war furchtbar«, sagte er nur. »Ich fürchte, ich kann immer noch nicht darüber sprechen.«

Mary wirkte beunruhigt. »Ich wollte keine alten Wunden aufreißen.« Ihre Hand streifte seinen Arm wie der Flügel eines vorbeihuschenden Vogels.

»Schon gut«, sagte er, aber nichts war gut. Stantons Kehle schnürte sich zu, die Erinnerung erstickte ihn.

Mary musterte ihn genau. »Was ist das?«, fragte sie und bewegte die Hand von seinem Arm hinauf zum Hals. Einen Moment lang berührten ihre Finger die Kratzer auf seiner Haut: Tamsens jüngste Hinterlassenschaft. »Sie haben da eine Wunde. Sieht aus, als hätte jemand Sie angegriffen …«

Diesmal war die Berührung nicht angenehm, sie brannte. Ohne nachzudenken, schob er Marys Hand weg. »Das ist gar nichts. Bitte, lassen Sie das.«

Mary machte einen Schritt nach hinten, als wäre plötzlich eine Mauer zwischen ihnen aus dem Boden geschossen. Bevor Stanton etwas sagen konnte, bevor er auch nur ein Wort herausbrachte, ertönte ihr Name in der Luft, klar und rein wie eine Glocke.

Mary wirbelte herum und eilte mit einem letzten Blick über die Schulter zurück zum Lager. Sie bewegte sich mit überraschender Schnelligkeit, blitzte zwischen den Bäumen auf wie ein Sonnenstrahl, dann war sie fort.

7

Vier Fässer Mehl.

James Reed hebelte den Deckel von einem und spähte hinein. Halb voll. Ein Klopfen gegen die drei anderen bestätigte ihm, dass sie noch unberührt waren. Fünfhundert Pfund Mehl also, in etwa. In seiner Kehle bildete sich ein Klumpen Angst. Als sie vor zwei Monaten aufgebrochen waren, waren es noch achthundert Pfund gewesen.

Er machte eine Notiz auf dem Stück Papier in seiner Hand und schaute in das nächste Fass. Zucker, beinahe halb leer. Eliza Williams, die sie eigens angestellt hatten, buk zu viele Kuchen und Torten für die Kinder.

Als er mit seiner Inventur fertig war, kletterte er über das Rückbrett und sprang aus dem Wagen. Er zog sein Stofftaschentuch hervor, wischte sich den Staub von den Handflächen, um sie nach kurzem Zögern heftig zu schrubben. Dann schnäuzte er sich und steckte das Taschentuch wieder weg.

Erst danach betrachtete er die Liste, zwang seine Hände zur Ruhe und Kraft. Seit ihrem Aufbruch von Springfield überprüfte er die Vorräte seiner Familie alle paar Tage. Sie gingen alarmierend schnell zur Neige. Doch allein sich Sorgen zu machen nützte noch nichts, es musste etwas geschehen.

Als Erstes würde er mit Eliza sprechen. Keine zweite Portion mehr – für niemanden, nicht einmal für die Kinder und ganz bestimmt nicht für die Fahrer, die das Essen geradezu gedankenlos verschwendeten. Er ging die Zahlen ein zweites Mal durch. Hatte er sich verrechnet, wie viel eine siebenköpfige Familie brauchen würde? Nein, es waren die sechs Bediensteten, die seine Kalkulation über den Haufen warfen: Die Männer waren Vielfraße, aßen zum Vergnügen, ohne auch nur daran zu denken, was es ihren Brotherrn kostete.

Trotzdem waren sie noch besser dran – viel besser –, als die meisten der anderen Familien im Treck. Keiner ließ sich etwas anmerken, alle taten, als gäbe es kein Problem, doch Reed hatte den Verdacht, dass einige insgeheim allmählich in Panik gerieten. Selbst die, die ihre Vorräte in Fort Laramie noch einmal aufgestockt hatten, hatten damit gerechnet, dass es unterwegs mehr Wild geben würde, doch das Land schien wie ausgestorben, es gab weder Hasen noch Kaninchen, nicht einmal Präriehunde. Die Saison ging dem Ende zu, vielleicht hatten die Pioniere, die vor ihnen hier durchgekommen waren, bereits alles geschossen.

Wahrscheinlich bauten die anderen auf die Mildtätigkeit ihrer Mitreisenden, falls ihnen der Proviant ausging. Nun, sie würden eine Enttäuschung erleben, wenn sie James Frazer Reed um Almosen baten. Auch christliche Nächstenliebe hatte ihre Grenzen.

Gestern Abend hatte er versucht, Donner davon zu überzeugen, ihm die Verantwortung für den Proviant des gesamten Trecks zu übertragen. Natürlich hatte niemand etwas davon wissen wollen. Keiner begriff, was es bedeutete, wenn ihnen auf den Gebirgspässen das Essen ausging. Die Vorzeichen waren zwar alle da, aber niemand wollte sie sehen.

»Sie über meine Vorräte bestimmen lassen?« William Eddy hatte nur gelacht und ihm seinen Kautabak vor die Stiefel gespuckt. »Kommt gar nicht infrage. Wenn wir Sie uns sagen lassen, was und wie viel wir wann essen dürfen, dann sind wir bald alle dürr wie die Skelette. So dürr wie *Sie*.«

Reed ignorierte ihn, doch er war versucht gewesen, sein Stück Papier hervorzuziehen und es Donner unter die Nase zu halten. »Seit unserem Aufbruch von Fort Laramie haben wir fünfundzwanzig Schlachtrinder weniger, und das innerhalb von nicht einmal drei Wochen. Wenn wir sie nicht alle gegessen haben, dann müssen sie gestohlen worden sein. Bei diesem Tempo haben wir keine zwei Dutzend mehr, wenn wir Kalifornien erreichen.«

Narreteien und Vergnügungen, das war es, was diese Leute wollten. Er musste sich nur Donners Schiff von einem Wagen ansehen, bis zum Rand mit Federmatratzen und allem möglichen anderen unnötigen Komfort angefüllt. Die Lohnarbeiter verspielten ihr Geld nachts am Lagerfeuer, bevor sie es überhaupt verdient hatten, während die anderen zu Hallorans Fiedel tanzten und viel zu viel Fleisch grillten. Und dann dieses *Picknick*. Was sollte das? Es war doch nur eine Ausrede für Donner gewesen, damit er sich auf einen Baumstumpf stellen und eine Rede halten konnte, um sich zum neuen Anführer auszurufen. Zwei Rinder waren dafür verschwendet worden, den Leuten zu zeigen, dass sie sich keine Sorgen zu machen brauchten: Seht her, Unmengen zu essen, es ist genug für alle da!

Und Reed hatte den Verdacht, dass das Picknick außerdem ein Ablenkungsmanöver gewesen war: In der Karawane ging das Gerücht, dass Tamsen Donner nachts umherstreifte und schon an Orten gesehen worden war, wo sie nichts zu suchen hatte. Einige der Frauen behaupteten, sie sei eine Hexe, könne einfach verschwinden und woanders wieder auftauchen, könne wie Löwenzahnsamen mit der Brise fliegen und einen Mann allein mit ihrem Atem verzaubern. Reed glaubte den Unsinn zwar nicht, doch eines war überdeutlich: Sie betrog ihren Mann und machte ihn vor den Leuten zum Narren, jetzt, da eigentlich alle geschlossen hinter ihm stehen sollten.

Reed richtete sich auf. Nachdem er so lange im Wagen zwischen all den Leinensäcken voller Kleie und getrockneter Bohnen, den Essig- und Sirupfässern gekauert hatte, schmerzte sein Rücken. Noch während er sich streckte, kam Donner auf seinem Pferd heran und winkte mit dem Hut.

»Spannt die Zugtiere an!«, rief er, das große Gesicht ganz rot vor Anstrengung. »Zeit zum Aufbruch!«

Wie sehr er diese Stimme hasste.

Reed wollte gerade etwas sagen, da sah er zwei von den Breen-Söhnen auf Händen und Füßen unter einem der Wagen hervorkriechen. Sie waren leichenblass im Gesicht und konnten kaum stehen. Dabei stöhnten sie, als hätte jemand sie verprügelt.

Reeds Herz setzte einen Schlag lang aus. Der Junge, der einen Monat zuvor getötet worden war, fiel ihm wieder ein. Das fahle Gesicht unbeweglich, als schlafe er, der schreckliche Anblick des zerfleischten Körpers. Waren die beiden womöglich krank? Da warf sich zuerst der eine, dann der andere vornüber und erbrach sich heftig. Der medizinisch-stechende Geruch war unverkennbar.

»He, ihr da!« Reed ging mit schnellen Schritten auf sie zu, bevor sie fortlaufen konnten. »Ihr habt doch getrunken. Versucht nicht, es abzustreiten. Ich rieche das.«

Beide Jungen – sie konnten nicht älter als zehn sein – drehten ihm die mürrischen Gesichter zu. »Geht Sie nichts an«, sagte der eine.

Der Gestank von Erbrochenem und Whiskey war so stark, dass Reed sich beherrschen musste, sich nicht sein Taschentuch über die Nase zu halten. Er bezweifelte, dass der Vater der Jungen ihnen den Schnaps gegeben hatte. Eher würde Patrick Breen sie mit der Peitsche halb zu Tode prügeln. »Ihr habt diesen Whiskey doch gestohlen! Von wem? Raus damit.«

Sie sahen ihn finster an. »Sagen wir nich'«, erwiderte der kleinere, schmutzigere.

Reed war versucht, sie zu ohrfeigen, besann sich aber eines Besseren. Die Leute schauten bereits.

»Warum belästig'n Sie die beiden?« Milt Elliott, einer von Donners Fahrern, schüttelte den Kopf.

»Das braucht dich nicht zu kümmern«, gab Reed zurück.

»Sie sind nicht ihr Vater.« Das kam von einem anderen von Donners Männern, Samuel Shoemaker.

»Ihr *Vater* liegt wahrscheinlich selbst gerade irgendwo im Gras.« Die Worte kamen aus ihm heraus, bevor er sie zurückhalten konnte. Reed verfluchte seine scharfe Zunge. Er konnte sich nur zu gut vorstellen, wie er den anderen vorkommen musste, schließlich waren die meisten von ihnen doch nach der letzten durchtanzten Nacht selbst betrunken. Seine Handflächen kribbelten. Er spürte den Schmutz in seinen Ohren, in den Nasenlöchern und unter seinen Fingernägeln. Er brauchte ein Bad. »Ich versuche doch nur herauszufinden, woher die Jungs den Alkohol haben.«

»Soll das heiß'n, wir sind schuld, dass die beid'n sich betrunken haben?«, fragte Elliott mit einer nach oben gezogenen Augenbraue.

»Nein. Ich sage nur, dass wir unsere Vorräte besser im Auge behalten müssen.« Er schüttelte den Kopf. Noch ein Versuch. »Wir könnten zum Beispiel den Schnaps wegsperren ...«

Groß und kantig und unheilverkündend wie eine Vogelscheuche, schob sich Lewis Keseberg durch die Menge. Reed hätte es wissen müssen. Keseberg schien immer auf der Suche nach Streit. »Sie möchten also unseren Schnaps wegsperren, wie? Wahrscheinlich kippen Sie ihn in den Little Sandy, wenn keiner hinschaut, bis auf den letzten Tropfen.« Er bohrte Reed einen Finger in die Brust. »Wenn Sie versuchen, auch nur einen Finger an eine meiner Flaschen zu legen, dann helfe mir Gott!«

Schweißtröpfchen sammelten sich auf Reeds Oberlippe. Sein Blick wanderte von links nach rechts, aber er konnte weder Kesebergs Frau noch seine Tochter entdecken. Anscheinend hielt Keseberg alles Menschliche in seiner Familie hinter Schloss und Riegel. Mit Anstandsregeln brauchte ihm Reed jetzt nicht zu kommen. Trotzdem konnte er sich vor all den Leuten nicht so von ihm herumschubsen lassen. Sie würden ihn nur für einen Feigling halten. Aber Keseberg war notorisch nachtragend. Keiner spielte mehr mit ihm Karten, weil er nie vergaß, wer schon einmal betrogen hatte, wer gerne bluffte und wer jedes Mal die Wette hielt. Keseberg wusste genau, welche Karten bereits gespielt waren und welche als nächste kommen würden. Sein Gedächtnis war so scharf wie ein Messer, er war beinahe einen Kopf größer als Reed und dreißig Pfund schwerer.

Und er war jetzt so nahe, dass ihm auffallen musste, dass etwas mit Reed *nicht stimmte*.

Reed hatte die Fantasie, dass sein Geheimnis - die Verderbtheit - in ihm so stark war, dass man sie sehen oder riechen konnte, wenn man nur nahe genug herankam. Sie war wie der feine Staub in der Luft, den er nie ganz loswurde, Spuren seiner Sünden an seinen Händen, in seinem Gesicht und an seinem Körper, die durch seine Kleidung sickerten, ganz gleich, wie sehr er sich bemühte, sie wegzuwischen.

Er griff nach seinem Taschentuch.

»Nehmen Sie Ihre Hände von mir«, sagte er und hoffte, seine Stimme würde nicht zu zittern beginnen. »Sonst …«

»Sonst was?« Keseberg beugte sich nur noch näher heran. *Scharf wie ein Messer.*

Bevor Reed etwas erwidern konnte, trat ein Koloss von einem Mann zwischen die beiden: John Snyder, Franklin Graves' Fahrer und wahrscheinlich der Letzte, mit dem sich ein vernünftiger Mensch anlegen würde.

Snyder kniff die Augen zusammen, etwas Verspieltes stand in seinem Blick. »Was ist hier los? Will der kleine Mann schon wieder allen befehlen, was sie tun soll'n?« Snyder nannte Reed oft *kleiner Mann*. Eine Erinnerung daran, dass er mit ihm anstellen konnte, was immer er wollte. »Ich dachte, man hätte Ihnen erklärt, dass Sie uns nicht rumzukommandieren haben.«

Reed glaubte, einen ganz bestimmten Ausdruck in Snyders Augen zu erkennen. Das Blut gefror ihm in den Adern. Hatte es außer ihm noch jemand bemerkt? Doch die anderen machten einfach weiter, niemand hatte es gesehen. Niemand wusste etwas.

»Stimmt genau. George Donner ist unser Anführer, nicht Sie«, erklärte Keseberg.

»Ich spreche nur mit der Stimme der Vernunft«, beharrte Reed. Das war wichtig. Trotz seines Unbehagens wollte er es noch ein letztes Mal versuchen. »Fort Laramie war der letzte Außenposten, bis wir Kalifornien erreichen. Ab jetzt gibt es keinen Krämerladen mehr, keine Getreidespeicher und keine Siedler, die uns einen Sack Maismehl verkaufen würden. Wer auch immer seinen Whiskey an diese Jungs eingebüßt hat« – Reed deutete mit dem Finger auf die beiden, die jetzt mit dem Rücken auf der Erde lagen –, »wird sich wünschen, er hätte etwas besser aufgepasst, denn hier gibt es keinen einzigen Tropfen mehr zu kaufen.«

Die Leute verstummten, und Reed wusste, er hatte einen kleinen Sieg errungen.

»Freunde«, fuhr er fort, »nach allen Berichten liegt der leichtere Teil der Reise bereits hinter uns. Ich habe in Fort Laramie mit Männern gesprochen, die diese Abkürzung bereits kennen. Sie sagten, der Weg voraus ist schlimmer, als wir uns vorstellen können. Ich bitte euch, euch zu besinnen und die richtigen Entscheidungen zu treffen.« Sie warteten wie gebannt darauf, dass er weitersprach. Selbst Snyder beobachtete ihn; seine Augen leuchteten beinahe golden im Sonnenlicht. »Viele von uns haben eine Menge Gepäck, schleppen Dinge von zu Hause mit sich herum, von denen wir glauben, wir könnten uns nicht von ihnen trennen. Ich flehe euch an, es *jetzt* zu tun. Lasst alles Überflüssige gleich hier auf der Wiese, oder eure Zugochsen werden die Berge nicht überleben.«

Stille. Reed merkte zu spät, dass er es zu weit getrieben hatte. Obwohl sie genau wussten – wissen *mussten* –, dass er nur die Wahrheit sagte. Meile um Meile waren sie an Besitztümern vorbeigekommen, die andere Pioniere unterwegs zurückgelassen hatten: Möbelstücke, Kleiderkisten, Kinderspielzeug, sogar ein Klavier hatte mitten auf einer Wiese gestanden, als wartete es auf jemanden, der darauf spielte. Reed hatte beobachtet, wie Doris Wolfinger, die junge Deutsche, die knarrenden Tasten wehmütig bearbeitete. Der Anblick hatte ihm einen Schmerz in der Brust bereitet, den er nicht benennen konnte.

Doch wie so oft wollte auch diesmal niemand die Wahrheit hören.

»Da redet der Richtige!«, schimpfte Keseberg. »Gerade er mit seinem Spezialwagen, für den er sogar im flachen Land vier Ochsen braucht.«

»Sie halten sich nicht gerne an Ihre eigenen Ratschläge, oder?«, fragte Snyder beinahe beiläufig, während er seine schmutzigen Fingernägel bearbeitete. Dabei sah er Reed nicht einmal an, trotzdem konnte er nicht anders, als darüber zu staunen, wie groß und kräftig Snyders Hände waren. Konnte nicht anders, als sich zu fragen, wie es sich anfühlen würde, wenn sie ihm die Kehle zudrückten. »Wer will sich von so jemandem schon was vorschreiben lassen?«

Reed wollte gerade den Mund öffnen, da kam George Donner heran. Er war abgestiegen und führte sein Pferd an den Zügeln.

»Wir verschwenden kostbares Tageslicht, Freunde. Machen wir uns an die Arbeit, spannen die Tiere ein und brechen auf. In einer Viertelstunde möchte ich, dass alle Wagen in Bewegung sind«, erklärte er und schwang sich wieder in den Sattel.

Die Menge löste sich auf. Donner wirkte zufrieden mit sich. Wahrscheinlich sollte Reed ihm dankbar sein für die Rettung, aber er verspürte nur Groll. Wenigstens ließen die unheilvollen Gedanken an John Snyder, seinen kantigen Kiefer, diese kräftigen, furchterregenden Hände, ein wenig nach.

Während sich die Menge verteilte, entdeckte Reed seine Frau, Margaret. Sie trug ihr gewebtes Schultertuch, die langen Quasten baumelten in der Brise. Ihr Anblick traf ihn vollkommen unerwartet, genauso wie die Erkenntnis, wie alt sie aussah.

Sie drehte sich weg, aber nicht schnell genug, als dass ihm der Ausdruck auf ihrem Gesicht entgangen wäre. Mitleid, vielleicht sogar Abscheu. Reed eilte zu ihr und fasste sie am Ellbogen. »Was ist, Margaret? Hast du mir etwas zu sagen?«

Sie schüttelte den Kopf und humpelte weiter zu ihrem Lagerplatz, so langsam, als habe sie große Schmerzen. Sie schien noch stärker zu leiden als in Springfield, falls das überhaupt möglich war. Es schien, als ginge es ihr gesundheitlich immer schlechter. Reed war einigermaßen sicher, dass sie übertrieb, um ihm ein schlechtes Gewissen zu machen.

»Komm schon, Margaret. Sag mir, was dich bedrückt. Red dir von der Seele, was auch immer ich getan habe, das dich so enttäuscht.«

Margaret zitterte, so sehr strengte sie sich an, ihre Gefühle zu beherrschen. Ihren *Zorn*. Reed dachte daran, wie sie gewesen war, als sie geheiratet hatten: eine Witwe, erfahren in der Ehe, den verschiedenen Rollen von Mann und Frau sowie ihren getrennten Einflusssphären. Sie war ihm als würdevoll, fleißig und ordentlich aufgefallen. Die Entscheidungen überließ sie stets ihm und stellte sich vor den Kindern, Dienern und Nachbarn regelmäßig auf seine Seite.

»Ich verstehe dich nicht, James. Warum musst du immer Streit mit den anderen suchen?«

»Ich habe keinen Streit gesucht. Diese zwei Burschen sind unter einem der Wagen hervorgekrochen und haben sich beinahe *über meine Stiefel* erbrochen ...«

»Warum tust du das?«, schnitt sie ihm aufgebracht das Wort ab. »Benimmst dich so von oben herab, als wärst du was Besseres? Du machst dich vor allen zum Gespött ...« Sie hielt abrupt inne und presste die Augenlider zusammen. »Um alles in der Welt, ich verstehe dich nicht. Warum mussten wir Springfield überhaupt verlassen, die gut laufende Firma verkaufen und unser schönes Haus?« Sie schnappte nach Luft, als wäre sie mitten in der Prärie am Ertrinken. »Wenn ich all das geahnt hätte, James, ich bin nicht sicher, ob ich dich dann geheiratet hätte ...«

»Sag das nicht, Margaret«, erwiderte er mechanisch. Seine Frau blickte nicht einmal auf. Keiner von ihnen machte sich irgendwelche Illusionen über ihre Hochzeit. Sie hatten nicht aus Liebe geheiratet, sondern aus Vernunft. Ihr Verhältnis war weit eher wie das zwischen Bruder und Schwester als das zwischen Mann und Frau. Aber welches der Paare hier draußen konnte schon etwas anderes behaupten?

»Und was ist mit den Kindern? Hast du auch nur einen einzigen Gedanken darauf verwendet, was du ihnen antust, wenn du sie von ihren Freunden trennst, von ihren Nachbarn und allen Menschen, die sie kennen? Als du um meine Hand angehalten hast, hast du gesagt, du würdest für uns *sorgen.*«

»Und genau das tue ich. Genau das ist der Zweck dieser ganzen Unternehmung.« Das Stofftaschentuch war wieder da. Reed rieb sich schon wieder die Hände und hatte es nicht einmal bemerkt. Er stopfte es zurück in seine Jacke.

Die ganze Wahrheit war etwas komplizierter.

Die ganze Wahrheit bedeutete, dass er eben *nicht* alles in seiner Macht Stehende getan hatte, um Margaret und die Kinder zu schützen. Er hatte Fehler gemacht.

Und einer davon wog besonders schwer.

Margaret war Edward McGee einmal begegnet, als sie Reed überraschend im Lagerhaus aufgesucht hatte. Damals hatte er vermutet, sie hätte Gerüchte gehört und wäre in die Stadt gekommen, um sich mit eigenen Augen davon zu überzeugen.

Doch Margaret hatte nie ein Wort darüber verloren, nie auch nur einen Verdacht geäußert. Sie schüttelte Edward sogar die Hand. Reed sah die Szene jetzt noch vor sich, dieses eigenartige, halb spöttische Lächeln auf Edwards Lippen, als er Margarets Finger umfasste.

Doch das war nun vorbei. Er musste die Vergangenheit hinter sich lassen, seine Ängste und seine Schuld. Musste den Gedanken an Snyders Hände um seinen Hals - oder seine Handgelenke - für immer aus seinem Kopf verbannen. Er musste sich bessern. Obwohl es vollkommen irrational war und unmöglich, glaubte ein Teil von ihm, dass es seine eigene Sündhaftigkeit war, die den Nystrom-Jungen getötet und den Teufel in ihr Lager geführt hatte.

Nein. Er durfte jetzt nicht den Kopf verlieren. Alles würde anders werden, wenn sie erst in Kalifornien waren. Reed spähte in den Himmel. Die Sonne stieg allmählich höher, bald wären sie wieder unterwegs.

Er zog seine Bestandsliste hervor und ging alles noch einmal durch, aber egal, wie oft er zählte, die Wahrheit ließ sich nicht verscheuchen. Sie hatten einfach nicht genug.

Etwas musste geschehen.

8

Indianergebiet

Werter Charles,
ich schreibe diesen Brief irgendwo in der Wildnis jenseits von Fort Bridger. Bin ich hier in den Wasatch Mountains? Ich weiß es nicht, genauso wenig wie ich weiß, ob Sie diese Zeilen je zu Gesicht bekommen werden. Nach den Strapazen der letzten Wochen weiß ich nur, dass ich niederschreiben muss, was ich herausgefunden habe. Falls dieser Brief Sie erreicht, Charles, versuchen Sie nicht mir zu folgen. Was ich tue, tue ich aus Interesse an der Wissenschaft und der Wahrheit.
Unmittelbar nachdem ich Fort Laramie verlassen hatte, nahm ich mir einen Führer, einen siebzehnjährigen Paiute namens Thomas. Missionare haben ihn vor sechs Jahren zum Christentum bekehrt (von ihnen hat er auch seinen Namen), seither lebte er ständig unter Weißen. Er erzählte mir, er kenne die Washoe, die in der Nähe des Truckee Lake leben, außerdem habe bei den Missionaren eine Washoe-Waise gelebt, weshalb er ihre Sprache sprechen könne. Er hatte auch von den Anawai gehört, schien aber nicht gerne über sie zu sprechen.
Sie können sich vorstellen, wie entzückt ich war, einen Führer gefunden zu haben, der die Gegend kennt, den Stamm, nach dem ich suche, und sogar die Sprache spricht. Keine fünf Tagesreisen von Fort Laramie entfernt begegneten wir einer kleinen Jagdgruppe der Paiute, und Thomas musste seine erste

Prüfung bestehen. Die Krieger zeigten sich freundlich und teilten am Lagerfeuer ihr Essen mit uns. Sie beantworteten auch meine Fragen zu den Anawai, mein Interesse schien sie regelrecht zu animieren. Allerdings versuchten sie, mich von meinem Plan abzubringen, die Anawai zu treffen, da die Gruppe in dieser Gegend ganz besonders gefährlich sei.

Soweit ich es aus Thomas' Übersetzung heraushören konnte, haben sich die Anawai von ihrem traditionellen Glauben abgewandt und beten nun einen Wolfsgeist an, der das Tal bewohnt, in dem sie leben. Die Paiute behaupten, die Anawai könnten aus heiterem Himmel von einer plötzlichen Wildheit und einem unstillbaren Blutdurst erfasst werden. Sie beschuldigten die Gruppe aller möglichen Grausamkeiten, aber an diesem Punkt wurde ihre Geschichte immer schwerer zu verstehen, bis sie Thomas' Übersetzungskünste schließlich ganz überstieg.

Dass ihre Geschichte so gut zu Farnsworths Berichten von Menschenopfern passte, festigte nur meinen Entschluss, die Angelegenheit weiterzuverfolgen. Der Rest der Gruppe war – natürlich – weniger fest entschlossen. Sie kennen die Männer: Newell, Anderson und die Manning-Brüder, große, starke Kerle, die niemand der Feigheit bezichtigen würde. Ich konnte sie aber überzeugen, mich bis Fort Bridger zu begleiten, wo der Treck ohnehin durchkommen würde und sie sich ihm wieder anschließen könnten, falls sie das wünschten.

Nachdem ich die Männer also beruhigt hatte, nahm Thomas mich beiseite. Ich sah ihm an, dass er genauso verängstigt war wie sie. Als er mir sagte, er wolle umkehren, wies ich ihn darauf hin, dass ich ihn schließlich für seine Dienste bezahlte, und das entweder ganz oder gar nicht: Wenn er auch nur einen Penny von mir sehen wolle, müsse er bis zum Schluss bei mir bleiben. Wie Sie sich vorstellen können, war er nicht begeistert und verlangte in Anbetracht der Gefahr nach einem Gewehr. Allerdings war er so nervös, dass ich fürchtete, er könnte aus Versehen das falsche Ziel treffen – mich selbst eingeschlossen. Außerdem habe ich, wie ich gestehen muss, zu oft von indianischen Führern gehört, die sich gegen ihre Dienstherren wandten. Thomas scheint mir zwar ein guter Junge zu sein, aber ich lehnte doch ab. Ich erklärte ihm, dass er von erwachsenen, bewaffneten Männern umgeben war, die ihn beschützen würden. Trotzdem ließ seine Angst nicht nach, bis wir Fort Bridger erreichten.

Ich bin noch nie in meinem Leben so glücklich gewesen, ein so heruntergekommenes Rattenloch wie Fort Bridger zu sehen. Wie Sie bald selbst feststellen werden, spottet es jedem Vergleich mit Fort Laramie. Jim Bridger, einer der Besitzer, sagte mir ganz offen, dass seine Geschäfte ganz empfindlich unter dem Greenwood Cutoff leiden, der seit letztem Jahr immer beliebter wird. Jetzt, da die Wagen auf dem Weg nach Oregon nicht mehr hier durchkommen, ist Fort Bridger praktisch eine Geisterstadt.

Wie verzweifelt die Lage ist, erfuhr ich am nächsten Abend, als wir in Bridgers Büro um eine Flasche Fusel versammelt saßen. In einem Moment der Trunkenheit erzählte er uns von einem Vorfall, der sich sechs Jahre zuvor ereignet hatte: In dem Gebiet, durch das der Hastings Cutoff führt, war eine Gruppe Goldschürfer verschwunden. Manche sagten, sie seien verhungert, andere behaupteten, die unberechenbaren Anawai hätten sie massakriert. Bridger kannte die Gruppe, da sie in seinem Fort Station gemacht hatte, also organisierte er eine Suche. Es schien aber aussichtslos, denn das Gebiet ist riesig, und der Suchtrupp war schlecht ausgerüstet. Sie wollten schon kehrtmachen, als einer der Goldschürfer ins Lager des Suchtrupps gestolpert kam. Leider hatte der arme Tropf in der

Wildnis den Verstand verloren – welches Schicksal die anderen ereilt hatte, war nicht aus ihm herauszubekommen.
Etwas an der Geschichte gefiel mir nicht. Sie erinnerte mich an eine Bemerkung von Lewis Keseberg, der gesagt hatte, sein Onkel sei vor ein paar Jahren in genau dieser Gegend verschwunden.
Auf jeden Fall begann ich, eine schlechte Meinung von Bridger zu bekommen. Seine Preise sind exorbitant und seine Waren von schlechter Qualität (das Mehl feucht, das Fleisch schimmlig, der Alkohol gestreckt). Die Garnison wurde schon vor Monaten in das stärker frequentierte Fort Hall verlegt, Bridger und sein Partner Luis Vasquez sind jetzt die Einzigen hier. Sie sind verzweifelt, denke ich.
Nach der Begegnung mit dem Paiute-Jagdtrupp und Bridgers Geschichte brach ich am nächsten Morgen mit einem unguten Gefühl auf und nahm nur Thomas mit. Wir merkten schnell, dass der Weg sehr, sehr schlecht ist. Bridger hatte mir gesagt, Lansford Hastings sei tatsächlich im Fort gewesen, wäre aber bereits aufgebrochen, um eine andere Gruppe zu führen. Diese Gruppe war etwa eine Woche vor uns, und wir versuchten, ihren Spuren zu folgen, fanden aber nur dichten Wald und noch dichteres Unterholz. Gelegentlich stießen wir auf alte Indianerpfade, die allesamt abrupt an einer Schlucht oder Felskante endeten. Selbst zu Pferd ist der Weg schwierig, für Wagen ist er so gut wie unpassierbar. Sie müssen unter allen Umständen verhindern, dass der Treck diese Route nimmt, denn hier warten nur Mühsal und Unheil.
Es dauerte eine ganze Woche, aber schließlich hatten Thomas und ich die Berge passiert. Wir hatten keinerlei Spuren von Hastings' Gruppe entdeckt und waren sehr angespannt. Wir hofften jede Minute, einen Hinweis zu finden, dass sie vor uns hier durchgekommen waren, oder eine menschliche Stimme

zu hören – irgendetwas, *das uns sagte, dass wir nicht allein waren. Doch je tiefer wir in den Wald vordrangen, desto abgeschnittener fühlten wir uns. Paradoxerweise hatte ich gleichzeitig das starke Gefühl, beobachtet zu werden.*
Zu diesem Zeitpunkt war Thomas schreckhafter als eine Maus, und ich machte mir bereits Sorgen um seinen Geisteszustand. Als ich ihn letzte Nacht am Lagerfeuer darauf ansprach, gestand er, dass er nicht alles übersetzt hätte, was die Paiute ihm berichtet hatten. Dass sie ihn gewarnt hätten, uns wegen der Anawai vom Truckee Lake fernzuhalten, stimmte zwar, aber Thomas hatte mir den Grund für die Warnung vorenthalten: Die Anawai entführten Menschen, um sie diesem Wolfsgeist zu opfern.
Thomas sagte, es tue ihm leid, dass er mir nicht schon früher die Wahrheit gesagt hätte, aber er hatte befürchtet, ich würde es unbedingt mit eigenen Augen sehen wollen und uns beide in den sicheren Tod führen. Er hält mich schlichtweg für verrückt und für kein Argument der Welt zugänglich. Er schien mir so mitgenommen, dass ich ein schlechtes Gewissen bekam, weil ich ihn in diese Lage gebracht hatte. Er ist erst siebzehn und halb wahnsinnig vor Todesangst.
Ich wollte gerade in meine Tasche greifen und ihn mit seinem vereinbarten Lohn entlassen, als wir ein Geräusch im Wald hörten. Wir schreckten beide hoch, ich packte mein Gewehr, und Thomas griff sich ein brennendes Stück Holz.
Überall um uns herum knisterte und knackte es. Thomas hielt das Holz hoch wie eine Fackel, dann hörten wir direkt vor uns ein lautes Krachen, als trete jemand auf einen Ast und breche ihn mitten durch. Ich hob mein Gewehr und zielte in die Richtung.
»Zeig dich!«, rief ich in die Dunkelheit.
Schnelle Schritte kamen auf mich zu, ich wollte gerade feuern,

da wirbelte Thomas herum und rannte in den Wald. Er war unbewaffnet (in seiner Panik hatte er selbst den brennenden Ast weggeworfen), also heftete ich mich an seine Fersen, um ihn zu beschützen. Ich folgte dem Lärm, den er machte, und hörte dabei die ganze Zeit jemanden direkt hinter mir. Nach wenigen Minuten hatte ich Thomas in der undurchdringlichen Dunkelheit verloren, doch das Geräusch hinter mir kam immer näher, sodass ich schließlich aus purem Selbstschutz blind zwischen die Bäume feuerte. Im Mündungsblitz zeichnete sich ein Umriss ab, also schoss ich noch einmal. Diesmal hörte ich den Schmerzenslaut eines Tiers. Meine Augen hatten sich inzwischen an die Dunkelheit gewöhnt, ich sah gelbe Augen und Zähne aufleuchten, dann war das Tier, was auch immer es gewesen sein mag, fort. Ich lauschte auf jedes noch so kleine Geräusch, falls das Wesen aus einer anderen Richtung zu einem erneuten Angriff ansetzen sollte. Doch um mich herum war es schlagartig vollkommen still geworden.
Keine Spur von meinen Verfolgern – und auch nicht von Thomas. Weder kam er zum Lagerfeuer zurück, noch weiß ich, was mit ihm geschehen ist.
Charles, Sie wissen, was für ein sturer Kauz ich bin, daher wird es Sie nicht überraschen, dass ich meinen Weg zum Truckee Lake fortsetze. Ich bin zu weit gekommen, um jetzt noch umzukehren. Sie mögen mein Verhalten für unbesonnen und gefährlich halten, und Sie haben selbstverständlich recht damit. Doch bin ich in der Vergangenheit schon öfter in ähnlichen Situationen gewesen und habe jedes Mal überlebt. Ich reite weiter, um nach Thomas zu suchen – und nach der Wahrheit.

Gott segne und beschütze Sie,
Ihr Freund Edwin

9

Es musste die trockenste, heißeste Phase des Sommers gewesen sein, als der Treck endlich den Südpass überquerte und das Gebiet nördlich von Fort Bridger erreichte. Das Land war rauer, als Stanton erwartet hatte. Die grünen Gräser wurden abrupt von verbranntem Braun abgelöst, brüchig und staubig wie Pulver. Der Big Sandy River war so ausgetrocknet, dass er kaum breiter war als ein Bach. Das Vieh beschnupperte das spärliche Gras gelangweilt. Sie mussten das Gebiet schnell durchqueren und konnten nur hoffen, bald wieder auf fruchtbare Böden zu treffen. Unter den Bedingungen hier würden sie nicht lange durchhalten. Doch die Ebene vor ihnen schien sich über einhundert Meilen zu erstrecken. Eine gemarterte Landschaft.

Stantons Muskeln schmerzten. Schweiß sammelte sich auf seiner Stirn und rann seinen Rücken hinunter. Sein Kopf hämmerte vor fiebriger Erschöpfung. Während der zurückliegenden Nächte hatte er freiwillig das Vieh bewacht, damit er nicht in seinem Zelt war, wenn Tamsen nach ihm suchte. Es war nur eine Übergangslösung – früher oder später musste er sie konfrontieren –, die ihn tags beinahe im Stehen einschlafen ließ. Trotzdem, sich der Verlockung ihres Körpers zu stellen und Tamsens Zorn zu ertragen, erschien ihm noch schlimmer.

Er war immer noch von der Begebenheit von vor drei

Nächten erschüttert. Donner hatte ihm eröffnet, er wisse, dass Tamsen ihm etwas verheimlichte. Es wäre nicht das erste Mal, hatte er ihm gestanden. Tamsen sei ein zerbrechlicher Charakter, gewisse »Vorkommnisse« in der Vergangenheit gehörten auch zu den Gründen, warum sie nach Westen gingen. Ihre letzte Affäre sei kurz davor gewesen, publik zu werden, der Skandal hätte Donner zur Lachnummer gemacht – und Tamsen ebenfalls. Als sie zu ihren Zelten wankten, war Donner so betrunken gewesen, dass er sich auf Stanton stützen musste. Diesmal, so schwor er, würde er Tamsens Liebhaber umbringen. Die wilde Entschlossenheit, mit der Donner seine Frau verteidigte, überraschte Stanton. Im Großen und Ganzen erschien er ihm zwar harmlos, trotzdem zweifelte er nicht, dass Donner bei seinem Schwur bleiben würde.

Also hielt er Nacht für Nacht Wache, auch wenn das bedeutete, dass er während der langen, heißen und staubigen Tage kaum die Augen offen halten konnte.

Als er Fort Bridger erblickte, hielt er es im ersten Moment für eine Fata Morgana. Er sah die Dächer einiger weniger Blockhütten und Gebäude, die kurz vorm Einsturz schienen. Stanton merkte erst jetzt, als es in Sichtweite war, wie sehr er sich danach gesehnt hatte, das Fort zu erreichen und vorübergehend von seinen eigenen Gedanken abgelenkt zu sein. Die Enttäuschung traf ihn umso härter: Aus der Ferne konnte man das Fort beinahe für verlassen halten.

Unbehagen stieg auf und breitete sich aus. Stanton spürte es wie einen Wind durch die Gruppe fahren. Das *kann* nicht Fort Bridger sein, sagten die Siedler zueinander. Wo waren die Palisaden, das massive Tor, die Kanone? Sie sahen nur ein paar Gebäude. Zwei Indianer hackten auf dem schlammigen Innenhof Holz und blickten kurz auf, um sich dann wieder ihrer Arbeit zu widmen.

Sie fanden den Besitzer, Jim Bridger, in einer der baufälligen Blockhütten. Das Innere war so dunkel und trist, dass sie kaum etwas erkennen konnten. Die langgestreckte Hütte war flach und hatte kaum Fenster, durch die zahllosen Spalten zwischen den Baumstämmen kam unangenehm viel Zugluft herein. Der Boden bestand aus festgetrampeltem Erdreich, hier und da mit einer löchrigen Tierhaut abgedeckt. In einer Ecke saßen zwei Indianerinnen über ihre Körbe gebeugt. Der Rauch aus der Feuerstelle schien sie nicht zu kümmern. Zu ihren Füßen spielte ein Kind und scharrte mit dem Daumen in der Erde.

Stanton hatte Geschichten über Bridger gehört, über sein ungezügeltes Temperament und all die anderen Eigenschaften, die den langen Jahren zugeschrieben wurden, die er allein in der Wildnis verbracht hatte. Ein ganzes Jahrzehnt hatte er die Gegend als Mountain Man durchstreift, bis er mit seinem Partner, einem ruhelosen Mexikaner namens Luis Vasquez, das Fort errichtete. Paranoid und stets geneigt, das Gesetz selbst in die Hand zu nehmen, so hatte einer der Männer in Fort Laramie ihn beschrieben.

Bridger mochte einmal eine beeindruckende, vielleicht sogar einschüchternde Erscheinung gewesen sein, aber inzwischen war er runzelig geworden, hohlwangig und eingefallen, als hätte ihn etwas von innen leergesaugt. Seine Kleidung bestand aus schmutzigen Wildlederfetzen, sein Haar war lang, dünn und grau. Wenn er aufblickte, stand ein eigenartiges Leuchten in seinen Augen. Der Kerl war eindeutig verrückt.

Donner überragte ihn so weit, dass er Bridger beinahe die Hand ins Gesicht stieß, als er sie ihm zum Schütteln hinhielt. »Ich muss mit dem Besitzer dieses Forts sprechen«, sagte er in seinem ausladenden, zuversichtlichen Tonfall, den Stanton mittlerweile als durch und durch vorgetäuscht erkannte.

»Steht vor Ihnen.« Bridger kam hinter dem Tresen hervor, ohne ihn anzusehen. Neben ihm stand ein etwas jüngerer Mann mit karamellfarbener Haut und einer schmutzigen Schürze um die Hüfte. Die beiden schienen gerade Inventur zu machen.

»Wir werden ein paar Tage hierbleiben, damit die Tiere sich ausruhen können«, erklärte Donner, nachdem er sich vorgestellt hatte.

»In Ordnung. Lassen Sie uns wissen, wenn Sie irgendetwas brauchen. Unsere Vorratsregale sind gut gefüllt«, erwiderte Vasquez und wischte sich die Hände an der Schürze ab. Sie war bräunlich rot verschmiert, als käme er gerade vom Schlachten. »Welche Route werden Sie nehmen? Norden oder Westen?« Die Frage schien beide brennend zu interessieren.

»Die nach Westen natürlich«, antwortete Donner. »Wir sind hier, um uns mit Lansford Hastings zu treffen. Er sagte, er komme her, um die neuen Siedler über seine Abkürzung zu führen.«

Bridger und Vasquez tauschten einen Blick aus, den Stanton nicht deuten konnte. »Hastings war hier, aber er ist weitergezogen«, erwiderte Vasquez. »Vor zwei Wochen kam bereits ein anderer Treck hier durch. Hastings ist mit ihnen gegangen.«

»Vor zwei Wochen!«, wiederholte Donner. »Aber er hat versprochen, hier zu warten.«

Stanton verbot sich die Bemerkung, dass Donner gewarnt worden war. Donner hatte die Gruppe überzeugt, den Hastings Cutoff zu nehmen und allen versprochen, dass Hastings hier auf sie warten würde. Nun musste er ihnen eröffnen, auf welches Würfelspiel sie sich eingelassen und dabei womöglich verloren hatten.

»Kein Grund zur Sorge«, beschwichtigte Bridger. Er kniff die Augen auf eine eigentümliche Weise zusammen, die wahrscheinlich ein Lächeln andeuten sollte. »Er hat ein paar Anweisungen hinterlassen. Alle Wagen, die hier durchkommen, sollen einfach dem Pfad folgen. Er markiert ihn. Sie können ihn gar nicht verfehlen.«

Donner runzelte die Stirn. »Was halten Sie von diesem Pfad? Taugt er denn was? Unsere Gruppe besteht aus beinahe neunzig Leuten, die meisten davon sind Frauen und Kinder.«

Stanton verstand nicht, warum Donner sich die Mühe machte. Das Schicksal von Fort Bridger hing auf Gedeih und Verderb von Hastings' Route ab. Er hoffte zwar, der christliche Anstand würde Bridger und Vasquez davon abhalten, ihnen ins Gesicht zu lügen, aber es wäre nicht das erste Mal, dass ihn der christliche Anstand enttäuschte. Außerdem maßen nur wenige Menschen dem Leben eines Fremden größeren Wert bei als dem eigenen Profit.

Bridger und Vasquez zögerten. »Na ja, die Route ist noch recht neu«, antwortete Vasquez schließlich.

»Das ist sie«, bestätigte Bridger deutlich fröhlicher als sein Kompagnon. »Aber Hastings ist begeistert. Einmal hat er Bill Clyman mitgenommen. Schon von ihm gehört? Clyman dürfte der berühmteste Trapper der gesamten Gegend sein, und er sagt, die Route ist gut.«

Donner grinste dümmlich. Zweifellos würde er den Leuten im Treck genau die gleiche Auskunft geben. »Das genügt mir.«

»Wissen Sie was? Ich werd mich selbst in den Sattel schwingen und Sie an den Fuß des Passes bringen«, erwiderte Bridger.

»Aber Sie sollten sich ein paar Tage Zeit zum Ausruhen nehmen und die Tiere gut füttern, damit sie bei Kräften sind. Wir haben Hafer und etwas Futtermais. Nach uns kommt bis Sutter's Fort in Kalifornien nichts mehr. Das ist Ihre letzte Chance, den Ochsen noch ein bisschen was auf die Rippen zu packen, bevor's in die Berge geht.«

»Wir werden die Zeit möglichst gut nutzen, Sir, verlassen Sie sich drauf«, erklärte Donner und strahlte die beiden noch einmal an, bevor er ging.

Stanton blieb. »Haben Sie einen Brief von Edwin Bryant für mich?«, fragte er Vasquez. »Er müsste vor etwa einer Woche hier gewesen sein.«

Er glaubte, ein Flackern in Vasquez' dunklen Augen zu sehen, da sagte Bridger: »Wie war der Name?«

»Bryant. Er ist ein paar Jahre älter als ich und trägt die meiste Zeit eine Brille. Zeitungsjournalist.«

Bridger schüttelte den Kopf. »Kann mich an niemanden dieses Namens erinnern. Aber ... so oder so, ich habe nichts für Sie.«

Stanton spürte einen Anflug von Furcht. »Er war direkt vor uns auf dem Trail.« Als Bridger nichts erwiderte, fügte er hinzu: »Er wollte hier Station machen. Das hat er mir selbst gesagt.« Was ihn davon abgehalten haben könnte, wollte Stanton sich gar nicht erst ausmalen. Möglicherweise war Bryant verletzt, vielleicht war er bereits tot oder lag im Sterben.

»Stimmt, Sie haben recht«, sagte Vasquez langsam. »Jetzt erinnere ich mich wieder.«

Stanton war erleichtert, doch etwas an dem Benehmen der beiden stimmte nicht. »Er wollte einen Brief für mich hinterlegen. Sind Sie sicher, dass der Brief nicht hier ist?«

»Nein, nichts, Sir«, antwortete Vasquez.

Stanton wusste, dass er log. »Also, Sie haben Mr. Donner gehört. Wir werden noch ein paar Tage hier sein. Ich komme wieder, vielleicht taucht er ja noch auf«, sagte er und wandte sich zum Gehen. Bridger grinste nur versteinert, seine Zähne blitzten.

Während der nächsten beiden Tage legte sich ein grauer Regen über sie. Das wog die Trockenheit zwar wieder ein wenig auf, weshalb niemand klagte, aber es machte das Leben auch beschwerlicher. Die Kochfeuer spuckten und rauchten; die Familien verkrochen sich in ihre Zelte, wo sie die Abende zitternd in mit Schlamm bespritzter Kleidung verbrachten, kratzten sich, wo Läuse und all das andere Getier, das ihr Bettzeug befallen hatte, sie gebissen hatte. Für die Älteren unter ihnen wie den Belgier Mathis Hardkoop, der ganz allein reiste, war es am schwersten. Hardkoop war ein schlechter Menschenkenner und hatte sich (ohne erkennbaren Grund, soweit Stanton es beurteilen konnte) ausgerechnet auf Kesebergs Hilfe verlassen. Keseberg hatte den alten Mann bald sattgehabt und ihn gegen den Wunsch seiner stillen Frau Philippine aus dem Wagen geworfen. Von den Strapazen der Reise geschwächt, hatte Hardkoop bald einen schlimmen Husten bekommen. Nun schlich er mit seinem beinahe leeren Reisesack und seiner Bettrolle unterm Arm auf der Suche nach einem trockenen Schlafplatz im Fort herum.

Einige Familien entkamen der Nässe und dem Schlamm, indem sie sich im Fort einmieteten. James Reed bezog mit seiner Großfamilie eine Schlafbaracke, die seit dem Umzug der Garnison im letzten Jahr unbenutzt gewesen war. George und Jacob Donner setzten noch eins drauf und boten Vasquez so viel Geld, dass der schließlich die familieneigene

Blockhütte für sie frei machte. Auf diese Weise entkamen die beiden Donner-Clans nicht nur dem Regen, sie hatten sogar einen Herd zum Kochen und Vasquez' großen Kupferkessel, um Wasser für ein Bad zu erhitzen. Stanton war immer noch zu sehr Nordstaatler, um sein Geld zum Fenster hinauszuwerfen, und so nahm er mit seinem Zelt vorlieb.

Am Morgen des dritten Tages hörte der Regen schließlich auf. Stanton ging zum Fluss, zog sein Hemd aus und kniete sich mit nacktem Oberkörper ans Ufer. Das Wasser war so kalt, dass es ihm den Atem verschlug. Schmerzhaft kalt, aber auf eine perverse Art gefiel ihm das – was er zweifellos der Erziehung seines Großvaters zu verdanken hatte. Er wusch sich eilig, aber nur die nackten Stellen. Donner hatte gesagt, es sei ihr letzter Tag im Fort, und alle beeilten sich, die notwendigen Arbeiten noch zu erledigen. Stantons Liste war lang: Achsen und Räder inspizieren; das vom Schweiß steif gewordene Zaumzeug säubern; nach den Hufen der Ochsen und seines Pferdes sehen. Ein Zugtier war nur so gut wie seine Hufe, und keiner im Treck konnte sich leisten, seines zu verlieren.

Er spürte den Schrei genauso stark, wie er ihn hörte. Stanton kannte die Stimme, der Schrei fühlte sich wie eine direkt an ihn gerichtete Botschaft an. Er griff nach dem Revolver, der ganz oben auf seinem Kleiderhaufen lag, und rannte los, auf ihre Stimme zu.

Mary Graves' Stimme.

Sie lag mit dem Rücken auf dem Boden und kroch rückwärts. Der Schock, sie so zu sehen, war nichts im Vergleich zu dem Anblick des Mannes, der über ihr aufragte. Die vollkommen verdreckte Haut sah beinahe aus, als hätte er Aussatz. Seine Augen waren rot und feucht, und ein überwältigender Gestank ging von ihm aus, der Stanton würgen ließ.

All dies ging ihm binnen eines Wimpernschlags durch den Kopf - später erinnerte er sich nur noch an den Anblick zweier lepröser Hände auf Marys Schultern, und daran, wie er zielte und direkt hintereinander zwei Schüsse abgab.

Die Kugeln trafen den Mann - wenn man ihn überhaupt als solchen bezeichnen konnte - in den Rücken. Er ließ von Mary ab und stürzte vornüber. Mary musste ihn mit aller Kraft von sich stoßen, damit er sie nicht unter sich begrub. Sie versuchte aufzustehen, sank aber sofort wieder zu Boden. Sie war sehr blass und musste sich mit aller Macht beherrschen, nicht zu weinen.

Stanton war überrascht, dass der Kerl noch lebte. Er war sicher, ihn mit beiden Schüssen getroffen zu haben. Er kniete sich neben ihn, um zu sehen, ob er irgendetwas tun konnte. »Halten Sie still, sonst bluten Sie noch mehr«, befahl er, doch als Stanton die Hand streckte, um den Kerl festzuhalten, sprang der auf und schnappte mit rostbraunen Zähnen nach Stantons Fingern. Stanton schlug ihm mit aller Kraft mitten ins Gesicht. Der Knochen darunter fühlte sich schwammig an, faulig.

Der Kerl fiel hin. Stanton musste sich beherrschen, nicht noch einmal auf ihn zu schießen. Er kümmerte sich lieber um Mary, die immer noch auf dem Boden lag. »Ist alles in Ordnung? Sie sind doch hoffentlich nicht verletzt?«

Mary schüttelte den Kopf. Sie wirkte so fahl im Gesicht, dass er die Äderchen auf ihren Wangen sehen konnte. »Mir fehlt nichts.«

An ihrer Schulter klaffte ein roter Schnitt. »Was ist das?«

Sie berührte die Stelle mit zitternden Fingern. »Nichts. Ein Kratzer.« Mary deutete mit dem Kinn in Richtung ihres Angreifers. »Ich wollte gerade nachsehen, wo meine Brüder bleiben. Wir hatten sie zum Wasserholen geschickt, da kam er plötzlich aus dem Wald gerannt. Das Nächste, was ich jetzt noch weiß, ist, wie er mich an den Schultern packt und ...« Sie hielt inne und atmete mehrmals tief durch; wieder bemerkte Stanton, wie sie ihre Tränen niederkämpfte.

»Er kann Ihnen nichts mehr tun. Sobald er auch nur aufzustehen versucht, jage ich ihm eine Kugel zwischen die Augen.« Der Mann zuckte bereits, war also wieder bei Bewusstsein.

Doch Mary schien gar nicht zuzuhören und versuchte erneut, auf die Beine zu kommen. »Meine Brüder ... haben Sie meine Brüder gesehen?«

»Ganz ruhig. Ich gehe sie suchen, sobald ich Sie zurück ins Lager gebracht habe.« Er wollte ihr gerade aufhelfen, da hörte er Schreie. Eine Gruppe von Männern, die von den Wagen herübergerannt gekommen war, brach jetzt aus dem Unterholz.

»Was geht hier vor?« George Donner war als Erster bei ihnen, eine Hand auf seinen Hut gepresst, damit er nicht herunterfiel. William Eddy und Jim Bridger folgten wenige Schritte hinter ihm. Bridger führte einen gefährlich aussehenden Hund an der Leine. Er knurrte das Blut auf dem Boden an. »Wer hat geschossen?« Donner sah den Mann daliegen und blieb wie angewurzelt stehen. »Großer Gott, was um Himmels willen ...?«

Bridger konnte seinen Hund nur mit Mühe zurückhalten, schien aber nicht überrascht von der Szene.

Eigenartig, dachte Stanton. »Ich habe Mary schreien gehört«, sagte er. Mary stützte sich keuchend auf ihn, und Stanton merkte, wie Eddy ihn finster anblickte. »Dieser Mann hier hat sie angegriffen.«

Donner zuckte zusammen. »Sein Gesicht ...« Er schüttelte den Kopf. »Was stimmt nicht mit ihm?«

»Ganz ruhig.« Bridger sprach ganz freundlich. Er reichte Eddy die Leine, kniete sich neben den Mann und fesselte ihm mit einem Stück Seil die Hände. Stanton fiel auf, wie durchgescheuert die Haut an den Handgelenken des Kerls war. Er hatte sich aufgesetzt, wehrte sich aber nicht; offensichtlich hatte er Angst vor Bridgers Hund, aber Bridger ging sanft mit ihm um. »Das hier ist der Gefangene, von dem ich Ihnen erzählt habe. Muss wohl geflohen sein.«

»Welcher Gefangene?« Donner schien nichts von den Geschichten mitbekommen zu haben, mit denen Bridger seine Gäste während der letzten zwei Regennächte unterhalten hatte. Auch Stanton hatte nur Gerüchte gehört. »Was hat er getan?«

»Gar nichts«, antwortete Bridger mit einem Achselzucken. »Bestimmt nicht das, was Sie jetzt denken. Er ist einer der Goldschürfer, die sich vor ein paar Jahren hier im Wald verirrt haben. Hat sich ein Fieber eingefangen und ist durchgedreht. Sie sehen ja, wie er sich aufführt. Wir halten ihn zu seinem eigenen Besten hier gefangen, damit er sich nicht selbst verletzt.« Er warf Stanton einen verächtlichen Blick zu. »Ich tue das aus Güte. Ich hätte ihn auch bis ans Ende seiner Tage im Wald rumirren lassen können, verstehen Sie?«

»Ihre christliche Nächstenliebe ist uns allen ein Vorbild«, erwiderte Stanton sarkastisch. Was auch immer dem Mann die Handgelenke durchgescheuert hatte, es hatte bestimmt nichts mit Güte zu tun. Warum hielt sich Bridger einen so gefährlichen Gefangenen an einem Ort, an dem auch Frauen und Kinder waren? Und das nicht erst seit ein paar Wochen oder Monaten, sondern bereits seit *Jahren?* Stanton lief ein Schauder über den Rücken. Es war beinahe, als wäre die Kreatur so etwas wie Bridgers Haustier.

Donner und Eddy boten an, Mary zu den Wagen zu bringen. Während Bridger den Gefangenen auf die Beine zog, blickte Stanton Mary hinterher. Sie wankte mit unsicheren Schritten zwischen ihren Begleitern davon, und Stanton beschlich ein ungutes Gefühl, das er sich nicht erklären konnte. Er hatte ihren Schrei immer noch in den Ohren. Sie war schon fast außer Sichtweite, da warf sie ihm einen Blick über die Schulter zu. Ihre hellgrauen Augen hatten die gleiche Farbe wie der Himmel.

Es war kurz vor der Abenddämmerung, Stanton traf gerade die letzten Vorbereitungen. Er wollte Fort Bridger, seine Verrückten und seine Geheimnisse hinter sich lassen und konnte den Aufbruch kaum erwarten.

Ohne Vorankündigung streckte Lewis Keseberg den Kopf in sein Zelt. »Donner möchte, dass Sie mitkommen.«

Vor Kurzem wäre Donner noch selbst gekommen, wenn er Stanton sprechen wollte, hätte vielleicht sogar eine Flasche Whiskey mitgebracht. Stanton war nicht sicher, wann sich ihr Verhältnis so verändert hatte – und aus welchem Grund.

Er blickte von dem Messer auf, das er gerade schärfte. »Kann das nicht bis morgen warten?«

»Ich schätze, Sie werden dabei sein wollen. Er verhört gerade einen Indianerjungen, der aus dem Wald gekrochen kam.« Kesebergs faulige Zähne schimmerten feucht in der Dunkelheit. »Behauptet, er wäre mit Edwin Bryant unterwegs gewesen.«

Binnen weniger Sekunden war Stanton im Freien. Vor dem Schuppen stand eine Handvoll Männer im Kreis um einen dürren, dunkelhäutigen Jungen versammelt, der in eine schmutzige Pferdedecke gehüllt auf einem Strohballen saß. Nur sein Gesicht war zu sehen, das schwarze Haar stand ihm in verfilzten Strähnen vom Kopf. Das musste der Führer sein, den Bryant in Fort Laramie angeheuert hatte. Stanton hatte von ihm gehört – ein Waisenjunge von den Paiute, den Missionare getauft hatten –, war ihm aber nie begegnet. Er schien noch viel zu jung, um eine Gruppe Männer durch unkartografiertes Gebiet zu führen.

»Wo ist Edwin?« Stanton hatte die Frage gestellt, noch bevor er es selbst merkte. Als der Junge nur stumm den Kopf schüttelte, wäre er ihm beinahe an die Kehle gesprungen.

»Er sagt, Bryant hätte beschlossen, allein weiterzureiten, und ihn aus seinem Dienst entlassen«, antwortete Donner. Die Hände tief in den Hosentaschen vergraben, ging er ruhelos auf und ab. Auch er schien dem Indianer nicht recht zu glauben.

Reed trat näher an den Jungen heran und verzog das Gesicht. »Bryant hätte dich nur entlassen, wenn du ihm einen Grund dafür gegeben hättest. Hast du ihn bestohlen? Was war es, Junge?«

Der Indianer wischte sich die Haare aus den Augen. »Ich habe nichts gestohlen, ich schwöre.«

»Trotzdem hat er dich nicht entlassen. Du hast gelogen, stimmt doch, oder? Du bist abgehauen. Du bist ein Feigling«, sagte Reed. Der Junge ließ den Kopf hängen und murmelte etwas Unverständliches. Reed blickte in die Runde. »Die einzige Frage ist, was wir jetzt mit ihm anfangen.«

Donner blieb stehen und fixierte Reed. »Wir lassen ihn selbstverständlich hier. Was sollten wir sonst mit ihm tun? Wir können ihn schließlich nicht mitnehmen.«

Stanton dachte an den Wilden in Bridgers behelfsmäßigem Zwinger, an seine durchgescheuerten Handgelenke. Konnten sie den Jungen wirklich diesem Kerl anvertrauen?

»Warum sollten wir ihn nicht mitnehmen?«, warf Keseberg ein. »Feigling oder nicht, er kennt die Gegend, und wir brauchen einen Führer. Er kann uns zu Hastings bringen. Das soll seine Strafe dafür sein, dass er einen Weißen mitten in der Wildnis im Stich gelassen hat.« Es war einer der vernünftigsten Vorschläge, die Stanton je aus Kesebergs Mund gehört hatte.

»Sie können mich nicht zwingen, für Sie zu arbeiten«, entgegnete der Junge.

»Wir werden dich nicht übers Ohr hauen«, erklärte Reed. Obwohl er und Keseberg einander verachteten, war er offensichtlich der gleichen Meinung. »Hier kannst du nicht bleiben, und du kannst sonst nirgendwohin. Also, entweder du kommst mit uns, oder du kannst den ganzen Weg bis Fort Laramie zu Fuß laufen.«

Der Junge blickte zwischen seinen Häschern hin und her. Einen Moment lang glaubte Stanton, er würde aufspringen und versuchen wegzulaufen. »Sie können mich nicht zwingen, mit Ihnen zu kommen. Dieser Weg ... er ist böse. Böse Geister warten dort auf Sie. Sie können da nicht durch. Es ist zu gefährlich.«

Böse Geister. Stanton dachte an Botschaften, die einem im Traum erschienen, an die kleinen Talismane aus zusammengebundenen Zweigen, mit denen Tamsen hantierte, wenn sie sich unbeobachtet fühlte. Wenn Stanton sie nicht beobachten *sollte*.

Vor einer Woche, nachdem sie das letzte Mal zusammen gewesen waren, hatte er ein Säckchen mit getrockneten Kräutern unter seinem Kissen gefunden. Als er es verbrannte, stieg ein beißender Rauch auf, süß und schwindelerregend.

Stanton ging in die Hocke und blickte dem Jungen direkt ins Gesicht. »Wie heißt du?«

Der Junge erwiderte den Blick argwöhnisch. »Thomas.«

»Thomas.« Der Name kam ihm bekannt vor. Vielleicht

hatte er ihn in Fort Laramie gehört. »Gleich morgen früh bringst du mich zu der Stelle, an der du und Edwin Bryant euch getrennt habt.«

Der Junge wurde am ganzen Körper stocksteif vor Angst. »Das kann ich nicht, Sir. Die Stelle ist viele Tage von hier entfernt. Ich weiß nicht mal, wo er jetzt ist.« Keine zehn Pferde würden ihn zurück in diese Wildnis schleifen, so viel schien klar.

Donner legte Stanton eine Hand auf die Schulter. »Zerbrechen Sie sich wegen Bryant nicht den Kopf. Ihm wird nichts passieren. Er kennt die Indianer und ihre Gebräuche. Von uns allen hat er noch die beste Chance, in diesen Bergen zu überleben.«

Stanton entwand sich Donners Griff und stand auf. »Edwin ist allein und hat sich wahrscheinlich verirrt. Wir können ihn nicht einfach im Stich lassen.«

»Er hat sich von *uns* getrennt, schon vergessen?«, entgegnete Donner. »Ich würde sagen, Bryant hat seine Entscheidung bereits getroffen. Ich muss mich um mehr Leute kümmern als bloß um einen Verirrten. Achtundachtzig Menschen befinden sich in diesem Treck, Mr. Stanton, und ich bin für sie alle verantwortlich. Sie können ja nach ihm suchen, wenn Sie wollen, aber der Indianer kommt mit uns.«

Tief in seinem Innern wusste Stanton, dass Donner recht hatte. Selbst wenn es ihm gelingen sollte, einen Suchtrupp zusammenzustellen, die anderen konnten nicht länger warten. Sie hatten schon jetzt zu viele Tage verloren. Außerdem hatte Bryant keinen Brief hinterlassen. Gar nichts.

Er dachte an Mary Graves, wie sie auf dem Boden liegend rückwärtsgekrabbelt war, an den Rückstoß seines Revolvers, als er auf den Angreifer gefeuert hatte, daran, was passiert wäre, wenn er nicht rechtzeitig zur Stelle gewesen wäre.

Er dachte an Tamsen, die feine Linie ihrer Lippen.

Er dachte an die vorlaute Peggy Breen, wie sie ihn provoziert hatte, und an die zarte Doris Wolfinger mit ihren blassen, feingliedrigen Händen.

Er dachte an die zahllosen Kinder, deren Namen er trotz der langen Wochen immer noch nicht alle kannte.

Er konnte sich nicht auf die Suche nach Bryant machen, das wusste er jetzt. Er durfte nicht riskieren, was den anderen zustoßen mochte, falls er nicht zurückkehrte.

10

Springfield, Illinois
März 1846

»Vertraust du mir?«, fragte Jacob Wolfinger seine Frau Doris in deutscher Sprache, als sie in der Nacht vor der Reise Seite an Seite in ihrem schmalen Bett lagen.

Doris hatte Bedenken gehabt, den ganzen Weg von Deutschland hierherzukommen, ausschließlich wegen eines Mannes, den sie nie kennengelernt hatte und mit dem sie nur in Briefen kommuniziert hatte. Doch dann hatte sie erleichtert festgestellt, dass Jacob Wolfinger, obwohl viele Jahre älter als sie, recht gut aussah. Und obwohl er nur als Verwalter bei einem wohlhabenden Mann in der Stadt arbeitete, war er reicher, als er hatte durchblicken lassen. Und dann, am aufregendsten von allem: Er hatte einen Traum.

Kalifornien war zwar unfassbar weit entfernt von allen amerikanischen Städten, von denen Doris gehört hatte – Boston, New York und Philadelphia –, trotzdem klang alles unglaublich aufregend. Sie fürchtete sich nicht vor der Reise. Sie war erst neunzehn, ihr ganzes Leben lag noch vor ihr.

»Ja«, antwortete sie und nahm seine Hand. Ganz langsam führte sie die Hand unter den Saum ihres Nachtgewandes, sodass seine Finger ihr Knie streiften. Sie merkte, wie sie wegen ihrer Kühnheit rot wurde.

In der Hochzeitsnacht war sie noch sehr scheu gewesen, doch mittlerweile genoss Doris die Zuneigung ihres Mannes.

Sie hatte das Gefühl, als hätten die Leute, die ihre Ehe arrangiert hatten, doch recht gehabt, als wüssten sie weit mehr über die Liebe als Doris. Ein Zittern ging durch ihr Bein und den Oberkörper, als er sie berührte. Ihr Bauch flatterte vor freudiger Erwartung. Sie hatte sich dem Unbekannten hingegeben, hatte auf die Zukunft vertraut und sich von den Wellen des Ozeans nach Westen tragen lassen, hinein in das Leben dieses Mannes. Und ihr Vertrauen war belohnt worden.

Doch in dieser Nacht, nachdem seine Hände sich in ihrem Haar verloren hatten und sie sein leises Keuchen an ihrem Ohr gehört hatte, konnten sie beide nicht schlafen.

Er drehte sich herum und schaute sie an. »Du solltest etwas über mich wissen.«

Ihr Körper verkrampfte sich. Sie mochte Momente wie diesen nicht, wenn ihr unvermittelt ins Gedächtnis gerufen wurde, wie wenig sie über ihren Mann wusste. Vor allem jetzt, da sie kurz davor waren, in die Wildnis aufzubrechen.

Die Ersparnisse hatte Jacob bereits aufgebraucht, um einen großen Planwagen, zwei Paar Ochsen und zwei kompliziert aussehende Geschirre zu kaufen. Dem Besitzer des Krämerladens hatte er eine Liste mit allem gegeben, was sie für die Reise brauchten. Das Geld war ausgegeben. Es gab kein Zurück mehr.

Doch Jacob sagte, er könne erst guten Gewissens aufbrechen, wenn er ihr alle seine Sünden gestanden hatte. Er setzte sich auf, zog eine Flasche Obstwasser aus seinem Nachtkästchen und erzählte ihr stockend eine Geschichte, die Geschichte von Reiner.

»Reiner?« Doris hörte den Namen zum allerersten Mal.

»Es geschah vor sechs Jahren, beinahe auf den Tag genau«, erwiderte Jacob. Damals war er in der Stadt auf einen ebenfalls ausgewanderten Landsmann getroffen. Reiner hielt sich in Springfield auf, um seinen Neffen zu besuchen, den er seit langer Zeit nicht mehr gesehen hatte. Er besitze das Rezept für ein altes Heilmittel aus der Heimat, erzählte der Fremde. Jacob beschlich zwar der Verdacht, dass Reiner möglicherweise ein Quacksalber war, aber die Gelegenheit schien verlockend. Alles, was Reiner brauchte, waren die Zutaten. Er versprach Jacob einen großzügigen Anteil am Gewinn, wenn er ihm half.

Es war ganz einfach, erklärte Jacob weiter. Er hatte die Schlüssel zu allen Geschäften seines Arbeitgebers, darunter auch eine Apotheke.

»Du hast ihn bestohlen«, sagte Doris. Das also war seine Sünde - und vielleicht die Erklärung für seinen erstaunlichen Reichtum.

»Wir haben nur ganz wenig genommen«, versicherte er. »Ein paar Beutel mit Pulvern und ein paar Dutzend Fläschchen. Zu wenig, um auch nur bemerkt zu werden.«

»Worin bestand dann die Sünde?«, fragte sie.

Jacob verstummte und vermied ihren Blick. »Reiner hat seine Tränke an die Bewohner von Springfield verkauft«, antwortete er, »und dann ist er verschwunden. Manche sagten, er wäre nach Westen gegangen, um Gold zu schürfen. Schließlich wurden einige der Käufer krank. Eine junge Frau ist gestorben.«

»Nun«, sagte Doris mit zitternder Stimme, »die Frau war doch schon vorher krank, nicht wahr? Vielleicht ist sie an ihrer Krankheit gestorben, nicht an dem Heilmittel.«

Vielleicht, räumte er ein. Vielleicht. »Die Verstorbene ... ihre Angehörigen waren außer sich. Sie versuchten alles, den Kerl ausfindig zu machen, der ihr den Trank verkauft hatte, aber ohne Erfolg. Selbstverständlich wusste niemand etwas von meiner Beteiligung an der Sache.«

»Und so wird es auch bleiben«, erklärte Doris. Sie nahm Jacobs Hand und drückte sie.

»Nur«, begann er leise, »nur dass es vielleicht ... eine Verbindung zwischen der Verstorbenen und einer der Familien gibt, die mit uns nach Westen gehen. Ich habe Angst, unterwegs aufzufliegen.«

»Eine Verbindung?«

»George Donner hat die Tote sehr wahrscheinlich nicht gekannt, aber ich bin ziemlich sicher, seine Frau Tamsen kannte sie.«

Doris musterte den Mann neben ihr. Sie war enttäuscht, plötzlich und heftig. Dass sie mit einer Familie reisen würden, der er Unrecht getan hatte ... Das war ein schlechtes Omen, ein sehr schlechtes sogar.

»Mach dir keine Sorgen, Jacob«, sagte sie schließlich, um ihn zu beruhigen, und sich selbst auch. »Versuche, es aus deinem Kopf zu bekommen.« Doch Doris hatte diese Möglichkeit nicht. Ihr war stets eingetrichtert worden, die Strafe für die eigenen Sünden könne einen auf verschlungenen Wegen ereilen. Manchmal könnten selbst kleine Fehltritte ungeahnte, schwere Konsequenzen haben. Diese Lüge – und das Leben eines Menschen – hafteten ihrem Mann an wie ein dunkler, sich langsam ausbreitender Schatten. Ein wahrhaft schlechtes Omen.

Dennoch: Bisher hatte sich Doris' Vertrauen stets bezahlt gemacht. So lag sie wach, schaute ein letztes Mal durch das kleine Fenster die Sterne an und beschloss, auch weiterhin Vertrauen zu haben.

Was blieb ihr schon anderes übrig?

Dritter Teil
August 1846

11

Plätzchen. Bestimmt wollte er Plätzchen. Jeder mochte sie.

Elitha Donner hielt inne, ihre Hand schwebte über dem Deckel des kalten, gusseisernen Topfes. Wie viele konnte sie nehmen, ohne dass jemand etwas merkte? Zwei, drei? Ihr Vater beschuldigte immer die angeheuerten Helfer, wenn Essen fehlte - Bäuche auf zwei Beinen nannte er sie. Also brauchte sie sich wahrscheinlich keine Sorgen zu machen. Elitha beschloss, zwei zu nehmen, und legte sie in die Mitte des Tuchs. Dazu noch zwei hart gekochte Eier, die vom Frühstück übrig geblieben waren, und Schinkenstücke. Der Schinken war ein wenig angeschimmelt, aber immer noch essbar, wenn man Hunger hatte, und der arme Thomas hatte ganz sicher Hunger.

Sie verknotete das Tuch feinsäuberlich. Elitha hätte ihm gerne auch etwas Anständiges zu trinken mitgebracht, aber der Apfelwein war schon vor Wochen ausgegangen. Ihr Blick fiel auf ein Fass Bier. Sie beschloss, ein bisschen davon mitzunehmen, da hörte sie gurgelnde Worte aus dem Nebenraum. Elitha verstand zwar nicht, was gesprochen wurde, aber sie erkannte die Stimmen: Ihr Vater redete auf Tamsen ein, und Tante Betsy versuchte zu schlichten, so wie immer.

Sie schlich an der Tür vorbei. Es war seltsam, im Haus von Fremden zu wohnen. Alle taten, als wäre es vollkommen normal, auf den Stühlen der Familie Vasquez zu sitzen, ihre

Betten zu benutzen und von ihren Tellern zu essen. Alles zu behandeln, als gehörte es einem, dabei waren die eigentlichen Besitzer ganz in der Nähe, nur eben nicht hier. Elitha hatte gehört, dass die Familie in einen leer stehenden Stall gezogen war. Vasquez schlief mit all seinen Kindern in einem Hühnerverschlag, während sie hier taten, als gehörte ihnen die Welt.

Es kam ihr vor, als lebten sie schon seit Jahren in Fort Bridger, dabei waren es nur wenige Tage, nicht einmal eine Woche. Doch in dieser kurzen Zeit war aus Juli August geworden, und die Nächte waren heißer denn je. Beide Donner-Clans waren unter einem gemeinsamen Dach zusammengepfercht. Ständig stieß man gegeneinander, quetschte sich durch Türen, schlief zu viert in einem Bett und wachte schweißgebadet auf. Es gab kaum Platz zum Atmen, es war sogar noch schlimmer als auf dem Trail. Als sie noch in Zelten geschlafen hatten, hatte Elitha wenigstens draußen umherstreifen und sich an der trockenen Abendluft abkühlen können.

Und dann waren da noch die Stimmen. Elitha hörte sie immer, aber während der letzten Wochen waren sie ständig stärker geworden, zuerst in Fort Laramie und jetzt hier. Es waren nicht die Stimmen der anderen Siedler, die zu jeder Tages- und Nachtzeit lachten oder stritten. Sondern Stimmen, *die nur sie hörte*. Dieselben Stimmen, die ihr in Ash Hollow gesagt hatten, sie solle die Briefe lesen. Dieselben, die ihr auch einschärften, sich von dem wilden Mann fernzuhalten, der wie ein Hund in seinem Pferch angeleint war. Der Mann, der Mary Graves angegriffen hatte.

Doch selbst jetzt, aus dieser Entfernung, hörte sie ihn. Er hatte eine Stimme, genau wie die anderen Unsichtbaren, die in Momenten der Stille zu Elitha sprachen und sie bis in ihr Innerstes erschütterten.

Zartes Ding, flüsterte die Stimme in ihrem Geist. *Komm her*, flüsterte sie aus weiter Entfernung.

Elitha war neugierig, aber sie blieb fern. Die anderen mochten sie für nicht ganz richtig im Kopf halten, aber das war sie nicht.

Niemand merkte, wie sie sich nach draußen schlich. Niemand scherte sich darum, was die Stieftöchter taten – so wurden sie und Leanne genannt, selbst von ihrem Vater. Solange sie ihm und Tamsen keine Schande machten und ihre Arbeit erledigten, konnten sie tun, was sie wollten. Sie sollten unsichtbar sein, und darin war Elitha inzwischen Meisterin.

Sie war so gut, dass sie unbemerkt zwischen den Wagen hindurchschlüpfen konnte, hinein in den Wald und wieder hinaus, vorbei am grasenden Vieh, dessen feuchte Nasen und samtige Flanken sie streichelte. Wahrscheinlich wusste sie mehr über die Leute im Treck als jeder andere. Sie wusste, dass Patrick Breen sich beinahe jede Nacht betrank und mit seiner Frau stritt. Wie sehr sich die verwitwete Lavinah Murphy um ihre Schwiegersöhne kümmerte, und zwar auf eine Art, die Elitha unangenehm war. Sie wusste, welche der Helfer das meiste Geld beim Kartenspielen verloren und welche sich morgens allein in den Wald zurückzogen, um für eine sichere Reise zu beten, bevor die Wagen aufbrachen.

Sie hatte ihre Stiefmutter aus Stantons Wagen klettern sehen, ganz allein, von ihrem Vater gab es weit und breit keine Spur.

Bisher hatte sie ihm nichts davon erzählt. Immerhin war es möglich, dass er ihr nicht glaubte, und sie hatte Angst vor Tamsen. Außerdem spielte es ohnehin keine Rolle. Jeder Idiot konnte sehen, dass Mr. Stanton in Mary Graves verliebt war.

Es war eine klare Nacht. Der Mondschein tauchte das Fort in blaugraues Licht. Geflüster aus allen möglichen Richtungen kitzelte ihren Geist, doch Elitha wusste, das war kein Geflüster, es waren die *Stimmen*. Sie versuchte, sie zu verbannen, und konzentrierte sich. Von den anderen Gebäuden kamen leise Stimmen - diesmal echte -, manche davon waren lauter, sogar zornig. Ein weiterer Streit, vielleicht zwischen den Eddys und den Reeds.

Sie lief zu den Scheunen, wo sich die meisten vor dem Regen verkrochen hatten. Laternenschimmer und Gelächter drangen durch die Spalten zwischen den Brettern. Sobald man zwei junge Männer zusammensteckte, fingen sie über kurz oder lang an, einander aufzuziehen, wer wohl der Schlauere war, wer schon mal mit einem Mädchen zusammen gewesen war, wer den größeren Pimmel hatte.

Auch das hatte sie oft genug gehört und beobachtet.

Thomas, der Indianer, wurde im nächsten Gebäude gefangen gehalten. Es war kaum mehr als ein Verschlag, dunkel und einsam. Bridger hatte ihn dorthin verbannt, der Besitzer des Forts. Man könnte meinen, was der Junge erduldet hatte, wie er sich ganz allein bis hierher durchgeschlagen hatte, hätte Mr. Bridger beeindruckt. Aber nein, er war wütend gewesen, als hätte er Thomas dabei erwischt, wie er versuchte, das Fort niederzubrennen. Hatte ihm mehrere harte Ohrfeigen gegeben, bis Mr. Stanton dazwischengegangen war. Thomas wirkte so schlank, beinahe zerbrechlich mit seinem langen dunklen Haar, das ihm über die glitzernden Augen fiel. Aber als sich ihre Augen begegneten, erkannte Elitha, dass er alles andere als zerbrechlich war. Die Intensität seines Blicks, der stolze Ausdruck um seinen Mund, seine geschmeidigen Muskeln, das alles hatte Elitha durchgerüttelt, als hätte *sie* die Schläge bekommen, nicht er.

Thomas erinnerte sie an einen Sommersturm. Die anderen mochten es für töricht halten, aber Elitha wollte in diesen Sturm hinauslaufen und die Regentropfen spüren, wie sie sanft auf ihre Haut fielen.

Sie spähte um die Ecke. William und George, zwei von Onkel Jacobs Söhnen, bewachten Thomas' Schuppen. Sie sollten nur Alarm schlagen, falls er zu fliehen versuchte, aber William war zwölf und George acht, und sie nahmen ihre Aufgabe sehr ernst. Sie hatten sich sogar mit Ruten bewaffnet. Doch Elitha wusste, wie sie die beiden im Handumdrehen loswurde: William begann gerade, sich für Mädchen zu interessieren – sogar für seine eigenen Cousinen –, und George würde gehen, wo auch immer er hinging.

Also marschierte Elitha schnurstracks auf die beiden zu. Sie machte sich nicht einmal die Mühe, das Päckchen in ihrer Hand zu verbergen. »Hallo«, sagte sie. »Mary Graves wäscht sich gerade, drüben am Trog. Sie ist nackt bis auf die Unterwäsche.«

Mehr war nicht nötig. Nach einem kurzen Blick auf den Schuppen rannten sie sofort los.

Elitha war jetzt allein mit dem Indianerjungen. Sie spürte ihren Pulsschlag bis in die Ohren und drückte die schmale Tür auf. Es roch nach altem Heu und Hühnerfedern. »Hallo?« Die Schwärze vor ihr war so still wie die Oberfläche eines Teichs. »Ich ... ich habe dir etwas zu essen mitgebracht.«

Eine Bewegung. Thomas kam ein Stück näher, trat aber nicht aus der Dunkelheit und starrte sie neugierig und gleichzeitig distanziert an. Elitha spürte ein Flattern in der Brust.

»Ich bin Elitha Donner.« Sie hielt ihm das Päckchen hin. »Ich dachte, du hast vielleicht Hunger.«

Thomas rührte sich nicht. Sie legte das Päckchen auf

einen Heuballen und machte ein paar Schritte zurück. Er stand wie erstarrt da, mindestens eine Minute, dann griff er danach, aber nicht gierig oder hastig wie ein wildes Tier. Das hatte sie nämlich erwartet. Nein, er trat ganz höflich vor und öffnete das Bündel vorsichtig. Seine Finger bewegten sich geschickt, und seine Haltung war so aufrecht wie die einer Gouvernante.

»Ich habe diese Plätzchen selbst gemacht. Ich wollte dir auch noch Honig mitbringen, aber ich wusste nicht, wie ...«

Thomas aß bereits, sehr aufmerksam, nur seine zitternden Hände verrieten, wie hungrig er sein musste. Seine vornehme Art macht Elitha umso nervöser. Vielleicht konnte sie ihn eines Tages zum Abendessen mit ihrer Familie einladen. Weder ihr Vater noch Onkel Jacob waren knauserig, wenn es ums Essen ging (außer bei ihren Bediensteten). Zu Hause auf der Farm hatte es sonntags immer Hühnereintopf mit Knödeln, grünen Butterbohnen, Maisbrot, frischer kühler Milch und Obst mit Sahne zum Nachtisch gegeben.

Sie wusste, es würde ein Wunschtraum bleiben. Tamsen hatte Thomas einen dreckigen Heiden genannt. Er würde nie zu ihnen gehören.

Doch während Elitha ihn beobachtete, fühlte es sich nach exakt dem Gegenteil an. Thomas hörte auf zu essen und schaute sie mit seinen dunklen Augen an. Ein ganz bestimmter Ausdruck huschte über sein Gesicht, und plötzlich schämte sie sich, weil sie ihn so anstarrte. Elitha war es gewohnt, die Leute ungestört beobachten zu können, weil alle sie ignorierten. Plötzlich wahrgenommen zu werden war beunruhigend.

Beunruhigend und wunderschön.

Sie wurde rot, dann lächelte sie. Thomas nickte unmerklich und hob den Krug. Elitha versuchte, nicht hinzusehen, wie sein Kehlkopf bei jedem Schluck auf und ab hüpfte, während er trank. Sie war ziemlich sicher, dass auch er lächelte, als er ihr den Krug zurückgab, ein bisschen zumindest. Es war ihre Belohnung.

Und das genügte.

Sein Lächeln und die Erkenntnis, dass die Stimmen in ihrem Kopf für einen Moment verstummt waren.

12

Die Nachricht lag auf einem Felsen, eingeklemmt unter einem kleinen Stein, flatterte sie im Wind wie eine weiße Fahne. Stanton spürte, wie sich etwas in seiner Brust regte und zerfloss.

Donner las laut vor: »Weg voraus schwieriger als erwartet. Folgt uns nicht in den Weber Canyon. Lansford Hastings, Esq.« Der Wind zerrte an dem Stück Papier in Donners Hand, als versuche ein Geist, es ihm zu entreißen.

»Was zum Teufel soll das bedeuten? Ich dachte, der Kerl kennt den Weg.« Keseberg spuckte aus. »Hat ihn ja sogar nach sich benannt, verdammt.«

Seit Fort Bridger hatte sich eine eigenartige Stimmung über die Menschen im Treck gelegt. Verständlich, nach dem bizarren Zwischenfall mit Bridgers Gefangenem und den Geschichten, die Thomas, der Paiute, erzählt hatte. Trotzdem war Stanton mulmig zumute. Sie balancierten auf Messers Schneide. Ohne Hastings, so fürchtete er, würden sie bald übereinander herfallen. Knisternde Ungeduld lag in der Luft, jeder wusste, dass ihnen die Zeit davonlief.

Das Wetter würde bald umschlagen, auch wenn die Hitze zurzeit immer noch so drückend war, dass sie es sich kaum vorstellen konnten.

Stanton ließ den Blick über den Boden wandern. »Die Spuren sind deutlich zu erkennen. Abgesehen von seiner Warnung dürfte es einfach sein, ihnen zu folgen.« Die Spuren führten zu einem Pass hinauf, der vollständig vom Wald verborgen war, dunkel und undurchdringlich, verschluckt von einem grünen Schlund. Darüber ragten imposante, schneebedeckte Gipfel auf. Die meisten im Treck stammten aus den Ebenen und hatten noch nie so hohe Berge gesehen. »Kalifornien muss gleich dahinter liegen«, keuchte Patrick Breen, der sich nicht vorstellen konnte, dass sich der Weg noch viel länger hinziehen könnte. Von den wenigen existierenden Karten, so ungenau sie auch waren, wusste Stanton, dass Breen sich täuschte. Laut aussprechen würde er es dennoch nicht.

»Wäre das klug?«, fragte Franklin Graves. Alle Köpfe drehten sich in seine Richtung. Die Leute schienen auf ihn zu hören. Vielleicht lag es an seiner imposanten Statur: Graves war groß und sein Rücken von den vielen Stunden harter Farmarbeit breit. »Hastings sagt, es ist zu gefährlich. Er wird einen Grund für seine Warnung gehabt haben.«

»Wir können nicht hier rumsitzen und auf seine Erlaubnis warten.« Das kam von Snyder, dem Fahrer der Graves-Familie. Stanton fiel auf, wie Reed beim Klang seiner Stimme zusammenzuckte. Eigenartig.

Donners Blick sprang nervös von Keseberg zu Eddy und dann zu den Wagenspuren in der aufgewühlten Erde. »Wir haben einen Indianerjungen, der die Gegend kennt. Wir könnten also weiterfahren«, sagte er und stellte die Möglichkeit vor allen zur Diskussion. Der Ausdruck auf seinem Gesicht – als hätte er einen Stein verschluckt und würde lieber daran ersticken, als einen Fehler einzugestehen – widerte Stanton an. Donner hatte hart dafür gekämpft, der neue Anführer der Gruppe zu werden. Anscheinend hatte er darüber ganz vergessen, welch schwierige Entscheidungen auf ihn zukommen würden.

»Ich habe jetzt schon Probleme mit den Achsen an einem meiner Wagen«, erklärte Graves. »Das Risiko ist mir zu hoch.«

»Wir sollten ein paar Männer vorausschicken, die Hastings einholen und ihn herbringen«, warf Reed ein. »Er hat uns dieses Schlamassel eingebrockt und soll uns jetzt gefälligst wieder heraushelfen.« Er schwitzte. Stanton fragte sich, warum sich der Kerl immer anzog, als wäre er auf dem Weg zu einem Gerichtstermin. Reed straffte die Schultern. »Ich melde mich hiermit freiwillig.«

»Sie? Wie kommen Sie auf die Idee, dass er auf Sie hören wird?«, rief Keseberg. »Absolut *niemand* hört auf Sie.« Der Kommentar erntete ein paar Lacher. Keseberg erinnerte Stanton an die Fieslinge in seiner Schule, die den Libellen die Flügel ausrissen und zum Spaß Käfer zertrampelten.

»Ich werde Hastings dazu bringen, dass er mir zuhört«, erwiderte Reed bemüht zuversichtlich. »Dennoch hätte ich gern, dass mich jemand begleitet. Zu zweit sind wir sicherer.« Wovor, das musste er niemandem erklären.

Mitten in der entstandenen Stille fuhr eine Böe raschelnd durch die trockenen Blätter. In der Nacht zuvor hatten die Siedler Poker gespielt, getrunken, Geschichten erzählt und in den Zelten alles Mögliche miteinander getrieben. Wer würde schon freiwillig solche Annehmlichkeiten zurücklassen, um blind in unbekanntes Territorium zu reiten?

Feiglinge. Sie hätten Reed nur zu gern allein losgeschickt. Aber das konnte Stanton nicht zulassen; er trat einen Schritt vor. »Ich komme mit.« Dem Blick, den Keseberg ihm zuwarf, wich er absichtlich aus. Er wusste nur zu gut, was der von ihm hielt. »Ich werde Reed begleiten.«

Später an diesem Abend band Stanton sein Pferd an und machte ein Lagerfeuer. Danach spannte er die Ochsen aus und trieb sie auf die Wiese, wo auch das andere Vieh graste. Den Männern, die die Nachtwache übernommen hatten, nickte er kurz zu. Ein Stück weiter entfernt trieb Franklin Graves mit einem seiner Söhne ebenfalls Ochsen zum Grasen. Der Blick, mit dem Franklin ihn bedachte, rief Stanton die Gerüchte ins Gedächtnis, die mittlerweile über ihn kursierten. Keseberg hatte ihm die Wahrheit erzählt - wenn es um unangenehme Wahrheiten ging, war Verlass auf ihn: Einige im Treck fragten sich, ob Stanton vielleicht mehr als nur ein bisschen verschroben war, mehr als nur ein bisschen einsam, nämlich sogar ein bisschen verrückt und damit möglicherweise eine Gefahr für die anderen. Als Bryant sagte, der Mörder des Nystrom-Jungen sei möglicherweise einer von ihnen, wäre Stanton nicht im Traum auf die Idee gekommen, dass der Verdacht auf ihn fallen könnte. Bisher hatte ihn noch keiner offen beschuldigt - so weit wollte anscheinend auch jetzt niemand gehen. Doch Stanton wusste, wie anfällig Menschen für hinterhältige Beeinflussung waren. Vor allem wenn sie Hunger hatten und Angst. Er dachte an Lydias Tod und daran, wie schnell seine Nachbarn bereit gewesen waren, das Schlimmste von ihm zu denken. Hatten die, die ihn aus Springfield kannten, inzwischen von Lydia erfahren? Und wenn ja, wie lange würde es dauern, bis sie sich gegen ihn wandten?

Edwin Bryant hatte ihm einen guten Rat gegeben, und Stanton hatte ihn ignoriert. Er hätte sich Verbündete suchen sollen, als er noch Gelegenheit dazu hatte. Die anderen Alleinreisenden hatten sich bei der ein oder anderen Familie nützlich gemacht, sich einen Platz an deren Lagerfeuer oder gar im Wagen erarbeitet, so wie der kränkliche Luke Halloran. Hier draußen konnte man es sich nicht leisten, auf sich allein gestellt zu sein.

Und dann war da natürlich noch das Problem mit Tamsen, deren dünnes Lächeln ihm jedes Mal unter die Haut fuhr, wenn sie sich begegneten, kalt wie ein Messer. Die unausgesprochene Macht, die sie über ihn hatte, hing dann noch lange in der Luft, nachdem sie gegangen war.

Junge Pappeln, die ersten Ausläufer des dunklen Waldes, in dem der andere Treck verschwunden war, säumten die Wiese. Stanton stellte sich vor, wie die Wagen einfach darin verschluckt worden waren – wie Sonnenstrahlen von dichtem Laub. Er trat in das Halbdunkel, um so viel trockenes Feuerholz zu sammeln, dass es für die kommende Nacht reichen würde.

Stanton kam nur ein paar Schritte weit, dann blieb er wie vom Donner gerührt stehen: Mary Graves, die offensichtlich die gleiche Idee gehabt hatte, war ebenfalls hier. Stanton war so erfreut und erstaunt zugleich, sie zu sehen, dass er sie beinahe für eine Erscheinung gehalten hätte. Doch dann knackte ein Zweig unter seinen Stiefeln, und Mary drehte sich um. In dem spärlichen Licht konnte er ihren Gesichtsausdruck nicht erkennen, aber um ein Haar ließ sie das Holz fallen, das sie gesammelt hatte.

»Miss Graves.« Er nahm einen tiefen Atemzug. »Was für eine angenehme Überraschung. Ich hoffe, ich habe Sie nicht erschreckt.« In Wahrheit war er erschrocken darüber, wie oft er in letzter Zeit an sie dachte. Als wären all seine anderen Gedanken nicht mehr als trockenes Laub im Wind.

Mary hatte seit dem Zwischenfall in Fort Bridger nicht mit ihm gesprochen, doch Stanton war sicher, mehr als einmal gesehen zu haben, wie sie in seine Richtung schaute.

»Nur ein wenig«, sagte sie. »Ich fürchte, nach dem ...«

»Ich bin sehr froh, Sie wohlauf zu sehen«, warf Stanton hastig ein. Mary war plötzlich blass geworden, als hätte sein

Auftauchen sie an das Monster erinnert. »Es tut mir leid, dass ich bisher keine Zeit hatte, Sie zu besuchen.« Ihr Vater ließ sie Tag und Nacht nicht aus den Augen.

Marys Lächeln wirkte angespannt, aber aufrichtig. »Sie müssen sich nicht entschuldigen, Mr. Stanton. Ich verstehe das.«

»Geht es Ihnen besser?« Er fragte sich, was aus der Wunde an ihrer Schulter geworden war. Sie war nur oberflächlich gewesen, aber der Kerl, der sie angegriffen hatte, war so verdreckt, dass man nie wissen konnte.

»O ja, danke. Es war nur ein Kratzer. Nachdem meine Mutter den Gefangenen gesehen hatte, hat sie mich von oben bis unten mit Essig und Soda abgeschrubbt! Meine Haut fühlt sich immer noch wie durchgescheuert an.« Sie lachte und befühlte unsicher ihre Arme. »Eigentlich bin ich froh, Sie zu sehen, Mr. Stanton. *Ich* bin diejenige, die sich entschuldigen sollte. Ich wäre eher zu Ihnen gekommen, aber mein Vater …« Sie verstummte blinzelnd.

Stanton schmeckte Galle in seinem Mund. Es war also genau so, wie er es sich gedacht hatte.

»Danke für Ihr Eingreifen. Sie haben mich gerettet, und das war sehr mutig von Ihnen.«

»Es war gar nichts.« Stanton hatte tagelang an nichts anderes denken können als den Anblick ihrer Augen, und jetzt wagte er kaum sie anzusehen. »Der Kerl hat mir fast leidgetan. Etwas an der Art, wie Bridger ihn behandelt hat, wie er über ihn gesprochen hat … Es war wie in einem Zoo. Es war, als …« Er dachte an Lydias Vater, der betrunken vom Whiskey Witze darüber gerissen hatte, wie er Lydia immer durchs Schlüsselloch beobachtete, wenn sie sich vor dem Zubettgehen auszog. Er wusste selbst nicht, wo die Erinnerung plötzlich herkam. Vielleicht lag es daran, dass er gespürt hatte, wie sehr Bridger die Macht genoss, die er über seinen Gefangenen hatte. Ihn zu beobachten, angekettet in seinem dunklen Verschlag, und zuzusehen, wie er langsam den Verstand verlor.

Der Gedanke war so abscheulich und dabei so stark, dass Stanton fürchtete, er könnte wie eine Krankheit auf Mary überspringen.

»Was ist?«, fragte sie. »Stimmt etwas nicht?«

Noch bevor er sich eine Ausrede einfallen lassen konnte, ertönte ein Schrei. Beide fuhren herum und sahen Franklin Graves durchs Unterholz herangetrampelt kommen. Als Erstes durchbohrte er Stanton mit seinem Blick, dann seine Tochter. »Ich hab dir gesagt, dass du dich von ihm fernhalten sollst.«

Er baute sich vor Mary auf, doch sie wich nicht einen Schritt zurück. »Und ich habe dir gesagt, dass er niemandem etwas getan hat«, erwiderte sie gemessen. »Außerdem wollte ich mich bei ihm für meine Rettung bedanken. *Er* hat mich gerettet, das weißt du, oder?«

Franklins Gesicht wurde beinahe schwarz vor Zorn. »Dieser Mann rettet niemanden, glaub mir. Und jetzt bring das Feuerholz zu deiner Mutter, sie wartet auf dich. Geh schon.« Er hob die Hand, als wollte er sie ohrfeigen, winkte dann aber nur vage in Richtung der Wagen. »Geh.«

Stantons Wut sammelte sich an etwas Scharfem, Kantigem, wie an der Spitze eines Messers. Noch ein Vater, der ihn hasste – und möglicherweise beneidete. »Ich weiß nicht, was ich getan habe, Mr. Graves, dass Sie mich so …«

Graves ließ ihn nicht zu Ende sprechen. »Ich will Sie nie wieder mit meiner Tochter erwischen, verstanden? Ich weiß alles über Sie. Ich weiß, was Sie in Massachusetts getan haben.«

Massachusetts. Es klang wie das Zischen einer Flamme, die jeden Augenblick auflodern und Stanton verschlingen konnte.

Wenigstens war Mary außer Hörweite.

Graves lächelte dünn. »Ich sehe, Sie wissen, wovon ich spreche. Sie können sich nicht mit Lügen herausreden, nicht bei mir. Donner kennt den Vater des Mädchens. Das Mädchen, das Sie geschwängert und dann sitzen gelassen haben. Er hat mir erzählt, wie Sie mit eingezogenem Schwanz davongerannt sind, nachdem sie sich umgebracht hat.«

Es war wie ein Fausthieb in die Magengrube. Das war der Moment, vor dem Stanton sich die ganze Zeit gefürchtet hatte, auf den er seit ihrem Aufbruch aus Springfield vielleicht sogar gewartet hatte. Manchmal fragte er sich, ob ihm die Gerüchte bis ans Ende der Welt folgen würden. Vielleicht würde er sie immer mit sich schleppen, wie seinen eigenen Schatten. Eine hässliche, verquere Lüge, die bis ans Ende seiner Tage seine Bürde sein würde.

Aber Stanton war selbst schuld. Er hatte gewusst, dass Donner und Knox Geschäftspartner gewesen waren. Nur deshalb war er überhaupt hier, gefangen in einer endlosen Spirale, deren einziger Zweck es war, seine Vergangenheit am Leben zu erhalten. Er hatte nur nicht damit gerechnet, dass George Donner irgendjemandem von Lydia erzählen würde. Dabei kannte Donner nur einen Teil der Wahrheit: den Teil, den Knox ihm erzählt hatte, und genau das war das Problem.

Von Stantons Schweigen ermutigt, kam Graves näher. Er konnte seinen Atem riechen: nah und feucht und faulig. »Wie alt war das Mädchen überhaupt, als Sie es geschwängert haben?«

Stanton wollte ihm einen Faustschlag ins Gesicht verpassen, aber irgendwie schaffte er es, sich zu beherrschen. Er konnte nicht sprechen. Die Worte schwollen in seinem Hals, bis er daran zu ersticken glaubte. Es war jetzt so lange her, dass er Lydia sein Versprechen gegeben und sich angewöhnt hatte, die Wahrheit einfach hinunterzuschlucken. Er hatte nicht ein Wort verraten, seit es geschehen war; auch die bösartigen Verleumdungen seiner Nachbarn in Massachusetts hatten daran nichts ändern können.

»Sie versuchen also nicht einmal es abzustreiten?« Einen Moment lang sah Graves beinahe enttäuscht aus, als hätte er es auf eine Auseinandersetzung abgesehen gehabt. »Halten Sie sich von Mary fern. Sie wird sich nicht an einen Niemand wie Sie verschwenden. Wenn ich Sie je wieder mit ihr sehe, erzähle ich ihr, was ich weiß.«

Mary wusste also noch nichts davon. Zumindest ein kleiner Trost.

Allmählich schien ihm das die einzige Art Trost, die es in dieser Welt überhaupt gab.

Der Pfad, den Hastings hinterlassen hatte, war äußerst rau und gerade einmal breit genug für einen einzelnen Wagen. Gefällte Bäume und deren Stümpfe säumten den Weg. Stantons Oberkörper schaukelte im Rhythmus der Schritte seines Pferdes, während er versuchte, seine Gedanken daran zu hindern, ständig zu Mary zurückzukehren, zu dem Streit mit ihrem Vater und den Erinnerungen an Lydia, die er wieder hervorgeholt hatte. Vielleicht hatte Franklin sogar recht. Stanton war nicht gerade der ideale Freier. Er wusste so gut wie gar nichts darüber, wie man eine junge Frau glücklich machte. Nach Lydia hatte er nur noch frisch verwitwete oder unglücklich verheiratete Frauen gehabt, und es hatte nicht danach ausgesehen, dass sich das je ändern würde. Als wäre das Verlangen, seine Trauer immer wieder und wieder in diesen Frauen zu vergraben, seine einzige Überlebenschance.

Absolut sicher war, dass er Mary nicht die Reichtümer und Möglichkeiten bieten konnte, die ihr Vater anscheinend für sie im Sinn hatte.

Er dachte daran, wie Lavinah Murphy ihn damit aufgezogen hatte, er solle sich eine Frau suchen. *Sind Sie des Junggesellenlebens nicht allmählich müde, Mr. Stanton?*

Lavinah Murphy hatte keine Ahnung: Das Alleinsein fraß Stanton auf. Manchmal hatte er das Gefühl, als wäre nichts mehr von ihm übrig, als wäre sein Inneres nur noch eine gähnende Leere.

Als die Sonne hinter den Bäumen versank, schlugen er und Reed die Zelte für ihr erstes Nachtlager auf. Stanton war überrascht, ihn mit einem erlegten Kaninchen aus dem Wald zurückkommen zu sehen. Es war zwar klein und abgemagert, aber immerhin war es Fleisch. »Wie haben Sie das denn geschafft?«, fragte er beeindruckt. Er hätte Reed nicht zugetraut, überhaupt etwas mit dem Gewehr zu treffen, geschweige denn in so kurzer Zeit. Seit Fort Laramie hatten sie praktisch kein Wild mehr gesehen, selbst im Wald zwitscherten kaum Vögel. Es war, als wäre das üppige Grün um sie herum nur eine Kulisse, eine Imitation aus Sägemehl, Leim und Farbe.

Reed häutete seine Beute mit wenigen schnellen Bewegungen und lächelte verhalten. »Glück, schätze ich. Bei den Felsen dort unten habe ich außerdem eine kleine Quelle entdeckt. Sobald ich das Karnickel hier über dem Feuer habe, hole ich Wasser für die Pferde.«

Stanton war etwas mulmig dabei gewesen, sich ausgerechnet mit Reed in die Wildnis zu wagen. Er erkannte einen Mann mit einem Geheimnis, wenn er einen sah, und vermutete, dass Reed seine ganz eigenen Gründe hatte, sich den anderen Siedlern für eine Weile zu entziehen. Doch jetzt, da sie allein waren und weg von dem Gezänk der anderen, wurde er allmählich ruhiger.

Am nächsten Tag folgten sie weiter dem schlangenartigen Pfad, den Hastings' Gruppe hinterlassen hatte, und holten sie bald ein. Die Spur sah wie die eines Betrunkenen aus, immer wieder endete sie an einem steilen Felsabriss, um dort jäh kehrtzumachen. Von einer dieser Kanten aus hatte Stanton einen guten Blick auf das darunterliegende Tal. Vermutlich bot es den besten Weg durch dieses Gebirge, aber kein Pfad führte hinunter.

Hastings' Tross hatte mitten im Wald haltgemacht, überall wurde hektisch gearbeitet. Die Männer, die nicht gerade mit dem Fällen der Bäume beschäftigt waren, räumten die im Weg liegenden Stämme mit Ochsengespannen beiseite. Die Wagen standen in einer langgezogenen Reihe, wie in einem Flaschenhals steckten sie fest. Eigenartigerweise sah Stanton kaum Frauen und überhaupt keine Kinder. Nicht ein einziges Feuer brannte, niemand kochte oder machte die Wäsche. Dafür hielten mehrere Männer mit Gewehren auf den Armen von den Felsvorsprüngen aus Wache. Vielleicht hatten sie unterwegs Ärger mit Indianern gehabt.

Ein großer, rotgesichtiger Mann mit nacktem Oberkörper hielt mitten im Schlag mit seiner Axt inne, als er sie näher kommen sah. Stanton gefiel nicht, wie die Wachposten sogleich ihre Gewehrkolben an die Schulter legten.

»Wir suchen Lansford Hastings!«, rief er. Noch waren sie entfernt genug und schwer zu treffen. »Ist er hier?«

Es kam keine Antwort. Die Männer tauschten lediglich argwöhnische Blicke aus.

»Wir sind unserer Gruppe ein paar Tage vorausgeritten«,

erklärte Reed in die entstandene Stille hinein. »Wir wollten die Abkürzung nehmen, genau wie Sie, aber dann fanden wir eine Nachricht von Hastings, ihm nicht zu folgen.«

Einer der Männer stieß ein düsteres Lachen aus. »Damit hat er euch einen Gefallen getan, mein Freund. Kehrt um, und schätzt euch glücklich.«

»Am Anfang dieses Weges warten knapp hundert Leute auf uns«, warf Stanton ein. »Er muss uns führen.«

»Na schön, hört zu.« Der Rotgesichtige schulterte seine Axt. »Hastings ist zwar nicht für besonders viel zu gebrauchen, aber er muss uns aus diesem verfluchten Wald herausbringen. Ihr könnt ihn nicht mitnehmen.«

Eine eigenartige Antwort. Stanton und Reed schauten einander an.

»Wir wollen nur mit ihm sprechen, mehr nicht«, erklärte Reed. Schließlich bedeuteten die Männer ihnen, näher zu kommen, und die Wachposten senkten ihre Gewehre. Sie gingen hintereinander zwischen den eng stehenden Wagen hindurch. Als Stanton ins Innere eines der Wagen spähte, blickte er in kleine, verängstigte Kindergesichter; dicht zusammengedrängt, beäugten sie ihn unter der schützenden Plane hervor. Irgendetwas musste hier passiert sein.

»Wozu sind die Wachposten gut?«, fragte Reed freundlich. »Hatten Sie Probleme mit Indianern?«

Der Rotgesichtige wischte sich mit seinem Halstuch die Stirn ab. »Probleme, ja, aber nicht mit Indianern. Irgendein Tier folgt uns, vielleicht sind's auch mehrere. Schon seit Fort Bridger.«

»Bei Tageslicht dürften sie wohl kaum eine Gefahr sein, oder?«, fragte Stanton. Gleich darauf wurde ihm bewusst, dass das Blätterdach so viel Licht verschluckte, dass es genauso gut Abend sein könnte.

»Meist machen sie sich nachts über das Vieh her, und mehr dürfen wir auf keinen Fall verlieren«, antwortete der Mann. »Inzwischen sind auch ein paar von den Hunden verschwunden. Vielleicht sind sie auch nur weggelaufen, schwer zu sagen.«

Stanton gefiel die Geschichte nicht. Er musterte die Bäume ringsum.

Reed räusperte sich. »Sie sagten, mit Hastings sei nicht viel anzufangen. Wie haben Sie das gemeint?«

»Er hat die Nerven verloren, das meine ich. Ihr werdet es ja gleich selbst sehen.« Er deutete mit dem Kinn auf einen Wagen, der ein Stück abseits von den anderen stand. Der zum Einsteigen gedachte Schlitz in den Planen war mit Lederbändern zugeschnürt. Es sah aus, als hätte sich Hastings in seinem Wagen eingenäht. Etwas Derartiges hatte Stanton noch nie gesehen. Er warf Reed einen fragenden Blick zu, doch der zuckte nur die Achseln. Ihr Führer schien nicht vorzuhaben, sie noch weiter zu begleiten. Er stellte die Axt zwischen seinen Beinen ab und stützte sich mit einem beinahe amüsierten Gesichtsausdruck auf den Schaft.

Stanton ging weiter und wünschte, er könnte das Gefühl abstellen, dass sie beobachtet wurden - nicht nur von den Wachposten, sondern vom Wald selbst.

»Lansford Hastings?« Er kletterte auf den Wagen und hörte ein Rascheln von drinnen. »Nicht schießen. Mein Freund und ich, wir sind hier, weil wir mit Ihnen sprechen wollen. Wir wollen lediglich, dass Sie sich ein paar Minuten Zeit für uns nehmen.« Es kam keine Antwort, aber auch keine weiteren Geräusche, was Stanton als Einverständniserklärung deutete. Er löste die Lederbänder und kroch durch die Öffnung. Reed folgte ihm.

Das Erste, was Stanton auffiel, war der Rauch, der jedoch nicht von Feuerholz stammte. Es roch, als hätte Hastings hier drinnen Kräuter und Blumen verbrannt. Der Duft erinnerte ihn unangenehm an Tamsen, an ihr Haar und den Geschmack ihrer Haut. Von der Decke hingen Dutzende Indianer-Talismane, mit Schnüren zusammengebundene Federn und Zweige. Das Innere des Wagens sah aus, als wäre es durchwühlt worden, große und kleine Fässer lagen wild durcheinander, dazwischen standen Kisten kreuz und quer. Als sich seine Augen an die Dunkelheit gewöhnt hatten, sah Stanton eine großgewachsene Gestalt hinter einem mit Ledergurten verschlossenen Schrankkoffer kauern. Ein Gewehrlauf glänzte im Schummerlicht.

Früher, zu einer anderen Zeit und in einer anderen Situation, mochte Lansford Hastings ein schöner Mann gewesen sein. Er hatte einen kräftigen Kiefer, eine wohlgeformte Stirn und dunkle, klare Augen. Aber jetzt war sein Gesicht schmutzig, das Haar strähnig und verfilzt.

Stanton näherte sich vorsichtig, ohne die auf ihn gerichtete Gewehrmündung aus den Augen zu lassen. »Lansford Hastings? Wir sind als Abgesandte eines anderen Siedlertrecks hier. Wir haben Ihren Handzettel gesehen und damit gerechnet, Sie in Fort Bridger anzutreffen, damit Sie uns über Ihre Abkürzung führen. Als wir dann den Anfang des Pfads erreichten, fanden wir Ihre Nachricht.«

Hastings' Augen blitzten kurz auf und fixierten Stanton. »Warum haben Sie meinen Rat nicht befolgt? Sie hätten nicht herkommen sollen.«

»Hören Sie, wir sind nur hier, weil wir Ihr Buch gelesen haben«, warf Reed ein und ignorierte Stantons warnenden Blick. »Ich kann Ihnen sagen, dass es ein ziemlicher Schock war, als wir Fort Bridger erreichten und Sie nicht mehr da waren. Und dann dieser Zettel. Mich beschleicht der Verdacht, dass Sie nichts weiter sind als ein Scharlatan. Wie konnten Sie dieses Buch schreiben, wenn die Route …«

»Die Route ist nicht das Problem«, unterbrach Hastings. »Die Abkürzung ist schwierig, aber machbar. Es liegt an etwas ganz anderem. Etwas folgt uns.«

Die Talismane bewegten sich sanft, als hätte eine unsichtbare Hand sie angestoßen.

Stanton runzelte die Stirn. »Das wissen wir. Die Männer haben es uns erzählt. Tiere …«

»Die Männer wissen *gar* nichts.« Jetzt, da Hastings aufgestanden war, konnte Stanton ihn riechen. Er roch nach Übelkeit und Furcht, wie ein verwundetes Tier. »Es ist kein Tier, zumindest keins, das ich je gesehen hätte.« Seine Stimme erklang beinah eine Oktave höher. »Es gibt kein Wild in diesen Wäldern, ist Ihnen das aufgefallen? Der Grund ist, dass keines mehr da ist. Nichts. Etwas da draußen frisst alles Lebendige.«

»Ein Wolfsrudel«, erklärte Reed, doch seine Stimme klang unruhig. »Wir haben schon in Fort Laramie davon gehört.«

»Nein«, beharrte Hastings. »Mit Wölfen kenne ich mich aus, ich weiß, wie sie jagen. Es muss etwas anderes sein. Die Indianer wissen es ebenfalls.« Das Lachen, das Hastings ausstieß, klang, als würde er ersticken. »Ein Junge, nicht älter als zwölf, ich schwöre es … sie haben ihn an einen Baum gefesselt, gleich hinter dem Hügel. Dann sind sie weggeritten, haben ihn dagelassen, als Fressen. Seine Schreie verfolgen mich jetzt noch.«

Stanton hatte von Männern gehört, denen die langen Jahre allein in der Wildnis, der dunklen, ungezähmten Natur, den Verstand geraubt hatten. Er fragte sich, ob genau das mit Hastings passiert war. Hastings ließ sich gehen, und seine

Hände zitterten, aber trotzdem kam er ihm nicht verrückt vor.

Außer sich vor Angst, das schon, aber nicht verrückt.

»Gleich nachdem wir Fort Bridger verlassen haben, ist ein kleines Mädchen verschwunden«, sprach Hastings weiter. Seine Stimme war jetzt ganz leise, beinahe ein Flüstern. »Die Männer haben nach ihr gesucht, alle. Es war vergebens. Dann, ein paar Meilen tief im Wald, haben wir die Leiche gefunden. In Stücke gerissen, es war nichts mehr übrig, nur das Skelett.«

Stanton musste an den Nystrom-Jungen denken, an den grässlichen Anblick des gemarterten Körpers. Den Kopf leicht zur Seite gedreht, als hätte er sich nur kurz zum Ausruhen ins Gras gelegt. Der Fundort des Mädchens lag *Meilen* von der letzten Ruhestätte des kleinen Nystrom entfernt, und doch war die Leiche auf exakt die gleiche Weise zugerichtet. Stantons Nackenhaare stellten sich auf, die Talismane bewegten sich erneut in der Dunkelheit, und er schwitzte. Hastings' abergläubischer Plunder machte ihn nervös; er erinnerte ihn an Tamsen. *Dieser Trödel wird euch nicht beschützen; nichts kann euch beschützen.* Stanton wusste nicht, woher der Gedanke gekommen war, er wusste nur, dass es stimmte.

»Sagt euren Leuten, sie müssen umkehren. Fahrt so schnell ihr könnt nach Fort Hall, und nehmt die Nordroute. Die Männer hier lassen mich nicht weg, sonst würde ich euch anflehen, mich mitzunehmen. Rettet euer Leben.«

Reed sprach erst wieder, als sie bereits weit fort waren. »Der Teufel soll diesen Hastings holen. Ich traue nie wieder einem Anwalt.« Er spuckte aus. »Was denken Sie? Hat er den Verstand verloren?«

»Nein«, antwortete Stanton langsam. »Nein, das glaube ich nicht.«

Reed starrte ihn an. »Dann glauben Sie also das Märchen von den Monstern im Wald?«

»Ich glaube nicht an Monster«, widersprach Stanton. »Nur an Menschen, die sich wie welche benehmen.«

13

Drei Tage nach der Begegnung mit Hastings fanden sie die Überreste des zwölfjährigen Jungen, von dem er ihnen erzählt hatte - den Indianer - an einem Baum.

Reeds Hände waren blankgescheuert und seine Nerven ebenfalls. Die Etappe war eine einzige Tortur. Nachdem er und Stanton sich den anderen wieder angeschlossen hatten, hatte die Gruppe trotz aller Warnungen beschlossen, auf Hastings' Pfad zu bleiben. Patrick Breen und Franklin Graves beschwerten sich schon seit dem ersten Tag, kurze Zeit später hatten auch noch Wolfinger und Spitzer und die anderen Deutschen mit eingestimmt. Reed beschlich der Verdacht, dass es zum Teil daran lag, dass sie ihn nicht als ihren Anführer wollten.

Doch ihm war nichts anderes übrig geblieben. Als sie Donner von dem Gespräch mit Hastings berichteten, fiel er regelrecht in sich zusammen. Sein Blick wurde leer und sprang ständig zwischen ihm und Stanton hin und her, als verstehe er kein Wort.

»Wir haben einen schrecklichen Fehler gemacht«, sagte Reed rundheraus. »Wir haben uns blind auf diesen Mann verlassen, und jetzt lässt er uns im Stich. Er hat uns belogen. Wir werden hier sterben ...«

Donner schüttelte nur den Kopf. »Ich kenne den Weg von hier zum Humboldt River nicht, keiner von uns kennt ihn.

Vielleicht sollten wir umkehren. Wir könnten die Nordroute nehmen ...«

»Dafür haben wir nicht mehr genug Zeit«, entgegnete Reed. »Wenn wir so spät im Jahr die Nordroute nehmen, müssen wir in Fort Hall überwintern.« Für die meisten Familien wäre das der finanzielle Ruin gewesen. Sie hatten nicht genug Geld, um den ganzen Winter dort zu bleiben, nicht bei den Preisen, den die Handelsposten verlangten. Ein Dollar fünfzig für ein Pfund Mehl. Für eine ganze Familie reichte das gerade einmal einen Tag. Die Hälfte von ihnen würde noch vor dem Frühling hungern müssen.

Danach war Donner einfach gegangen. Er weigerte sich eine Entscheidung zu treffen und hatte seither mit niemandem außerhalb seiner Familie auch nur ein Wort gesprochen. Reed war sicher gewesen, dass der Zusammenbruch nur vorübergehend war, und hatte Stanton dazu überredet, niemandem etwas zu verraten. Georges Bruder, Jacob, hatte sich bereit erklärt, ihn einstweilen von den anderen Siedlern fernzuhalten. Die offizielle Version lautete, Donner sei krank geworden.

Also hatte Reed das Kommando übernommen. Binnen eines Tages hatte der Wald sie verschlungen, genau wie Hastings' Gruppe. Und seither stieg der Pfad steil an. Am Morgen des zweiten Tages hatte einer von Reeds Ochsen zu lahmen begonnen – eine weitere Zerreißprobe für seine Nerven –, und kurz darauf war er ausgerechnet Keseberg zu hart angegangen. Das Ganze gipfelte in einem lautstarken Streit, der damit endete, dass Keseberg ein Messer zog und von den anderen zurückgehalten werden musste.

Alle waren angespannt und nervös. Seine Schwager William Foster und William Pike hatte Reed vorausgeschickt, sie sollten den Weg auskundschaften. Die anderen Männer ließ er Baum um Baum fällen, damit sie bloß nicht mitten im Wald stecken blieben wie Hastings. Außerdem hatte er vorgeschlagen, dass sie ihren Proviant zusammenlegen und rationieren sollten, war aber niedergebrüllt worden. Einige hatten sogar gedroht, ihn aufzuknüpfen, sollte er je wieder davon sprechen.

Als das Nachtlager aufgeschlagen war, ging eine kleine Gruppe auf die Jagd, um das letzte Tageslicht zu nutzen, bevor es zu gefährlich wurde. Frischfleisch war knapp, und niemand wollte eines seiner Tiere schlachten, also machte sich jeder körperlich taugliche Mann, der ein Gewehr besaß – ja sogar der kaum taugliche Luke Halloran war dabei –, auf die Suche nach Wild.

Reed schloss sich einer kleinen, von Milt Elliott und John Snyder geführten Gruppe an. Sein Gewehr wog verflucht schwer auf den vom Holzhacken schmerzenden Armen. Er brütete immer noch über Snyders Worten aus der vorherigen Nacht. Snyder war ihm eigens in den Wald nachgelaufen, um sie ihm mitzuteilen.

Weißt du, was dein Problem ist, Reed? Du verstehst die Menschen nicht.

Nur Schafe folgen einem Lamm wie dir. Alle anderen pfeifen auf deine Hilfe.

Sie werden dir erst zuhören, wenn du sie dazu zwingst.

Snyder war ein fünfundzwanzig Jahre alter Herumtreiber, der nie etwas anderes geleistet hatte, als mit seiner Peitsche auf das Vieh seines Brotherrn einzuschlagen. Reed hingegen hatte aus dem Nichts eine Möbelfirma hochgezogen, hatte im Black-Hawk-Krieg einen Trupp Soldaten gegen die Sauk und Kickapoo geführt. Trotzdem hatte Snyder recht: Er verstand die Menschen nicht.

Inzwischen war es fast dunkel, und die Gruppe hatte immer noch nichts gefunden. Nicht einmal ein Erdhörnchen oder wenigstens eine Wachtel. Dennoch sagte niemand etwas, um das Unglück nicht auch noch heraufzubeschwören. Reed lauschte unterdessen mit wachsender Sorge dem Gespräch der beiden Männer vor ihm – Sorge um das, was Snyder gegenüber Elliott ausplaudern könnte. Snyder wusste genau, dass Reed zuhörte, und er quälte ihn gern; es war der Tyrann in ihm. Hatte Snyder als Warnung gemeint, was er gestern Nacht zu ihm gesagt hatte?

Es gibt zwei Sorten Menschen: Schafe und Schlächter. Vergiss nie, zu welcher Sorte ich gehöre.

Wenn Snyder eines beherrschte, dann, andere dazu zu bringen zu tun, was er wollte. Alles, was es brauchte, war ein Blick unter seinen schweren Augenlidern hervor, eine kleine Bewegung seiner großen Hände.

Wenn Reed die Zeit zurückdrehen könnte, hätte er sich nie mit ihm eingelassen. Es war leichtsinnig gewesen, aber er hatte Snyders Hände einfach nicht aus dem Kopf bekommen. Wie sie sich anfühlten. Irgendwann hatten sich die ständigen Gedanken an die rohe Kraft, die diesen Händen innewohnte, von Furcht in Sehnsucht umgewandelt.

Es war dumm gewesen, sogar noch schlimmer als das: tödlich.

Nur einmal ein falsches Wort zu jemandem, und er würde in der nächsten Gefängniszelle landen, um dort auf den Richter zu warten. Edward McGee hatte ihm von einem Mann erzählt, dem es genau so ergangen war. Man musste die Gelegenheiten ergreifen, wenn sie sich boten.

»Himmel!«, bellte Snyder plötzlich, gefolgt von einer langen Reihe wüster Flüche.

Reed hörte Hallorans Terrier kläffen und beschleunigte seinen Schritt. Vielleicht hatten sie Wild entdeckt.

Doch was er sah, als er die anderen eingeholt hatte, drehte ihm den Magen um: Zwischen zwei Bäumen baumelten, mit Seilen an den Handgelenken aufgespannt, die Überreste eines Menschen. Der Kopf hing schlaff herab, und darunter - nichts. Nur die nackte Wirbelsäule, die einzelnen Wirbel aufgereiht wie Perlen an einer Schnur. Die Knochen waren beinahe vollständig blankgenagt. Am Boden lagen die langen Oberschenkelknochen und Bruchstücke von Rippen. Die Erde darum herum war aufgewühlt, zerfurcht und schwarz von Blut.

»Was zum Teufel ...?«, stammelte Milt Elliott und wäre beinahe über Hallorans Terrier gestolpert, der die Knochen beschnupperte.

Reed konnte den Blick nicht von dem Kopf losreißen, von dem Blut und den Myriaden von Insekten darauf. Etwas - Vögel? - hatte sich die Augen geholt. Es musste ein entsetzlicher Tod gewesen sein - ob er allerdings schlimmer war, als in diesen Bergen zu verhungern oder zu verdursten, das wusste Reed nicht. Er musste etwas sagen, bevor Snyder, Elliott und Halloran zurück zu den Wagen liefen und dort die Hölle losbrach. »Hastings hat uns hiervon erzählt«, begann er. »Es waren Indianer. Irgendeine Zeremonie.«

»Eine Zeremonie?«, knurrte Snyder. Er zog sein Jagdmesser und schnitt eines der Seile durch. Die Leiche schaukelte nach links, der befreite Arm fiel herab, sodass die Hand den Boden berührte. »Was für eine kranke Zeremonie soll das sein?«

Reed erwiderte nichts. Er war mit Stanton darin übereingekommen, den anderen nichts von Hastings' Befürchtungen zu verraten. *Etwas folgt uns.* Es würde sie nur noch verrückter machen. Snyder schien allerdings gar nicht mit einer Antwort gerechnet zu haben. Wie so viele fürchtete er die Indianer und versuchte erst gar nicht, sie zu verstehen.

»Sieht irgendwie aus wie der Nystrom-Junge«, murmelte er, um dann nach Hallorans Terrier zu treten, als der begann, auf dem herabhängenden Arm herumzukauen. »Hör auf! Hunde dürfen kein Menschenfleisch fressen, sonst kommt er noch auf den Geschmack.«

»Quincy, komm her.« Halloran war ganz grün im Gesicht und vollkommen abgemagert. Schwindsucht. Wenn er auch nur noch einen Monat durchhielt, grenzte es an ein Wunder.

Snyder wollte gerade die am Boden liegenden Knochen von Quincy wegschieben, da sprang der Terrier plötzlich vor und biss ihn in die Hand. Die roten Tropfen quollen sofort.

»Blödes Vieh.« Snyder hob die Wunde reflexartig an seinen Mund und trat nach Quincy, der wieselflink nach seinem Stiefel schnappte. Daraufhin hob Snyder sein Gewehr und drückte ab. Das Geräusch, das der Terrier ausstieß, als die Kugel ihn im Bauch traf, war das Unheimlichste, was Reed je gehört hatte: hoch, überrascht, voller Schmerz und beinahe menschlich.

Halloran war ein sanfter Mann - ein Schaf, wie Snyder sagen würde - und von seiner Krankheit ausgezehrt, aber im Zorn stürzte er sich jetzt auf Snyder und packte ihn am Hemdkragen. »Bei Gott! Warum haben Sie das getan?«

Snyder schüttelte ihn mit Leichtigkeit ab. Halloran blickte sich hilfesuchend um, doch Reed schaute weg. Niemand legte sich mit John Snyder an, er selbst schon gar nicht. Er wusste, wozu Snyder fähig war, kannte die Kraft seiner Hände. Die Male auf seiner Haut waren Beweis genug.

»Der Köter hat mich gebissen«, fauchte Snyder. »Wenn ein Hund mich beißt, knall ich ihn ab.«

»Es war nur ein Kratzer!«, schrie Halloran. Blut vom letzten Hustenanfall tropfte von seinem Kinn. »Vielleicht sollte ich *Sie* abknallen.«

Snyders Ohrfeige traf ihn mitten im Gesicht und riss ihn von den Beinen. Reed zuckte zusammen, und Snyder lachte. »Hör auf zu heulen. Das bringt dich nur noch mehr in Schwierigkeiten.«

Was hatte Snyder gestern zu ihm gesagt? *Du glaubst, du weißt, wie die Welt funktioniert, aber du weißt einen Dreck. Männer wie dich machen mich wütend. Ihr seid so bescheuert, dass ihr nicht mal merkt, wie bescheuert ihr seid.*

Halloran stemmte sich hoch auf Hände und Knie, dann erzitterte sein Körper unter dem nächsten Hustenanfall. Blutige Speichelfäden hingen an seinen Lippen. Der Anblick ekelte Reed, aber er ekelte sich auch vor sich selbst. Er wusste, er sollte Halloran beistehen, wagte es aber nicht. Seine Angst war zu groß.

Snyder und Elliott machten sich auf den Rückweg, nur Reed rührte sich nicht von der Stelle und beobachtete, wie Halloran mit bloßen Händen versuchte, Erde über seinen Hund zu häufen. »Kommen Sie, Luke. Gehen wir«, sagte er schließlich. Es war schon beinahe dunkel, und Reed wollte nicht hinter den anderen zurückfallen.

Halloran hob nicht einmal den Kopf. »Wir müssen ihn begraben. Ich kann ihn nicht einfach so liegen lassen. Würden Sie mir bitte helfen? Können Sie wenigstens das für mich tun?«

Reeds Ekel schlug in Wut um. Der Boden war hart wie Stein, und sie hatten nicht einmal eine Schaufel. Hatte Halloran ernsthaft vor, mit den Händen zu graben? Morgen stand ihnen ein weiterer Tag voll mühseligen Holzhackens bevor, und niemand wusste, wie viele solcher Tage danach noch kommen würden.

»Lassen Sie doch den verfluchten Hund.« Er schulterte sein Gewehr. »Sonst können Sie allein im Dunkeln hierbleiben und herausfinden, ob uns tatsächlich irgendein Tier folgt.« Reed sah erleichtert, wie Halloran aufstand. Gleichzeitig war ihm beinahe schlecht vor Schuldgefühlen. Der Geschmack von Erbrochenem stieg ihm in den Mund.

Auf dem Weg zurück zum Lager tat er so, als hörte er Hallorans Schluchzen nicht.

14

Alle sagten, es sei ein Wunder. Gottes Gnade und ein Beweis dafür, dass er sich nicht von ihnen abgewandt hatte.

Tamsen konnte es ihnen nicht verübeln. Gottes Gnade war in dieser gnadenlosen Wildnis wichtig, und wie sollte man Hallorans Verwandlung sonst erklären? Wäre Tamsen tatsächlich eine Hexe, wie alle behaupteten, hätte sie es vielleicht gekonnt. Sie konnte Vorzeichen erkennen, Talismane gegen den Teufel machen und in den Wolken die Zukunft lesen, doch ihre Zauber verliehen ihr keine Macht über andere. Sie zogen nur deren - zusehends unliebsame - Aufmerksamkeit auf sie.

Doch irgendeine Macht hatte Halloran berührt und ihn geheilt.

Nachdem Snyder seinen kleinen Hund erschossen hatte, hatte Halloran eine Woche lang kaum mehr den Kopf gehoben. Der Tod des Hundes war ein Jammer, aber Halloran hing zu sehr an ihm; er hatte sich sogar im Spiel von ihm beißen lassen wie jemand, der nicht in der Lage ist, seine Kinder zu erziehen. Immer wieder hatte er Blut gehustet und versucht, es vor den anderen zu verbergen. Manchmal hatte er stundenlang kaum Luft bekommen, dann hatte ihn Tamsen gepflegt und ihm schließlich sogar einen Platz in einem ihrer Wagen gegeben, nachdem er selbst zum Reiten zu schwach geworden war.

Sie wusste selbst nicht, weshalb er sie so erbarmte. Vielleicht weil er ein Ausgestoßener war, einsam und von allen verachtet, genau wie sie selbst. Sie fütterte ihn mit Suppe, gekocht aus den Pilzen, die ihre Töchter sammelten. Es war das Einzige, was er bei sich behalten konnte. Schon als sie noch ganz klein gewesen waren, hatte Tamsen ihnen beigebracht, Pfifferlinge von dem tödlichen Grünsporschirmling zu unterscheiden; sie wussten, dass sie nichts probieren durften, bevor sie es Tamsen nicht gezeigt hatten. Wenn sie Giftpilze brauchte, sammelte Tamsen sie selbst. Sie hatte eine gute Handvoll Grünsporschirmlinge, sorgfältig geputzt und getrocknet, um sie mit ihrem selbst zubereiteten Laudanum zu vermischen. All das hielt sie gut versteckt, vor allem vor den anderen Siedlern.

Warum Halloran sich überhaupt auf den Weg nach Westen gemacht hatte, konnte Tamsen nur raten. In dem Wissen, dass man ihn nicht mitnehmen würde, hatte er allen verschwiegen, wie krank er war. Vor allem, weil er allein reiste, ohne Wagen und ohne Familie, die sich um ihn kümmern konnte. Andererseits hatte niemand ahnen können, wie beschwerlich die Reise werden würde. Tamsen wusste nicht, ob sie besonderes Pech hatten oder ob alle, die bisher nach Westen gegangen waren, gelogen hatten. Gelogen in den Zeitungen und in den Büchern - so wie dieser widerwärtige, niederträchtige Lansford Hastings, der obendrein auch noch verrückt war, wie sich inzwischen herausgestellt hatte. Noch etwas, das Tamsen ihrem Mann verübelte, der Hastings jedes Wort geglaubt hatte. Nach Westen gelockt, um in der Wildnis zu sterben.

Und dann bekam Halloran plötzlich wieder Luft, er schwitzte nicht mehr. Am Ende des ersten Tages seiner Genesung konnte er ohne Hilfe umherlaufen, wenn auch nicht lange. Der Husten hörte auf. Am nächsten Abend spielte er über eine Stunde lang auf seiner Geige. Als er noch gesund gewesen war, hatten alle sein Spiel geliebt. Die Leute scharten sich um ihn, vergaßen für kurze Zeit all ihren Groll und ihren Zwist. Niemand beschwerte sich, niemand stritt. Die meisten mochten fröhliche, lebhafte Lieder, zu denen sie tanzen konnten, aber Tamsen liebte eher die traurigen. Melancholie passte weit besser zu der Landschaft ringsum.

An jenem Abend spielte er so schnell, dass der Bogen kaum noch zu sehen war und die Tänzer einer nach dem anderen erschöpft zusammenbrachen.

»Wenn das so weitergeht, kann ich meine Sachen bald aus Ihrem Wagen holen und wieder auf mein Maultier packen«, erklärte Halloran. »Dann falle ich Ihrer Familie nicht mehr zur Last.«

»Überstürzen Sie nichts«, erwiderte Tamsen. Sie war froh über seine Gesundung, natürlich war sie das, aber auch erschrocken. Erschrocken aus Gründen, die sie selbst nicht ganz verstand. Irgendwie war es, als hätte Halloran nicht sein Leben zurückbekommen, sondern als hätte er jetzt ein neues: Er war viel gesprächiger, unglaublich fröhlich und tatkräftig. »Warten Sie, bis Sie wirklich wieder ganz gesund und bei Kräften sind.«

Außerdem hatte sie sich daran gewöhnt, Halloran immer um sich zu haben, sei es tags im Wagen oder nachts am Lagerfeuer, wo er in eine Decke gehüllt den Kochtopf im Auge behielt. Zuerst hatte George noch an ihrem Verstand gezweifelt, als sie darauf bestand, im Wagen einen Platz für ihn frei zu halten, aber dann hatte sich Halloran als überraschend pflegeleicht herausgestellt: Er war unendlich dankbar für jede Aufmerksamkeit, spielte so lange mit den Kleinen, wie seine Kräfte es zuließen, und wenn er erschöpft war, hörte er sich Tamsens Geschichten über ihre Zeit als Lehrerin an. Es war nicht gerade die glücklichste Phase ihres Lebens gewesen, als sie – eine junge, kinderlose Witwe – ihren Weg allein machen musste. So vollkommen anders als ihr jetziges Leben mit George, dass Tamsen sich manchmal fragte, ob es überhaupt je geschehen war.

Mit seinen fünfundzwanzig Jahren erinnerte Halloran sie ein bisschen an ihren Jory. Ihr Bruder war immer so etwas wie der Kompass in Tamsens Leben gewesen, aber nun hatte sie ihn seit Jahren nicht mehr gesehen und fragte sich, ob sie in anderen Männern nicht krampfhaft nach Ähnlichkeiten zu ihm suchte.

Es gab sogar Momente, da glaubte sie, in Halloran einen sanften, höflichen Liebhaber zu erkennen, in seinem schüchternen Lächeln und seiner zurückhaltenden Art. Aber wahrscheinlicher war doch, dass sie sich auch das nur einbildete.

Seine Hände sahen schön und elegant aus, vermutlich kam das vom Geigespielen. Und manchmal, ganz selten stellte sie sich vor, wie diese Hände sich auf ihrer Haut anfühlen würden.

Suchte sie nach ihnen, oder fanden sie Tamsen von selbst, diese dunklen, grüblerischen Männer mit ihren Geheimnissen? Sie blieben nie, aber ihre Wirkung auf Tamsen ließ nicht nach. Es verlangte sie nach mehr davon, wie bei manchen Kräutern, die Zittern und Schwindel verursachten, wenn man die Dosis zu schnell herabsetzte.

Hallorans Zartheit schien diese Sucht in ihr nur noch anzufachen, ihren Hass auf George, auf seine Blicke, die ein Gefühl des Gefangenseins in ihr heraufbeschworen, den Wunsch nach Flucht. Einmal mehr verspürte sie den Impuls, etwas Unbedachtes zu tun, um sich zu schlagen und sich zu befreien.

Halloran hatte seine Sachen kaum aus dem Wagen geschafft, da tratschten die Leute schon über seine wundersame Genesung. Tamsen hätte es wissen müssen. Betsy berichtete ihr in allen Einzelheiten, dass man sie für eine Hexe hielt, die Halloran verzaubert hatte. Sie tat, als fielen ihr die Worte schwer. In Wahrheit genoss sie, Tamsen endlich einmal die Leviten lesen zu können.

Die Leute hatten Tamsen schon weit Schlimmeres nachgesagt.

Nur wenige überlebten die Schwindsucht, wenn sie einmal so weit fortgeschritten war wie bei Halloran. Und doch war er oft der Erste, der aus seinem Zelt kam, wenn der Ruf zum Aufbruch ertönte, und der Letzte, der sich abends schlafen legte. Wenn er alles erledigt hatte, holte er Wasser oder Feuerholz für die anderen, als müsse er seine überschüssigen Kräfte abarbeiten.

Tamsen hätte sich freuen sollen, doch sie hatte Angst.

Halloran schien verändert. Sie konnte nicht sagen, wie, aber es gab keinen Zweifel.

An dem Morgen, als er seine Sachen auf sein Maultier umpackte und sie ihm riet, doch lieber noch ein oder zwei Tage zu warten, sagte er barsch, er wisse schon, was er tue. Halloran hatte sie bisher noch nie so angefahren, ganz egal wie elend ihm gewesen war. Tamsen war so überrascht gewesen, dass sie den ganzen Tag nicht mehr mit ihm sprach und nur aus der Ferne beobachtete, wie er ruhelos umherschwirrte wie ein in einem Glas gefangenes Insekt, das verzweifelt versucht, einen Ausgang zu finden.

Seither war es nur noch schlimmer geworden. Einmal geriet er mit einem von Reeds Fahrern heftig in Streit, weil er unbedingt vor dessen Wagen durch eine Engstelle wollte. Halloran behauptete steif und fest, das schwere Gefährt würde in dem weichen Boden nur stecken bleiben. Er sollte sogar Recht behalten: Reeds Fahrer hatte schließlich noch einen zweiten Ochsen anspannen müssen, um den Wagen wieder herauszuziehen.

Am schlimmsten war es, als er am folgenden Tag seine Geige an einem Felsen zertrümmerte, nachdem jemand ihn gefragt hatte, ob er nach dem Abendessen vielleicht ein Liedchen anstimmen würde. Er habe es so satt, sagte er, ständig für jemanden spielen zu müssen.

Alle waren stumm vor Schreck, Tamsen stiegen sogar - sie konnte es sich selbst nicht erklären - Tränen in die Augen. Luke Halloran hatte diese Geige geliebt wie ein Kind. Wieder kam ihr der Gedanke, dass dies nicht mehr Halloran war, dass er gestorben war und jetzt jemand anderes seinen Körper bewohnte.

Das war natürlich Unsinn. Viel wahrscheinlicher schien, dass die Krankheit ihn verändert hatte. Vielleicht war er auch schon immer so gewesen, und die Krankheit hatte es nur verdeckt.

Vor ihrem Aufbruch, als Tamsen sich die Reise nur vorgestellt hatte, hatte sie an Mühsal und Hunger gedacht, an Dreck, der in jede Ritze kroch und sie wie eine zweite Haut umschloss, die sich nicht abstreifen ließ. An die vielen Menschen hatte sie nicht gedacht, und dass sie ständig von ihnen umgeben sein würde, ohne Möglichkeit, ihren absonderlichen Vorurteilen und grundlosen Stimmungswechseln zu entfliehen.

Sie waren nun schon seit einer Woche am Fuß der Wasatchkette unterwegs, und es war heiß, selbst nachts. Tamsen brauchte ein Bad. Sie wollte sich endlich einmal wieder sauber fühlen, auch wenn sie genau wusste, dass die Staubschicht auf ihrer Haut schon am nächsten Morgen wieder da wäre.

Sie wartete, bis sich der Rest der Familie zu den Zelten zurückgezogen hatte und sie allein war. Jacob las den Kindern vor, und George rauchte mit geschlossenen Augen seine Pfeife, wie er es zu Hause so oft in seinem Lieblingssessel getan hatte. Hier, unter dieser feindseligen Himmelskuppel, wirkte der Anblick absurd, beinahe verzweifelt. Als könnte er sich, wenn er nur die Augen schloss, den ganzen Weg nach Kalifornien denken, oder zurück nach Hause.

Sie ging hinter einen der Wagen, füllte den größten Topf, den sie hatten, mit Wasser, und stellte ihn auf die noch glühenden Kohlen. Der Wind trug die Geräusche der anderen Familien leise heran, aber sie waren noch weit entfernt. Die Donners waren zwar nicht verstoßen, zumindest galten sie nicht offen so, aber ihre Stellung als wichtigste und einflussreichste Familie im Treck hatten sie verloren. Mochten die anderen von ihr halten, was immer sie wollten, Tamsen wusste, was ihr Erleichterung verschaffen würde: ein Bad. Sie legte ihre Bluse ab, das Kleid und die Strümpfe, bis sie nur noch in Korsett und Unterrock dastand.

Sie tauchte einen Waschlappen in das warme Wasser und rieb sich mit langen, wohltuenden Zügen ab. Erst den Hals, den Nacken, und dann hob sie ihren Unterrock an und wusch nacheinander ihre langen Beine. Was ein nasser Lappen bewirken konnte, war wie ein Wunder. Als Tamsen die kühle Brise auf ihren Oberschenkeln und Waden spürte, weinte sie beinahe. Sie war gerade dabei, ihr Korsett zu lösen, da hielt sie wie erstarrt inne. Etwas war anders.

Etwas hatte sich *bewegt*.

Ihre Nackenhaare standen zu Berge. Sie konnte nicht sagen, ob es ein Geräusch war, das sie so erschreckt hatte, oder ein Flackern in der Dunkelheit, aber sie wusste: Jemand beobachtete sie.

Ihr Blick wanderte zu den Gebüschen, zu den schwarzen, gezackten Schatten der Bäume. Nichts.

Tamsen entspannte sich wieder. Die Lagerfeuergeschichten von den Ungeheuern der Nacht, von Wölfen, die so groß wie Pferde waren, setzten auch ihr zu. Sie griff wieder an ihr Korsett und nestelte mit nassen Fingern ungeschickt an den Schnüren herum. Alles war so still. Jacob hatte doch nicht schon mit dem Vorlesen aufgehört? Und die anderen hatten sich doch bestimmt noch nicht schlafen gelegt? Ganz sicher war sie nicht allein. Die Sonne war erst vor einer Stunde untergegangen, alle waren noch wach, gingen ihren Erledigungen nach, trieben das Vieh auf die Weide und räumten nach dem Abendessen das Geschirr zusammen.

Endlich hatte sie die Knoten auf. Tamsen öffnete das Korsett und enthüllte ihre Brüste. Der Wind war jetzt kalt, sie zitterte. Und dann sah sie es, eine Silhouette, die zwischen den Bäumen umherhuschte – und sie ging *aufrecht*.

Mit der einen Hand griff Tamsen instinktiv nach ihrer Bluse, nach irgendetwas, um sich zu bedecken, mit der anderen packte sie die Laterne und riss sie hoch. Das Blätterdach zeichnete sich ab wie ein dunkles Netz, und die Gestalt verschwand beinahe augenblicklich, aber erst nachdem das Licht sie erfasst hatte. Ihr blasses Gesicht, schmal und *hungrig*.

Es war Halloran. Er beobachtete sie.

Bevor Tamsen einen Schrei ausstoßen konnte, war er fort.

Sie zog sich mit zitternden Händen an. Dieser Blick ... das war keine Begierde gewesen, sondern etwas Tiefergehendes, roh und animalisch. Tamsen versuchte sich zu erinnern, wo sie ihre Töchter zuletzt gesehen hatte, ihre unbedarften, gutgläubigen Kleinen, die Luke Halloran ins Herz geschlossen hatten und ihm blind vertrauten. Leanne war bei den Kleinen gewesen und hatte mit einem Stück Kandiszucker im Mund Jacobs Geschichte gelauscht. War Elitha auch dabei gewesen?

Tamsen rannte zum Feuer. Jacob und seine Zuhörer schreckten hoch. George blinzelte sie an, als könnte er sich nicht erklären, wo sie so plötzlich hergekommen war.

»Wie war dein Bad?«, fragte er.

Tamsen antwortete nicht.

Elitha war nicht hier.

Sie wusste, es war albern. Paranoid. Elitha hatte bestimmt nur wieder die Zeit vergessen. Wahrscheinlich wanderte sie irgendwo verträumt umher, so wie immer, suchte im Bach nach Kaulquappen oder kletterte auf einen Baum, in dem sie ein verlassenes Vogelnest entdeckt hatte. Einmal vor nicht allzu langer Zeit hatte Tamsen sie dabei erwischt, wie sie im Flüsterton Selbstgespräche führte. Als Tamsen sie fragte, was sie da gerade spiele, war Elitha regelrecht wütend geworden. *Das ist kein Spiel*, hatte sie gesagt. Eines Tages würde sie ihr diese Angewohnheiten austreiben müssen, zu ihrem eigenen Besten.

Im Moment aber wollte sie vor allem nicht, dass Elitha hier irgendwo allein im Dunkeln herumlief.

Als Erstes lief Tamsen zu dem Dickicht am Bach. Es war genau der Ort, der ihr gefallen würde, ein undurchdringliches Gestrüpp aus Rohrkolben und Riedgras direkt an einem Wasserlauf. »Elitha! Bist du hier irgendwo?« Es kam keine Antwort. Die Luft war still wie in einer Kirche. Zu still, wie alle sagten, und Tamsen fand das auch. Als wäre alles Lebendige vor etwas geflohen, selbst die Vögel. »Elitha, du kommst jetzt sofort her.«

Ein Rascheln im Schilf. Tamsens Herz pochte so heftig, dass es von innen gegen die Rippen schlug.

»Elitha?« Sie konnte die Angst in ihrer Stimme nicht länger verbergen.

»Bin nur ich, fürchte ich.« Es war Mary Graves, die auf ihren Storchenbeinen herangestakt kam. »Ist Elitha verschwunden?«

»Nein, nicht verschwunden«, erwiderte Tamsen scharf. Das war zwar genau ihre Befürchtung, aber sie wollte nicht, dass Mary es laut aussprach. »Sie geht sicher nur spazieren.«

Die beiden Frauen starrten einander an. Es war das erste Mal, dass sie Mary richtig zu Gesicht bekam. Mary war beinahe hübsch, nur ihr Kiefer war etwas zu kantig und die Augen eindeutig zu groß für ihr Gesicht. Obwohl sie nicht mehr als ein paar Jahre jünger war als Tamsen, war sie wahrscheinlich noch Jungfrau.

Möglicherweise war es das, was Stanton an ihr gefiel. Tamsen war nicht entgangen, dass sich seine Fantasien auf eine andere verlegt hatten. Vielleicht war ihm eine unerfahrene, leicht zu beeindruckende Frau lieber. Es war schon seltsam: Mit erfahrenen Frauen fingen Männer gerne ein Techtelmechtel an – mit einer Hure, in ihren Augen –, aber eine Familie gründeten sie nur mit einer, die sich ihnen unterwarf wie ein Kalb unter das Joch.

»Ich wollte Sie nicht erschrecken«, sagte Mary. »Ich habe Sie in diese Richtung gehen sehen und ... ich wollte Sie gern allein sprechen.«

»Dafür habe ich jetzt keine Zeit.« Sie gab keine weitere Erklärung. Mary Graves verdiente keine.

Als Tamsen versuchte, sich an ihr vorbeizuschieben, stellte sich Mary vor sie. »Bitte. Es dauert nur eine Minute.« Sie machte Anstalten, Tamsen eine Hand auf den Arm zu legen, besann sich aber eines Besseren. »Ich wollte nur wissen, was Sie plötzlich gegen mich haben.«

Einen Moment lang war Tamsen sprachlos. Mary tat ihr beinahe - *beinahe* - leid. Sie sah verwirrt aus, wie ein Kind, das gerade einen Apfel nach oben statt nach unten fallen gesehen hat. Gleichzeitig spürte sie Wut in sich aufsteigen: Mary Graves schien tatsächlich zu glauben, Tamsen schulde ihr eine Antwort. Eine Antwort, die sich jede Frau, die ein bisschen weniger naiv war als Mary, selbst geben konnte.

In einer anderen Situation hätte Tamsen wahrscheinlich gelacht. Vielleicht hätte sie Mary sogar erklärt, wie die Dinge funktionierten. Charles Stanton hatte sich für sie entschieden, aber das bedeutete noch nicht, dass Tamsen sie ebenfalls ins Herz schließen musste. Sie hatte ihr Stanton gestohlen, ohne es zu wollen. Es war nicht einmal klar, ob sie ihn überhaupt wollte.

Tamsen hatte jedes Recht, sie zu hassen.

Natürlich konnte sie von dem allen nichts laut aussprechen. Sie hob ihren Rock an und stieg über das hohe Gras hinweg, um Mary Graves herum. »Ich weiß nicht, was Sie meinen«, erwiderte sie leichthin. »Und ich bin sicher, wir haben beide Wichtigeres zu tun.«

Mary ließ nicht locker. Sie fuhr herum und hatte Tamsen im Nu eingeholt. »Sie mögen mich nicht«, beharrte sie. »Ich weiß es, denn Sie gehen mir aus dem Weg. Ich möchte lediglich den Grund dafür wissen.« Sie biss sich auf die Lippe. »Hat es ... hat es etwas mit Mr. Stanton zu tun?«

Als sie Mary den Namen aussprechen hörte, zuckte Tamsen unwillkürlich zusammen. »Was hat Mr. Stanton damit zu tun?«, fragte sie mit kalter, dünner Stimme, als spreche sie durch Eis.

Mary zögerte. Einen Augenblick lang glaubte Tamsen, sie hätte nicht den Mut, es laut auszusprechen. Doch dann räusperte sie sich. »Ich habe Geschichten gehört.«

Geschichten. Das war nur ein anderes Wort für hinterhältige Lügen wie die, die man sich in North Carolina über Tamsen erzählt hatte, bevor sie nach Springfield ging.

Wenn Sie schon so sicher sind, dass ich eine Hexe bin, hatte sie zu der Predigersfrau gesagt, die ihr vor all den Jahren so rücksichtslos zugesetzt hatte, *ist es dann klug, mich zu verhöhnen?* Die plötzliche Angst auf dem Gesicht der Frau zu sehen hatte Tamsen eine dümmliche, vorläufige Befriedigung verschafft. Genau das war das Problem mit Frauen wie Peggy Breen und Eleanor Eddy: Sie hatten Angst, immer nur Angst, und regelmäßig vor den falschen Dingen.

Und jetzt wurde die Versuchung, die Wahrheit zu sagen, geradezu überwältigend. Sie könnte Mary Dinge über Stanton erzählen, von denen sie nicht das Geringste ahnte, und ihr den Kopf zurechtrücken. Stanton war stark und klug, ja, aber eben leichtsinnig, was Gefühle anging - seine eigenen und die anderer. Er war zum Einzelgänger geboren und würde sich einem anderen Menschen nie ganz öffnen.

An so einen willst du doch nicht dein Herz verlieren, Kindchen.

Nur wusste sie, das Unglück würde Mary so oder so einholen, ob Tamsen ihr die Augen öffnete oder nicht. Ein kleiner, hinterhältiger Teil von ihr freute sich sogar darüber.

»Sie sollten nichts auf Geschichten geben«, sagte sie nur.

Bevor Mary etwas erwidern konnte, rief jemand nach Tamsen.

In dem Glauben, es wäre George, drehte sie sich um. Aber es war Halloran. Er stolperte durch die Sträucher auf sie zu und hielt sich den Bauch. Vornübergebeugt, als hätte jemand ihn angeschossen.

All seine neue Kraft und überbordende Gesundheit waren verschwunden. Tamsen war bestürzt, ihn so zu sehen, bestürzt und entsetzt. Halloran starb, daran gab es keinen Zweifel. Seine Augen traten hervor, die Lippen hatte er zu einer wilden Grimasse zurückgezogen, darunter sah Tamsen das entzündete Zahnfleisch und die fauligen Zähne. An seinem Hals, den Händen und den Armen traten die Sehnen hervor.

»Mrs. Donner«, keuchte er und streckte die Hand nach ihr. Tamsen machte unbewusst einen Schritt nach hinten, obwohl immer noch der Bach zwischen ihnen war. Halloran strauchelte und landete kniend im Wasser. Anstatt wieder aufzustehen, kroch er jetzt weiter. »Hilfe. Bitte helfen Sie mir.«

In diesem Moment vergaß Tamsen den Mann, den sie zwischen den Bäumen gesehen hatte, und sah nur noch den, den sie in ihrem Wagen gesund gepflegt hatte. Sie watete in den Bach, schämte sich für ihren ursprünglichen Impuls wegzulaufen, schöpfte mit ihren Händen etwas Wasser und brachte es an seinen Mund.

»Holen Sie Hilfe. Jemand muss ihn tragen.« Tamsen musste Mary zugutehalten, dass sie weder in Panik ausbrach noch widersprach oder in Ohnmacht fiel. Sie drehte sich einfach um und rannte zu den Wagen.

Halloran trank nicht. Er stöhnte nur vor Schmerz und schien Tamsen nicht einmal zu hören, als sie ihn anflehte, die Augen zu öffnen. Er roch bereits wie eine Leiche; Tamsen würgte.

Als Mary außer Sichtweite war, gehorchte Halloran endlich. Er schlug die Augen auf und umklammerte mit überraschender Kraft Tamsens Handgelenke. »Mrs. Donner ... Tamsen«, sagte er und zog sie so nahe zu sich heran, dass sie seinen Atem auf der Wange spürte. »Sie sind doch meine Freundin, nicht wahr, immer noch? Sie waren so freundlich zu mir, die Einzige, die mir geholfen hat, als ich krank wurde ...«

»Schhh. Ganz ruhig. Natürlich bin ich Ihre Freundin.«

Seine übergroßen Augen schienen in der Dunkelheit zu leuchten. Wieder musste Tamsen an einen Besessenen denken, daran, dass jemand anderer Hallorans Körper bewohnte und ihn zu diesem fremdartigen Verhalten veranlasste.

Sie versuchte sich loszumachen, aber sein Griff war zu stark. Ganz und gar nicht wie der eines Sterbenden. Ein Angstschauder lief ihren Rücken entlang.

»Die anderen, sie lassen einen einfach verhungern, obwohl sie genug haben. Sie denken nur an sich selbst. Wenn es nach ihnen ginge, wäre ich längst tot.«

»Bitte, Mr. Halloran.« Der Schauder verfestigte sich zu einem stetigen Pulsieren. Tamsen hatte Angst. Der Fäulnisgeruch raubte ihr beinahe den Atem. Was war mit ihm geschehen? Dass eine Krankheit zurückkam, hatte sie zwar schon erlebt, aber nicht so. Nicht so schnell, dass sie einen Menschen innerhalb einer Stunde dahinraffte. »Es geht Ihnen nicht gut. Bleiben Sie ruhig. Hilfe ist unterwegs.«

»Mir kann niemand helfen, nur Sie.« Sein Lächeln verzog sich zu einer Schmerzensgrimasse. »Ich sterbe, Tamsen. Deshalb bin ich zu Ihnen gekommen. Sie haben mich schon einmal gerettet - würden Sie es noch einmal tun?« Er schien kaum noch Luft zu bekommen, Tamsen musste warten, bis er wieder zu Atem gekommen war. »Würden Sie etwas für mich tun?«

»Natürlich.« Ihre Stimme klang dünn. Warum hatte sie nur die Laterne nicht mitgenommen? Die Dunkelheit war so undurchdringlich, dass sie den Druck beinahe körperlich spürte.

Hallorans Augen waren jetzt wieder geschlossen, seine

Finger entspannten sich. Er versuchte, etwas zu sagen, aber seine Stimme erklang so leise, dass Tamsen ihn nicht verstand. Er versuchte es wieder. Sie spürte, wie viel Kraft es ihn kostete, die gebrochenen Worte mit dem letzten Atem aus sich herauszupressen.

Seine wunderschönen Hände, die sanften braunen Augen, sein stiller Humor: alles verschwunden, zerstört von einer unbekannten Krankheit. Tamsen stellte überrascht fest, dass ihr fast die Tränen kamen.

Halloran versuchte immer noch zu sprechen. »Ich kann Sie nicht verstehen«, sagte sie sanft, und schließlich: »Quäl dich nicht, Luke.«

Sie sah, wie er weiterkämpfte, und beugte sich so nahe heran, bis seine Lippen ihre Wange berührten. Dann endlich verstand sie die Worte.

»Ich habe Hunger.« Wieder und wieder flüsterte er in seinem Schmerz: »Ich habe Hunger, Tamsen.«

Als er die Augen aufschlug, sah sie das tiefe, endlose Schwarz darin. Plötzlich lächelte er.

Er stieß Tamsen auf den Rücken, sprang auf sie und hielt ihre Handgelenke fest. Da wusste sie, dass alles nur Theater gewesen war, eine Falle, um sie anzulocken und unvorsichtig zu machen. Mit einem Messer in der Hand - wo kam das auf einmal her? - saß Halloran auf ihr. »Ich verlange nicht viel.«

»Bitte ...« Tamsens Stimme zitterte, sie konnte nicht mehr klar denken. Es war ein Traum, es musste einer sein, ein Albtraum, aus dem sie jeden Augenblick mit einem Schrei erwachen würde. Dieser Verrückte war nicht Halloran. »Bitte, lassen Sie mich los.«

Aber er packte sie nur noch fester. »Sie wissen nicht, wie es ist zu hungern. Der Schmerz, er höhlt einen aus. Man kann an nichts anderes mehr denken. Sogar mein *Blut* hungert.«

Er beugte sich herab, presste das Gesicht auf Tamsens Hals und atmete ein, atmete ihren Geruch und leckte ihren Schweiß auf wie ein Hund. Es war zu viel für sie. Als hätte Halloran eine unsichtbare Grenze überschritten, Gottes Werk binnen eines Wimpernschlags zerstört. Als wäre Tamsen von einer Frau in ein Stück Fleisch verwandelt worden.

»Ich könnte es mir einfach nehmen, von Ihnen oder von einer der anderen. Sie wissen, dass ich es einfach könnte, nicht wahr?« Halloran war jetzt überall auf ihrem Körper, ohne Ende, ohne Grenze, Tamsen roch nur noch seinen Gestank, spürte sein Gewicht und seinen Hunger. »Aber das möchte ich nicht. Ich möchte, dass Sie es mir freiwillig geben. Wie eine Freundin.«

Der Schmerz in ihren Handgelenken, die er immer noch umklammert hielt, half Tamsen, sich zu konzentrieren. Mary war längst unterwegs, um Hilfe zu holen. Bestimmt holte sie Hilfe. Sie musste Halloran nur hinhalten, lange genug mitspielen, bis jemand kam. »Natürlich«, sagte sie. »Natürlich, wie eine Freundin.« Tamsen war nicht sicher, ob er sie überhaupt noch hörte. »Ich habe mich doch immer um Sie gekümmert.«

Sie spuckte die Worte einzeln aus. Halloran war viel schwerer und stärker, als er eigentlich sein durfte. Aber Verrückte, so hieß es, entwickelten manchmal übermenschliche Kräfte. Tamsen geriet jetzt in helle Panik. Konnte sie ihm entwischen, wenn sie ihn von sich herunterstieß? Der Versuch war riskant. Und wenn er sie einholte? Sie lag immer noch unter ihm eingeklemmt, doch er hatte zumindest seinen Arm von ihrem Hals genommen.

»Sie versprechen, mir zu helfen?«, fragte er schließlich. »Sie versprechen, mich nicht länger hungern zu lassen?«

Tamsen nickte. Nach kurzem Zögern schob sich Halloran

von ihr herunter, da packte sie seine Hand und schaffte es, ihm das Messer zu entwinden. Gerade als ihre Finger sich um den Griff schlossen, hörte sie Lärm, ein Rascheln, das Knacken trockener Äste und Stimmen. »*Hier* entlang!«, schrie Mary Graves. »Sie sind dort drüben!«

Um ein Haar hätte Tamsen geweint. Sie war gerettet.

Genau in diesem Moment *verwandelte* sich Halloran. Zumindest kam es Tamsen so vor: Sein Körper schien sich zu winden und zu verdrehen wie ein kaputtes Uhrwerk, bis es zersprang und sich zu etwas Neuem wieder zusammensetzte. Halloran war nicht mehr er selbst, er war nicht einmal mehr ein Mensch. Seine Augen wirkten nahtlos schwarz, leer und ausdruckslos wie das Ende eines Brunnenschachts. Sein Gesicht schien noch schmaler geworden, und Tamsen roch Blut in seinem Atem. Es war, als hätte sich ein Tier in seinem Innern losgerissen und breche nun durch die Hülle.

Er fletschte die Zähne. *Gib es mir, sonst nehme ich es ... Ich bin so hungrig.*

Das Gesicht über ihr war nicht mehr das eines Menschen.

Genau in diesem Augenblick, als Mary sie erreichte, als das Wesen sich mit aufgerissenem Mund aufbäumte und Tamsen wusste, dass sie nun sterben würde, stieß sie ihm das Messer in den Hals. Sie spürte, wie Sehnen und Luftröhre nachgaben, und dann ergoss sich das warme Blut in einem Schwall über ihre Hand.

15

Cambridge, Massachusetts

Werter Edwin,
ich sende diesen Brief zu Sutter's Fort, wie Du vorgeschlagen hast, und hoffe, er erreicht Dich dort am anderen Ende des langen Oregon Trail. Es überrascht mich nicht, dass Du an diesem großen amerikanischen Abenteuer teilnimmst, mein Freund, denn es entspricht ganz Deinem kühnen und wissbegierigen Charakter. Ich beneide Dich und wünschte, ich könnte mit Dir kommen, aber ich bin Realist und zu sehr an die Bequemlichkeiten der Zivilisation gewöhnt, um mich auf solch eine Herausforderung einzulassen. Außerdem, so finde ich, ist meine neue Anstellung hier an der Harvard-Universität Abenteuer genug, und damit bin ich zufrieden.
Wir sind vor zwei Monaten von Kentucky hier in Cambridge angekommen. Tilly verschaffte uns möblierte Zimmer in einem schönen Haus in der Prince Street, sie hat bereits eine Gruppe von Professorenfrauen im Auge und hofft, sich ihnen anschließen zu können. Sie glaubt nicht, dass sie die Wildnis von Kentucky allzu sehr vermissen wird. Mit großer Freude lasen wir in Deinem letzten Brief von Deiner Verlobung. Ich bin der festen Überzeugung, dass ein Mann verheiratet besser dran ist als allein in der Welt.
Doch lass mich nun zu dem eigentlichen Grund meines Briefes kommen – es geht um eine Begebenheit, die Dich sehr interessieren dürfte und die ganz den von Dir aufgestellten Theo-

rien entspricht, die Du so eifrig verfolgst. Ich hatte kürzlich Gelegenheit, mich mit einem englischen Arzt, der Harvard besuchte, über fachliche Belange auszutauschen. Sein Name ist John Snow, er ist ein stiller Mann mit einer beeindruckend hohen und breiten Stirn und stechenden Augen, die vor Intelligenz nur so strahlen. Wir trafen uns an der Universität zum Tee, und nachdem wir über den letzten Ausbruch von Typhus westlich von Boston gesprochen hatten, sagte er, er bezweifle die allgemeine Auffassung, dass schlechte Luft für die Ausbreitung von Krankheiten verantwortlich sei, und untersuche gerade andere mögliche Ursachen. Er erkennt zu viele Unstimmigkeiten in der Miasma-Hypothese und glaubt, dass ein anderer, bisher unbekannter Verursacher der Übeltäter ist. Er zieht unser gesamtes bisheriges Verständnis von Krankheit in Zweifel und fragt, wie es möglich ist, dass ganz spezifische und dabei sehr verschiedene Krankheiten in aller Stille unter uns schlummern, um dann plötzlich zu erwachen und, wie beispielsweise Cholera und Typhus, eine Epidemie auszulösen. Er sprach sogar davon, dass sich Krankheiten unsichtbar verbreiten könnten, mit Menschen oder Tieren als Träger, die selbst keinerlei Symptome zeigten.

Es war ein wildes, interessantes Gespräch. Er war so voller neuer Ideen – und dabei gar nicht so weit entfernt von manchen Dingen, die Du während unserer gemeinsamen Zeit postuliertest, dass ich zu dem Schluss kam, wenn sich je eine Gelegenheit bieten sollte, mit jemandem über unser Erlebnis in Smithboro zu sprechen, dann mit ihm. Es war natürlich riskant; ich überlegte mir genau, ob ein solcher Schritt taktisch klug sei, aber mir geht Smithboro schon viel zu lange nach. Die Frage brennt in meinem Innern und konnte nicht länger warten, gestellt zu werden.

So bat ich Snow um ein Gespräch unter vier Augen und ent-

hüllte ihm jedes Detail unseres einzigartigen Erlebnisses, gleichgültig wie bizarr es gewesen sein mag. Nachdem ich geendet hatte, saß er wie vom Donner gerührt. Als ich ihn fragte, ob er je von einem ähnlichen Fall gehört habe, verneinte er murmelnd. Dann fragte ich ihn, wie etwas, ähnlich dem, wie wir es bezeugt hatten, möglich sein könne, und er musterte mich ernst. »Was Sie beschreiben, ist nichts anderes als heidnischer Aberglaube. Merken Sie das nicht selbst?«, erwiderte er mit seinem starken britischen Akzent. »Lassen Sie mich Ihnen ins Gedächtnis rufen, dass wir Wissenschaftler sind. Ich rate Ihnen, Erklärungen ausschließlich in den Dingen der Natur zu suchen, aber nicht im Übersinnlichen.«

Ich fürchte, ich habe einen schweren Fehler begangen. Sollte Snow meine Geschichte an der Fakultät verbreiten, wird man mich für durch und durch abergläubisch halten; mein Ruf wird Schaden nehmen.

Doch hat mich seine Ermahnung zurück ins Licht geführt. Edwin, ich rate Dir also, Deine Mission abzubrechen und nicht länger Geschichten über indianische Gottheiten zu sammeln, die tags als Mensch und nachts als Tier wandeln. Ob die Lösung dieses Rätsels in den Dingen der Natur zu finden ist, wie Snow insistiert, vermag ich nicht zu sagen. Das Herrliche und gleichzeitig der Verdruss an den Dingen der Natur ist nun einmal, werter Edwin, dass sie in ihren Variationen unendlich sind. Doch gib Dich keiner falschen Hoffnung hin: Es ist durchaus möglich, dass wir die Antwort nie finden.

Nun habe ich genug geschrieben. Wenn Du meinen Rat schon nicht befolgen möchtest - und ich weiß, das ist das Wahrscheinlichste -, dann setze Dich um Himmels willen keinen unnötigen Gefahren aus. Bitte höre auf mich - als auf einen alten Freund, der Dich gerne lebendig wiederse-

hen möchte: Kaufe das beste Pferd, das Du Dir leisten kannst, wage Dich nicht allein in unbekanntes Gebiet, halte Deinen Arztkoffer stets gut gefüllt und trage immer eine geladene Waffe bei Dir.

Dein treuer Freund,
Walton Gow

16

Ich war es nicht, Elitha. Sag deiner Stiefmutter, dass es nicht meine Schuld war.

Hallorans Leiche war noch nicht ins Lager gebracht worden, da hörte sie ihn schon - leise zuerst, in kleinen Bruchstücken wie von einem geisterhaften Wind herangetragen. Dann lauter, hartnäckiger.

Bitte. Sag es ihr. Sag ihr, dass es mir leidtut.

Elitha presste sich die Hände auf die Ohren, es war ihr gleich, ob es jemand sah. Wenn sie allein war, versuchte sie mit Halloran zu verhandeln, aber er schien sie nicht hören zu können.

Sie konnte nicht zu den Stimmen sprechen. Sie konnte nur zuhören.

Bitte. Das Ungeheuer, das Tamsen zu Boden geworfen hat, war nicht ich. Ich konnte es nicht verhindern, aber ich war es nicht.

Seit Ford Bridger waren die Stimmen nur noch schlimmer geworden. Die einzige, die Elitha eindeutig erkennen konnte, gehörte Luke Halloran, der eine Woche lang in ihrem Wagen vor sich hingesiecht hatte, in der Schwebe zwischen Leben und Tod. Sie wusste inzwischen, dass die anderen tot waren, und die meiste Zeit sprachen sie Unverständliches. Nur ab und zu verstand sie ein einzelnes Wort. Manchmal war es, als platzte sie mitten in ein Gespräch hinein, als wäre Elitha der Eindringling in ihrem Kopf, und nicht umgekehrt.

Sie hatte versucht, sich Tamsen anzuvertrauen. Elitha wusste, dass ihre Stiefmutter an seltsame Dinge glaubte, an unnatürliche Dinge. Sie hatte beobachtet, wie Tamsen mit großer Sorgfalt Talismane aus Rosmarinstängeln flocht oder Wolfswurz und Lavendel zu einer Paste verarbeitete, die sie ihren leiblichen Töchtern hinter die Ohren rieb, um Dämonen von ihnen fernzuhalten.

Doch als sie Hallorans Namen sagte, war Tamsens Gesicht hart geworden. Sie packte Elitha an den Schultern. »Du darfst niemandem davon erzählen. Ich will kein Wort mehr davon hören. Schwör es mir.«

Elitha schwor, weil sie Angst hatte. Tamsen hatte sie so hart gepackt, dass Blutergüsse zurückgeblieben waren. Auch sie hatte Angst – wegen des Vorfalls mit Halloran im Wald und wegen der anderen Leute im Treck. Vor Hallorans Tod waren es nur Gerüchte gewesen, Geflüster und Gezischel, das Tamsen und Elitha auf Schritt und Tritt folgte. Doch jetzt war das Geflüster zu Geschrei geworden, ebenso wie die Stimmen in ihrem Kopf: dass Tamsen ihn mit ihren Tränken vergiftet habe, in einen Dämon verwandelt, zu ihrem Geliebten gemacht, um den Verstand gebracht. Sie habe ihn getötet und dann sein Blut getrunken.

Niemand sprach mehr ein Wort mit Tamsen, selbst Elitha bekam den Hass zu spüren. Die Menschen zerstreuten sich, wann immer sie sich näherte. Mary Graves war die einzige Frau, die noch ihre Wäsche erledigte, wenn Tamsen am Fluss war, und wenn Elitha an ihrer Stelle ging, musste sie das ständige Gekicher und die verstohlenen Beleidigungen der anderen ertragen.

So gut wie jedes Übel, das geschah, wurde Tamsen zur Last gelegt. Sie war geschickt darin, so zu tun, als kümmerte es sie nicht, doch nachts hörte Elitha sie manchmal weinen.

Elitha konnte sich nicht verstellen. Sie brannte vor Scham. Und dann noch die Stimmen in ihrem Kopf, die ihr schreckliche Dinge zuflüsterten und eine einsame Leere in sie fraßen, als wären die Worte chirurgische Instrumente, die sie von innen aushöhlten. Sie sehnte sich verzweifelt nach Ruhe, nach Frieden und nach Schweigen.

Aber Hallorans Stimme war immer da, ein leiser, beinahe ununterbrochener Rhythmus, der sie hinabzog an einen Ort des Schreckens und der Schuld. In allen Einzelheiten schilderte er ihr Dinge, die sie nicht hören wollte. Er erzählte ihr von einem Hunger, der nicht aus seinem Bauch kam, sondern aus seinem Blut, ein zehrendes Verlangen, das wie eine infizierte Wunde in ihm schwelte. Erzählte vom süßen Duft menschlicher Haut, der dunklen, unwiderstehlichen Verlockung menschlichen Blutes, einem Verlangen, das sein gesamtes Wesen zu verschlingen drohte. Er behauptete, sich zu schämen, gleichzeitig sprach er voller Sehnsucht von Tamsens Körper. In seinen dunkelsten Momenten flüsterte er Elitha widernatürliche, ekelhafte Dinge zu, die sie nicht mehr vergessen konnte.

Ich frage mich, wie du schmeckst.

Ich frage mich, wie es wäre, dich zu essen.

Ich würde ganz klein anfangen, mit einem Zeh oder einem deiner zarten, weichen Ohren.

Immer öfter dachte Elitha daran, in den Fluss zu gehen und sich zu ertränken. Sie träumte schon davon, wie die kühle dunkle Stille des Wassers sie umfing.

Und dann tat sie es.

Tamsen hatte sie mit der Wäsche zum Fluss geschickt, während die anderen die Ochsen ausspannten und alles für die Nacht vorbereiteten. Elitha hatte nicht geplant, sich in dieser Nacht zu töten, aber als sie am schattigen Ufer stand und die letzten Sonnenstrahlen in den Wellen des Flusses spielen sah, während sie versuchte, die unflätigen Geisterstimmen auszublenden, merkte sie plötzlich, dass es nur eine Lösung gab. Sie lag direkt vor ihr. Der Fluss kam ihr wie ein frisch bezogenes, sauberes Bett vor. Ein Zuhause.

Sie überlegte kurz, ihre Stiefel am Ufer zu lassen, denn Schuhe waren teuer. Elithas Schwestern konnten sie gut gebrauchen. Doch sie fürchtete, sie könnte sich noch umentscheiden, wenn sie zu lange innehielt. Elitha trat vom Kies in das sanft dahineilende Wasser. Es war kälter, als sie gedacht hatte, doch sie watete weiter. Das Wasser reichte ihr jetzt bis zur Hüfte. Elitha fragte sich, ob sie ihre Taschen mit Steinen hätte beschweren sollen, aber ihr Rock war bereits so vollgesogen, dass ihr selbst das Gehen schwerfiel. Die Strömung zerrte an ihr. Ein Stück weiter sah sie Schaum auf den Wellen. Dort war die Strömung noch stärker, und mit etwas Glück würden die Wellen sie von den Beinen ziehen und flussabwärts davonspülen.

Dann wäre es nicht ihre Schuld, nicht ihre Entscheidung. Ihr Leben läge in Gottes Hand, und er konnte sich ihr immer noch gnädig erweisen. Sie bat Gott, es schnell gehen zu lassen.

Das Wasser erreichte Elithas Brüste und ließ sie nach Luft schnappen. Es fiel ihr immer schwerer, das Gleichgewicht zu halten, die Strömung zerrte an ihrem Kleid und den Fußgelenken. Die Stimmen in ihrem Kopf verstummten plötzlich, Panik trat an ihre Stelle. Elitha dachte an das Gesicht ihrer kleinen Schwester und ... an Thomas. Doch zum Umkehren war es jetzt zu spät, sie war schon zu tief und würde es nicht mehr zurück ans Ufer schaffen, nicht in dem durchtränkten Kleid und dem Korsett, das ihr die Luft aus den Lungen presste. Sie überlegte, nach Hilfe zu rufen, da rutschte sie auf dem glitschigen Untergrund aus. Ihre Füße wurden weggezogen, ein Schwall eiskalten Wassers füllte ihre Nase und den Mund und blendete sie.

Sie konnte sich in dem verknoteten Kleid nicht über Wasser halten, wusste nicht, wo oben war, wurde hin und her gewirbelt und konnte nicht atmen. Es war überhaupt nicht so, wie sie es sich vorgestellt hatte. Nicht friedlich, nicht wie schlafen. Ihre Lungen schrien nach Luft, doch sie schluckte nur noch mehr Wasser. Elithas gesamter Körper brüllte, überall war Schmerz.

Die Stimmen kehrten zurück, und zwar zorniger denn je, ein wütender Mob, und da wusste Elitha, dass *sie* es waren, die an ihren Beinen zerrten und sie unter die schäumenden Wellen zogen.

Unter dem Wasser gab es nur noch die Stimmen.

Jetzt gehörst du mir, Mädchen. Das war ein Fremder.

Komm zu mir, Elitha. Halloran, er weinte beinahe. *Süße, zarte Elitha.*

Plötzlich wurde sie von Händen gepackt. Sie brach durch die Oberfläche und fand sich keuchend in Thomas' Armen wieder. Der Fluss hatte sie etwa hundert Meter mitgerissen, Thomas war auf einem umgestürzten Baum zur Mitte balanciert, um sie aufzufangen. Er stöhnte vor Anstrengung und zog sie zu sich herauf, während Elitha schrie und spuckte und würgte.

Thomas sagte kein einziges Wort, während sie sich zurück ans Ufer arbeiteten, wo Elitha eine ganze Weile nur hustend und zitternd dalag. Er berührte sie nicht und schaute sie auch nicht an, während sie weinte. Doch als sie fertig war und ein Taschentuch brauchte, zog er einen Lappen - nass, aber sauber - aus seiner Weste und reichte ihn ihr.

»Warum?«, fragte er schließlich.

Elitha war erschöpft, und ihr Hals brannte. Thomas hatte seinen Mantel um sie geschlagen, sie wollte einfach nur in seinen Armen einschlafen. Ihr fiel keine andere Antwort ein als die Wahrheit. »Die Toten sprechen zu mir. Schreckliche Dinge. Ich wollte Stille.«

Thomas hob den Kopf, und das lange schwarze Haar fiel ihm ins Gesicht. Er brauchte einen Haarschnitt. Der Gedanke kam unwillkürlich, trotz all des Chaos.

»Als ich ein Junge war« - wenn er von seinem Leben bei seinem Stamm sprach, benutzte er immer dieses Wort, nie sagte er *bevor ich unter Weißen leben musste* –, »sagte man mir, dass die Geister zu uns sprechen. Durch den Wind, das Wasser und sogar die Bäume.«

Elitha schüttelte den Kopf. »Das meine ich nicht.« Sie nahm einen tiefen Atemzug. »Ich meine ... echte, tote Menschen.« Sie holte noch einmal tief Luft, sie schien ihre Lungen zu öffnen. »Du hältst mich wahrscheinlich für verrückt.«

Er schwieg einen Augenblick. »Seit meine Eltern tot sind, habe ich ein paarmal geglaubt, gesehen zu haben, wie sie mich beobachten. Aber sie haben nie gesprochen.«

Elitha dachte daran, wie ihre leibliche Mutter einmal zu ihr gekommen war, und zwar nur dieses eine Mal. Es war an dem Tag gewesen, als ihr Vater wieder geheiratet hatte und Tamsen bei ihnen eingezogen war. Es war nur ein Schatten am Fußende ihres Bettes gewesen, aber Elitha wusste, sie war es. *Sei nicht traurig*, hatte ihre Mutter gesagt. *Dein Vater braucht sie.*

»Der Priester sagte, ich hätte sie nur gesehen, weil ich es wollte.« Thomas zuckte die Achseln. »Er sagte, alles wäre nur in meinem Kopf. Danach habe ich sie nie wiedergesehen.«

»Dann glaubst du also auch, es ist alles nur in *meinem*

Kopf?« Was bedeutete, dass sie *tatsächlich* den Verstand verlor.

Thomas schüttelte den Kopf. »Nein. Ich glaube, der Priester irrt sich. Ich glaube, meine Eltern besuchen mich nicht mehr, weil sie wissen, dass es mir gut geht. Sie wissen, dass ich meinen Weg allein weitergehen muss.«

Elitha hatte sich so sehr bemitleidet, als ihr Vater Tamsen heiratete. Eine Welt brach damals für sie zusammen, es war, als hätte George ihre Mutter verraten. Wie musste es erst für Thomas gewesen sein, als er seine Familie verlor, seinen ganzen Stamm, alles, was er je gekannt hatte? Elitha konnte es sich nicht einmal vorstellen. Erst recht nicht, woher er die Kraft dazu nahm.

»Du glaubst also an Geister, an dunkle Dinge und so etwas?«, fragte sie.

Die Frage schien Thomas weder peinlich zu sein noch ihm Angst zu machen. »Ja.«

»Ich auch.«

Thomas rückte ein Stück näher, ihre Knie berührten sich, und Elitha erzitterte. »Ich werde dir jetzt etwas erzählen, das ich noch nie jemandem erzählt habe.« Er schwieg eine Weile; Elitha hielt den Atem an und wartete. »Als ich mit Mr. Bryant in diesem Wald war, sind wir einer Gruppe Washoe begegnet. Er versteht ihre Sprache nicht, aber ich.« Seine Stimme klang heiser. Er war jetzt so nahe, dass er ihren Arm streifte, und Elitha spürte, wie kalt seine Haut war. Als hätte er genauso Angst wie sie. »Sie erzählten mir von einem Dämon, der nie ruht und sehr hungrig ist. Er ist zu vielen geworden, und die vielen sind in die Haut der Menschen geschlüpft, die sie verschlungen haben.«

Geister, die durch die Wälder streifen, verkleidet als Menschen. *Legion heiße ich, denn wir sind viele.* Markus 5:9.

Thomas sah sie an. »Ich glaube, du hast recht. Ich glaube, dass die Toten zu uns sprechen, wenn sie wütend sind oder keine Ruhe finden. Und ich glaube an Geister. Ich denke, dass du Grund hast, dich zu fürchten. Vielleicht versuchen dich die Toten ja zu warnen.« Er nickte in Richtung der hereinbrechenden Dunkelheit. »Etwas lauert dort auf uns.«

Elitha dachte an den Nystrom-Jungen. Sie hatte die Leiche nicht sehen dürfen – hatte es auch nicht gewollt –, aber sie hatte die Gerüchte gehört. Dann dachte sie an den Hunger, den ihr Halloran beschrieben hatte. Aber Halloran konnte nicht der böse Geist sein, von dem die Washoe Thomas erzählt hatten. Das ergab alles keinen Sinn.

»Bist du deshalb weggelaufen?«, fragte sie.

Thomas zögerte, schließlich nickte er. »Ich hatte Angst.«

Elitha wartete, bis ihr Atem wieder ruhig war, dann legte sie ihm eine Hand auf den Arm. Thomas' Haut fühlte sich nicht mehr kalt an. Sie war heiß, glühend heiß. »Ich mache dir deswegen keinen Vorwurf.«

Thomas drehte ihr den Kopf zu. »Hast du Angst?«, flüsterte er und legte einen Finger auf die Innenseite ihres Handgelenks. Wieder erzitterte Elitha, aber diesmal aus einem anderen Grund. Sie spürte seinen Atem auf ihrer Wange. Seine Wimpern waren lang und weich, wie Vogelfedern.

Seine Lippen fühlten sich komisch an – nicht schlimm, nur unerwartet. Ein bisschen feucht, ein bisschen kühl, und weich. Es war ihr erster Kuss. Bei diesem Gedanken machte Elithas Herz einen Satz. Es war so harmlos, warum machten Eltern und Prediger nur so ein Aufhebens darum? Thomas küsste sie wieder, als wüsste er, dass sie es wollte. Diesmal war er forscher, und etwas in ihrem Innern erhob sich. Elitha stellte sich ihre Seele als einen Vogel vor, ein Rotkehlchen mit flauschiger Brust, das zu fliegen versuchte.

Sie verharrten noch kurz in ihrer Umarmung. Elitha genoss ihr geheimes Glück, wünschte, dass es nie enden würde, und wusste, dass dies unmöglich war. Dann schlüpfte sie davon.

Wenn sie zu lange fortblieb, würden ihr Vater oder Tamsen nach ihr suchen.

Ihr Kleid war vollkommen durchnässt, der Saum schlug klatschend gegen ihre Füße, als sie sich durchs Unterholz zurück zum Lager kämpfte, aber das war Elitha gleich. Es machte ihr sogar nichts aus, wenn Tamsen sie wegen des Kleides anbrüllte.

Sie erreichte eine Lichtung und wäre beinahe mit John Snyder und Lewis Keseberg zusammengestoßen – zwei von den Menschen, die sie am wenigsten von allen mochte. Elithas Hochgefühl verschwand genauso schnell, wie es gekommen war, ausgelöscht wie eine Flamme im eisigen Wind.

Die beiden Männer hatten Schaufeln dabei. Noch bevor Elitha kehrtmachen konnte, hatten sie sie schon entdeckt. Snyder stellte sich ihr in den Weg. Er war breit wie ein Büffel und hatte auch die gleichen wilden Augen. Er ließ sie rollen, dass das Weiße zu sehen war. »Wenn das mal nicht eins von den Donner-Mädchen ist, das hier allein im Wald rumwildert.«

Keseberg musterte sie von oben bis unten. Sein Blick war unheimlich. »Was tust du ganz allein hier draußen, Mädchen?«

Pass auf. Hallorans Stimme kam ganz plötzlich und laut, und zum ersten Mal empfand Elitha ihn nicht als Eindringling, sondern als Freund. Sie dachte an Thomas' Worte. *Vielleicht versuchen die Toten dich zu warnen.*

Sie beschloss, der Frage auszuweichen. Die beiden hielten sie für ein dummes kleines Mädchen, also würde sie sich auch wie eines benehmen. »Was machen Sie denn mit diesen Schaufeln?«, fragte sie.

»Wir haben gerade Halloran begraben«, antwortete Snyder. »Wenn wir ihn bloß liegen lassen, stinkt's hier bald zum Himmel.«

Keseberg nahm seinen Hut ab. Etwas stimmte nicht mit seinem Gesicht, aber Elitha konnte nicht genau sagen, was. Es war wie das Abbild eines Gesichts, wie eine Maske aus Stein, und in einem bestimmten Licht sah man die Sprünge darin.

»Ach ja? Ich wollte gerade für ihn beten«, sprach Elitha weiter.

»Die Taten deiner Mutter wiedergutmachen?« Etwas Hässliches schimmerte durch Kesebergs Lächeln. »Dafür ist es wohl zu spät.«

»Zum Beten ist es nie zu spät«, erwiderte sie und versuchte, um die beiden herumzugehen.

Keseberg hielt sie am Arm fest. »Du bleibst schön hier. Deine Mama würde nicht wollen, dass ich dich um diese Zeit allein rumlaufen lasse.« Sein Griff war stark und feucht und viel zu warm.

»Lassen Sie mich los.« Elitha versuchte, ihren Arm freizubekommen, aber Keseberg ließ nicht los und verdrehte ihn, bis Elitha einen kleinen Schrei ausstieß. Snyder gefiel es, er lachte. Keseberg auch.

»Du bist kein Kind mehr, verstehst du. Du bist so gut wie eine Frau, und das bedeutet, dass du nicht allein hier sein solltest. Es gibt Männer, die würden das auf eine ganz bestimmte Weise auffassen. Sie würden glauben, dein Blut wär in Wallung.«

Sie wollte gerade um Hilfe rufen – vielleicht war Kesebergs Frau ja in der Nähe, aber was hätte das schon genutzt, die

Frau war vollkommen hilflos –, da ließ Keseberg los und gab Elitha einen Stoß, dass sie mehrere Schritte weit stolperte. »Wenn dir mal der Sinn nach ’nem kleinen Nachtspaziergang steht, lass es mich wissen. Dann kümmer ich mich um dich.«

Snyder schüttelte sich vor Lachen.

Elitha rannte los, das Gelächter der beiden Männer dröhnte ihr in den Ohren.

17

Springfield, Illinois
April 1846

Scharlachroter Saft quoll aus dem Stück Kuchen und floss über Lavinah Murphys Kinn. Sie griff schnell nach einer Serviette. Er war nicht durch, zu dünn und zu rot. Sie hätte ihn besser hinbekommen, aber das sagte sie Mabelle Franklin natürlich nicht. Man hatte dieses Abschiedspicknick schließlich nur für *sie* organisiert.

Sie war erst seit einem Jahr und einem Monat hier. Gleich nach dem Tod ihres Mannes war sie mit ihrem gesamten Clan nach Springfield gekommen, doch in dieser kurzen Zeit war sie ruhelos geworden.

Die Franklins verstanden das. Ihnen ging es genauso. Da war die Angst, die sie manchmal in den Augen der Menschen auf dem Markt sah, selbst hier in Springfield, wo die Leute angeblich toleranter waren. Alle taten so, als könnte dieses Land jedem eine Heimat sein, der nach seiner eigenen Auffassung leben wollte, aber das stimmte nicht. Sie behandelten dich anders, wenn du einen anderen Glauben hattest. Es war derselbe Gott, nur ein anderes Buch. Sie warfen dir komische Blicke zu, trauten dir nicht.

Nun, Lavinah traute ihnen auch nicht.

»Noch ein Stück, Miss Murphy?«

Sie schüttelte den Kopf und blickte an sich hinab. Der Saft war über ihre Hände gelaufen. Ein kalter Schauder packte

Lavinah – im ersten Moment hatte sie das Rot nicht für Kirschsaft gehalten, sondern für Blut. Für das ihres Mannes.

»Sie sind bestimmt mächtig nervös wegen der Reise?«, fragte Mabelle weiter. »Ich weiß gar nicht, wie Sie das alles machen. Sie sind so mutig.«

Mabelle sprach nicht nur von den Vorbereitungen, sie meinte das ganze Unterfangen.

Eine Frau, die in einer Stadt wie dieser ganz allein eine Großfamilie führte, war eine Kuriosität, aber in Nauvoo hatte Lavinah nicht bleiben können. Nicht nach dem, was geschehen war. Männer waren getötet, Familien aus ihren Häusern vertrieben worden. Und dann kam noch die Ermordung von Joseph Smith dazu. Es schien, als würden Mormonen, wo auch immer sie zusammenlebten, früher oder später vertrieben.

»Es ist nur so schade«, sagte Mabelle. »Nicht mehr unter Gleichgesinnten zu leben.«

Verstand sie es denn nicht? Es war besser so, sicherer. Je größer die Gruppe von Mormonen war, desto größer war die Gefahr.

»Ich habe meine Familie«, erwiderte Lavinah. »Und das genügt mir.«

Sobald es ihr schicklich erschien, schlich sich Lavinah davon. Sie hatte nichts gegen diese Leute, aber sie wusste, was manche von ihnen dachten: dass Lavinah ihre eigene Sicherheit über Gott stellte.

Als sie über die Wiese schlenderte, warf sie noch einmal einen Blick auf den Garten der Franklins und lächelte. All ihre Freundinnen waren dort versammelt. Der Anblick brachte ihr Herz beinahe zum Bersten. Die goldenen Felder, der helle Himmel. Die Röcke, die sich in der nachmittäglichen Brise blähten wie Schiffssegel am Horizont. Kinder –

fünf davon ihre eigenen, außerdem drei Enkelkinder – beim Versteckspiel in einem Maisfeld. Springfield war ein hübsches Städtchen, so friedlich. Schon nach dieser kurzen Zeit hatte es sich wie ein Zuhause angefühlt. Aber wer konnte denn sagen, wie lange der Frieden hier anhielte?

Die Eile trieb sie weiter, weg von der Fröhlichkeit und dem Lärm. Ihr Blick fiel auf ein Farmhaus, das gleich hinter dem nächsten Hügel stand, grau verwittert und baufällig. Die Familie, die es bewohnte, würde am Mittwoch ebenfalls mit der Karawane aufbrechen. Lavinah war dem Mann ein- oder zweimal begegnet. Ein unangenehmer Kerl war das, erst seit Kurzem verheiratet. Und mit einem komischen Namen, wie lautete er noch, Kleinberg? Nein, Keseberg, so hieß er. Lavinah fröstelte jedes Mal unter ihrem Schultertuch, sobald sie nur an seine ständig wie im Zorn gerunzelte Stirn dachte, an diese Augen, die ihr das Blut in den Adern stocken ließen.

Und sie hatte von noch so einem Mann gehört, einem Onkel der Kesebergs, der vor ein paar Jahren für eine Weile bei ihnen gelebt hatte. Die Springfielder hatten Angst vor ihm gehabt. Wenn sie von ihm erzählten, dann wie von einem Monster. Man sagte, auf der Überfahrt von Deutschland hätte es ein Unglück gegeben. Einige verdächtigten den Onkel sogar, etwas mit dem Tod einer schwindsüchtigen Frau zu tun gehabt zu haben, die offenbar auf einen Kurpfuscher hereingefallen war. Man sagte, er habe immer leicht nach Blut gerochen, wie in einem Schuppen gleich nach dem Schlachten.

Lavinah zog den Kopf ein und hielt auf ihr Haus zu. Sie musste die restlichen Vorbereitungen für Mittwoch treffen. Ihnen stand eine lange Reise bevor, an deren Ende die Freiheit wartete, eine Freiheit, wie die Gründerväter sie gepriesen hatten, die Freiheit von der Angst.

Vierter Teil
September 1846

18

James Reed glaubte beinahe, sie hätten das Schlimmste hinter sich.

Sie hatten die Wasatchkette mit ihren endlosen, von Pappeln überwucherten Schluchten endlich überquert, mit wunden Händen und schmerzenden Rücken begannen sie auf der anderen Seite den Abstieg. Auf dieser Seite fiel der Weg sanft ab, das war ihre Belohnung, ein ausgedehnter, einfacher Spaziergang für die erschöpften Tiere und Menschen. Die Erleichterung, die die Siedler überkam, war beinahe greifbar. Alle redeten zuversichtlich davon, die Strapazen nun hinter sich zu haben.

Dann kam der erste Streifen trockenen, weißen Landes in Sicht.

Es begann als ein blendend weißer Strich in der Ferne, so hell und vegetationslos, dass es aussah, als bedecke frischer Schnee den Horizont. Und es stank. Weiße Pfützen verteilten sich über die ansonsten restlos verbrannte Landschaft, als seien es offene Wunden. Das Wasser darin war untrinkbar - das fanden sie heraus, nachdem eine Kuh an einer Pfütze geleckt hatte und krank geworden war.

Während seines ersten Jahres in Amerika hatte Reed eine Hitzewelle erlebt. Er war damals erst zehn Jahre alt gewesen, aber er erinnerte sich noch lebhaft daran. Seine Mutter arbeitete in Virginia als Wäscherin auf einer Tabakplantage,

James verdiente etwas Geld, indem er mit den Sklaven auf den Feldern arbeitete, im Frühling die Tabakpflanzen beschnitt und im Sommer die reifen Blätter pflückte.

Es war eine Knochenarbeit und im Sommer unerträglich. James war im kalten, feuchten Irland aufgewachsen und kannte eine solche Hitze nicht. Die Pflanzenreihen schimmerten in dem gespenstisch grünen Dunst, der von den sanft wogenden Feldern aufstieg. Mindestens ein Sklave war gestorben, bevor das Wetter umschlug. James' Mutter hatte den Plantagenaufseher gebeten, ein Auge auf ihren Sohn zu haben, weshalb er jeden Tag nach dem Mittagessen mit der Arbeit aufhören durfte. Sich in den kühlen Quartieren der Bediensteten auszuruhen, während die Sklaven noch bis Sonnenuntergang schuften mussten, machte ihm ein schlechtes Gewissen.

Jetzt, Jahrzehnte später, träumte er von den kühlen Fliesen der schattigen Flure dort. Von frischem Wasser aus Tonkrügen, von Porzellan und Eis.

Wo er jetzt war, gab es keinerlei Zuflucht.

Anhand der wenigen Berichte von Siedlern, die bisher die Truckee-Route genommen hatten, hatten sie ausgerechnet, dass sie nur einen Tag brauchen würden, um die Wüste zu durchqueren.

Doch der zweite Tag kam und verging, und dann der dritte. Die Rinder der Murphys, halb verhungert und wahnsinnig vor Durst, waren mitten in der Nacht einfach davongelaufen. Keiner im Treck hatte die Kraft gehabt, sie zurückzuholen. Tagsüber schleppten sie sich schweigend dahin wie ein Umzug von Toten. Selbst zum Streiten hatten sie keine Energie mehr.

Am vierten Tag kam ein Wind auf und ließ kleine Wirbel

aus trockener Erde und Salzkristallen über die Ebene tanzen. Die Kinder schienen zum ersten Mal seit Tagen wieder zum Leben zu erwachen und klatschten begeistert. Dann nahm der Wind zu, die Wirbel wurden größer und wuchsen zu schlangenartigen, peitschenden Windhosen an, die sie mit Steinen bombardierten und die Dächer der Wagen zerrissen. Die Kleinen sahen nichts mehr, ihre Haut wurde wundgescheuert, und irgendwann weinten sie.

Die meisten hatten gerade ausreichend Wasser für sich selbst dabei, aber nicht für die Tiere, die nun in Panik gerieten und zu schreien begannen, wie Reed es noch nie in seinem Leben gehört hatte.

Am fünften Tag kam Noah James, einer von seinen Fahrern, zu Reed an die Spitze des Trosses und eröffnete ihm, dass seine Ochsen im Sterben lagen. Er machte kehrt und kämpfte sich eine halbe Meile durch den Wind. Vier seiner Zugtiere lagen zuckend im Sand, mindestens eines war bereits tot, die restlichen Rinder standen geisterhaft schwankend da, als könnten sie kaum das Gewicht ihrer Geschirre tragen.

»Wie viel Wasser haben wir?«, fragte Reed, obwohl er die Antwort bereits kannte.

Noah schüttelte den Kopf. »Nicht genug.«

»Mach den hier los. Und den auch.« Reed deutete mit der Peitsche auf eines der sterbenden Tiere und zog seine Hand sofort wieder zurück, als er sah, wie sehr es zitterte. »Wir müssen die Wagen auf die restlichen Rinder verteilen.«

»Mit Respekt, Mr. Reed, aber damit zehren wir sie nur umso schneller aus«, entgegnete Noah. »Sie halten keinen Tag mehr durch.«

»Was sollen wir denn sonst tun?« Reeds Mund war voller Staub. Seine Augen waren voller Staub. Er wusste, Noah hatte recht, aber er konnte es nicht. Konnte den Gedanken nicht ertragen, die Wagen zurückzulassen. Es wäre das Ende seiner Fassade.

Es ging nicht mehr um Kalifornien. Wohin sie letztlich wollten, war inzwischen vollkommen egal. Es ging ums nackte Überleben.

George Donner kam mit seinem Wagen heran. Seit Hastings' Verrat war er nur noch ein Schatten seiner selbst. Reed war sogar darüber froh gewesen - seit Donner seine Bedenken nicht mehr leichthin in den Wind schlug, kamen sie weit besser voran.

Donner schaute ihn kurz an und wandte dann den Blick ab. »Sie können ein paar Ihrer Sachen auf meinen Wagen laden«, sagte er. »Sie müssen sich nicht bedanken«, fügte er hinzu.

Reed verspürte eine plötzliche und unerwartet starke Erleichterung. Er hätte es nicht ertragen, Donner zu danken, und Donner schien das zu wissen. So oder so, sie wussten beide, wie tief Donner in seiner Schuld stand, weil Reed die Verantwortung für den Treck übernommen hatte.

Margaret weinte, während sie den Wagen entluden und ihr Gepäck nach Wertsachen durchsuchten, die sie behalten wollten. Die Kinder gehorchten still und stellten ihre Spielzeuge pflichtschuldig in den Sand. Ganz unten in dem Haufen lag ein Sattel, den Reed für Virginia hatte anfertigen lassen, als sie ihr erstes Pony bekam. Das Leder war weich wie Butter und am Rand mit Blumen und Ranken verziert. Die Gurte waren robust, und die Nieten glänzten wie bei dem gut gearbeiteten Sattel eines Erwachsenen. Reed war stolz auf diesen Sattel gewesen, er war der Beweis, dass er ein guter Vater war, der wusste, wie man seinen Kindern eine Freude machte.

Jetzt starrte er den Sattel an und konnte sich kaum noch an das Leben erinnern, zu dem er einmal gehört hatte.

»Addie auch?«, fragte Patty und hielt ihre Puppe hoch. Das Kleid war aus Stoffresten zusammengenäht, aber sie hatte einen Porzellankopf, und die Schärpe war aus Leder. Sie mochte nur ein paar Unzen wiegen, aber selbst die summierten sich. Acht Unzen Maismehl oder acht Unzen Stoffreste und ein Stück Porzellan. Unzen, Mais, Staubkörner in einer Sanduhr. Das Leben war ein einziges Abwägen, und am Ende kam für alle das Gleiche heraus.

»Ich fürchte schon«, antwortete Reed. Die plötzliche Enge, die er in seiner Brust verspürte, als sein Kind die Puppe sanft auf den Boden bettete, überraschte ihn. Als wäre es eine echte Beerdigung.

Eine Stunde später war das Gepäck verladen, der leergeräumte Wagen nur noch ein Gespenst. Den Ochsen gab Reed eine Kugel in den Kopf, damit sie nicht länger leiden mussten. Obwohl er nicht sonderlich fantasiebegabt war, glaubte er, im letzten Moment die Erleichterung in ihren Augen gesehen zu haben.

19

Der Sandsturm hatte ganz harmlos angefangen. Wie weiße Flöckchen in der Luft, Stanton fand sie beinahe hübsch in ihrer Zartheit. Doch als sich der sechste Tag in der Wüste dem Ende zuneigte, musste der Treck anhalten. Diese endlose Öde zu durchqueren war schon bei gutem Wetter schlimm genug. Inmitten eines Blizzard aus Sand bedeutete es jedoch geradezu Selbstmord.

Die Wolken aus Sand und Salz trafen sie wie die Dünung einer zornigen See. Niemand versuchte auch nur, ein Zelt für die Nacht aufzustellen, alle verkrochen sich in ihren Wagen. Stanton hüllte sich in eine Decke und quetschte sich stehend zwischen die Fässer und Kisten auf der Ladefläche. Inmitten seines Hausstands war nicht einmal genug Platz zum Hinlegen. Er entzündete auch keine Laterne, denn es gab nichts, das er sehen wollte. Der Sand schlug fauchend auf das Wagendach ein. Stantons gesamter Körper war von einer feinen Salzschicht bedeckt. Es klebte auf seiner Haut, seinen Lippen, ja sogar an den Wimpern. Und ebenso in seiner Nase und seinem Hals, sodass selbst das Schlucken wehtat.

Plötzlich knallte ein Schuss, und ein Brett in Stantons Rücken erzitterte. Die Splitter verfehlten seinen Kopf nur um Zentimeter. Er kauerte sich auf den Boden, so gut es in der Enge ging, und versuchte herauszufinden, von wo die Kugel gekommen war. Von der Rückseite des Wagens. Jetzt, da er sich darauf konzentrierte, hörte er auch Geräusche von dort. Wer auch immer den Schuss abgegeben hatte, er war immer noch draußen in der Dunkelheit, irgendwo beim linken Hinterrad.

Vorsichtig schlich er nach vorn und hoffte, der Sturm würde seine Schritte übertönen. Dort angelangt, ließ er sich hinab und landete mit den Füßen auf dem am Boden liegenden Zuggeschirr seiner Ochsen.

Der Sand verschluckte das Mondlicht restlos. Stanton erkannte nur die Silhouette des Mannes, der auf ihn zukam. Er hatte sich nicht gerade viele Freunde im Treck gemacht, aber das hier war mehr als Hass, so viel war sicher: Es war Hunger. Ganz allein in seinem Wagen, ohne Frau oder Kinder, war Stanton ein leichtes Opfer. Der Kerl wollte seine Vorräte, Stantons Leben war ihm egal, und der Sturm bot die ideale Deckung.

Noch bevor er seinen Revolver ziehen konnte, riss ihn der Angreifer schon zu Boden. Stanton konnte immer noch nichts erkennen, er kam sich vor, als kämpfe er gegen ein gesichtsloses Phantom – eines allerdings, das nach Whiskey stank. Er sah eine Faust auf sich zukommen und rollte sich zur Seite. Einen Wimpernschlag später hörte er, wie sich direkt neben seinem Ohr ein Messer knirschend in den Sand bohrte.

Sie rollten weiter über den Boden, jeder versuchte, die Oberhand zu bekommen, während er gleichzeitig gegen den Wind ankämpfte, der sie wie die Hand eines Riesen durch die Nacht schleuderte. Stantons Gegner war unfassbar stark, seine Bewegungen aber wirkten verlangsamt durch den Alkohol – für jeden Treffer, den Stanton einsteckte, konnte er selbst zwei landen. Seine Seiten schmerzten, als hätte er ein

Pfund Schrot abbekommen, da erwischte er seinen Kontrahenten mit einem Haken an den Rippen und hörte ihn aufschreien. Er kannte diese Stimme. Lewis Keseberg.

Vielleicht merkte er allmählich, dass seine Tarnung aufgeflogen war, vielleicht hatte er aber auch einfach genug. Keseberg ließ von ihm ab und verschwand schwankend im Sturm.

Stanton sank erschöpft auf die Knie, und als ihn der nächste Windstoß ganz niederstreckte, landete seine Hand auf etwas Hartem. Es war eine faustgroße Pistole, eigentlich zu klein für einen so großen Kerl wie Keseberg. Stanton stemmte sich hoch, tastete sich am Zuggeschirr der Ochsen entlang zurück zu seinem Wagen und schaffte es irgendwie hineinzuklettern.

Als er drinnen war, entzündete er als Erstes die Laterne, dann lud er sein Gewehr für den Fall, dass Keseberg zurückkam. Erst danach inspizierte er die Pistole. Er erkannte die Perlmuttintarsien auf dem Griff sofort. Stanton war sicher, dass es westlich des Mississippi keine zweite solche Waffe gab.

Ungläubig, aber auch enttäuscht, blinzelte er die Waffe an. Sie gehörte Tamsen Donner.

Am nächsten Morgen ritt Stanton zu James Reed. Reed sah aus, als hätte er keine Minute geschlafen. Seine Kleider waren weiß gestreift vom Salz und seine helle irische Haut so rot, als wäre er in kochendes Wasser gefallen.

Reed begrüßte ihn mit einem Nicken. »Sieht so aus, als hätten Sie den Sandsturm gut überstanden.«

»Gerade so«, erwiderte Stanton so ruhig er konnte. »Jemand hat letzte Nacht versucht mich umzubringen.«

Er führte Reed zu seinem Wagen und zeigte ihm das Einschussloch, das die Kugel hinterlassen hatte.

Reed inspizierte das Loch genau. »Haben Sie gesehen, wer es war?«

Stanton zögerte. Er sah keinen Grund, Tamsen oder Keseberg jetzt schon zu erwähnen. Besser, er behielt die Einzelheiten für sich, bis er herausgefunden hatte, was die beiden im Schilde führten. »Nein. Es war zu dunkel.«

»Sind wir schon so weit, dass wir uns jetzt gegenseitig an die Kehle gehen?« Reed nahm den Hut ab und strich sich das schweißnasse Haar glatt. Stanton dachte daran, wie Reed am Anfang der Reise noch jeden Tag mit gestärktem Hemdkragen und polierten Schuhen herumgelaufen war, ganz der große Geschäftsmann aus der Stadt. »Was wollen Sie jetzt tun?«

»Ich melde mich hiermit freiwillig, dem Treck vorauszureiten. Zu Johnsons Ranch. Wir brauchen Proviant. Die meisten Familien sind denkbar schlecht ausgestattet. Manche haben ihre Vorräte schon fast aufgebraucht, und die, die noch welche haben, geben ihnen nichts ab.«

Reed kniff die Augen zusammen und warf einen Blick zur Spitze des Trosses, weit draußen in der Ebene. Die Wagen dort waren so klein wie Käfer. »Wir könnten ein, zwei Tage Pause machen, sobald wir aus dieser Wüste raus sind, ein paar Rinder schlachten und das Fleisch trocknen. Das würde uns eine Weile über Wasser halten.«

»Niemand, der noch Schlachtrinder hat, gibt auch nur eines davon her. Nicht für alles Geld der Welt«, entgegnete Stanton. »Eine ganze Zahl ist hier in der Ebene verdurstet oder ausgerissen. Die, die jetzt am Rand des Hungers stehen, hatten von Anfang an so gut wie nichts – die Eddys und McCutcheons, Wolfinger und Keseberg. Und vergessen Sie nicht die Junggesellen, das sind lauter alleinstehende Männer mit Gewehren. Es könnte schon sehr bald sehr schlimm werden hier.«

Reed nickte und musterte noch einmal das Einschussloch. »Ist es doch schon.« Er seufzte. »Wahrscheinlich wäre es eine gute Möglichkeit, dem, der auf Sie geschossen hat, ein bisschen Zeit zu geben, um sich zu beruhigen.«

Entweder das, oder Stanton würde sich noch weiter zurückziehen müssen. Auf jeden Fall war es im Augenblick besser als die Alternative. Er musste weg hier. »Dann ist es also abgemacht.«

Reed nickte stumm.

Nicht zum ersten Mal fragte sich Stanton, wo Bryant inzwischen geblieben war. Er versuchte, nicht vom Schlimmsten auszugehen, weil die versprochenen Briefe ausgeblieben waren. Hoffentlich war er mittlerweile schon in der Nähe von Yerba Buena und genoss die vielgerühmte Sonne.

»Ich möchte noch einen Begleiter mitnehmen«, sagte er langsam und beobachtete Reeds Reaktion. Gewiss waren nicht gerade viele scharf auf diese Aufgabe. Zwischen hier und Johnsons Ranch gab es eine Menge Gefahren, die einen Mann töten konnten.

»Will McCutcheon«, erwiderte Reed. »Er dürfte der Richtige sein.«

Stanton wusste, was er meinte: Die McCutcheons hatten nicht einmal einen Wagen. Alles, was sie besaßen, war auf den Rücken eines Maultiers geschnallt.

»Ich könnte Baylis bitten, sich um Ihre Ochsen zu kümmern, solange Sie fort sind. Und Mrs. McCutcheon wird nach Ihrem Wagen sehen.«

Stanton nickte.

»Sie erweisen uns allen einen großen Dienst, Mr. Stanton, einen sehr großen sogar.« Reed wischte sich den Staub von den Fingern und streckte ihm die rechte Hand hin.

Tamsen Donner schleppte sich im Schatten ihres Wagens dahin, ein weißes Tuch als Schutz gegen die Sonne über den Kopf geschlagen. Stanton stieg von seinem Pferd und ging neben ihr.

»Mr. Stanton.« Sie schien nicht überrascht, ihn zu sehen. Stanton bewunderte ihre Selbstbeherrschung. »Was führt Sie her?«

Er griff in seine Satteltasche. »Ich glaube, das gehört Ihnen.«

Beim Anblick ihrer Pistole blieb Tamsen wie angewurzelt stehen. Sie kam ihm mit einem Mal verändert vor, kein bisschen weniger schön, aber irgendwie geschrumpft, wie eine Flamme mit zu wenig Sauerstoff.

»Nehmen Sie die Waffe ruhig«, sagte er. »Ich weiß, dass es Ihre ist.«

Sie gehorchte, aber mit einem angewiderten Gesichtsausdruck, als wäre der Revolver eine Schlange oder ein ekliges Insekt, das sie jeden Augenblick beißen konnte.

Stanton starrte ihre Hände an und überlegte, ob sie vielleicht auf ihn schießen würde. Er wusste es tatsächlich nicht. Sein Herz pochte schnell, und schon im nächsten Moment hasste er sich dafür, denn dies war genau die Art von Anziehung – zu den falschen Dingen, zu der Gefahr, zu *ihr* hin –, die ins Verderben führte. Er wusste es genau, doch das machte die Anziehung nur noch stärker. Tamsens Lippen waren straff und rosa. Stanton schaute weg, er war wütend auf sie, auf das Rosa ihrer Lippen. Tamsen hatte nicht einmal den Anstand, eine schuldbewusste Miene aufzusetzen. »Wollen Sie nicht wissen, wo ich ihn herhabe?«, fragte er gereizt.

Sie sah ihn verständnislos an.

»Von Lewis Keseberg.«

»Lewis Keseberg?« Tamsen zuckte kühl die Achseln und

streckte ihm die Waffe hin. »Was auch immer er vorhatte, ich habe es ihm weder aufgetragen, noch habe ich ihm den Revolver gegeben. Er muss ihn sich genommen haben.«

»Und wann hätte er die Gelegenheit dazu gehabt? Sie sind eine vielbeschäftigte Frau, Mrs. Donner, und ich muss sagen, ich bin froh, dass Sie ein anderes Spielzeug gefunden haben.« Die Anspielung war zwar unangebracht, aber die eingesperrte Bestie in ihm, die er während der vergangenen Monate so sorgsam unter Verschluss gehalten hatte, rührte sich. Stanton war dabei, die Kontrolle zu verlieren; vielleicht war es auch längst schon geschehen.

Tamsens Gesicht verwandelte sich in eine Fratze des Hasses. »Sie haben kein Recht, so mit mir zu sprechen. Nicht nach dem, was zwischen uns war.«

»Sie brauchen nicht zu glauben, ich hätte es vergessen«, erwiderte er und hasste sich für das Knurren in seiner Stimme. Er hasste die Macht, die sie über ihn hatte und die ihn gleichzeitig so sehr anzog. »Ich werde jeden Tag daran erinnert, wenn die eine Hälfte der Leute zu tuscheln anfängt, sobald ich in der Nähe bin, und die andere Hälfte mir aus dem Weg geht. Oder wenn Franklin Graves mir mit dem Tod droht, falls ich ...« Stanton verstummte. Er hatte Mary nicht erwähnen wollen.

Tamsen schüttelte nur den Kopf. »Ich habe niemandem von uns erzählt.«

»Sie werden mir verzeihen, wenn ich meine Zweifel daran habe.« Er griff nach den Zügeln und wollte sich wieder in den Sattel schwingen, da fasste Tamsen ihn am Arm, aber nur ganz kurz, als berührte sie ein glühendes Eisen.

»Es tut mir leid, Charles«, sagte sie leise. »Bitte, hören Sie mich an. Ich bin nicht so schlecht, wie Sie denken.«

Er kniff die Augen zusammen und drehte sich weg. Die

Berge, die wie Hieroglyphen in der Ferne ausgesehen hatten, wie klaffende Risse im nahtlosen Blau des Himmelstuchs, schienen plötzlich viel näher. Er sah schneebedeckte Gipfel und von Eis überzogene Täler. Er musste sich beeilen.

»Nein«, sagte er schließlich. Stanton schaute immer noch weg, er dachte an Lewis Kesebergs heißen, whiskeygeschwängerten Atem und daran, wie er sich auf ihn gestürzt hatte. Beinahe wie ein wildes Tier. Tamsen würde sich diesen Mann niemals ins Bett holen. Nicht einmal, so hoffte er, ein Komplott mit ihm schmieden. Er stieß einen Seufzer aus. »Wahrscheinlich nicht.«

Tamsen Donner war wie ihr Revolver: stark und möglicherweise sehr gefährlich, aber nur in den falschen Händen.

Stanton betrachtete seine eigenen Hände kurz, dann stieg er auf und ritt im Galopp davon.

20

Indianergebiet

Liebste Margie,
ich habe mich verirrt. Vor wie vielen Tagen schon, vermag ich nicht mehr mit Sicherheit zu sagen. Ich schreibe Dir, um mich abzulenken und meine Stimmung zu heben. Ich weiß nicht, ob ich noch einem Menschen begegnen werde, dem ich diesen Brief mitgeben kann. Falls nicht, lasse ich ihn an einem Flussufer oder einem anderen Ort zurück, wo zumindest die Möglichkeit besteht, dass er gefunden wird.
Mein Proviant ist aufgebraucht, und es gibt kein Wild mehr. Einzig was die Miwok-Indianer, denen ich vor Jahren begegnete, mir beibrachten, hält mich noch am Leben. Ich esse alles, was halbwegs verdaulich aussieht, auch bittere Eicheln und Unkraut, aber wegen der Dürre gibt es sogar davon nur wenig. Hielte ich es für möglich, zu Fuß aus dieser Wildnis zu entkommen, hätte ich wahrscheinlich schon mein Pferd gegessen. Sollte sich meine Lage nicht bessern, werde ich dennoch bald gezwungen sein, es zu tun, auch wenn mich der Gedanke mit Abscheu erfüllt.
In meinem halb delirierenden Zustand fand ich vor Kurzem die Überreste eines ehemaligen Lagers. Es war eine Lichtung mit einer mit Steinen eingefassten alten Feuerstelle. Der Zahn der Zeit und die Witterung hatten von einer Hütte aus losen Baumstämmen nur noch eine halbverfallene Ruine übrig gelassen. Ich suchte den Boden um die Feuerstelle ab und fand

Gegenstände, die einmal Weißen gehört haben mussten, wahrscheinlich Goldgräbern: eine Blechtasse, ein stark verwittertes Psalmbuch (viele Seiten fehlten, zweifellos zum Feuermachen verwendet), ein paar Silbermünzen und zwei leere Flaschen, deren einstiger Inhalt nur Whiskey gewesen sein konnte. Dazwischen lagen zahllose Knochensplitter. Also musste es hier einmal Wild gegeben haben, sagte ich mir, auch wenn es jetzt verschwunden war.

Die Knochen kamen mir jedoch eigenartig vor: zu groß für Kaninchen, für Rehe oder Hirsche hatten sie aber die falsche Form. Vielleicht war mein Zustand der Grund für meine Verwirrung, oder vielleicht ahnte ich die Wahrheit auch bereits, die so schrecklich war, dass ich sie zunächst ignorierte.

Erst als ich die Hütte betrat, begriff ich, dass sich hier etwas Grauenvolles zugetragen haben musste: Auf dem Boden lagen Menschenschädel verstreut. Sie waren eingeschlagen, jeder einzelne davon, vermutlich mit einem Stein. Die langen, dünnwandigen Knochen stammten eindeutig von Menschen. Die Gelenkknorren an den Enden waren nicht glatt, wie sie es gewesen wären, wenn die Leichen auf natürliche Weise verwest wären, sondern wiesen Einschnitte auf. Kurz darauf fand ich auch ein rostiges Beil in der Hütte, was meine letzten Zweifel ausräumte, wie diese Menschen gestorben waren.

Entsetzt taumelte ich ins Freie zurück. Wer hatte hier gewohnt? Bridger und Vasquez hatten mir von einer Gruppe Goldgräber erzählt, die in dieser Gegend vor einigen Jahren verschwunden war – das mussten sie sein. Schließlich fand ich ihre Werkzeuge: Spitzhacken und Schaufeln, verrottend in einem Gebüsch.

Ich versuchte mich zu erinnern, was Bridger mir über die Größe der Gruppe gesagt hatte. Wie viele waren es gewesen, was mochte ihnen zugestoßen sein, wer hatte sie getötet? Wa-

ren es die Anawai? Nichts deutete auf Indianer hin, aber es gab auch keine Gegenbeweise. Es konnte ein eskalierender Streit gewesen sein, oder ein Verrückter hatte sie niedergemetzelt. Vielleicht waren es auch Gesetzlose, die sie folterten, um aus ihnen herauszupressen, wo sie ihr Gold versteckt hatten. Ich könnte mir zahllose Gründe denken, aus denen Männer in der Wildnis übereinander herfallen.

Ich bin niemand, der es so leicht mit der Angst bekommt, aber ich wusste, ich konnte die Nacht unmöglich hier verbringen. Also ritt ich davon, so schnell mein Pferd mich tragen wollte, nur weg von diesem Ort.

Seither reite ich ohne Pause.

Margie, da dies mein Ende sein könnte, ist es nur angemessen, wenn ich Dir erkläre, warum ich nicht bei Dir in Independence geblieben bin, sondern diese Reise nach Westen unternommen habe. Als wir darüber sprachen - und Gott segne Dich dafür, dass Du nicht versucht hast, mich umzustimmen - habe ich Dir nicht die ganze Wahrheit gesagt. Vor meinem Aufbruch hast Du mich gefragt, was mich so an den Sagen der Indianer fasziniert, und ich gab Dir eine Antwort, mit der die meisten Leute zufrieden sind, nämlich dass ich neugierig sei auf ihre Lebensart und ihre Religion mit dem Christentum vergleichen möchte usf. Ich wollte Dich weder täuschen noch herablassend sein, sondern ich fürchtete, Du könntest Bedenken bekommen wegen unserer Heirat. Ich hatte Angst, Dich zu verlieren. Hier in der Wildnis hatte ich viel Gelegenheit, über unsere gemeinsame Zeit nachzudenken, an Dich *zu denken und über Dich nachzudenken. Ich weiß jetzt, ich hätte Dir meine wahren Gründe mitteilen sollen. Verzeih mir, dass ich Dich nicht schon viel früher eingeweiht habe.*

Es ist wirklich eigenartig, wie sehr wir uns an manche Wahrheiten über uns selbst klammern und welch große Macht diese Wahrheiten über uns haben. Ich habe Dir nur wenig von meiner Kindheit erzählt. Mein Vater war ein Hinterwäldler-Prediger in Tennessee. Manche würden ihn als Anhänger der Erweckungsbewegung bezeichnen, vom gleichen Schlag wie die Männer, die ich in meinen Artikeln an den Pranger gestellt habe. Doch im Gegensatz zu Scharlatanen wie Uriah Putney hat mein Vater nie versucht, andere hinters Licht zu führen. Er predigte, so gut es ihm aufgrund seiner begrenzten Bildung möglich war. Er betrachtete sich als einen Mann Gottes und kannte weder Toleranz noch Vergebung, denn sein Gott war ein Richter, grimmig und fordernd, und selbstverständlich eiferte er ihm nach.

Wie Du Dir leicht vorstellen kannst, ist meine Kindheit die Hölle gewesen. Auf einen neugierigen Jungen wie mich wirkte die Atmosphäre erstickend. Mein Vater erlaubte weder Zweifel am Glauben noch an seiner Deutung des Glaubens. Keine Fragen, Punkt. Ich wusste schon sehr bald, dass ich nicht werden wollte wie er, sondern alles *infrage stellen würde.*

Ich beschloss, ein Mann der Wissenschaft zu werden, und es gibt keine großartigere Wissenschaft als die Medizin. Also lernte ich bei einem Arzt bei uns in der Nähe, sein Name war Dr. Walton Gow. Er stammte zwar aus den Bergen von Tennessee (und nahm mich später mit nach Kentucky), aber er war alles andere als ein Quacksalber. Walton genoss größten Respekt für seine Fähigkeiten und sein medizinisches Wissen. Seine Beobachtungsgabe war außerordentlich, und er erarbeitete sich den Ruf, Patienten selbst in höchster Not noch retten zu können. Seine berühmteste Tat dürfte gewesen sein, als er Davy Crocketts entzündeten Blinddarm entfernte, als Crockett Abgeordneter in Tennessee war. Walton war damals ein junger Mann und einer der wenigen im ganzen Staat verfügbaren Chirurgen.

Als Krankenschwester wirst Du, liebe Margie, sicherlich verstehen, dass Ärzte manchmal Dinge sehen, die sie an dem zweifeln lassen, was sie über die Welt zu wissen glauben. Genau das ist mir und Walton Gow eines Nachts widerfahren, kurz nachdem wir nach Kentucky gegangen waren. Aus Angst, Du könntest mich für verrückt halten, habe ich Dir nie davon erzählt. Aber damit Du mich verstehst, musst Du jetzt die Wahrheit wissen.

Wir machten gerade Hausbesuche in einer sehr abgelegenen Gegend, als wir zu einem seltsamen Fall in Smithboro gerufen wurden. Wir sollten nach einem der Bewohner sehen, der angefallen worden war. Das Seltsame dabei war allerdings, dass seine Verletzungen nicht so aussahen, als stammten sie von einem Tier. Er behauptete auch, er sei nicht sicher, was ihn angefallen habe, doch etwas an seiner Geschichte klang falsch. Als Walton darauf beharrte, dass wir die Wahrheit wissen müssten, wenn wir ihm helfen sollten, erzählte der Mann, er sei von einem Dämon angegriffen worden, der in den Wäldern um Smithboro herum lebte. Die Existenz dieses Dämons sei unter den Einwohnern durchaus bekannt, doch aus naheliegenden Gründen berichteten sie gegenüber Fremden nicht gerne davon. Der Dämon, so erläuterte er, sei einst ein Mensch gewesen, habe sich dann aber - niemand wusste, aus welchem Grund - eigenartig verwandelt und fortan wie ein Tier in den Wäldern gelebt. Um zu überleben, tötete er das Vieh seiner ehemaligen Nachbarn und verschleppte es in die Wälder.

In unseren Ohren klang das ganz so, als litten die Bewohner von Smithboro an einer Art kollektivem Wahnsinn, aber sie bestanden nachdrücklich darauf, dass die Geschichte wahr sei. Gleichzeitig schienen uns die Bisswunden des Mannes zu wild und ungleichmäßig, als dass sie hätten von einem Menschen stammen können!

Walton und ich glaubten selbstverständlich kein Wort, aber danach kam ein Nachbar nach dem anderen zu uns, um uns von seiner eigenen Begegnung mit dem Wesen zu berichten. Sie erzählten außerdem von Indianern, sogenannten Gestaltwandlern, die angeblich imstande sind, sich in Tiere zu verwandeln, in den meisten Fällen zu schändlichen Zwecken.

Es gilt als allgemein anerkannt, dass die Mythologien dieser Welt, gleichgültig aus welcher Kultur, erzählerische Elemente enthalten, die dem Bedürfnis entspringen, ungewöhnliche medizinische Phänomene zu erklären. So überlegten wir nach einer Weile, ob wir es mit einem solchen Fall zu tun hatten. Wenn ja, bedeutete das, dass diese Krankheit zu verschiedenen Zeitpunkten Menschen an verschiedenen Orten befallen hatte, ähnlich einer Seuche oder Epidemie.

Ich wurde wie besessen von diesem Fall. Er gehörte zu den Gründen, warum ich die Medizin aufgab und Reporter wurde. Wenn ich für Zeitungen schrieb, konnte ich viel herumreisen und Fragen stellen. Walton verstand damals nicht, warum mich dieses Rätsel so sehr beschäftigte, und doch gestand er mir in seinem letzten Brief, dass es auch ihn nie wieder losgelassen hatte.

Hier und da stieß ich auf weitere Berichte von Menschen, die von einem Wolf angefallen und nach ihrer Genesung eigenartig gewalttätig geworden waren. In einem besonders mysteriösen Fall soll sich eine ganze Familie in Irland in eine Art von Werwölfen verwandelt haben – bis auf eine junge Tochter. Der Rest der Familie war in der Wildnis verschwunden, so wie der Mann aus Smithboro, nur das Mädchen nicht, das auch keinerlei Anzeichen der Krankheit zeigte. Sollte es möglich sein, dass manche Menschen für bestimmte Krankheiten nicht anfällig sind? Und falls ja, was ist der Grund dafür?

Kurzum, was ich sah und hörte, ähnelte verschiedenen india-

nischen Legenden, und das gab schließlich den Ausschlag für meine Reise in den Westen: Ich wollte die betreffenden Stämme besuchen und direkt mit ihnen sprechen. Nicht um ihre Mythologie zu erforschen, sondern um festzustellen, ob manche dieser Legenden vielleicht auf tatsächliche medizinische Fälle zurückgehen.

Doch während ich diese Worte niederschreibe, allein und verirrt in der Wildnis, muss ich mich fragen, welches Gute je aus dieser Unternehmung erwachsen soll. Ich wähnte mich auf der Suche nach Wissen und Wahrheit, doch nun fürchte ich, dass ich nichts anderes getan habe, als mein Leben wegzuwerfen.

Liebste Margie, ich hoffe, Du findest die Kraft, mir meine Torheit zu verzeihen. Ich kann nur hoffen, dass Gott mir wohlgesinnt ist und mein Leben rettet. Mit seiner Hilfe werde ich an Deine Seite zurückkehren.

Dein Dich auf ewig liebender
Edwin

21

Wer hätte für möglich gehalten, dass das Paradies in den Vorhügeln unterhalb des Pilot Peak lag? Nachdem sie die verfluchte Salzwüste endlich durchquert hatten, kam James Reed das trockene, brüchig-braune Land direkt vor ihnen wie der schönste Ort auf Erden vor.

Die Hölle, so schien es, lag nun hinter ihnen.

Das Vieh machte sich hungrig über die trockenen Grasbüschel her und drängte sich in drei Reihen um das winzige Wasserloch. Die Menschen stolperten aus ihren salzverkrusteten Wagen zu dem Bach hinüber, tranken das schlammige Wasser und gossen es sich über den Kopf. Lavinah Murphy kniete mit ihrer gesamten Familie nieder, alle fassten sich an den Händen und dankten Gott mit geschlossenen Augen für ihre Rettung.

All das beobachtete Reed zufrieden, aber auch mit einem verletzten Ego. Er hatte die Führung übernommen, hatte sie durch die schlimmste Prüfung auf dieser Reise geführt, aber kam irgendjemand auf die Idee, *ihm* dafür zu danken? Natürlich nicht. Stattdessen fanden sie Dutzende Dinge, für die sie ihm die Schuld gaben. Die Loyalität der Menschen in diesem Treck, so war ihm zunehmend bewusst geworden, hatte wenig mit Tatsachen und dafür umso mehr mit Gefühlen zu tun. Einmal mehr war Reed zu der Einsicht gezwungen, dass er nicht in der Lage war, Sympathie in den Menschen zu erwecken – er war es nie gewesen und würde es vielleicht auch nie sein. Die meisten Menschen mochten die Wahrheit anscheinend nicht. Sie war ihnen zu schmutzig und unangenehm, unfreundlich und kompliziert. Sie hatten einfach keinen Kopf für diese Dinge, für Zahlen, Liter, Rationen, Portionen und Gründe. Die meisten bevorzugten das süße und vergängliche Vergnügen, genau das zu hören, was sie hören wollten. Donners Geschick mit den Spielkarten beispielsweise – oder sein ehemaliges Geschick, vor dem Zusammenbruch des einst so jovialen Mannes.

Ob die anderen es sehen wollten oder nicht, der Grund, aus dem sie es mehr oder weniger unbeschadet bis hierhergeschafft hatten, war Reeds aufmerksamer Blick für Rationen und dass er darauf bestanden hatte, jeden Morgen noch früher aufzubrechen als am Tag zuvor. Unter der Führung des wankelmütigen George Donner wären sie alle längst tot.

Und jetzt stand Reed vor der nächsten unangenehmen, aber notwendigen Aufgabe: Er musste eine Bestandsaufnahme machen und die Familien fragen, ob es Tote zu beklagen gab. Ganz vorne im Tross fuhren die Breens und die Graves, die beiden Familien, die ihn am meisten hassten. Wider jede Vernunft gaben sie ihm die Schuld dafür, dass sie diese Route genommen hatten. Weil er zu dem Zeitpunkt bereits ihr Führer gewesen war – und sie zu der Sorte Menschen gehörten, die stets jemanden brauchten, dem sie die Schuld für ihr Unglück geben konnten.

Hinter ihnen kamen die Familien, deren Loyalität sich ständig verlagerte oder die sich schlichtweg auf niemandes Seite schlugen. Dazu gehörten Keseberg, der gerissene Wolfinger und sein zusammengewürfelter Haufen deutscher Einwanderer sowie Lavinah Murphys erweiterte Sippschaft.

William Eddy und seine Familie ritten mit ihnen, außerdem die McCutcheons.

Ganz am Ende befanden sich die Familien, die *keiner* mochte, weil sie wohlhabend waren. Diese Tatsache verschaffte Reed eine perverse Befriedigung, denn auch seine Familie gehörte dazu. Die beiden Donner-Clans verfügten über eine kleine Armee von Bediensteten und beinahe ein Dutzend Fahrer, was Reed etwas Sicherheit gab. Zu oft hatte er in letzter Zeit beobachtet, wie Franklin Graves und Patrick Breen miteinander tuschelten und seine Vorräte neidisch beäugten.

Aber er würde sich nicht von ihnen brechen lassen, wie sie George Donner gebrochen hatten. Reed versteckte sich nicht in seinem Wagen, er ritt stur die lange Reihe der Wagen entlang, ertrug die galligen Blicke und verweigerte den anderen die Befriedigung, sich seine Angst anmerken zu lassen. Mittlerweile hatten er und Tamsen Donner eines gemeinsam: Sie waren mit Abstand die meist gehassten Personen im ganzen Treck.

Insgesamt, so überschlug er, hatten sie ein Drittel der Wagen in der Wüste zurückgelassen. Niemand war gestorben. Aber sie hatten unfassbar viele Besitztümer und Vieh verloren.

In die Vergangenheit zu schauen war wie eine Fallgrube, das wusste Reed. Sie hatten es bis hierhergeschafft, es gab kein Zurück mehr. Nicht jetzt, nie mehr.

Der Pilot Peak verschwand allmählich hinter ihnen, als sie die toten Indianer fanden. Da es keine Bäume gab, waren die beiden klapprig wirkenden Gerüste leicht zu entdecken gewesen. Reed ging mit ein paar anderen zu der Stelle, um sie genauer zu untersuchen. Die Gerüste waren ungefähr mannshoch. Um die in Decken gewickelten Leichen lagen Gegenstände verstreut, als seien es Grabbeigaben: ein altes stumpfes Messer mit einem lederumwickelten Griff, Halsketten aus geschnitzten Knochen mit schwarz, weiß und blau gestreiften Federn daran und ein von der Sonne ausgebleichter Umhang aus Büffelfell.

William Eddy wischte sich mit dem Unterarm das Gesicht ab. »Was meinen Sie, Paiute?«

Reed schüttelte den Kopf. »Eher Shoshone. Wir befinden uns auf ihrem Gebiet.«

John Snyder stand mit voller Absicht viel zu nah bei ihnen. Reed spürte seine Gegenwart wie Schweiß auf seiner Haut. »Wie, sind Sie jetzt plötzlich auch noch 'n Indianerexperte?«

»Es stand in einem Buch über Indianergebiete, das ich gelesen habe.« Damals in Springfield, nach der Episode mit Edward McGee und der Schande, der Reed gerade noch einmal entgangen war, hatte er eine Zeit lang überlegt, als Indianeragent für die Regierung zu arbeiten. Doch an diese Posten war schwer heranzukommen. Im Nachhinein kam sich Reed wie ein Narr vor, als hätte er stur einen kindischen Traum verfolgt. Zu spät merkte er nun, dass die Flucht nach Kalifornien ein genauso kindischer Traum war. Er hatte seine Lektion mit McGee nicht gelernt. McGee war schlank und elegant gewesen, Snyder war grobschlächtig und brutal, aber beide waren sie Schauspieler in einem Stück, das von vornherein zum Scheitern verurteilt schien.

Reeds Leben war eine einzige Ansammlung gescheiterter Fantasien.

Keseberg bückte sich und hob eine der Halsketten auf. »Was für eine Verschwendung, das Zeug hier für die Toten rumliegen zu lassen.«

Reed versuchte, sich Kesebergs blasse Frau mit einer solchen Halskette vorzustellen, doch es war nicht möglich. »Die Toten sollen es in der nächsten Welt tragen«, entgegnete er. »Wir lassen die Sachen besser hier.« Der Anblick der Leichen bereitete Reed Sorgen. Sie schienen zu dünn für Erwachsene, waren aber zu klein, um noch Kinder zu sein.

»Ich sehe keine Indianer, die was dagegen haben könnten«, erklärte Keseberg.

»Man sollte sich nicht an Indianergräbern vergreifen«, widersprach Franklin Graves. »Bei so was verstehen die Rothäute keinen Spaß.«

Keseberg ignorierte ihn und schlug die Hirschlederdecke über einer der Leichen zurück. Nun verstand Reed, warum sie ihm so klein und dünn erschienen waren: Sie waren verbrannt worden, nur das schwarz verkohlte Skelett war noch übrig, mit hier und da einem Fetzen Fleisch daran. Die Schädel waren hauchdünn mit verbrannter Haut überzogen, die leeren Augenhöhlen schienen sie tadelnd anzustarren.

Ein paar der Männer taumelten erschrocken zurück, Eddy drehte sich zur Seite und hustete in seine Armbeuge.

»Wilde«, knurrte Keseberg. »Ich hab's ja immer gesagt, sie sind alle Wilde.«

Reed mochte Indianer zwar nicht besonders, aber Kesebergs Ignoranz verabscheute er noch mehr.

Trotzdem beunruhigten ihn die Leichen mehr als alles andere. Es ergab einfach keinen Sinn. Während des Black-Hawk-Kriegs hatten ihm die Indianerscouts ihre Beerdigungsriten erklärt.

»Irgendetwas muss hier passiert sein«, sagte er schließlich. Die verkohlten Gesichter schienen ihn unter der sengenden Sonne anzugrinsen. »Ich habe noch nie von einem Stamm gehört, der seine Toten verbrennt.«

»Vielleicht hatten sie eine Krankheit«, warf Franklin Graves ein. »Und sie wollten nicht, dass sie sich verbreitet.«

Eine Krankheit. Wie das Zischen einer Schlange hingen die Worte in der Luft. Alle starrten schweigend die Gerüste an. Reed wusste, sie dachten an Luke Halloran. Hatte er die gleiche Krankheit gehabt, die auch die beiden Indianer befallen haben mochte?

»Was ist das?« Mary Graves war von hinten herangekommen, doch sie bemerkten sie erst jetzt. Elitha Donner war auch dabei. Reed hatte zwar gehört, dass die Kleine sehr tapfer war, doch er wurde den Verdacht nicht los, dass etwas mit ihr nicht stimmte. Manchmal sah er sie allein umherwandern und vor sich hin murmeln, als streite sie mit einem unsichtbaren Gegenüber.

»Verschwinde«, herrschte Franklin Graves seine Tochter an. »Das ist kein Anblick für eine Frau.«

Doch Mary wich seinem Griff aus und ging einfach in einem kleinen Bogen um ihn herum. Mut hatte sie, das musste man ihr lassen.

»Hier sind Schnitzereien.« Sie deutete auf einen Baum. In die Rinde waren ineinander verschachtelte Quadrate geschnitzt, daneben Zacken, die wie Blitze aussahen, und Strichmännchen mit eigenartig großen Köpfen. »Vielleicht erzählen sie eine Geschichte.«

»Das ist keine Geschichte«, warf Thomas, der Junge aus Fort Bridger, ein. Reed hatte ihn fast vergessen. Abends versteckte er sich immer unter einem von George Donners Wagen, und Gott allein wusste, wo er sich tagsüber herumtrieb. Als sie die Wüste durchquert hatten, war er nicht die geringste Hilfe gewesen. Reed hatte schon fast geglaubt, er wäre weggelaufen, wie er es auch bei Bryant getan hatte.

»Das sind Schutzzauber gegen böse Geister.« Thomas sprach,

als gebe er jedes einzelne Wort nur gegen seinen Willen preis. »Schutz vor den Hungrigen.«

»Für die Toten?« Breen tastete nach seinem Gewehr. »Zum Teufel, wozu sollten die Toten Schutz brauchen?«

Reed dachte an Hastings, wie er sich in seinem Wagen verkrochen hatte, und an seine Worte. *Etwas da draußen frisst alles Lebendige.*

»Dann waren es Geister, die das ganze Wild in den Wäldern gefressen haben, willst du das damit sagen?«, fragte Snyder. Thomas schaute weg. Seine Kiefermuskeln zuckten.

Zu Reeds Entsetzen war es ausgerechnet Elitha Donner, die antwortete. »Sie fressen nicht nur Tiere«, erklärte sie in einem leisen Singsang. Ihre Augen waren blau und klar und traurig. »Sie fressen Menschen.«

Reeds Haut kribbelte. »Du tischst ihr Lügengeschichten auf«, fuhr er Thomas an.

Elitha wirbelte herum. »Er will uns nur helfen«, bellte sie. »Das versucht er schon die ganze Zeit, aber niemand hört auf ihn.«

Snyder beugte sich mit einem höhnischen Blick über Elitha. »Du verstehst es nicht, Mädchen. Er ist keiner von uns. Er will dir nicht helfen, sondern bloß unter deinen Rock.«

»Sie haben die Leichen verbrannt, damit die Hungrigen sie nicht bekommen.« Thomas' Stimme klang jetzt wieder gefasst, was ihn offensichtlich all seine Kraft kostete. Er deutete auf das weite Becken vor ihnen und das dahinterliegende Gebirge. »Wir haben ein Gebiet betreten, in dem böse Geister leben.« Er befühlte die Schnitzereien in der Rinde und deutete dann auf die Leichen. »Sie mögen mir nicht glauben wollen, aber der Beweis befindet sich direkt vor Ihren Augen.«

»Der Beweis?« Patrick Breen verdrehte die Augen. »Ich

sehe keine Beweise, nur eine Menge heidnischen Unsinn. Ich vertraue auf den Herrn – hast du gehört, Junge, auf den *Herrn* –, der mich leitet und beschützt.«

Kapitulierend hob Thomas die Hände. Mit einem traurigen Lächeln auf den Lippen entfernte er sich rückwärts von der Gruppe und schüttelte ganz langsam den Kopf. »Dann muss Ihr Herr sehr böse auf Sie sein, denn er hat Sie mitten ins Tal des Todes geführt. Machen Sie Ihren Frieden mit ihm, bevor es zu spät ist, denn die Hungrigen werden Sie bald holen.«

22

Tamsen spürte, wie sie sich veränderte. Sie wurde härter. Sie waren der großen weißen Wüste entronnen, nur um in das Große Becken und in ein endloses Meer aus Wüstenbeifuß einzutauchen. Die Sonne fraß ihre Schönheit, ruinierte ihre Haut und ihr Haar und schmolz ihre anmutigen Kurven, bis nur noch Sehnen und Knochen zu sehen waren. Ihre Schönheit war einmal ihre Rüstung gewesen. Ohne sie hatte Tamsen Angst.

Warum hatte sie George nicht aufgetragen, ein Haarbüschel vom Kopf des toten Nystrom-Jungen abzuschneiden? Sie hätte einen mächtigen Talisman für die Kinder daraus machen können, aber sie hatte Angst gehabt, dass jemand es mitbekäme. Tamsen tat diese Dinge stets im Geheimen, denn selbst George mochte es nicht, wenn sie ihren »heidnischen Praktiken« nachging, wie er das nannte. Jetzt konnte sie nichts mehr für den Schutz ihrer Kinder tun. Gleichzeitig war sie bestürzt, wie sehr sie sich um das Wohlergehen der Kleinen sorgte. Tamsen hatte sich nie für besonders mütterlich gehalten, aber vielleicht hatte sie sich ja getäuscht.

Vielleicht hatte sie sich in allem getäuscht.

Ende September war es, und die Berge waren noch ein Stück näher gerückt, unter einer weißen Decke verborgen und von Schatten durchzogen. Aber hier unten im Großen Becken war es heiß. Heute Abend, als sie endlich das Lager aufschlugen, war Tamsen dankbarer als sonst. Sie war den ganzen Tag über gelaufen, um die Ochsen zu schonen, und konnte es nicht erwarten, ihre Stiefel auszuziehen. Gleichzeitig fürchtete sie sich davor, denn auf den ersten Moment der Erleichterung folgte stets ein Schmerz, als könnte sie nie wieder aufstehen.

Tamsen setzte sich auf einen Felsen. Sie fühlte sich krank und nahm etwas Weidenrindenpulver gegen die Schmerzen. Sie wusste, dass sie kein Abendessen bekommen würde. Während der letzten Wochen hatte sie sich angewöhnt, so viele Mahlzeiten wie möglich auszulassen, damit mehr für die Kinder blieb. Sie hatten zu viele Männer dabei. Es waren beinahe genauso viele Fahrer wie Familienmitglieder, und dann waren da noch Betsys halbwüchsige Söhne, die sie aus der ersten Ehe mitgebracht hatte. Männer hatten große Mägen, und Tamsen fürchtete, dass die Mädchen zu kurz kommen würden. Ihre Kleinen an oberste Stelle zu stellen machte es irgendwie einfacher. Manchmal hatte Tamsen das Gefühl, dass ihr eigener Hunger mittlerweile zu stark war. Dass sie, sollte sie je wieder eine volle Mahlzeit zu sich nehmen, daran sterben würde. Die Entbehrung war so schlimm, dass sie Tamsen vollständig ausgelöscht hatte. Sie kannte sich selbst nicht mehr.

Manchmal vergaß sie, auf ihren eigenen Namen zu reagieren.

Und dann war da noch Keseberg. Seit dem Zwischenfall kurz vor Stantons Aufbruch ging sie ihm so weit wie möglich aus dem Weg. Er hatte einen der seltenen Momente abgepasst, in denen sie vollkommen allein war, fern von dem Wagen, in dem George nun praktisch seine gesamte Zeit verbrachte, und auch weit von den Kindern entfernt. »Ich weiß, du willst ihn loswerden«, hatte er ihr zugeflüstert. Damit meinte er nicht Stanton, sondern ihren Mann. Irgendwie spürte Keseberg, wie sehr sie die Enge ihrer Ehe satthatte. »Ich kann dafür sorgen und uns beide glücklich machen.«

Tamsen war zurückgezuckt - vor seinem stinkenden Atem, seinem anzüglichen Lächeln und - das war am schlimmsten von allem - dem *wissenden* Ausdruck in seinen Augen. »Sie kennen mich nicht«, hatte sie so ruhig wie möglich erwidert. »Sie wissen nicht, was ich will. Andernfalls wüssten Sie, dass *Sie* es auf keinen Fall sind.«

Das genügte, um ihn zu verscheuchen. »Das letzte Wort ist noch nicht gesprochen«, zischte er über die Schulter. Anscheinend hatte sie sich, ohne es zu wollen, einen neuen Feind gemacht.

Am nächsten Morgen erschrak Tamsen zutiefst, als ihre Pistole nicht mehr da war, und dann kam auch noch Stanton zu ihr und beschuldigte sie eines Komplotts mit Keseberg. Erst später kam sie dahinter: Keseberg hatte versucht, Stanton zu töten, und wollte ihr den Mord in die Schuhe schieben, als Rache für die Abfuhr, die sie ihm erteilt hatte.

Sie war enttäuscht gewesen, aber auch erleichtert, Stanton für eine Weile los zu sein. Er hatte angedeutet, wenn auch nur flüchtig, dass Lewis Keseberg ihr neuer Liebhaber sei. Ungeheuerlich, und das in mehr als nur einer Hinsicht. Zum einen widerte Keseberg sie an - körperlich, charakterlich und überhaupt in jeder nur erdenklichen Hinsicht. Beinahe genauso schlimm war allerdings, wie schnell Stanton mit seinem Verdacht bei der Hand gewesen war. Ein Beweis mehr, dass er sie nicht verstand und auch nie verstehen würde.

Keiner der Männer hier tat das, das sah sie von Tag zu Tag deutlicher. Der Hunger, der in ihr wütete, schien ihr gleichzeitig den nötigen Raum zu verschaffen, die Dinge klar zu erkennen.

Tamsen nahm noch etwas von dem Weidenrindenpulver, dann schloss sie die Augen, atmete einmal tief durch und lauschte auf die abendlichen Geräusche: Samuel Shoemaker und Walt Herron spannten die Ochsen aus und trieben sie zum Fluss; George und Jacob stellten die Zelte auf; Betsy bereitete das Abendessen vor. Und dazwischen hörte sie die hellen Stimmen ihrer Töchter Frances, Georgia, Eliza und Leanne – Tamsen hakte den Namen im Kopf ab, sobald sie eines der Mädchen reden hörte.

Sie schlug die Augen auf. Wo war Elitha? Tamsen fuhr hoch, schrie beinahe auf wegen des Schmerzes in ihren Füßen und rannte zu den Mädchen, die neben dem Feuer spielten, wo Betsy gerade den Dreifuß für den Topf aufstellte. Wie immer hielt sie sich ein Stück abseits von den anderen, weit genug entfernt, um so zu tun, als existierten sie nicht, aber nahe genug, um sich sicher zu fühlen. Vier ihrer Mädchen spielten mit einem Stück Faden das Hexenspiel. Elitha war nicht dabei.

»Wo ist eure Schwester? Warum ist sie nicht bei euch?«, fuhr Tamsen auf. Sie hasste die Sorge, die sich wie ein Wurm in ihr Herz geschlichen hatte.

Ihre unschuldigen kleinen Gesichter waren plötzlich angespannt. »Sie ist irgendetwas suchen gegangen«, antwortete Leanne und zog in Erwartung von Tamsens Zorn bereits den Kopf ein.

»Kommt mit. Wir werden sie zusammen suchen, habt ihr verstanden? Beeilt euch.« Sie mussten mitkommen, eine andere Möglichkeit gab es nicht. Tamsen konnte sie niemandem anvertrauen, nicht einmal Betsy. Niemand außer ihr selbst hatte begriffen, dass das Böse nur eine Armeslänge weit entfernt war und schon darauf lauerte, auf sie herabzustoßen, sei es in Gestalt eines Tieres oder eines Geistes – oder eines Menschen.

Sie eilten durchs Lager. Jeder, den Tamsen nach Elitha fragte, zuckte nur die Achseln oder schaute sie verständnislos an. Sie wollten nichts mit ihr zu tun haben und möglichst schnell den langen staubigen Tag vergessen, der nun beinahe hinter ihnen lag.

Keseberg. Sie sah ihn in einiger Entfernung. Protzig einherschlendernd wie immer, warf er ihr aus schmalen Augen einen verächtlichen Blick zu. Tamsens Magen krampfte sich in einer plötzlichen Gewissheit zusammen: Er wusste, wo Elitha war. Hatte sie nicht schon öfter gesehen, wie er ihre Tochter anstarrte? Und er wollte Tamsen wehtun, das hatte er hinreichend deutlich gemacht.

»Geht zurück zu den Wagen«, wies sie die Kinder an. »Sofort.«

»Ich dachte, wir sollen bei dir bleiben?«, fragte Leanne.

»Widersprich mir nicht. Gehorcht einfach.« Sie schob Leanne in die entsprechende Richtung, doch die Kleine duckte sich nach ein paar Schritten einfach unter den Wagen der Breens, und dort blieb sie. Die anderen folgten ihr.

Keseberg kam ganz entspannt auf sie zu, er schob seinen Gürtel zurecht und lächelte sie mit langen, grauen Zähnen an. Über den Schultern trug er ein farbiges Tuch, das sie noch nie an ihm gesehen hatte. Dennoch kam es ihr irgendwie bekannt vor.

»Mrs. Donner.« Keseberg tippte sich an den Hut. Aus seinem Mund klang der Name wie eine Beleidigung. »Was für eine Überraschung.«

»Ich suche meine Tochter Elitha.«

»Die Kleine ist abgehauen, wie?« Keseberg drehte kaum

den Kopf zur Seite, bevor er ausspuckte. »Da kann ich Ihnen nicht helfen, fürchte ich. Hab sie nicht gesehen. Und glauben Sie mir« – er schaute sie wieder grinsend an –, »ich hab's versucht.«

Abscheu bäumte sich wie eine schwarze Schlange in ihr auf. Dann wusste Tamsen plötzlich, woher sie das Tuch kannte. »Sie haben es gestohlen«, sagte sie. »Von der Grabstätte der Indianer.«

Keseberg zuckte die Achseln. »Na und? Ich nehme mir, was ich will – genau wie du. Du tust immer so, als wären wir verschieden, Tamsen. Dabei sind wir genau gleich. Wir sind vom selben Schlag, du und ich.«

Ohne Vorwarnung packte er Tamsens Handgelenke und zog sie an sich. Leanne schrie und machte Anstalten, zu ihr zu laufen.

Tamsen brüllte sie an wegzubleiben. Sie versuchte auszublenden, wie widerlich Keseberg war, aber das war unmöglich. Er stank wie ranzige Butter, als hätte er sich oder seine Kleider noch nie im Leben gewaschen. Die Haut unter seinem zottigen Bart war rot und verschorft, seine Zähne beinahe schwarz, weil er sie nie putzte. Er mochte dünn sein, aber er war stark und wusste seine Körpergröße geschickt einzusetzen. »Du denkst nicht nach, Tamsen. Ein Mann wie ich kann dir nützlich sein. Du hast nur Feinde. Darum brauchst du jemanden, der dein Freund ist.«

»Haben Sie deshalb auf Charles Stanton geschossen? Wollten Sie mich bestrafen und es so aussehen lassen, als wäre ich es gewesen?« Tamsen versuchte, ihn wegzustoßen. »Lassen Sie mich los.«

»Es ist nicht gut, sich gegen mich zu wehren. Besser, du bist meine Freundin. Außerdem weiß ich, was du mit Stanton gemacht hast.« Keseberg spuckte die Worte geradezu aus.

»Und ich weiß auch, was du in Springfield getrieben hast. Ich weiß von allen deinen Männern, also tu nicht so, als wärst du 'ne Heilige.«

Er musste Dr. Williams meinen. Jeffrey. Tamsen hatte geglaubt, niemand hätte davon Wind bekommen. Sie war davon ausgegangen, dass George es geschafft hatte, ihre Affäre unter Verschluss zu halten. Tamsen war einsam gewesen, und Jeffrey Williams, obwohl mehr als doppelt so alt wie sie, war intelligent und außerdem weit kultivierter als George. Doch wie Charles Stanton war auch Jeffrey Williams ein Fehler gewesen. Tamsen hatte Trost gesucht und in beiden Männern lediglich eine vorübergehende Zerstreuung gefunden. Keseberg würde es so oder so nicht verstehen.

Sie versuchte erneut freizukommen, da packte er ihr Kleid und zerriss den Stoff. Ohne nachzudenken, rammte Tamsen ihm das Knie zwischen die Beine. Keseberg taumelte keuchend einige Schritte zurück. Ihre Töchter kamen unter dem Wagen hervorgeschossen. Sie tanzten um Tamsens zerrissenes Kleid wie Wellen und fragten, ob ihr etwas passiert sei. Eliza, die kleinste, weinte.

»Kommt«, mehr brachte Tamsen nicht heraus. Ihre Brust fühlte sich gequetscht und luftleer an, als lehne Keseberg immer noch auf ihr.

Sie waren schon in der anderen Richtung unterwegs, als er endlich wieder zu Atem kam. »Du bist sowieso zu alt für mich. Alt und verbraucht«, röchelte er. »Aber deine Töchter sind genau meine Kragenweite. Elitha schnüffelt schon die ganze Zeit überall herum.«

Tamsen blieb wie erstarrt stehen. Ihr Blut wurde kalt wie Eiswasser. »Sie rühren sie nicht an.«

Keseberg lächelte tatsächlich. Ein grässliches, ausgefranstes Lächeln, wie mit einem stumpfen Messer geschnitten.

»Sieht ganz so aus, als sucht sie einen Mann, der sie zur Frau macht.«

Ihre Angst wurde zu Panik. Elitha, Elitha, Elitha. Wo konnte sie nur sein? Tamsen rannte mit ihren Kindern im Schlepptau durch das gesamte Lager und ignorierte die fragenden Blicke, die ihr folgten. Als Erstes liefen sie zu den Reeds. Sie hoffte, Elitha bei ihrer Freundin Virginia zu finden, erntete aber nur einen säuerlichen Blick von Margaret. Weiter, vorbei an feindseligen Blicken und Getuschel, vorbei an den letzten Wagen, hinter deren Dächern, die von der Witterung gezeichnet waren, bereits die Sonne versank. Die Kinder wimmerten. Sie hatten Angst, sich so weit vom Rest der Familie zu entfernen. Tamsen wollte schon umkehren, doch dann sah sie wieder Kesebergs lüsternen Blick vor sich, und da wusste sie, dass sie weitergehen musste.

Ein Stück vom Lager entfernt, nicht weit vom Fluss – Tamsen hörte das Muhen der am Ufer grasenden Rinder –, glaubte sie aus dem Augenwinkel einen Lichtschein zu sehen. Sie änderte so abrupt die Richtung, dass sie die Kinder beinahe von den Beinen gerissen hätte, und hielt auf eine kleine Lichtung zu, wo Elitha mit einer Laterne auf dem Boden kniete und mit einem Stock in der Erde grub. Wozu, wusste Tamsen nicht. Die Sonne war inzwischen untergegangen, alles schimmerte in dem nackten, flackernden Licht der Öllampe.

»Elitha!«, rief sie, halb vor Zorn, halb vor Erleichterung. Elitha zuckte zusammen. »Was hast du hier zu suchen?« Sie ließ Frances und Eliza los, packte Elitha und zog sie auf die Beine. »Habe ich dir nicht gesagt, du sollst in Sichtweite bleiben?«

Elithas Hände waren braun von der Erde, ihr Kleid ebenfalls. »Aber ich habe Hasenohren gefunden. Du wolltest doch welche, oder?«

Hasenohren. Tamsen verwendete sie für eine ihrer Arzneien. Doch die Furcht hatte sie immer noch im Griff, sie erschütterte Tamsens Brust wie ein Erdbeben. Bevor sie wusste, wie ihr geschah, hatte sie Elitha geohrfeigt. Tamsen betrachtete ihre rote Hand, spürte das Brennen in ihren Fingern.

Elitha hielt sich die Wange und blickte sie erschrocken an. Erschrocken nicht wegen des Schmerzes, sondern über ihre eigene Wut.

Tamsen hatte sie noch nie zuvor so gesehen, mit blitzenden Augen, das ganze Gesicht zu einer Fratze zusammengezogen. Sie wollte sich entschuldigen, gleichzeitig wollte sie Elitha durchschütteln, weil sie sie so erschreckt hatte, wegen der schwindelerregenden Angst, die immer noch in ihr tobte.

»Du … du kannst mich nicht mehr wie ein Kind behandeln«, sagte Elitha. »Ich bin schon fast eine erwachsene Frau.«

Eine erwachsene Frau. Es war wie ein Echo von Kesebergs Worten. Elitha hatte keine Ahnung, welche Gefahr es für eine Frau bedeutete, sich ohne Begleitung von den Wagen zu entfernen.

»Es ist mir ernst, Elitha. Du musst auf mich hören, und vor allem musst du mir gehorchen …« Tamsen verstummte. Trotz des Lärms, den die beunruhigten Kinder machten, trotz des Windes, der raschelnd durch den Beifuß fuhr, hörte sie eine Bewegung. Tamsen hielt sich mucksmäuschenstill, als hätte eine Feder in ihrem Innern sich plötzlich gespannt.

Bildete sie es sich nur ein?

Im ersten Moment dachte sie an Keseberg. Vielleicht war er ihr gefolgt und wollte ihr einen ordentlichen Schreck einjagen. Vielleicht trugen die Geräusche in dieser Ebene weiter, sodass sich etwas, das weit entfernt war, plötzlich ganz nah anhörte.

Nein. Überall um sie herum war Bewegung. Als würden sie umzingelt.

»Stellt euch hinter mich«, befahl Tamsen. »Alle.« Sie hob Elithas Laterne und drehte den Docht höher. »Wer ist da? Wer auch immer es ist, er kann genauso gut zu den Wagen zurückgehen. Ich habe keine Lust mehr auf irgendwelchen Unsinn.«

Doch der Mann, der aus dem Gebüsch gehumpelt kam, war niemand, den sie kannte. Tamsen hob die Laterne noch höher. Die Gestalt kniff die Augen zusammen und zog sich kauernd ein Stück zurück. Tamsen blinzelte in die Dunkelheit. Der Mann war dünn und langgliedrig und am ganzen Körper von einer braunen Schicht überzogen, so wie ein Skelett, das in einem Sumpf gelegen hatte, oder als wäre ihm anstatt seiner Haut eine Rinde gewachsen. Als wäre er ein Teil dieser Wildnis.

Das Schwindelgefühl kehrte zurück und ließ Tamsen erneut blinzeln. Vielleicht lag es an den Kopfschmerzen, vielleicht hatte sie aber auch zu viel Weidenrindenpulver genommen. Tamsen konnte nicht sicher sein, was sie da zu sehen glaubte.

»Wer sind Sie?«, fragte sie fordernd. Der Gedanke an ihre Kinder, die hinter ihr standen, vervielfachte ihre Angst. Ihr Beschützerinstinkt flammte auf wie ein Buschfeuer im Wind. »Was wollen Sie?«

Keine Reaktion. Tamsen konnte das Gesicht nicht genau erkennen, aber der Kerl starrte sie mit der Intensität eines Pumas an, seine Augen blitzten im Laternenlicht. Es war auf keinen Fall ein Indianer. Vielleicht ein Mountain Man, den die Wagen und die Lagerfeuer angezogen hatten. Ein Weißer, der sich verirrt haben mochte und schon viel zu lange allein in dieser Wildnis war. Seine Augen hatten etwas eigenartig

Animalisches, jedes Zeichen von menschlicher Intelligenz fehlte.

»Bleibt ruhig«, sagte Tamsen leise, als die Kinder zu wimmern begannen. »Alles ist gut.« Konnten sie sehen, was sie sah?

Sie hätte schwören können, dass da noch einer von diesen Männern war, schließlich ein dritter. Die Laterne gab nicht genug Licht, um Genaueres zu erkennen, sie sah nur Schatten, Umrisse und Bewegungen. Ein Schauder lief ihr über den Rücken. Wie sie sich bewegten ... irgendetwas stimmte nicht. Tamsen dachte an Luke Halloran, wie er gekrochen war und sie dann plötzlich angesprungen hatte. Sie waren wie Wölfe, die ihre Beute umkreisten und sprachen, ohne auch nur ein einziges Wort zu sagen.

Wölfe trennten ihre Beute von der Gruppe und holten sie sich dann einzeln.

Tamsen sah Elitha, die zitternd und allein dastand. Zu weit entfernt von der Gruppe.

Bevor sie rufen konnte, sprang einer der Schatten in Elithas Richtung.

Tamsens Herz begann wie wild zu schlagen, sie spürte das Trommeln bis in den Hals und den Kopf. Sie stürzte sich auf Elitha.

Ein anderer Schatten stellte sich in Tamsens Weg und schlug nach ihrer Kehle. Aus dem geöffneten Mund ragten viel zu viele, viel zu spitze Zähne. Sie riss die Laterne herum und schlug sie dem Mann – falls es einer war – mit aller Kraft ins Gesicht. Das Glas zersprang an seinem Kiefer, Öl spritzte aus dem Tank und über sein Gesicht.

Ihre Kinder stoben in alle Richtungen auseinander. »Bleibt zusammen!«, brüllte ihnen Tamsen hinterher, aber es war zwecklos. Wie Kaninchen rannten sie mit weit aufgerissenen Augen panisch davon.

Binnen einer Sekunde stand der Kopf des Manns in Flammen. Das Geräusch, das er ausstieß, war mit nichts vergleichbar, das Tamsen je gehört hatte. Es klang, als hätte sich für einen Augenblick der Schlund der Hölle aufgetan. Der Mann schlug nach den Flammen und verbreitete sie damit nur auf seine Hände, dann die Arme. Das Feuer verschlang ihn, als wäre er aus Reisig. Die anderen beiden wichen schreiend vor ihrem brennenden Artgenossen zurück, dann rannten sie davon, hirnlos wie Tiere.

Tamsen bekam Elitha zu fassen. »Hol die anderen her und bring sie zu den Wagen - jetzt sofort!« Der rasende Herzschlag nahm ihr beinahe die Luft.

»Die Toten ...«, murmelte Elitha wie betäubt.

Tamsen stieß sie grob vorwärts. »Nicht umdrehen, lauf los!«

Der Gestank des brennenden Mannes war überwältigend. In dem Versuch, sich zu löschen, warf er sich auf den Boden, wälzte sich über Stein und Gestrüpp - mit dem Erfolg, dass die gesamte Lichtung Feuer fing. Salbei, Gras und Sträucher, alles brannte.

Die anderen Angreifer waren inzwischen verschwunden, dicke Rauchwolken schraubten sich in den Himmel und brannten in Tamsens Augen.

Sie hielt sich ihre Schürze vor den Mund und stolperte rückwärts von den Flammen weg. Tamsen wollte rennen, aber sie hatte keine Kraft mehr. Außerdem musste sie versuchen, das Feuer mit Wasser aus dem Fluss zu löschen, bevor es zu spät war und sie alles verloren.

Der Brand breitete sich aus und sprang von Gebüsch zu Gebüsch, binnen Sekunden stand Tamsen vor einer Flammenwand. Inzwischen traf Hilfe vom Lager ein, Dutzende Männer, aber das Feuer verbreitete sich schneller, als sie es löschen konnten.

Noch mehr Helfer kamen, einige mit Eimern, einige mit Schaufeln, mit denen sie Sand in die Flammen schütteten. Andere bildeten eine Kette und schöpften Wasser vom Fluss, schütteten Eimer um Eimer braunen Wassers in den Brand.

Doch die Flammen waren nicht aufzuhalten.

Samuel Shoemaker wischte sich über die Stirn und blickte sich um. »Es kommt immer näher. Wir müssen die Ochsen einspannen und die Wagen in Sicherheit bringen.«

Die Männer stritten. Manche der verängstigten Tiere nahmen bereits Reißaus – konnten sie sie überhaupt wieder rechtzeitig einfangen? Vielleicht sollten sie die Wagen lieber selbst schieben. Nein, sie waren zu schwer! Einige verfluchten die Familien, die im Lager geblieben waren und das Feuer für keine Bedrohung hielten.

»Sollen sie verbrennen«, keuchte Baylis Williams mit rußverschmiertem Gesicht. »Wenn sie so dumm sind, dass sie die Gefahr nicht erkennen ...«

Tamsen war entsetzt. Normalerweise war Williams eine sanfte Natur. Sie räusperte sich. Sie musste die Leute vor der Gefahr warnen – der weit größeren Gefahr, als sie dieses Feuer darstellte. »Ich wurde angegriffen!«, rief sie. »So hat der Brand überhaupt erst angefangen. Drei Männer sind plötzlich aus dem Nichts aufgetaucht und haben sich auf die Kinder gestürzt.«

Die Streits verstummten. »Was für Männer?« Graves' Augen verengten sich zu Schlitzen. »Weiße oder Indianer?«

»Weiße, glaube ich.« Aber keine Männer. Keine richtigen. Wie sollte Tamsen es erklären, ohne Wasser auf die Mühlen derer zu gießen, die sie jetzt schon als Hexe und Lügnerin bezeichneten?

Kesebergs Lachen klang scheppernd wie Knochen auf Metall. »Hier gibt es keine Weißen ... außer uns.«

Ein Murmeln ging durch die Gruppe. Tamsens Kehle war wund vom Rauch, wund vom Schreien. Sie presste sich die Hände auf die Schläfen und versuchte nachzudenken. Sie hasste es, an sich zu zweifeln, aber der Schwindel hatte sie wieder gepackt. Konnte das Ganze am Ende eine Halluzination gewesen sein, ausgelöst von der Weidenrinde - war das etwa möglich? Die meiste Zeit waren ihre Gedanken klar, aber es gab Momente, da fragte sie sich, ob der gepeinigte und gemarterte Teil ihrer Seele nicht längst die Kontrolle an sich gerissen hatte und alles andere überdeckte.

Alle schauten sie an, der Ausdruck in ihren Augen war feindselig.

»Schon komisch, dass Sie jedes Mal mittendrin sind, wenn etwas schiefgeht«, sagte Keseberg laut. »Ich glaube, Sie mögen Aufmerksamkeit, Mrs. Donner.«

Der Wind drehte und vertrieb den Rauch. Tamsen war, als würde mit dem Rauch auch das Lager fortgeweht. Als löste es sich einfach in Dunkelheit auf.

Sie brach in eiskalten Schweiß aus.

Dann verschwand das Bild wieder.

Tamsen blickte in die Runde, und da wusste sie: Selbst wenn das, was sie gesehen zu haben glaubte, echt gewesen war, die anderen würden ihr niemals glauben.

Aber es spielte so oder so keine Rolle. Was sie gesehen hatte, *war* echt, und sie waren alle schon jetzt so gut wie tot. Das hatte sie nun begriffen. Tamsen sah die wilden Augen des Mannes immer noch vor sich, das Abbild in ihrem Geist wurde zur Gewissheit.

»Wir können dieses Feuer nicht aufhalten«, sagte Eddy und drehte den Flammen den Rücken zu. »Wir müssen die Wagen wegfahren. Das ist unsere einzige Chance.«

Tamsen beobachtete, wie das nackte Chaos ausbrach: Ehemänner stritten mit ihren Frauen, einige warfen ihre Schaufeln und Eimer weg und rannten zu den Wagen, andere versuchten sie zurückzuhalten. »Jetzt muss jeder seine eigene Haut retten«, murmelte Franklin Graves, als er an Tamsen vorbeihastete und sie dabei fast über den Haufen rannte.

Von neuerlichem Schrecken gepackt, merkte sie, dass er recht hatte.

23

Die Leiche lag in einer Höhle.

In all den Wochen, die Edwin Bryant nun schon umherirrte, seit er die Knochen in dem verlassenen Goldgräberlager gefunden hatte, war es der erste Kadaver überhaupt – Mensch oder Tier –, den er entdeckte.

Ironischerweise war der Fund wie ein Zeichen von Leben, von Normalität. Wenn man lange genug in Wäldern wie diesen unterwegs war, stieß man früher oder später zwangsläufig auf halb verweste Tiere. Es war das Gesetz der Wildnis. Trauben von Fliegen und der süßlich-schwere Fäulnisgeruch waren allgegenwärtig. Aber seit Fort Bridger war nichts mehr vorgekommen. Überhaupt nichts.

Bryant hatte die Höhle durch Zufall entdeckt. Ein schwerer Sturm hatte ihn nach einem Unterschlupf suchen lassen. Sie war klein und eine von vielen in der Flanke einer felsigen Anhöhe. Er war so schwach gewesen, dass er den Aufstieg beinahe abgebrochen hätte und einfach liegen geblieben wäre. Legenden von Wolfsmenschen oder Krankheiten, die Menschen in Untote, Vampire und was nicht noch alles verwandelten, machten Bryant keine Angst, doch Stürme hatte er noch nie gemocht. Also schleppte er sich weiter, selbst von dieser kleinen Anstrengung an den Rand seiner Kräfte gebracht, und verkroch sich in das erstbeste Loch.

Er hatte ein Büschel wilden Salbei zum Feuermachen dabei und suchte gerade nach einer geeigneten Stelle, da sah er die Leiche: männlich, etwa Mitte dreißig, obwohl das wegen des Verwesungszustands schwer zu bestimmen war. Vermutlich handelte es sich um einen Indianer, angesichts des Gebiets, in dem er sich befand - oder zu befinden glaubte -, höchstwahrscheinlich von den Washoe.

Die Todesursache war offensichtlich: Im Schädel klaffte ein Spalt, der kaum von einem Unfall oder Sturz stammen konnte. Eher von einer schweren Waffe, so scharfkantig, wie der Spalt war. Doch Bryant war nicht sicher, er war kein Experte für Verletzungen, die durch Gewalteinwirkung verursacht waren. Er sah auch noch andere Wunden, tiefe Schnitte, die von einem Wolf oder Bären stammen konnten, sogar von einer Wildkatze. Eigenartig. Unterwegs hatte er keinerlei Hinweise auf Raubtiere gesehen, keine Krallenspuren an den Bäumen, keine Ausscheidungen, keine Höhlen.

Der Mann trug nichts bei sich, weder Bogen noch Pfeil, Speer oder Gewehr, nicht einmal eine Decke. Er konnte nicht lange hier gewesen sein, bevor er starb. Bryant überlegte kurz, ob der Mensch - oder was auch immer -, der ihn getötet hatte, vielleicht immer noch in der Höhle war, verwarf den Gedanken aber sofort wieder. Es gab keine frischen Blutspuren, außerdem war die Höhle sehr eng, zu klein, als dass der Kampf hier stattgefunden haben könnte.

Was wiederum bedeutete, dass er sich die Verletzungen woanders zugezogen hatte und dann die paar Meter hier heraufgeklettert, vielleicht auch heraufgetragen worden war. Wahrscheinlich war er auf der Flucht gewesen. Bryant reimte sich eine Geschichte zusammen, wie der Mann angegriffen und tödlich verwundet worden war, um seinem Mörder dann doch noch zu entwischen. Im Delirium war er durch den Wald gerannt, bis er diese kleine Höhle entdeckte, vermeintlich seine Rettung.

Vielleicht hatte er aber auch nur in Frieden sterben wollen.

Bryant schichtete den mitgebrachten Salbei zu einem kleinen Häufchen auf, so weit entfernt von der Leiche wie möglich. Jedes Mal, wenn er seinen Feuerstein anschlug, rechnete er halb damit, dass sich der Tote blinzelnd aufsetzte - verärgert, weil jemand seine Ruhe störte. Wahrscheinlich war Bryant inzwischen ein bisschen verrückt geworden. Lange genug allein war er mittlerweile, er hatte seit Wochen keine menschliche Gesellschaft mehr gehabt und nichts zu essen außer dem, was er im Wald fand: ein kleines Fischlein hier, zwei Eier in einem Nest da. Hauptsächlich ernährte er sich von Insekten und Eicheln. Einmal hatte er Wurzeln probiert, sie aber nicht vertragen und dann stundenlang Galle erbrochen, weil sonst nichts in seinem Magen war, das er hätte erbrechen können.

Ab und zu trank er etwas Wasser, das zwar seinen Magen füllte, gegen den Hunger aber nutzlos war. Nach den ersten drei oder vier Tagen hatte das nagende Gefühl nachgelassen - Gott sei Dank. Es war wie ein Schlund gewesen, der ihn von innen auffraß. Danach hatte er sich klarer im Kopf gefühlt, zuversichtlich. Er war sicher gewesen, dass der Hunger verschwunden war - wie eine ausgeheilte Krankheit. Erst am nächsten Tag, als er an einer Stelle vorbeikam, die er bereits passiert hatte, merkte er, dass ihn seine Orientierung im Stich ließ. Immer wieder wachte er auf dem Boden liegend auf, als hätte er das Bewusstsein verloren, ohne es zu merken. Er musste sich oft ausruhen und rang keuchend nach Atem. Schon nach hundert Schritten raste sein Puls.

Er starb. Am Anfang noch ganz langsam, jetzt aber schneller.

Alles wegen des Hungers. Weil es kein Wild gab, kein Fleisch, keine Nahrung in Form anderer Lebewesen.

Die Haut der Leiche sah dunkel aus, wie geräucherter Schinken. Es war schwer zu sagen, wie lange sie - es, der Kadaver - schon tot war. Nicht allzu lange. In der Höhle roch es zwar nach Verwesung, aber nicht besonders schlimm. Trotzdem war der Kadaver kaum noch als Mensch zu erkennen. Seine Seele musste längst fort sein. Er war nur noch eine leere Hülle.

Bryant wusste, dass Schiffbrüchige manchmal überlebten, indem sie die sterblichen Überreste der anderen aßen. Es war das Gesetz der See. Ganz am Anfang der Reise hatte Lavinah Murphy am Lagerfeuer von einer Gruppe Deutscher erzählt, die Schiffbruch erlitten hatten - und die bedauernswerten Überlebenden hatten es genauso gemacht.

Der Salbei brannte knisternd, und der Rauch erinnerte Bryant an Weihnachten. Weihnachten erinnerte ihn an Gänsebraten, an prasselndes Fett und daran, mit vollem Bauch zu Bett zu gehen, glücklich und mit der fröhlichen Stimme seiner Mutter in den Ohren. Seine Augen brannten. Erst nach einer Weile merkte er, dass er weinte.

Niemand würde es erfahren.

Niemand würde ihm einen Vorwurf machen.

Seine Hand bewegte sich zu dem Messer an seinem Gürtel.

Der Rauch verschleierte seine Sicht zusätzlich, und einen Moment lang redete sich Bryant ein, der Kadaver wäre gar kein Mensch, sondern ein totes Tier. Tiere zu essen war keine Sünde.

Aber warum konnte er nicht aufhören zu weinen?

Nicht weil er es tun würde, sondern weil er merkte, dass er es nicht konnte. Bryant weinte, weil das kein Tier war, sondern ein Mensch, und er die ganze Zeit gewusst hatte, dass er einfach nicht dazu in der Lage war. Er weinte, weil er wusste, dass dies seinen Tod bedeutete – wahrscheinlich hier, hier in dieser Höhle. Er würde ebenso verwesen wie die andere Leiche und die Luft mit warmer Fäulnis erfüllen.

In diesem Augenblick hörte er die Geräusche unterhalb der Höhle: Hufschläge auf Fels und leise Stimmen, auch wenn er die Worte nicht verstand. Bryant spähte nach draußen und sah vier Reiter durchs Dickicht kommen. Washoe, dürr wie Vogelscheuchen unter ihren Hirschhäuten. Er überlegte, ob sie vielleicht gefährlich waren. Sie waren offensichtlich auf der Jagd, aber hatten sie etwas erlegt? Würden sie ihn umbringen, um an seinen vermeintlichen Proviant zu kommen? Er stellte sich ein Dorf voller abgemagerter Frauen und Kinder vor, die bereits sehnsüchtig auf die Rückkehr der Jäger warteten.

Wenn er nichts unternahm, würde er hier sterben. Wenn er sich bemerkbar machte, vielleicht auch, aber schneller, aufgespießt oder aufgeschlitzt oder von Pfeilen durchbohrt.

Er stand auf und winkte, und schließlich rief er sogar.

Die Höflichkeit verlangte, dass er ihnen Geschenke machte, also gab Bryant den Indianern alles, was er entbehren konnte. Sein blaues Halstuch, das seine Verlobte in Independence kurz vor seinem Aufbruch für ihn ausgesucht hatte. Das mit kleinen Silberkugeln besetzte Hutband aus geflochtenem Leder. Und schließlich seine Weste, die er in Louisville mit seinem ersten Gehaltsscheck als Zeitungsjournalist bei einem Herrenausstatter gekauft hatte. Die Indianer nahmen jedes der Geschenke mit einem Lächeln entgegen und teilten sie untereinander auf. Als Gegenleistung bekam er einen Platz am Feuer und etwas von ihrem Abendessen: Eichelbrot, getrocknetes Wurzelgemüse und eine Handvoll Pilze.

Bryant zwang sich, langsam zu essen, damit ihm nicht schlecht wurde; als Zeichen seiner Dankbarkeit verneigte er sich vor jedem der drei.

Sie schienen die Worte zu verstehen, die ihm die Shoshone beigebracht hatten. Sein begrenztes Vokabular besserte er mit Gesten und Pantomimen auf. Die Indianer machten ihm verständlich, dass es in den Bergen hier einen See gab, den er allerdings meiden sollte. Sie erklärten, dort wohne ein Geist, der Menschenfleisch esse und sie in Wölfe verwandele.

»Na'it«, wiederholte einer von ihnen immer wieder und deutete auf die Zeichnung, die er in die Erde geritzt hatte. Bryant wusste nicht, was er damit sagen wollte.

Schließlich führte er sie zu der Höhle und zeigte ihnen die Leiche. Vielleicht hatten sie den Toten gekannt, vielleicht war er sogar von ihrem Stamm. Er erkundigte sich, so gut es ging, ob sie wüssten, welches Tier oder welcher Geist den Mann getötet haben mochte. Zu seiner Überraschung erschreckte sie der Anblick, und sie bestanden darauf, den Toten ohne jedes Ritual sofort zu verbrennen.

Vielleicht lag es an der Dunkelheit oder an der leicht halluzinogenen Wirkung der Pilze, dass er nicht recht dahinterkam, was die Zeichnungen der Indianer bedeuten sollten. Es schien, als hielten sie den gewaltsamen Tod des Mannes in der Höhle weder für das Werk eines Menschen noch eines Tieres, sondern von beidem. Ein Mensch in Wolfsgestalt oder ein Tier in Menschengestalt vielleicht? Bryant konnte es anhand der Zeichnungen nicht erkennen, und die Indianer sprachen so schnell und so leise, dass er nur jedes dritte oder vierte Wort verstand.

Als er aufwachte, rechnete er nicht damit, dass die Indianer noch da waren. Doch sie warteten auf ihn, die Pferde waren bepackt und das Feuer gelöscht. Der Anführer trug

Bryants Weste über seiner Wildledertunika, was Bryant ein Lächeln auf die Lippen zauberte. Einer der Reiter streckte ihm den Arm hin und half Bryant hinter ihm in den Sattel. Der mit der Weste wendete sein Pferd nach Westen, dann folgten sie einem Rinnsal von Bach in Richtung der schneebedeckten Gipfel, die in der Ferne aufragten. Es schien, als würde Bryant überleben, zumindest noch für ein paar Tage.

Er war froh, die Lichtung hinter sich zu lassen, über der immer noch der süßliche Hauch von verbranntem Fleisch hing.

24

Es musste aufhören.

Ich will dich sehen, hatte Reed John Snyder im Vorbeigehen zugeflüstert. *Acht Uhr bei den Pappeln unten am Wasserloch.*

Reed wünschte, er könnte nach dem Abendessen bei seiner Familie bleiben und den Kindern im Schein des Lagerfeuers eine Geschichte vorlesen, während Margaret die Kleider stopfte und Eliza Williams den Abwasch erledigte. Welche Ironie des Schicksals, wenn er daran dachte, wie oft er in Springfield mit allen am Esstisch gesessen und sich nichts sehnlicher gewünscht hatte, als sich davonzuschleichen und mit Edward McGee zu Abend zu essen.

Aber er hatte etwas mit Snyder zu besprechen, das keinen Aufschub mehr duldete.

Er hatte nicht vergessen, was Snyder bei ihrem letzten Treffen unter vier Augen gesagt hatte - *vergiss nicht, zu welcher Sorte Männer ich gehöre.* Unter Snyders dünner Fassade lauerte ein wildes Tier, und Reed hatte ihm närrischerweise die Macht gegeben, ihn zu zerstören. Er konnte Snyders Gegenwart kaum noch ertragen - aus Angst, wozu er imstande war. Die ganze Reise war zu einer Höllenfahrt geworden, und die Episoden mit Snyder machten alles nur noch schlimmer, zu einer Strafexpedition, die sich Reed auch noch selbst auferlegt hatte.

Um Viertel vor acht gab er jedem der Kinder einen Kuss auf die Stirn und wünschte ihnen gute Nacht. Seiner Frau sagte er, er habe noch etwas mit den Breens zu besprechen, das aber nicht besonders wichtig sei. Margaret konnte die Breens nicht ausstehen, entsprechend gering war das Risiko, dass sie ihn später fragen würde, wie die Unterredung gelaufen war. Als er außer Sichtweite war, zog er sein Taschentuch hervor und tupfte sich den Schweiß von der Stirn. Einmal, zweimal, dreimal. Er musste aufpassen, es nicht zu übertreiben - in letzter Zeit war ihm aufgefallen, dass sein Haaransatz wegen dieser Angewohnheit bereits höher geworden war.

Zur Sicherheit wischte er sich anschließend noch dreimal die Lippen ab.

Er hätte die Kinder nicht küssen sollen, nicht mit seinem dreckigen Mund. Reed war so schmutzig, und die Kinder waren rein. Sie waren das einzig Gute, Reine in seinem Leben. Er verdiente sie nicht.

Lange vor Snyder war er am verabredeten Treffpunkt und sah ihn schon aus der Ferne, wie er gemächlich den Abhang hinunterschlenderte. Das leuchtend gelblich-orangefarbene Band am Horizont löste sich in das dichte Schwarz der Nacht auf. Snyder blieb direkt vor Reed stehen. Als er die Hand nach ihm streckte, wich Reed aus. Er hatte die Szene hundertmal im Geist durchgespielt und war nie weiter gekommen als bis zu diesem Moment.

»Nein.« Er würde improvisieren müssen. »Hör zu. Ich bin hier, um dir zu sagen, dass es vorbei ist. Es muss aufhören.«

Snyder griff erneut nach ihm, aggressiver diesmal. »Wie kommst du auf die Idee, dass du hier den Ton angibst? Es ist erst vorbei, wenn ich es sage.«

Reed schaffte es, ihm ein zweites Mal auszuweichen. »Hör

zu, ich meine es ernst. Ich tue das nicht mehr.« Snyders Gesicht verzog sich zu einem hässlichen Grinsen. Mit Sicherheit war er jetzt wütend. »Ich war unglücklich und habe nach einem Ausweg gesucht. Aber diesen Luxus kann ich mir nicht mehr leisten. Ich habe eine Rolle zu erfüllen. Die Menschen blicken zu mir auf ... manche zumindest. Wenn ich sie enttäusche, an wen sollen sie sich dann wenden? Sie brauchen mich.«

»Da hat aber einer eine hohe Meinung von sich«, sagte Snyder und machte einen Schritt auf Reed zu. »Ich könnte ihnen die Wahrheit sagen, könnte ihnen erzählen, was du mich mit dir machen lässt. Dass du es willst, darum gebettelt hast.«

Reed versuchte zu schlucken, aber es ging nicht. »Du würdest genauso dich selbst beschuldigen«, sagte er schließlich. Allerdings war er nicht sicher, ob Snyder das überhaupt kümmerte. Ihm wurde schlecht. Wie hatte er sich nur einem Mann wie ihm ausliefern können? Wie hatte er Snyder so sehr wollen können?

Wie war es möglich, dass er ihn *immer* noch wollte? Seine breiten, starken Schultern. Die Momente rohen, verzweifelten Vergessens.

»Spielt keine Rolle, was ich getan hab«, erwiderte Snyder. »Ich bin schließlich nicht der Perverse von uns beiden.«

»Manch einer wird das anders sehen, darauf kannst du wetten. Sie werden dich nie mehr behandeln wie zuvor.«

»Und was ist mit deiner *Frau?*« Snyders Gesicht strahlte nur so vor bösartiger Schadenfreude. »Was glaubst du, wie sie dich behandelt, wenn ich ihr sage, was du getan hast, auf deinen Knien, wie du mich darum angefleht hast?« Reed wurde aschfahl, und Snyder lachte.

»Das wagst du nicht«, erwiderte er. Ihm war schwindlig vor

Angst. Es musste ein Traum sein, ein böser Fiebertraum. »Dazu hast du nicht den Mut.«

Snyder schlug ihm die Faust ins Gesicht. Der Schlag war so hart, dass Reed beinahe das Bewusstsein verlor. Einen Wimpernschlag später lag er auf dem Boden, Snyder saß auf ihm. Der Schmerz war eine Erleichterung, holte ihn aus seinen klebrigen, furchtsamen Gedanken zurück in die Gegenwart. Reed schnappte nach Luft, da ließ der zweite Schlag seinen Kopf zu Boden krachen. Snyders Gewicht erdrückte ihn. *Er will mich umbringen.* Das wusste er jetzt, noch während er darum rang, es zu begreifen.

»Verfluchte Schwuchteln«, sagte Snyder ruhig. »Ich hasse euch verfluchte Schwuchteln ...«

Er wollte mich die ganze Zeit umbringen.

Bevor Snyder erneut zuschlagen konnte, hörten sie Stimmen, allerdings zu weit entfernt, um die Worte zu verstehen, aber definitiv im Streit erhoben. Dann folgte ein Schuss, der wie ein Peitschenknall durch die Luft hallte. Wie ein scheuendes Pferd sprang Snyder auf.

»Was zum Teufel ist da los?«

Reed antwortete nicht. Mit einiger Mühe kam er auf die Beine und stieg auf sein Pferd. Er schaffte es gerade so, sich in den Sattel zu ziehen. Blut tropfte von seinem geschwollenen Gesicht, und er konnte nicht richtig sehen. Seine Gedanken waren wie betäubt, ein leises Summen irgendwo in seinem Hinterkopf. Reed musste sich mit aller Macht konzentrieren, um nicht vom Pferd zu fallen – gleichzeitig wollte er es, wollte fallen und einfach verschwinden, ein für alle Mal vom Antlitz der Erde getilgt.

Als Reed das Lager erreichte, war der Streit in vollem Gang. Der schmächtige William Eddy stand Brust an Brust mit dem beinahe doppelt so großen Patrick Breen. Eddy war ein guter Schütze, und er hatte sein Gewehr dabei, auch wenn er Breen im Augenblick nicht damit bedrohte. Sie hatten puterrote Gesichter und brüllten sich an. Ein kleiner Junge, nicht älter als drei oder vier Jahre alt, stand heulend daneben. Ein Kreis hatte sich um die Dreiergruppe gebildet.

Reed kletterte vorsichtig aus dem Sattel. Die Stelle, an der Snyder ihn getroffen hatte, pochte. Vor Schmerz konnte er kaum geradeaus denken. »Was geht hier vor?« Seine Stimme klang, als käme sie aus weiter Ferne.

Breens Kopf fuhr herum. »Was ist mit Ihrem Gesicht passiert?«

»Das spielt jetzt keine Rolle.« Reeds Atem ging nun wieder etwas gleichmäßiger, er blinzelte in der Hoffnung, vielleicht ein bisschen klarer sehen zu können. Schließlich zog er sein Taschentuch hervor und wischte sich das Gesicht ab, vorsichtig, methodisch. »Was ist der Grund für diesen Streit?«

Breen machte Anstalten, den weinenden Jungen zu packen, doch Eddy ging dazwischen. »Ich sag Ihnen den Grund: Dieser kleine Dieb hier ist in meinen Wagen eingebrochen und hat die Kekse gestohlen, die wir extra fürs Frühstück aufgehoben haben.«

Kekse. Reed hatte schon seit Wochen keine mehr gehabt. Außer den Breens und den Murphys besaß wahrscheinlich niemand im Tross mehr genügend Mehl, um damit Kekse zu backen. Er dachte an den Vorfall mit Stanton und der Pistole. In Anbetracht der allgemeinen Verzweiflung glich es einem Wunder, dass noch niemand versucht hatte, den Breens etwas von ihren Vorräten zu stehlen. Das konnte er Patrick Breen natürlich nicht sagen, denn Breen hatte Waffen dabei und würde sie auch benutzen.

»Es waren nur Kekse, Mr. Breen. Was erwarten Sie denn – dass wir den Jungen hängen?« Er warf einen kurzen Blick auf sein Taschentuch, rot von seinem eigenen Blut, und sah dann sofort wieder Breen an.

»Niemand rührt Peter an«, erklärte Eddy. »Es sei denn, er will eine Kugel in den Bauch.« Der Kleine war also Eddys Sohn.

»Er ist ein Dieb und verdient eine ordentliche Tracht Prügel.« Breen spuckte aus, nur einen Fingerbreit an Eddys Stiefel vorbei. »Ein Kind kommt nicht von allein auf so eine Idee.«

»Was wollen Sie damit sagen?« Eddys Stimme war gefährlich leise. »Soll das heißen, ich hätte es ihm beigebracht?«

»Der Apfel fällt nicht weit vom Stamm, sagt man doch.«

Eddy hob sein Gewehr. Reed schaffte es gerade noch, den Lauf zur Seite zu drücken. »Tun Sie das nicht, Will.«

»Sie waren doch auch schon mal bei mir und haben um Essen gebettelt«, knurrte Breen. »Streiten Sie's nicht ab.«

»Und Sie haben mir nichts gegeben«, erwiderte Eddy. »Nicht grade christlich. Meine Familie hungert, und Sie haben Vieh. Aber Sie weigern sich, auch nur ein einziges Tier zu schlachten, nicht einmal für das Überleben meiner Familie.«

Wenn Breen die Stirn so runzelte wie jetzt, war er ein hässlicher Mann. »Ist nicht meine Schuld, dass Ihre Rinder davongelaufen sind und Sie nicht genug Proviant dabeihaben. Ich würde Sie vielleicht eine von meinen Kühen *kaufen* lassen, wenn ich eine übrig hätte, aber ich habe diese Rinder ja nicht umsonst mitgenommen.«

»Es ist eine Notlage. Keiner hat geahnt, was uns erwartet.«

Reeds Schädel dröhnte. Er brauchte eine kalte Kompresse und Weidenrinde. Er hörte Snyders Stimme immer noch, wie die Scherben eines zerschmetterten Traums geisterte sie durch seine Gedanken. *Schwuchtel.* »Die Eddys sind nicht allein mit ihrem Problem.« Reed stopfte das besudelte Handtuch in seine Brusttasche und versuchte, sich so groß wie möglich zu machen, doch seine Stimme klang neben all dem Geschrei immer noch dünn. »Es ist kein Geheimnis, dass eine ganze Reihe von Familien kaum noch Vorräte hat.«

»Sehr richtig«, warf Amanda McCutcheon ein. Ihr Gesicht sah jetzt schon eingefallen aus, als hätte die mörderische Hitze auf dieser Reise alles Fett einfach verdunsten lassen. »Wenn mein William nicht bald zurückkommt, stecke ich in großen Schwierigkeiten.«

Ihr Mann war mit Stanton vorausgeritten, um Nahrungsmittel zu besorgen. Reed selbst hatte die Erlaubnis erteilt. Jetzt hob er die Hände, um für Ruhe zu sorgen. Eine kaum verhohlene Panik lag in der Luft, und das beinahe die ganze Zeit. Wer, außer einem Ungeheuer, würde tatenlos zusehen, wie ein Kind verhungerte? Patrick Breen würde es tun, so viel war sicher. Es gab mehr als genug Ungeheuer unter ihnen.

Und Sünde.

»Wir müssen der Möglichkeit ins Auge sehen, dass Charles Stanton und Will McCutcheon vielleicht nie zurückkehren«, erklärte er ernst, aber ruhig. »Oder vielleicht nicht ... *rechtzeitig*. Der Weg nach Kalifornien ist lang und gefährlich.«

Lavinah Murphy musterte ihn finster. »Was, schlagen Sie vor, sollen wir also tun?«

Er war so müde. »Sie alle wissen, wie ich darüber denke. Wir müssen unsere Vorräte zusammenlegen ...«

Der lautstarke Protest, der sich explosionsartig erhob, übertönte seine Stimme beinahe.

»... und das Essen ab jetzt streng rationieren. Es ist die einzige Möglichkeit.«

»Warum soll meine Familie leiden, nur weil andere zu geizig waren, genug mitzunehmen?« Patrick Breen schrie jetzt wieder. »Ist doch nicht meine Schuld, sondern deren Pech. Ich lasse meine Kinder auf keinen Fall hungern.«

Einige murmelten zustimmend. Sie steuerten schneller auf die Katastrophe zu, als Reed erwartet hatte. »Lassen wir die Schuldzuweisungen sein. Wir alle hatten eine Menge Pech …«

»Sie haben leicht reden. Sie sind doch selber einer von denen, die Hilfe brauchen und selbst nichts zu geben haben«, widersprach Lavinah Murphy.

Schwuchtel. Ich bin nicht der Perverse von uns beiden. War es möglich, dass die Ereignisse in der Salzwüste, all die Verluste, die Rinder, die er hatte erschießen müssen, und die, die einfach über Nacht verschwunden waren, eine Strafe für seine eigenen Verfehlungen bedeuteten? »Das ist wohl wahr«, sagte er leise. »Ganz unbestritten, Mrs. Murphy. Aber habe ich Charles Stanton nicht einen Schuldschein mitgegeben, um die Ausgaben zu decken, die er für uns tätigt? Ich bin gewiss kein Geizhals.«

Breen schüttelte den Kopf. Sein Bart und sein Kopfhaar waren viel zu lang. Alle hatten längst begonnen, sich gehen zu lassen. Sie verloren den Willen, sich zu pflegen, sich auch weiterhin wie zivilisierte Menschen zu gebärden. Jeden Tag wurden sie ein Stück wilder, dreckiger, etwas mehr zum Tier. »Versprechen lässt sich leicht was, solange man nichts von seinem eigenen Essen abgeben muss.«

Sie würden keine Lösung finden, das sah Reed nun überdeutlich. Die Situation konnte schnell eskalieren. Jedermann im Tross hatte ein Gewehr und würde sich ohne Zögern damit verteidigen. Gleichzeitig fühlte Reed mit William Eddy, der darauf gezählt hatte, seine Familie mit dem unterwegs erlegten Wild ernähren zu können. Er war ein hervorragender Schütze, es hätte sicherlich funktioniert. Woher hätte er wissen sollen, dass diese Ebenen wie leergefegt von allem Lebendigen waren? Heute waren es nur die Eddys, die hungern mussten, aber schon morgen konnte es die McCutcheons treffen und bald darauf Reeds eigene Familie.

Da entdeckte er seine Frau in der Menge. Margaret wirkte in dem Tuch, das sie sich immer um die Schultern legte, so klein. Und sie trauerte immer noch ihrem Wagen nach. Er wusste, dass sie ihm die Schuld dafür gab, aber er dachte nicht an die Dinge, die Margaret verloren hatte, sondern an die Puppe seiner Tochter, ihren Porzellankopf und das vom Kuscheln ausgefranste Flickenkleid. Jetzt lag sie Meilen hinter ihnen in der Wüste, ein letztes Stückchen Hoffnung, tot und begraben.

Er wollte gerade etwas sagen, da schob sich John Snyder bis ganz nach vorn durch die Menge. Reed hatte ihn nicht kommen sehen. Hätte er nicht gewusst, dass es im gesamten Tross so gut wie keinen Alkohol mehr gab, hätte er gesagt, Snyder sei betrunken. Außerdem war Reed ihm zumindest nahe genug gekommen, um seinen Geruch wahrzunehmen, den vertrauten Schweiß, den Lederabrieb an seinen Händen, aber keinen Schnaps.

»Moment, Leute«, sagte Snyder. »Bevor ihr euch nur noch ein einziges Wort von diesem Mann anhört« – er deutete mit dem Kinn in Reeds Richtung – »muss ich euch etwas erzählen. Er ist nicht der, für den ihr ihn haltet.«

Alle Luft wich aus Reeds Brustkorb. Selbst nach den Schlägen vorhin und trotz der Grausamkeit, die er in Snyder gespürt hatte, trotz seiner Wut und des blutverschmierten Taschentuchs – trotz allem hatte er *immer* noch geglaubt, dass er seine Drohung nicht wahr machen würde …

»Wovon reden Sie?«, fragte Patrick Breen. Reed sah Snyder am Gesicht an, welch unendliche Befriedigung ihm die plötzliche Stille und die Aufmerksamkeit bereiteten: die gleiche Befriedigung, die ihm Gewalt und Zerstörung – und die offenen Wunden anderer – bereiteten.

Er gab Snyder keine Gelegenheit zu einer Antwort. Er konnte es sich gar nicht leisten. Wenn Snyder redete, würde er noch vor Anbruch des nächsten Tages an einem Baum hängen.

Er stürzte sich auf Snyder und riss ihn von den Beinen. Einen Moment lang lagen sie Wange an Wange aufeinander. Der Druck von Snyders kräftigen Händen an seinen Handgelenken fühlte sich vertraut an, Snyders Atem auf seinem Gesicht intim. Reed sah die anderen nicht mehr, aber er hörte, wie sie laut nach Luft schnappten, hörte erschrockenes Gemurmel und wartete darauf, dass jemand dazwischenging. Doch niemand kam. Niemand hielt ihn auf.

Die wunde Stelle auf seinem Gesicht schmerzte, und sein Schädel pochte, als würde er jeden Moment explodieren.

Sekunden vergingen wie Stunden. Snyder hatte ihn in einem Würgegriff, trotzdem ließ Reed nicht von ihm ab. Schließlich nahm Snyder eine Hand von seinem Hals, aber nur um nach dem Jagdmesser an seinem Gürtel zu greifen. Reed hatte ihn Dutzende Male damit spielen sehen. Er wollte ihn töten, daran bestand für Reed nicht mehr der geringste Zweifel.

Schwuchtel. Schwuchtel. Was ist mit deiner Frau?

Er wartete darauf, das Messer in seiner Seite zu spüren, wie die Klinge seine Rippen auseinanderdrückte, dann war es plötzlich er selbst, der das Messer in der Hand hielt.

Er vergrub es bis zum Griff in Snyders Brust.

Einen Sekundenbruchteil lang verspürte er eine Erleichterung, als wäre es genau das gewesen, was er schon immer gewollt hatte. Süße, frische Luft strömte in seine Lungen, während Snyders Körper erschlaffte und seinem Mund ein langgezogener, trockener Hauch entfuhr, so ähnlich wie ein Wind, der der Prärie entfloh. Dann sah er mit starrem Blick und ohne jegliches Gefühl zu, wie John Snyders Augen nach oben rollten und blind in den Himmel starrten.

25

Gerade wollte sich Mary Graves für die Nacht bereit machen, da hörte sie einen Tumult. Ein Menschenpulk rannte aufgeregt durchs Lager. War etwas passiert? Im ersten Augenblick dachte sie an ein weiteres Feuer, an einen Indianerüberfall oder Viehdiebe.

Ihr Puls beschleunigte sich. Sie folgte dem Pulk zum Lagerplatz der Donners. George Donner saß am Feuer und blickte überrascht auf. Lewis Keseberg und William Eddy hielten James Reed gepackt. Reed sah furchtbar aus. Er zitterte am ganzen Körper, auf der Stirn hatte er eine riesige Beule und über seinem Kiefer breitete sich ein dunkler Bluterguss aus. Dann sah sie seine Hände - sie waren voller Blut.

Keseberg drückte Reed auf die Knie. »Wir waren Narren, dass wir diesem Kerl gefolgt sind. Scheucht uns über die Berge und durch diese Wüste. Ich hab euch gesagt, dass er nicht weiß, was er tut, aber auf mich wollte ja keiner hören! Und jetzt hat er einen Mann umgebracht …«

Endlich erhob sich Donner. »Wen?«

»John Snyder, den Fahrer.«

Mary war sofort erleichtert. Sie mochte Snyder nicht, und Donner mochte ihn auch nicht. Niemand hatte ihn gemocht. Es gab ein paar Männer in diesem Treck, die man töten - und möglicherweise damit davonkommen - konnte. Vielleicht gehörte sogar ihr eigener Vater dazu. Unerklärlicherweise hatte sie Mitleid mit Reed, dem gleichen Reed, den ihr Vater so sehr hasste.

»Und was erwartet ihr jetzt von mir?«, fragte Donner verwirrt und blickte von Gesicht zu Gesicht, als wäre er aufrichtig erstaunt, sie alle hier zu sehen.

»Sie sind doch unser verfluchter Anführer, oder etwa nicht?«, rief Keseberg. »Oder Sie waren es.«

Mary war überrascht. Früher war Keseberg einer von Donners eifrigsten Unterstützern gewesen, doch Männer wie er kannten so etwas wie Loyalität anscheinend nicht.

»Er hat gerade kaltblütig einen Mann getötet. Hat Snyder keine Chance gegeben, sich zu verteidigen. Was machen wir jetzt mit ihm?«

»Auf Mord steht die Todesstrafe«, warf Samuel Shoemaker ein, als müsste irgendjemand daran erinnert werden.

Alle taten, als wäre George Donner immer noch ihr Anführer, dabei hatte James Reed den Treck schon seit Wochen geführt, und das wussten sie alle. Er hatte die harte, dreckige Arbeit gemacht, einen Weg durch die Wüste gefunden, sich ihre Klagen und ihr Gezeter angehört. Er hatte diesen Menschen selbstlos gedient, im Angesicht von Panik und Gefahr stets die Ruhe bewahrt, und jetzt redeten sie davon, ihn aufzuknüpfen. *Wenn Charles Stanton nur hier wäre.* Der Gedanke kam von ganz allein, und als Mary ihn bemerkte, ließ sie ihn verweilen, wärmte ihn geradezu in ihrer Brust. Stanton würde diese Leute zur Vernunft bringen. Er würde nicht zulassen, dass sie Reed etwas antaten.

Je länger Stanton fort war, desto mehr lehnte sich Mary innerlich gegen ihren Vater auf, gegen ihre eigene Zögerlichkeit. Jetzt, da seine beruhigende Gegenwart fehlte, wurde ihr noch stärker bewusst, dass Stanton der einzige vernünftige Mann im gesamten Tross gewesen war.

Sie wusste, dass er schreckliche Geheimnisse hatte, die ihn innerlich auffraßen, Dinge, über die sie Bescheid wissen musste, bevor sie ihm gänzlich vertraute. Gleichzeitig war ihr immer klarer geworden, dass sich nur ein Mann mit einem hochentwickelten Gewissen solch schwere Vorwürfe wegen seiner Vergangenheit machen konnte, dass man es in jeder seiner Gesten sah – die ständige Entschuldigung in seinen Schultern, in seiner Stimme, in der Art, wie er den Blickkontakt mit Mary vermied, trotz der positiven Spannung zwischen ihnen, die er mit Sicherheit genauso spürte wie sie.

»Das mag für das Territorium der Vereinigten Staaten von Amerika gelten«, sagte Donner endlich. »Doch hiermit rufe ich Ihnen allen ins Gedächtnis, dass wir uns außerhalb dieses Territoriums befinden. Das amerikanische Gesetz gilt nicht mehr für uns.« Sein Blick wanderte zu Reed, und Mary fragte sich, was Donner in diesem Augenblick denken mochte. Reed hatte sich ihm von Anfang an entgegengestellt und ihn schließlich als Anführer abgelöst. Donner schüttelte den Kopf. »Wenn ihr diesen Mann tötet, ist das Selbstjustiz.«

»Sie reden eine unglaubliche Menge Mist, sonst nichts«, brummte Keseberg mit einem Lächeln, das niemand auch nur im Entferntesten als freundlich empfinden konnte. »Ich aber rede vom Gesetz der Bibel. Er hat John Snyder getötet. Er hat den Tod verdient.«

So ein grässlicher Mensch Keseberg auch war, die Leute schienen auf ihn zu hören. Irgendwie hatte er Macht über sie.

Marys Kehle wurde trocken. Eigentlich sollte sie jetzt etwas sagen, aber die Vorsicht hielt sie zurück.

Sie war schon immer ein rationaler Mensch gewesen, sogar *zu* rational. Manchmal wünschte sie, sie wäre leidenschaftlicher, wünschte, dass ihre Meinung einfach ungefiltert und unzensiert aus ihr heraussprudeln würde. Vielleicht war es genau das, was Stanton an Tamsen angezogen hatte.

Mary blieb still, doch zu ihrer Erleichterung waren nicht alle Kesebergs Meinung. »Ich töte keinen Menschen, außer auf Befehl eines Richters«, erklärte Milt Elliott. »Wir sollten nichts unternehmen, was uns später nur Ärger machen wird.«

»Verbannt ihn doch«, sagte Tamsen ganz plötzlich. Alle Köpfe drehten sich in ihre Richtung. Trotz allem, was geschehen war - obwohl so viele sie verachteten und ihr misstrauten -, hielt Tamsen ihren Kopf hoch erhoben und blickte jedem unerschrocken in die Augen. Mary fand, dass sie beinahe königlich aussah.

Der Anblick rührte etwas in ihr an. Die Leute fürchteten Tamsen immer noch. Peggy Breen und Eleanor Eddy erzählten überall herum, wie ein Sukkubus sauge sie ihrem Mann George mit Hexerei das Leben aus. Und dann noch dieses Feuer. Mary glaubte die Gerüchte zwar nicht, trotzdem ging Tamsen ein beträchtliches Risiko ein, indem sie sich für Reed aussprach.

Ein Risiko, das Mary gescheut hatte.

»Gott ist sein Richter, nicht wir«, erklärte Tamsen. »Wer glaubt, Verbannung wäre eine zu milde Strafe, sollte bedenken, dass ein Mann hier draußen allein nicht überleben kann. Ihn fortzuschicken ist beinahe das Gleiche wie ein Todesurteil.«

Mary sah, wie Keseberg Tamsen finster musterte. »Die meisten hier sehen in John Snyder vielleicht nur einen Diener, gut genug zum Einspannen der Ochsen und zu tun, was ihm gesagt wird. Aber er hat seinen Beitrag geleistet. Wir sind es ihm schuldig.«

Donner runzelte die Stirn. »Wir brauchen Tatsachen. Wissen wir denn, was Mr. Reed zu der Tat veranlasst hat?« Keseberg öffnete den Mund, doch Donner brachte ihn mit einer Geste zum Schweigen. »James?«

Reed schluckte. Das eine Auge war jetzt beinahe zugeschwollen. »Jeder hier hat doch gesehen, was er vorhatte, und weiß, was für ein Mensch er war. Er war ein Lügner, der mit seinen Lügen das Leben anderer zerstört hat. Er hat mich angegriffen ... ich, ich musste mich verteidigen.«

»Man spricht nicht schlecht über die Toten.« Keseberg schlug Reed ins Gesicht und drückte ihn zurück auf den Boden.

»Er war schon ein Hitzkopf und manchmal beleidigend«, räumte Walt Herron ein. Von allen hier war er noch am ehesten so etwas wie Snyders Freund gewesen. »Aber wie Keseberg gesagt hat, das ist noch kein Grund, ihn umzubringen.«

Ein Raunen ging durch die Menge. Mary schaute genauer hin und sah ein kleines Gedränge – jemand schob sich nach vorn. Es war Margaret Reed.

Sie konzentrierte sich ganz auf Donner, als wären die anderen gar nicht da. »Töten Sie meinen James nicht, ich flehe Sie an.« Sie war eine so kleine Frau und offensichtlich auch noch krank, doch es war immer noch eine wilde Kraft in ihr, hart und kantig wie ein Messer. »Er hat etwas Schreckliches getan und muss bestraft werden, das streite ich gar nicht ab, aber ich bitte Sie, die Umstände zu berücksichtigen und all das Gute, das er für uns getan hat.«

»Welches Gute? In der Wüste hätte er uns beinahe alle umgebracht«, bellte Keseberg.

»Wir hätten diese gottverfluchte Wüste so oder so durchqueren müssen, ganz gleich wer uns anführt«, mischte sich nun auch Lavinah Murphy ein. Auch sie hatte sich bis ganz nach vorn gedrängt und stand nun ein Stückchen rechts hinter Margaret – wie ein Soldat hinter seinem Hauptmann. Als Mutter von dreizehn Kindern, die diese Reise ganz ohne Mann auf sich genommen hatte, genoss Lavinah hohes Ansehen, auch wenn einige missbilligten, dass sie Mormonin war.

Keseberg blinzelte erstaunt. Mary glaubte nicht, schon einmal gesehen zu haben, wie jemand sich ihm widersetzte – und er selbst wahrscheinlich auch nicht.

»James hat uns wohlbehalten bis hierhergebracht, oder etwa nicht?«, beharrte Margaret. »Niemand kam zu Tode, obwohl wir alle glaubten, es könnte unser Ende sein.«

Keiner widersprach. Was sie sagte, stimmte.

»Sein Tod macht Snyder nicht wieder lebendig«, fuhr Margaret fort. »Hören Sie mich an, alle, bevor Sie eine Entscheidung treffen. Ich weiß nicht, warum James es getan hat, aber ich flehe Sie an, *alles* zu berücksichtigen, nicht nur diese eine Tat. Vielleicht gibt Ihnen Ihr Herz ein, Gnade walten zu lassen. Ich war frisch verwitwet und krank und hatte vier Kinder zu ernähren. Niemand wollte mich heiraten außer James Reed. Er hat meinen Kindern ein Dach über dem Kopf gegeben und sie ernährt. Er hat sie behandelt, als wären es seine eigenen. Nur ein Mann von außerordentlicher Großzügigkeit und Güte tut so etwas.«

Mary spürte, wie ihr beim Zuhören Tränen in die Augen stiegen.

»Er hat sich die Hände wundgeschuftet für die Kinder eines Mannes, den er nicht einmal kannte«, fuhr Margaret fort. Ihre Glieder zitterten, doch ihre Stimme erklang jetzt laut und deutlich. »Wer außer ihm hätte so etwas getan? Ich bitte Sie« – sie ging einmal im Kreis herum und blickte allen in die Augen –, »finden Sie eine andere Strafe für ihn. Eine Strafe, ja, aber lassen Sie ihn leben. Verschonen Sie meinen Ehemann.«

Es folgte eine lange Stille. Reed selbst hatte die ganze Zeit schweigend zugehört. Vermutlich ging er vollkommen zu Recht davon aus, dass jedes falsche Wort aus seinem Mund sein Ende bedeutet hätte. Erst jetzt hob er den Kopf und rieb sich die Wange an der Schulter, als müsste auch er eine Träne wegwischen.

Mary hörte den Wind in der Ferne. Sie hörte ihr Herz, wie eine Trommel schlug es in ihrem Hals und in ihrem Kopf. Die Sonne schien wie ein lidloses Auge auf die Gruppe herunterzufunkeln.

Donner kam endlich zu einer Entscheidung. »Er geht ohne alles: kein Pferd, kein Proviant.«

Es war, als würde mit einem Schlag alle Kraft aus Margarets Körper weichen. Mit einem leisen Keuchen brach sie neben ihrem Mann zusammen. Es war unmöglich zu sagen, ob sie erleichtert oder erschüttert war, doch sie weinte und weinte, als wäre ein Damm in ihr gebrochen.

Keseberg warf Tamsen einen weiteren verächtlichen Blick zu und spuckte vor ihr auf den Boden. »Schafft ihn weg von hier, bevor ich ihn noch selbst umbringe«, knurrte er und schob sich so grob durch die Menge, dass Lavinah Murphy beinahe gestürzt wäre.

Mary eilte zu der Vierergruppe. Sie wusste, wenn sie jetzt auch nur einen Moment länger wartete, wäre die Gelegenheit vorbei. Während Tamsen Reed auf die Beine zog – todunglücklich, wie betäubt und immer noch blutend –, legte Mary der weinenden Margaret einen Arm um die Schulter und half ihr beim Aufstehen. Als sie Tamsens Blick begegnete, spürte sie ein stummes Einverständnis zwischen ihnen. Stanton, sollte er je zurückkehren, wäre vermutlich nicht glücklich über jede auch noch so lose Freundschaft zwischen ihr und Tamsen. Aber aus irgendeinem Grund gefiel Mary diese Vorstellung. Sie wusste zwar nicht genau, was sie von Stanton wollte, aber bestimmt nicht seine Zustimmung.

James Reed verließ das Lager noch in derselben Nacht. Ohne ein einziges Wort des Protests verschwand er einfach in der Dunkelheit, was Mary noch mehr erschütterte als alles andere. Ab jetzt schlief sie bei den Reeds. Die bedauernswerte Margaret war nun schon zum zweiten Mal Witwe, und es war ein gutes Gefühl, sich nützlich machen zu können.

26

Springfield, Illinois
Mai 1840

James Reed hatte schon den Mietstall erreicht und wollte gerade sein Pferd holen, als er merkte, dass er seinen neuen Hut vergessen hatte. Er ging zurück zum Büro und stellte sich vor, wie er dort am Haken hing: mit breiter Krempe, wie die Quäker sie trugen, aus schwarzem gebürstetem Filz mit einem schmalen braunen Lederband. Er könnte bis morgen warten und ohne Hut nach Hause reiten – den alten, schon halb zerfressen vom Schweiß, hatte er beim Herrenausstatter gelassen –, aber das hätte nach Vergesslichkeit ausgesehen. Reed war nicht vergesslich, und er ritt auch nicht ohne Kopfbedeckung durch die Stadt. Er zog sein Taschentuch hervor und tupfte sich verlegen die Stirn, dann noch einmal und noch einmal.

Als er die Tür zu seinem Büro öffnete, stellte er überrascht fest, dass der neue Bürogehilfe, Edward McGee, hinter seinem Schreibtisch saß, vor ihm ein aufgeschlagenes Geschäftsbuch. McGee blickte auf.

Eigentlich hätte McGee erschrecken müssen, stattdessen fühlte sich Reed aber, als hätte man *ihn* ertappt.

McGees welliges Haar war von hellgoldener Farbe, die Augen waren dunkel und ungewöhnlich schön. Sein Blick wirkte kein bisschen schuldbewusst, sondern zeugte von einem Wissen, das den jungen Mann weit älter erscheinen ließ, als er war. Er hatte die gleiche lange, scharfe Nase und die gleichen kantigen Wangenknochen, wie Reed sie als Kind an jungen irischen Lords gesehen hatte.

»McGee, nicht wahr?« Er trat ein und schloss die Tür hinter sich. »Sie haben Silas Pennypackers Stelle übernommen.«

McGee fuhr sich stumm durchs Haar.

Reed räusperte sich unbehaglich. »Mir scheint, Sie haben Ihren Schreibtisch mit dem meinen verwechselt.«

Ein jugendliches Grinsen breitete sich über McGees Gesicht aus. Eine Weile erstrahlte er regelrecht, dann verschwand der Ausdruck von seinem Gesicht, und er musterte Reed wieder mit diesem wissenden Blick, als hätten die beiden ein gemeinsames Geheimnis. »Verzeihung, Sir. Es ist nicht das, wonach es aussieht – Mr. Fitzwilliams hat mich nach diesen Unterlagen geschickt. Er sagte mir genau, wo ich sie finde. Ansonsten habe ich nichts auf Ihrem Tisch angerührt, Sir.«

»Und hat Fitzwilliams Ihnen auch aufgetragen, sie zu lesen?«, fragte Reed mit einem Nicken in Richtung des aufgeschlagenen Geschäftsbuchs.

McGee starrte ihn weiterhin unbeirrt an. »Ich wollte sichergehen, dass ich auch wirklich den richtigen Ordner habe. Bei der Menge an Unterlagen verliert man leicht den Überblick.« Der junge Mann war unverbesserlich – und offensichtlich ein Lügner.

Als McGee aufstand, zuckte Reed zusammen – seine Körpergröße und die Art, wie sich das Hemd über seinen Brustmuskeln spannte, erschreckten ihn. Er strahlte etwas aus, das Reed nicht recht benennen konnte. Als würde er jeden Augenblick den Arm ausstrecken und ihn berühren.

Reed rührte sich nicht von der Stelle und wartete darauf.

Doch McGee nahm lediglich seine Jacke vom Haken und ging in Richtung Tür.

Aus einem unerfindlichen Grund konnte Reed seinen neuen Gehilfen noch nicht gehen lassen und versperrte ihm den Weg. »Warum setzen Sie sich nicht, Mr. McGee, und trinken ein Glas mit mir? Vielleicht kann ich Ihnen die Bücher erklären.«

McGee blieb bei seiner Ausrede, falls es eine war. Er blieb und machte es sich bequem, während Reed zwei großzügige Gläser Whiskey einschenkte. Sie setzten sich in Stühlen vor das Fenster, die Strahlen der untergehenden Nachmittagssonne fielen auf McGees Schoß und umspielten seinen Kiefer. Beim Sprechen schien er ständig zu grinsen. Reed merkte, wie er immer wieder den Faden verlor, während er den Mund des jungen Mannes anstarrte.

McGee erzählte ihm, wie dankbar er für die Anstellung war - in einer echten Firma, wie er es nannte -, nachdem seine Ausbildung bei einem Schauspieler gescheitert war. Anfangs kam Reed die Geschichte etwas weit hergeholt vor, vielleicht sogar erfunden, doch je mehr er über McGees Kindheit in New York erfuhr, über den distanzierten und brutalen Vater und den frühen Krankheitstod der Eltern, desto mehr erweichte sich sein Herz für den jungen Mann. Es musste einen dunklen Fleck in McGees Vergangenheit geben, so viel war gewiss - etwas, das er verschwieg. Doch Reed drängte ihn nicht. Die Einzelheiten interessierten ihn nicht, sondern nur die Art, wie McGee ihn ansah. Als wäre Reed das Licht in all der Dunkelheit. Aber nein, das war unmöglich.

»Doch genug von mir«, sagte McGee, obwohl er ganz und gar nicht so wirkte, als wäre er schon fertig mit dem Reden. »Meine Geschichte ist wohl kaum schlimmer als das, was man jeden Tag in der Zeitung liest.« Er lachte.

Bei dem Klang machte Reeds Magen einen Satz vor freudiger Erwartung. Er schlug die Beine übereinander, zuerst auf die eine Seite, dann auf die andere.

»Ich lese jede Zeitung, die ich bekommen kann«, fuhr McGee fort. »Interessieren Sie sich für die täglichen Nachrichten, Mr. Reed?«

»Ich?« Reed starrte in sein Whiskeyglas. Er wollte keine Fragen beantworten. Er fühlte sich ertappt, ungeschützt. »Ich verfolge die Nachrichten genauso wie jeder andere Geschäftsmann, würde ich sagen.«

McGee nahm es als Anlass, eine Reihe entzückender und grausamer Geschichten zu erzählen, die er in letzter Zeit gelesen hatte. Von Leichen, die noch zwei Wochen nach dem fürchterlichen Tornado auf dem Natchez Trace entdeckt worden waren, und von christlichen Predigern, die in Philadelphia gegen die Premiere irgendeines skandalösen Theaterstücks demonstrierten. Dann ein eigenartiges Schauermärchen von deutschen Schiffbrüchigen die, nachdem wochenlang keine Rettung gekommen war, nur durch Kannibalismus überlebt hatten. Mit leuchtenden Augen schilderte Edward die Einzelheiten und beschrieb, wie die Überlebenden in einem Rettungsboot mitten auf offener See eine Leiche aufschnitten und die Rippen aufbrachen, um an das Knochenmark zu kommen. Wieder fragte sich Reed, ob sich Edward das alles nur ausdachte. Aber warum sollte er? Vielleicht um die gemeinsame Zeit zu verlängern? Wollte auch er, dass der Moment möglichst lange andauerte?

»Wie wäre es, wenn Sie sich mir zum Abendessen anschlössen, Mr. McGee? Ich war gerade auf dem Weg zu dem Speisehaus, das ein Stück die Straße hinauf steht.« Wo kam dieser Satz plötzlich her? Reed war doch eigentlich auf dem Heimweg gewesen, um mit seiner Familie zu essen. Margaret und die Kinder erwarteten ihn schon. Und doch schien es jetzt von größter Wichtigkeit zu sein, dass die Unterhaltung mit seinem neuen Bürogehilfen nicht schon in diesem Augenblick endete. »Dort bereiten sie ein hervorragendes Lamm mit Minzgelee zu. Sie dürfen gerne die Knochen aufbrechen, um an das Mark zu kommen, wenn Sie möchten.« Reed hatte tatsächlich einen Witz gemacht. Er staunte. Es war sonst überhaupt nicht seine Art.

Später staunte er ein zweites Mal, als er zu Hause merkte, dass er seinen neuen Hut schon wieder vergessen hatte.

In jener Nacht nahm das Unvermeidliche seinen Lauf, denn Edward McGee hatte mit seinem forschenden Blick tatsächlich etwas in Reed gesehen, es entdeckt oder vielleicht auch gespürt, ein Geheimnis, das tief in James Frazer Reed verborgen gelegen hatte. Er wusste ganz genau, was Reed wollte, und das noch bevor Reed es gegenüber sich selbst eingestand.

Die Veränderung passierte beim Brandy. Der Alkohol entspannte ihn, ließ seine Verteidigungshaltung hinfällig werden. Er ließ seinen Blick auf McGee ruhen, und McGee schaute nicht weg. Dann griffen sie beide gleichzeitig nach der Brandy-Flasche, und Edwards Hand kam auf Reeds Hand zu liegen. Es war nur ein kurzer Moment, doch das genügte schon. Reed sollte diese Berührung sein ganzes Leben lang nicht mehr vergessen.

Die nächsten sechs Monate waren das Paradies. Reed verwandelte sich in ein liebestrunkenes Schulmädchen. Nicht zu fassen, wie lange er sein Leben ohne Liebe gefristet hatte.

Sie gaben sich als Geschäftspartner aus. Da war es doch nur normal, wenn der Sekretär seinen Chef auf Geschäftsreisen begleitete, wenn sie lange im Club zu Mittag aßen oder bis spät in die Nacht arbeiteten, oder etwa nicht? Vor den

Augen aller machten sie einfach weiter. Reed war erstaunt, dass sie damit durchkamen.

Edward begann sogar davon zu sprechen, dass sie gemeinsam fortgehen könnten. Nach Kalifornien, um dort ein neues Leben anzufangen. Reed könnte sich seinen Verpflichtungen einfach entziehen: Margaret und den Bälgern, seiner Firma, dem großen Haus und dem Grundstück. Natürlich hatte er hart für all diese Dinge gearbeitet, aber wollte er sie tatsächlich auch? Wollte er in Wirklichkeit nicht viel lieber frei sein?

Reed war ein Kämpfer, er hatte sein Leben lang geackert, um der Armut seiner Jugend zu entfliehen, und doch konnte er sich nicht für die Freiheit entscheiden. Sie erschien nicht echt, sondern wie eine Illusion. Und er konnte sich nicht dazu bringen, seine Familie im Stich zu lassen. Edward, der selbst keine Familie hatte, vermochte er das nicht verständlich zu machen.

Du hast Angst davor, glücklich zu sein, sagte Edward vorwurfsvoll. *Du vertraust mir nicht.*

Doch Edward täuschte sich, denn Reed vertraute ihm durchaus, viel zu sehr sogar. Genau das war der Ursprung allen Übels.

Reed hatte damals noch nicht sehen können, was in den folgenden Jahren kommen würde. Die zunehmende Verstimmung zwischen ihnen. Der Schmerz und die unkontrollierbare Eifersucht, der Verdacht, dass McGee seine Zuneigung nun auf andere Männer verteilte. Auch von den Konten ahnte Reed damals noch nichts. Erst nach mehreren Jahren begann Fitzwilliams, ihn auf die Unregelmäßigkeiten hinzuweisen. Er bestand darauf, dass es nur eine einzige Erklärung gab: Edward bestahl sie, listig und stetig, und das schon seit Jahren.

Wie hätte Reed voraussehen können, dass McGee, sobald er ihn damit konfrontierte, drohen würde, der ganzen Welt zu erzählen, was zwischen ihnen geschehen war? Dass er Schweigegeld verlangen würde - eine große Summe sofort und jährlich weitere, kleinere Zahlungen. Dass McGee ihn an den Rand des Ruins bringen und Reed nichts anderes übrig bleiben würde, als Springfield zu verlassen?

Wie hätte er denn ahnen sollen, dass ihn der Plan des Donner-Clans, nach Westen zu gehen, schließlich retten würde?

Er konnte es nicht wissen, selbstverständlich nicht. Nichts von alledem. Vielleicht hätte es nicht einmal etwas geändert, wenn er es gewusst hätte, denn Edwards Lächeln hatte sich wie ein Angelhaken in sein Herz gegraben. Die Einsamkeit in seinen dunklen Augen war echt gewesen, da war Reed sicher. Sie hatte ihn angezogen, war ein Spiegel seiner eigenen Einsamkeit gewesen und hatte ihn machtlos gemacht. Es half alles nichts: Die Berührung dieses Jungen hatte ihn tatsächlich zum Leben erweckt. Was kommen würde, würde nun mal kommen.

Fünfter Teil
Oktober 1846

27

Im ersten Augenblick hielt Mary Graves den Reiter in der Ferne für einen Schatten. Tags zuvor hatten sie die Trockenheit des Großen Beckens endlich hinter sich gelassen, die letzten hundert Meilen war es ständig bergauf gegangen, und jetzt blickten sie auf ein Tal voller Wildblumen und Reitgras, blassgrün und süßlich duftend. Um ein Haar wäre Mary in Tränen ausgebrochen. Es gab Kiefern zum Feuermachen und einen Fluss. Seicht, aber breit warf er blitzend das Sonnenlicht zurück.

Sie beobachtete, wie der Schatten am Horizont länger wurde und konkrete Formen annahm: ein Pferd, kastanienbraun, das war die Farbe von Charles Stantons Stute.

Ihr Vater, der mit einer Rute neben den Ochsen herging, hob den Kopf und hielt sich eine Hand über die Augen. »Er ist zurück«, war alles, was er sagte.

Stanton war in Begleitung zweier junger Indianer, Salvador und Luis. Die Murphys, Graves, Reeds und Fosters scharten sich sofort um ihn, die restlichen Familien waren schon ein Stück voraus. Lachen und freudige Rufe ertönten, als Stanton begann, die Satteltaschen zu entleeren, die Kinder kamen aufgeregt herbeigelaufen. Solche Laute hatte man lange nicht mehr im Treck gehört. Stanton lächelte jeden an und versuchte, die Leute zu beruhigen, die gierig nach den Päckchen griffen.

Doch Mary, die in Stanton immer weniger einen geheimnisvollen Einzelgänger oder gar Retter gesehen hatte, sondern einen Anker in der Realität und vielleicht sogar den einzigen Menschen, dem sie vertrauen konnte, die Tag für Tag von seiner Rückkehr geträumt hatte und deren Herz bei seinem Anblick einen richtigen Sprung getan hatte, merkte nun, dass sie doch zu schüchtern war, um ihn zu begrüßen, und blieb zurück.

»Wir sind alle am Verhungern«, sagte Bill Foster, Lavinahs Schwiegersohn, rundheraus. Aber das war ohnehin offensichtlich. Mary stellte sich vor, wie Bill in Stantons Augen aussehen musste: eine Vogelscheuche in zu großen Kleidern, einem Hemd, das schlaff von den schmalen Schultern und den spindeldürren Armen herabhing, und einer von einem Stück Seil zusammengehaltenen Hose.

»Ich bin unterwegs den Breens und Eddys begegnet. Sie haben mir erzählt, wie schlimm die Lage geworden ist«, erwiderte Stanton. »Aber ich habe genug dabei, um uns eine Weile über Wasser zu halten.«

»Ich hoffe, Sie haben auch Schinken«, quiekte Marys kleiner Bruder. »Wir haben schon seit Wochen keinen Schinken mehr.« Sein Gesicht war ausgezehrt. Mit seinen fünf Jahren sah er wie ein alter Mann aus.

»Wir sollten ein großes Picknick machen, so wie wir es schon am Scheideweg getan haben«, verkündete Virginia Reed. Ihre Augen leuchteten wie im Fieber. Ihre Kinder hatten sich in insektenartige Geschöpfe verwandelt, mit übergroßen Augen, dünnen Beinchen und eigenartig verzweifelten Bewegungen.

Inmitten dieses Gespensterhaufens wirkte Stanton wie ein Klecks frischer Farbe, trotz der langen Wochen im Sattel. »Immer mit der Ruhe«, sagte er gelassen, doch Mary fiel auf, wie er sich bewusst zwischen die Leute und seine Packtiere schob. »Wir haben die Berge noch nicht hinter uns. Immer schön langsam mit dem frischen Proviant. Bis Sutter's Fort ist es noch ein weiter Weg.«

Amanda McCutcheon kam nach vorn. »Wo ist mein Will? Ist er nicht bei Ihnen?«

Marys Herz setzte einen Schlag lang aus. In der Aufregung hatte sie McCutcheons Fehlen gar nicht bemerkt. Und die anderen wahrscheinlich auch nicht. Sie waren so hungrig, dass sie an nichts anderes mehr denken konnten.

»Er ist unterwegs krank geworden«, antwortete Stanton leise. »Aber seien Sie beruhigt, er hat es bis Sutters Fort geschafft und ist dort geblieben, um sich zu erholen. Er erwartet Sie.«

»Krank? Er muss wirklich mächtig krank sein, dass er nicht zu uns zurückkommt ...«

»Der Arzt sagt, er wird wieder. Aber das Wetter schlägt bereits um, und da wollte ich nicht noch länger warten.«

Das Wetter schlug tatsächlich um. Seltsam, denn Mary bemerkte es erst, nachdem Stanton es erwähnt hatte. Es war während der letzten Tage passiert. Selbst die sonst so heißen Nachmittage hatten allmählich ihren Schrecken verloren, und der frühe Sonnenuntergang brachte längere, kühlere Abende.

Und das bedeutete, dass der Winter schon nicht mehr weit war.

Vor zwei Tagen war sie nachts noch mit ihrem Bruder William draußen gewesen. Sie hatten sich mit dem Rücken auf den kühlen Boden gelegt und zu den Sternen hinaufgeschaut – einer ihrer Lieblings-Zeitvertreibe in Springfield. Normalerweise erfüllte die unendliche Weite des schwarzen Himmels Mary mit Freude, doch in dieser Nacht hatte sie sich klein und zerbrechlich gefühlt. Während der vergangenen Monate hatte die Natur ihnen gezeigt, wie verwundbar sie waren. Ihrem Bruder schien es genauso zu gehen, denn er fragte Mary, ob sie glaubte, dass sie alle sterben würden.

Jeder stellte sich diese Frage, weshalb Mary auch nicht überrascht war, doch es machte sie wütend. Nicht weil es so ungerecht war – so war das Leben nun einmal, das wusste sie, und sie hatte auch nie etwas anderes erwartet. Was sie aber wirklich zornig machte und gleichzeitig erstaunte, war die Tatsache, wie schnell sich Angst und Hoffnungslosigkeit unter ihnen ausgebreitet hatten. Es gab ein paar grundlegende Dinge, an die Mary schon immer geglaubt hatte, und eines davon war die Beharrlichkeit des Lebens, dieser unglaublich starke Durchhaltewillen in jedem Menschen, der unbedingte Drang weiterzumachen, zu gedeihen, sich zu verbessern und zu bewähren, wenn es hart auf hart kam.

Mit neuer Entschlossenheit eroberte sie sich schließlich doch einen Platz neben Stanton, der sie noch immer keines Blickes gewürdigt hatte. Unter dem Gemurmel der Menschen ringsum sagte sie so leise, dass nur er es hören konnte: »Sie sind zurückgekommen.«

»Habe ich doch versprochen, oder nicht?«, erwiderte er mit einem grimmigen Lächeln und machte das aus Seilen geknüpfte Zaumzeug eines der Maultiere los.

Hatte er sie während seiner Abwesenheit einfach vergessen oder, schlimmer noch, gab er ihr die Schuld an Tamsens Ächtung? Immerhin war es Mary gewesen, die die anderen Siedler zu dem toten Halloran geführt hatte. Wenn er das glaubte, konnte sie es ihm nicht verübeln, aber sie konnte ihm die Wahrheit erklären. Nicht weil sie auf seine Gunst angewiesen war, sondern weil sie sich seine Gunst *wünschte*.

Allerdings schien Stanton nicht gewillt, ihr in absehbarer

Zeit Gelegenheit für eine solche Erklärung zu geben, was ihr Bedürfnis danach nur noch verstärkte.

Nach einem flüchtigen Blick in ihre Richtung wandte Stanton sich wieder an die Menge. »Wenn alle bereit sind, können wir den Rest des Proviants verteilen. Es wird nicht gedrängelt und nicht gestritten. Alles wurde exakt dem Geld entsprechend aufgeteilt, das jeder einbezahlt hat. Fangen wir mit den Murphys an ...«

Es war noch etwas früh dafür, doch die Karawane fuhr an diesem Tag nicht mehr weiter. Alle konnten es kaum erwarten, die erste richtige Mahlzeit seit Wochen zu sich zu nehmen und ihre Erlösung zu feiern. Mary hingegen war noch nicht nach Feiern zumute; erst wenn sie gesagt hatte, was sie zu sagen hatte. Sie behielt Stanton im Blick und wartete auf eine Gelegenheit, ein paar Minuten mit ihm allein zu sein, aber er war ständig von Leuten umgeben. Sie fragten ihn über den Zustand des Trails aus und auch über Sutter's Fort, das im Moment so unerreichbar schien wie der Himmel. Trotzdem war Mary nicht sicher, ob Stanton wirklich keine Zeit für sie hatte oder ob er nur versuchte, ihr aus dem Weg zu gehen.

Doch sie gab nicht auf, das war nicht ihre Art. Ihr Vater hatte sie öfter als stur bezeichnet, als sie überhaupt noch zählen konnte, und vielleicht hatte er damit sogar recht gehabt.

Sie wartete geduldig ein Stück abseits, während die anderen ihre Glückwünsche aussprachen oder einfach nur neugierig dabeistanden. Dann sah er sie. Stanton sagte etwas zu den beiden Miwoks, danach kam er mit langen Schritten auf sie zu.

»Könnte ich Sie sprechen, Mr. Stanton?«, fragte Mary. Ihre

Stimme klang in ihren eigenen Ohren seltsam hoch und nervös.

Er nickte stumm.

Sie gingen Seite an Seite. Mary hatte das Gefühl zu verbrennen. Die Erleichterung und die Angst, die sie gleichzeitig verspürte, waren überwältigend. Sie hatte für Stantons Rückkehr gebetet, für die Chance, die Dinge zwischen ihnen zu klären, und jetzt, da er hier war, wusste sie nicht, was sie sagen sollte.

»Ich hatte befürchtet ...« Ihre Stimme versagte. »Ich hatte schon befürchtet, wir würden uns nie wiedersehen.«

»Vielleicht wäre es das Beste so gewesen«, erwiderte er leise, aber bestimmt.

Mary strauchelte, als hätte er sie geohrfeigt. »Hassen Sie mich wirklich so sehr?«

»Mary«, sagte er nur, etwas weicher diesmal.

»Ich wüsste auch nicht, weshalb«, fuhr sie verteidigend fort. »Sie haben mir kaum Gelegenheit gegeben, mich vor Ihnen zu beweisen. Wir haben ja nicht einmal mehr gesprochen, seit ...«

»Sie müssen sich auch nicht vor mir beweisen, das müssen Sie vor niemandem. Und ich hasse Sie gewiss nicht, kein bisschen.«

Sie merkte, wie er versuchte, es zu verhindern, aber ein strahlendes Lächeln breitete sich über Stantons Gesicht aus. Mary dachte, sie träume. Vielleicht lag es auch am Hunger und der Erschöpfung, denn sein Verhalten ergab keinen Sinn. »Aber wenn Sie mich nicht hassen, warum gehen Sie mir dann aus dem Weg? Warum sagen Sie, es wäre besser gewesen, wenn wir uns nie wieder begegnet wären? Ich fürchte, ich verstehe Sie nicht, Mr. Stanton. Oder Sie verstehen sich selbst nicht.«

»Wahrscheinlich das Letztere.« Sein Lächeln schmolz zu einem wehmütigen Grinsen. »Ich hasse Sie keineswegs. Ich fürchte sogar, ich mag Sie sehr, und da Sie es unbedingt wissen wollen: Das ist auch der Grund, warum ich mich von Ihnen fernhalte. Aber ich könnte es nicht ertragen, dass Sie schlecht von mir denken.«

»Ich schlecht von Ihnen denken?« Jetzt war es Mary, die lächelte. »Ich denke kaum an etwas anderes als an Sie, und keiner dieser Gedanken ist auch nur ansatzweise schlecht.« Sie erschrak über ihre eigene Kühnheit und hätte sich beinahe eine Hand vor den Mund geschlagen, um nicht beschämt loszulachen. Doch Stanton kam ihr zuvor. Sein Lachen war wie ein Bach, der über Steine plätschert - schnell und frei und klar. Mary wollte eintauchen in dieses Lachen, darin schwimmen, baden und planschen, es trinken und sich davon reinigen lassen.

»Dann bin ich ja erleichtert«, sagte Stanton schließlich, obwohl er kaum so erleichtert sein konnte wie sie, der inzwischen beinahe schwindlig geworden war.

Das Gefühl erstaunte Mary. Es kam so schnell. Dieser Mann, der, ohne dass es ihr aufgefallen wäre, ihre Gedanken so sehr beschäftigt hatte, war *der* Mann für sie. Er war der Richtige. Sie wusste es in diesem Augenblick, und zwar so plötzlich und unumstößlich, als wäre es vorherbestimmt, als wäre ihr gesamtes Leben von Anfang an nur auf diesen einen Punkt zugelaufen: Sie, Mary Graves, die ernste, stets rationale und geduldige Mary Graves, war unvorsichtig, töricht und vollkommen glücklich verliebt in Charles Stanton.

Und weil sie so sicher war, wollte sie, dass er es wusste. Sie musste es ihm sagen. Bald, sehr bald, aber nicht jetzt. Noch nicht.

Schließlich hatten sie, seit sie sich kannten, beinahe mehr

Zeit getrennt voneinander verbracht als zusammen. Ihren Gefühlen würde sie erst dann Ausdruck geben, wenn sich dieses Verhältnis umgedreht hatte. Es schien ihr richtiger so, und Mary wollte es richtig machen – jetzt sogar noch mehr als je zuvor.

Sie spazierten am Bach entlang, die Spätnachmittagssonne wärmte ihre Schultern, und Mary berichtete von den Geschehnissen während Stantons Abwesenheit, von Snyders Tod und Reeds Verbannung. Diese Nachricht traf ihn hart. Er hatte Reed vertraut und gestand, dass es ihm Angst machte, wie schnell sich die Menschen im Treck gegen jemanden wandten.

Mary erzählte ihm noch mehr: Hardkoop, der alte Belgier, war krank zurückgelassen worden. Und als Jacob Wolfinger schließlich loszog, um ihn zu holen, kehrte auch er nicht wieder. Sie erzählte, wie Doris Wolfinger danach nächtelang leise geweint hatte, als komme die Erkenntnis, dass ihr Mann nicht zurückkehren würde, nur langsam und in Wellen über sie.

»Ich weiß nicht, was ich von alldem halten soll«, sagte sie schließlich. Die Last der Ereignisse kam mit ihrem vollen Gewicht zurück. »Ich weiß nicht mehr, wer gut ist und wer böse. In Springfield schien alles so einfach. Aber keiner von all den guten Menschen hat auch nur einen Finger gerührt, um dem armen Mr. Hardkoop zu helfen, als Lewis Keseberg ihn hinauswarf ... und niemand hat nach Mr. Wolfinger gesucht, nachdem auch er verschwunden war. Es ist, als wäre sich jetzt jeder selbst der Nächste ... Keiner glaubt Tamsens Geschichte von den schattenhaften Kreaturen, die sie im Großen Becken angegriffen haben. Selbst die, die ihr einmal vertraut haben, bezeichnen sie als Lügnerin und verachten sie, aber ich habe Tamsen gleich danach gesehen. Ich wüsste nicht, warum sie sich das alles ausgedacht haben sollte.«

Stanton schüttelte den Kopf. »Tamsen mag Aufmerksamkeit, aber nicht die von der unangenehmen Sorte. Sie haben recht, Mary. Es ist alles sehr seltsam.«

»Und dann ist da noch der Vorfall mit Mr. Reed«, fuhr Mary fort. Sie wollte nicht bei Tamsen Donner und ihrem beunruhigenden Bericht verweilen. »Er kam mir nicht vor wie jemand, der einen anderen Menschen kaltblütig töten könnte ...«

»Auch da haben Sie recht. Das erinnert überhaupt nicht an den Mann, den ich kannte.« Stantons Stimme klang jetzt hart, distanziert.

»Es ergibt einfach alles keinen Sinn.« Mary blickte zu dem schimmernden Horizont. »Deshalb bin ich so froh, dass Sie wieder da sind, Mr. Stanton. Auch wenn es nur einer von vielen Gründen ist.« Sie errötete. »Sie sind so vernünftig. Ich ... ich fühle mich einfach sicherer, wenn Sie in der Nähe sind.«

Sie hatte es kaum gesagt, da schien er sich zurückzuziehen. Zunächst fast unmerklich, aber Mary hatte das Gefühl, dass der Abstand zwischen ihnen wieder ein winziges Stück größer geworden war. Er ging ein Stück näher am Wasser, damit ihre Arme sich beim Gehen nicht mehr streiften. Eine Kälte befiel Marys Herz, die nichts mit dem Wetterwechsel zu tun hatte.

»Ich weiß nicht, warum Sie mir vertrauen, Mary, wieder und wieder. Ich wünsche es mir natürlich, aber Sie müssen wissen, dass ich es nicht verdient habe.« Er blieb stehen und starrte schweigend auf den Fluss hinaus.

»Was immer Sie getan haben, was immer in Ihrer Vergangenheit geschehen ist, es kann gar nicht so schlimm sein, wie Sie offensichtlich glauben.« Sanft berührte sie seinen Arm. »Die Sünde hat sich längst selbst gesühnt – ich sehe es in Ihrer ganzen Art, darin, wie Sie Ihre Last tragen. Sie müssen sich selbst vergeben.« Sie sagte das, weil sie aufrichtig daran glaubte; die Bibel lehrte, anderen zu verzeihen, damit Gott allen verzeihen konnte.

Einen kurzen Augenblick lang glaubte sie, Stanton würde weinen, aber er stieß nur einen tiefen Seufzer aus und fuhr sich mit der Hand durchs Haar. »Ich kann mir nicht vergeben - es wäre, als würde ich sie noch einmal sterben lassen. Selbst jetzt stirbt sie noch immer in meinen Träumen, wieder und wieder. Nacht für Nacht sehe ich sie ertrinken.«

Mary stockte der Atem. Sie wusste, er sprach von dem Mädchen, das er einmal geliebt und mit seinem Kind im Bauch verlassen hatte.

»Ich hatte vor, sie zu heiraten«, sagte er weiter. »An jenem Tag ging ich zu ihr, um ihr genau das zu sagen.« Mary sah seine Knöchel weiß werden, während er die Finger im Wechsel zu Fäusten ballte und dann wieder streckte. Schließlich schaute er sie an, als wartete er auf ihren Widerspruch.

»Dann war es doch nicht Ihre Schuld.« Doch Mary sah, dass die Worte ihn nicht erreichten. Ihr Vater hatte ihr erzählt, das arme Mädchen hätte sich umgebracht, weil Stanton sie verlassen hatte. Nun wusste sie, dass der Grund womöglich ein ganz anderer gewesen war. Der Mann - der Junge -, den ihr Vater ihr beschrieben hatte, hatte nicht das Geringste mit dem Charles Stanton zu tun, den sie kannte. Es kam ihr absurd vor, dass sie auch nur eine Minute an Stanton gezweifelt hatte.

Gerade zog der Schatten einer einsamen Wolke hoch am Himmel vor ihnen über die Landschaft. Es war wie ein Zeichen, wie die Hand Gottes, die das Tal berührte.

Sie gingen noch ein paar Minuten weiter, lauschten dem sanften Plätschern des Flusses und den fernen Geräuschen des Lagers. Stanton nahm ihre Hand, und Mary mochte das

Gefühl, die Kraft seiner Finger. Eine Kraft, auf die sie sich verlassen konnte.

»Mary, es gibt noch etwas anderes außer dem Schmerz über den Verlust und ihren entsetzlichen Tod, das mich nicht loslässt.«

Sie wartete.

»Ich hatte kein Geld und konnte nirgendwohin, als es geschah. Mein Ruf war zerstört, ich bekam nirgendwo Arbeit und wurde von meiner eigenen Familie verstoßen, müssen Sie wissen. Trotzdem ist das keine Entschuldigung für ...« Er verstummte und blinzelte in die untergehende Sonne. Sie versank immer früher hinter dem Horizont. Mary erzitterte, wenn sie an den Herbst dachte und daran, wie wenig Zeit ihnen noch blieb.

»Keine Entschuldigung für ...?«, nahm sie seinen Satz wieder auf. Mary fürchtete sich zwar davor, aber sie musste ihn zu Ende anhören, musste Stanton verstehen, ihn kennen, und sie spürte, dass er es ebenso brauchte wie sie.

»Seine Hilfe anzunehmen.«

»Seine?«

Stanton seufzte. »Lydias Vater gab mir Geld. Er hat mich ausbezahlt. Bezahlt, damit ich verschwinde und die ganze tragische Geschichte mit mir. Mit seinem Geld bin ich bis nach Virginia gekommen. Als es mir in dem Anwaltsbüro nicht mehr gefiel, ging ich nach Texas und kämpfte dort im Krieg. Danach hatte ich allerdings immer noch keinen Ort, an den ich zurückkehren und wo ich neu anfangen konnte. Mit dem, was von seinem ... *Almosen*« - er schien beinahe zu ersticken an dem Wort - »noch übrig war, richtete ich mir ein Geschäft in Springfield ein. Damals glaubte ich, wenn auch der Rest von Knox' Geld fort ist, würde die Vergangenheit endlich ruhen, aber ich habe mich getäuscht. Knox geriet in finanzielle

Schwierigkeiten und wollte sein Geld zurück. Er war sehr fordernd, und ich, nun ja ... ich konnte mich schlecht weigern.«

Mary wurde kalt. Die Dunkelheit senkte sich herab, und sie wollte, dass er aufhörte. Mehr musste sie nicht hören. Sie wusste, wozu Männer für Geld in der Lage waren. Ihre eigene Familie hatte nichts unversucht gelassen, um ihre Lebensumstände zu verbessern. Mary verabscheute es zwar, gleichzeitig verstand sie es aber auch.

»Wollen Sie nicht wissen, warum ich ihm das Geld nicht verweigern konnte?«, fragte er leise.

»Weil Sie sich schuldig fühlten. So wie jeder es an Ihrer Stelle getan hätte.« Am Himmel krächzte ein Vogel. Im silbrigen Dunst der Dämmerung konnte sie nicht erkennen, was für einer es war.

»Ich *hatte* mich ja auch schuldig gemacht. Nicht wegen Lydias Selbstmord, aber in anderen Dingen. Knox wusste Bescheid ... er wusste von den Affären, die ich seitdem gehabt hatte.«

Affären. Marys Wangen wurden heiß. Sie zog ihre Hand zurück. Lydias Vater hatte ihn also, kurz gesagt, erpresst.

Und das bedeutete, dass Stanton mit seinen Fehltritten nicht nur unvorsichtig gewesen war, es mussten außerdem viele gewesen sein.

Er seufzte. »Ich wusste, dass Donner und Knox alte Freunde und Geschäftspartner sind. Wahrscheinlich war Donner sogar einer seiner Hauptinformanten. Aber als ich hörte, dass die Donners nach Westen aufbrechen, habe ich alles verkauft, um mich ihnen anzuschließen. Ich hasste George Donner, aber Knox hasste ich noch mehr. Ich brauchte einen Ausweg.« Er fuhr sich wieder durchs Haar. »Doch jetzt weiß ich es besser, Mary. Jetzt erkenne ich, dass es keine Flucht vor der eigenen Vergangenheit gibt.«

Mary sog die Luft ein. Sie hatte keine Ahnung, was sie sagen sollte und wie sie seinen Schmerz lindern konnte – die Trauer und die Scham, die er seit so vielen Jahren mit sich herumschleppte. Sie hatte geglaubt, sie verstünde seine Pein, doch jetzt merkte sie, dass die Geheimnisse aus Charles Stantons Vergangenheit wie in Schichten übereinanderlagen, ineinander verschachtelt waren, und von dort bis in die Zukunft reichten.

Er hob den Blick, kummervoll und scheinbar ohne Hoffnung. »Deshalb habe ich versucht, Ihnen aus dem Weg zu gehen, Mary. Es ist zu Ihrem eigenen Besten. Ich verdiene Ihr Vertrauen nicht. Sie sollten einen besseren Mann bekommen als mich.«

Vielleicht hatte er recht. Vielleicht sollte sie ihm tatsächlich nicht vertrauen, vielleicht hatte er ihre Hilfe tatsächlich nicht verdient. Aber verdiente nicht jeder Mensch eine zweite Chance?

»Wie kann ich dir helfen, Charles?«, fragte sie sanft. Sie wagte es nicht, ihm in die Augen zu sehen, während sie seinen Vornamen auf der Zunge spürte.

Seine Stimme klang tief und erdrückend. »Gar nicht, verstehst du das nicht, Mary? Mein Herz ist längst tot, gestorben in diesem Fluss. Von mir ist nichts mehr übrig, das sich retten ließe.«

Doch Mary war niemand, der sich von melancholischen Worten umstimmen ließ. Wieder ergriff sie seine Hand, und obwohl er ihren Blick nicht erwiderte, küsste sie seine Knöchel. »Das glaube ich nicht.«

Ihre Worte waren wie ein Versprechen.

Sie hatte gedacht, sie wollte Stanton lieben, nicht ihn retten. Doch nun begriff sie, dass beides womöglich ein und dasselbe war.

Nachdem sie auseinandergegangen waren, dachte Mary an jemanden, für den in der Tat jede Rettung zu spät kam. So betete sie in jener Nacht kurz und im Stillen für die arme, unter dem Eis begrabene Lydia und ihr ungeborenes Kind, das niemand je erblicken würde.

28

Der hereinbrechende Frühherbst brachte einen erfrischenden Wind von Norden, der die Wagendächer sauberfegte und den Siedlern neue Kraft einhauchte. Stanton hatte sie gefunden, und die Vorräte waren verteilt. Eigentlich sollte sich Tamsen allmählich besser fühlen. Die anderen begegneten ihrem Blick nur flüchtig, mit einer heißblütigen Abscheu in den Augen, aber damit konnte sie leben. Geächtet zu sein oder gehasst zu werden machte ihr nichts aus, solange sie nur ihre Kinder hatte.

Eigentlich sollten sich die entsetzlichen Albträume von Männern mit krustiger, brauner, unnatürlicher Haut, die bei lebendigem Leib verbrannten, und von dem harmlosen Halloran, der als hässliche, stinkende Kreatur voller Hunger über sie hergefallen war, längst aufgelöst haben. Aber das hatten sie nicht. Tamsen wusste nicht, was sie glauben sollte. Ob die Gefahr berechtigt und die schleichenden, tanzenden Schatten echt gewesen waren oder die Erfindung ihres von einem erdrückenden Geheimnis zerstörten Geistes – was beinahe genauso schlimm gewesen wäre wie die Geschöpfe, die sie gesehen zu haben glaubte.

Auf Elitha, die allen von den Stimmen der Toten erzählte, oder ihre noch jüngeren Töchter konnte sie nicht zählen. Sie wussten ja selbst nicht, was sie gesehen hatten – es war alles viel zu schnell gegangen, hektische Bewegungen im Halbdunkel, Panik, dann das Feuer und all der Rauch.

Eine gewisse Leichtfertigkeit lag in der Luft, die Tamsen beunruhigte. Sie war wie das Hochgefühl eines betrunkenen Spielers, der nur noch eine einzige Münze hatte. Hoffnung, dachte Tamsen, konnte gefährlich sein, vor allem für die Verzweifelten.

Die Sierra Nevada, die dem Winter bereits die Arme entgegenstreckte, lag immer noch vor ihnen, in ewig bläulichem Grün mit weißen Spitzen ragte sie vor ihnen auf, und Tamsen erschrak jeden Tag aufs Neue darüber, wie sehr die anderen das Offensichtliche übersahen: dass die Berge wie die meisten schönen Dinge auf der Welt tödlich waren.

Tamsen lauschte auf jedes Geräusch. Sie lag auf dem harten Boden und wälzte sich in angespanntem Halbschlaf unter ihrem Hochzeits-Quilt hin und her, als sie Stimmen in der Nähe des Zeltes hörte. Sie schüttelte George an der Schulter – wie konnte er nur einen so festen Schlaf haben? –, warf sich ihren Morgenrock über und trat ins Freie. George folgte ihr stolpernd.

Verwundert sah sie, wie Charlie Burger, der Fahrer, der ihr Zelt bewachte, sich mit Lavinah Murphys Schwiegersohn William Pike wie in einem Ringkampf über den Boden wälzte. Sie hatte in der Zeitung von den Auseinandersetzungen in den Städtchen Missouris und in Nauvoo gelesen und sich ein wenig Sorgen wegen der Mormonen im Treck gemacht, aber die Murphys hatten sich bisher stets freundlich gezeigt. Sie hatten nicht versucht, irgendjemanden zu konvertieren, und der Dampfer-Ingenieur William Pike wäre der Letzte gewesen, den Tamsen des Diebstahls verdächtigt hätte. Oder was war sonst der Grund für diese nächtliche

Rauferei? Ging es mal wieder ums Essen? Alle waren wegen ihres Proviants nervös.

Als Pike sie entdeckte, riss er sich von Burger los und stürzte sich stattdessen auf *sie*. Burger gelang es, ihn ein zweites Mal zu packen, da spürte Tamsen Pikes warme Spucke auf der Wange.

»Wo ist er? Was hast du mit ihm gemacht?!«, brüllte Pike. Hätte Tamsen es nicht besser gewusst, sie hätte gedacht, Pike sei betrunken. Sein Haar war zerzaust, das Gesicht rot und tränenverschmiert. Das ergab doch alles keinen Sinn. Die Murphys und Pikes hatten überhaupt keinen Grund, Proviant zu stehlen. Sie hatten noch die meisten Vorräte von allen. Außerdem führte William sich auf, als hätte Tamsen *ihm* etwas gestohlen.

»Wovon redet der Kerl?«, fragte George und rieb sich die verschlafenen Augen. Jacob und seine Frau Betsy kamen jetzt ebenfalls aus ihrem Zelt. Betsy flüsterte einem ihrer Kinder zu, sich wieder schlafen zu legen.

Pike wehrte sich mit aller Kraft gegen Burgers Griff. »Ich weiß, dass du ihn weggezaubert hast, genauso wie die anderen!«

»Nicht schon wieder dieser Unsinn«, murmelte Jacob.

»Gott bestraft uns, weil wir dich in unserer Mitte dulden.« Pike bekam seinen rechten Arm frei und fischte nach etwas in seiner Jacke. »›Eine Hexe sollst du nicht am Leben lassen‹, so steht es in der Bibel!« Er zog einen kleinen Revolver hervor und richtete ihn auf Tamsen.

Das Nächste, was sie mitbekam, war, wie sie zu Boden schlug und Sand im Mund schmeckte. *Er muss auf mich geschossen haben*, dachte Tamsen, doch sie spürte keinen Schmerz. Über ihr ragte George auf, und da begriff sie: Er hatte sie aus dem Weg gestoßen und stellte sich unbewaffnet und nur mit seinem Nachthemd bekleidet William Pike entgegen. Pike hatte sie angegriffen, und George war sofort dazwischengegangen, ohne Zaudern oder lange Reden wie sonst.

Tamsen war schon öfter angegriffen worden, aber jedes Mal nur verbal, mit verächtlichen Blicken, kalten Schultern und bissigem Geflüster. Niemand war je so weit gegangen. Sie war zutiefst bestürzt.

Pike hielt seinen Revolver immer noch in der Hand, hatte ihn aber noch nicht abgefeuert, da ertönte ein Knall. Pike sank mit einem Ausdruck grenzenloser Überraschung in den Augen auf die Knie. Burger hatte ihm von hinten eine Kugel in den Rücken gejagt. An der Wiederaustrittsstelle bildete sich ein roter Fleck, der sich schnell über seine Brust und das weiße Hemd ausbreitete.

Tamsen schnappte nach Luft und versuchte aufzustehen. Ihre Töchter waren von dem Lärm wach geworden, sie weinten. »Bleibt im Zelt!«, brüllte sie, als zwei kleine Gesichter in der Zeltklappe auftauchten.

»Was zum Teufel?«, polterte Jacob im gleichen Moment, dann eilten beide Donner-Brüder zu Pike und legten ihn vorsichtig auf den Rücken. Seine Augen waren glasig und schauten leer in den Nachthimmel.

Tamsen hörte, wie weitere Leute, aufgeschreckt durch den Schuss, herbeigeeilt kamen. In wenigen Sekunden würde sich eine Traube bilden, mit weiterem Geschrei und noch mehr Beschuldigungen. William Pike versuchte unterdessen verzweifelt, mit seiner zitternden rechten Hand an seine Hosentasche zu kommen. Was mochte er dort versteckt haben, eine weitere Pistole? Wollte er Tamsen mit seinem letzten Atemzug ins Jenseits mitnehmen?

Wie gelähmt blinzelte sie den Gegenstand in Pikes Hand

an. Es war ein Rosenkranz. Die Holzperlen waren vom vielen Gebrauch ganz speckig geworden. Also war er, selbst nachdem er in Lavinah Murphys Mormonenfamilie eingeheiratet hatte, in seinem Herzen Katholik geblieben.

Pike seufzte leise vor Erleichterung, als Tamsen ihm half und seine Finger um die Holzperlen schloss. »Ich hoffe, Lavinah verzeiht mir.« Er legte die Hand mit dem Rosenkranz auf sein Herz, dann rührte er sich nicht mehr.

Tamsen kauerte sich auf den Boden. Sie war der Ohnmacht nahe. Warum hatte Pike sie angegriffen? Er war der Letzte, der nachts durchs Lager schleichen und jemanden erschießen würde. Sie wischte sich den Speichel von der Wange und blickte auf. Mary Graves war inzwischen ebenfalls hier und starrte sie sprachlos an.

Williams Frau Harriet drängte sich durch die Schaulustigen nach vorn, gleich dahinter kam ihre Mutter Lavinah. Beide sanken neben dem Toten auf die Knie, Harriet schüttelte ihn am Hemdkragen, als könnte sie ihn wieder zum Leben erwecken. »William! Was hast du getan?«, schrie sie mit so rauer Stimme, als hätte sie Lauge getrunken.

Lavinah schlang die Arme um ihre Tochter, um sie zu beruhigen. »Ihr Sohn ist verschwunden«, sagte sie zu George, ohne die am ganzen Körper zitternde Harriet loszulassen. Harriet wimmerte so laut, dass Lavinahs Worte kaum zu verstehen waren. »William ist mitten in der Nacht aufgewacht und hat gemerkt, dass er nicht mehr da ist. Er hat geglaubt, dass Ihre Frau schuld ist.« Sie schaute zu Tamsen hinüber. »Wir haben ihn angefleht, zur Vernunft zu kommen, aber er ließ nicht mit sich reden. Als er nach draußen ging, dachten wir, er will den Jungen suchen. Wir wussten nicht, was er vorhatte.«

»Ein Kind wird vermisst …«, wiederholte George, als erwache er aus einer Trance.

»Henry, mein Enkel. Er ist erst eins«, sagte Lavinah, den Tränen nahe.

»Ich habe das hier gefunden.« Harriet zog etwas aus ihrer Tasche und hielt es hoch. Tamsen erkannte es sofort: Es war einer der Talismane, den sie für ihre Kinder gemacht hatte. Ein Glückszauber. Nie im Leben hätte sie damit gerechnet, dass ein so einfacher und harmloser Gegenstand so viel Angst und Argwohn auslösen könnte. Außerdem bewies der Talisman nicht das Geringste. Er konnte einer ihrer Töchter einfach aus der Tasche gefallen sein. Doch Tamsen sagte nichts davon, damit nicht auch noch die Mädchen beschuldigt wurden.

»Streiten Sie ab, dass das Ihnen gehört?« Harriet hielt den Talisman in Tamsens Richtung.

Tamsen blieb stumm. Gleichgültig, was sie sagte, es würde ihr nicht helfen.

Zu ihrer Überraschung trat Mary Graves entrüstet nach vorn. »Das ist doch lächerlich. Wie soll dieser Talisman beweisen, dass Mrs. Donner auch nur irgendetwas mit dem Verschwinden Ihres Kindes zu tun hat? Jeder könnte ihn dort hingelegt haben. Jemand, der sie nicht mag, beispielsweise.« Tamsen sah, wie Peggy Breen und Eleanor Eddy bei Marys Worten zusammenzuckten.

»Genug jetzt.« Franklin Graves tauchte plötzlich neben seiner Tochter auf und machte schon Anstalten, sie mit sich zu schleifen.

Doch Charles Stanton, groß und stark und entschlossen, legte einen Arm um sie. Bei dem Anblick verspürte Tamsen einen stechenden Schmerz. Er war zweifellos verliebt in Mary. Sie hatte ihn voll und ganz an dieses Mädchen verloren, und diese Erkenntnis tat weh, auch wenn sie Stanton längst aufgegeben hatte.

»Bei allem Respekt, Mr. Graves«, sagte Stanton, »so sollten Sie nicht mit Ihrer Tochter sprechen, denn sie hat recht. Weit mehr als alle anderen, die bisher gesprochen haben.«

Graves funkelte ihn mit aufrichtigem Hass in den Augen an. »Sie wagen es, so mit mir zu sprechen? Ich sollte ...«

Bevor der Streit noch weiter eskalieren konnte, trat George vor und stellte sich mit seinem breiten Rücken vor Tamsen auf. »Hört jetzt gut zu, alle ... Sie täuschen sich, Mrs. Pike. Meine Frau war die ganze Nacht mit mir in unserem Zelt, das versichere ich Ihnen. Sie kann diesen Gegenstand nicht bei Ihrem Zelt verloren haben, darauf gebe ich Ihnen mein Wort. Wir müssen uns darum kümmern, den Jungen zu finden.«

»Sie nicht, Donner«, knurrte Graves. »Sie werden nichts dergleichen tun. Wir haben Reed abgesetzt, als ihm die Macht zu Kopf gestiegen ist, und jetzt sieht es ganz so aus, als wären Sie der Nächste. Wir dürfen keine Mörder unter uns dulden.«

George blies sich auf wie ein Truthahn, wie er es auch getan hatte, wenn er sich einen widerspenstigen Diener oder den närrischen Prediger von Springfield zur Brust nahm. »Was für ein unglaublicher Unsinn!« Seine Stimme erhob sich über die Menge und klang so selbstbewusst wie seit Monaten nicht mehr. »Ich werde kein bisschen Atem dafür verschwenden, Tamsen für etwas zu verteidigen, das sie nicht getan hat. Und was William Pike angeht ...« Er verstummte und beugte sich ein Stück über die Leiche und Pikes weinende Frau. Schließlich schluckte er schwer und blickte wieder in die Menge. »Er war ein guter Mann, aber er hat sich von seiner Angst verleiten lassen. Das ist es, was passiert, wenn wir unseren Ängsten nachgeben. Ich bedaure diesen Zwischenfall, aber ich werde mich nicht dafür rechtfertigen, dass ich meine Frau beschütze.«

Charles Stanton trat vor. »Ein Kind wird vermisst. Wir dürfen unsere Zeit doch nicht mit Streitereien vergeuden. Wir müssen uns auf die Suche machen.«

Alle redeten gleichzeitig: Peggy Breen zeterte drauflos, ihr Mann Patrick sprang ihr zur Seite; Jacob Donner stellte sich zwischen die beiden und seinen Bruder George; Harriet Pike beklagte weiter den Tod ihres jungen Gatten, bis Franklin Graves sich inmitten des Chaos ein weiteres Mal Gehör verschaffte. Er deutete mit dem Zeigefinger auf George Donner. »Genug! Ich wage zu behaupten, dass ich für uns alle spreche, wenn ich sage, dass ich fertig mit Ihnen bin ... Ihr Donners mit eurem Geld und eurer Arroganz, und jetzt auch noch das! Führt euch auf, als wärt ihr was Besseres, und jetzt haben wir schon wieder einen Toten! Wen wird es als Nächstes treffen, frage ich?« Die Menge lauschte Graves' Worten, und Tamsen wurde kalt vor Angst. »Es reicht! Von jetzt an haltet ihr euch von uns anderen fern, wenn ihr nicht wollt, dass euch etwas zustößt.« Er bewegte den Arm durch die Luft wie eine Sense, mit der er alle Verbindungen zu den Donners durchtrennte.

George wurde leichenblass, als er verstand, was Tamsen längst begriffen hatte: Von nun an waren sie Ausgestoßene und mussten sich allein durchkämpfen, ebenso wie Reed. Und es war alles Tamsens Schuld. Doch George fing sich schnell wieder. Er half Tamsen beim Aufstehen und legte ihr beschützend einen Arm um. »Wie ihr meint. So sei es«, sagte er und drehte der Menge den Rücken zu.

Geht nicht, es wäre euer Tod! Tamsen war nicht sicher, wen sie damit meinte: die Männer, die hinaus in die Dunkelheit zogen, um das vermisste Kind zu suchen, oder ihre eigene Familie.

Denn wenn die Kreaturen, die sie gesehen hatte, wirklich

da gewesen waren und immer noch da draußen lauerten, würden sie wie ein Wolfsrudel auf genau das warten: dass die Gruppe sich von selbst in immer kleinere Grüppchen zersplitterte und sie sich damit *alle* umso angreifbarer machten. In diesem vom Hass zerfressenen Haufen waren Tamsen und die Ihren nicht sicher, aber ohne sie auch nicht.

Doch sie hielt den Mund, denn vielleicht täuschte sie sich. Und selbst wenn sie recht hatte, würde ihr niemand glauben. Den Schauergeschichten einer Hexe. Sie glaubte sie ja selbst kaum. Die anderen würden es nur für einen Trick halten, für eine weitere von Tamsens endlosen Manipulationen. Und welche Strafe würden sie sich dann für sie ausdenken?

Und so fuhr die Karawane weiter. Wie versprochen ließen die Donners immer mehr Abstand zwischen sich und den anderen Wagen. Von den Murphys und Harriet Pikes unerträglicher Trauer weg zu sein, war zumindest eine Erleichterung. Nach ein paar Tagen war der Abstand so groß, dass außer den Abdrücken der Räder auf dem Trail nichts mehr auf die anderen Wagen hindeutete.

Tamsen versuchte, sich nicht von ihren Sorgen auffressen zu lassen. Nach der Ödnis des Großen Beckens hätte sie die grünen Bergwiesen eigentlich als Segen empfinden sollen, selbst in dieser kleinen Gruppe. Überall um sie herum waren Anzeichen von Leben: Links und rechts eines mäandernden Flusses wuchsen Kiefern und andere Bäume im Überfluss, es gab sogar genug Gras für die Ochsen. Doch trotz all der klaren, gelassenen Schönheit um sie herum konnte Tamsen das Unbehagen nicht abschütteln, das sich in ihrer Brust breitgemacht hatte. Sie lauschte auf jedes Geräusch im Unterholz, beobachtete die Bewegungen in den Bäumen und wurde immer sicherer, dass die Geschöpfe, die sie in der

Salzwüste gesehen hatte, wirklich waren und hinter ihnen herkamen.

Die Donners waren allein und folgten dem Strom, den sie wegen der vielen Erlen an seinen Ufern Alder Creek nannten, als an einem ihrer Wagen eine Achse brach. Vom Rest des Trecks war nur eine dünne Staubwolke mehrere Meilen voraus zu sehen.

»Verflucht«, brummte George leise. Er hatte sich auf den Boden gelegt und inspizierte die Unterseite des liegen gebliebenen Wagens.

»Das schaffen wir zu zweit nicht«, sagte Jacob und kniete sich neben ihn.

»Unsinn«, widersprach George. »Wir schaffen das sehr wohl, du und ich. Mit Burgers Hilfe natürlich.«

Tamsens Blick wanderte zwischen ihrem Mann und seinem Bruder hin und her. George stellte mal wieder auf stur. Sie würden es auf keinen Fall schaffen, die Achse allein zu reparieren. Erst vor einer Woche hatte es ein Problem mit der Bremse gegeben – die Backen hatten sich einfach auf die Räder gesenkt, obwohl der Hebel nicht gezogen war. George war vollkommen überfragt gewesen und hatte die Reparatur William Eddy überlassen müssen.

Tamsen wusste, wo die Stärken ihres Mannes lagen – und wo nicht.

»George«, sagte sie leise. »Jetzt ist nicht der richtige Moment für falschen Stolz.« Sie wusste selbst nicht genau, warum sie das sagte. Er hatte sie beschützt. Nur deshalb waren sie jetzt allein.

»Wir könnten ein paar Männer vorausschicken, damit sie Hilfe holen«, schlug Jacob vor. »Der Rest muss ohnehin bald das Nachtlager aufschlagen.« Er spähte in den dunkler werdenden Himmel hinauf.

Für die Dämmerung war es noch zu früh – der dunkle Himmel bedeutete, dass ein Sturm heraufzog. Tamsen hatte das Gefühl, er würde Schnee bringen, obwohl es erst Ende Oktober war. Wieder regte sich wie eine schlafende Schlange die Panik in ihr.

»Wir«, schnaubte George und hantierte weiter am Wagen – an etwas, das Tamsen nicht sehen konnte. »Brauchen. Keine. Hilfe.«

Jacob seufzte und wandte sich dann an Charles Burger. »Wir sollten wenigstens nach Eddy schicken«, erklärte er leise. »Nach allem, was wir für seine Familie getan haben, schuldet er uns was. Ich glaube, die Achse muss ersetzt werden, und er wird am besten wissen, wie das zu machen ist.«

Also gingen Charlie Burger und Samuel Shoemaker los, zu Fuß – denn sie hatten keine Reitpferde mehr – und gegen Georges Willen, um Eddy um Hilfe zu bitten. Ihn anzuflehen, falls nötig. Tamsen hätte dem Plan beinahe widersprochen, denn sie war sicherer denn je, dass die Schattenwesen zwischen den Bäumen lauerten und dies nur eine weitere Einladung an sie war, die Schlinge zuzuziehen. Doch die Notwendigkeit lag auf der Hand, also blieb sie still und schluckte ihre Warnungen hinunter wie Rauch. Immerhin waren sie zu zweit und beide bewaffnet. Das würde genügen. Es musste.

Ihr kam der wilde Gedanke, dass Stanton vielleicht ebenfalls dabei wäre, wenn sie zurückkehrten. Trotz des Hasses zwischen ihnen – das Verlangen und die Sehnsucht, die Tamsen am Anfang der Reise in seiner Gegenwart verspürt hatte, lagen längst hinter ihr – empfand sie immer noch etwas. Trotz seiner Kälte, ja beinahe Eifersucht, nachdem Keseberg ihm mit Tamsens Revolver zu Leibe gerückt war, blieb Stanton für sie immer noch jemand, dem man vertrauen konnte. Trotz – oder vielleicht gerade – *weil* niemand sonst es tat.

In der Zwischenzeit begannen Jacobs ältere Söhne, den liegen gebliebenen Wagen zu entladen.

Inzwischen ging Tamsen mit den jüngeren Kindern hinaus in die Felder. Links und rechts des Trails war der Untergrund ein wenig sumpfig, aber hinter einem leicht verkümmerten Kiefernhain erstreckte sich eine prächtige Wiese. Tamsen schickte die Mädchen zum Blumenpflücken für ihre Elixiere, während sie selbst aufpasste. Ihr Blick wanderte zu der schneebedeckten Bergkette am Horizont, die nun höher aufragte denn je. Es war ein schöner Ort, der beinahe zum Verweilen einlud. Sie musste an James Reed denken, der sie sogleich zur Eile getrieben hätte. Und damit hätte er recht gehabt. Der Winter konnte die Gebirgssättel schon sehr bald unpassierbar machen.

Sie schaute noch einmal zu dem sich verdunkelnden Himmel hinauf. Schon jetzt waren sie seinen Launen schutzlos ausgesetzt.

George schrie plötzlich auf, begleitet von den erschrockenen Ausrufen der Helfer. Tamsen rief die Kinder zu sich und rannte zu den Wagen. George kniete auf dem Boden, sein Gesicht war kreidebleich vor Schmerz und dabei schweißglänzend. Sein Arm war unter einem der Wagen eingeklemmt. Burger und Shoemaker waren noch nicht wieder da. Die restlichen Männer hatten schon einen langen Ast unter dem Wagen verkeilt und lehnten sich mit ihrem Gewicht auf das freie Ende.

»Halt durch, George«, sagte Jacob, dann zu den anderen: »Eins, zwei, drei – jetzt!«

Sie drückten mit aller Kraft, doch der Ast verrutschte, einmal, dann noch einmal. Unter lautem Stöhnen und Fluchen schafften sie es schließlich doch, den Wagen ein Stück anzuheben, sodass George seinen Arm herausziehen konnte und rückwärts umfiel.

Die rechte Hand hielt er hoch erhoben, das Handgelenk mit der Linken umklammert. Tamsen wäre beinahe ohnmächtig geworden: Die Hand sah aus, als stecke sie in einem blutigen Fäustling. Sie war nur noch ein roter, fleischiger Klumpen. Georges Augen waren nach oben verdreht, als sei er kaum noch bei Bewusstsein.

Tamsen ließ sich neben ihm auf die Knie fallen. »Ich brauche sauberes Wasser! Sagt Betsy, sie soll welches abkochen!« Dann rief sie nach einem der Fahrer. »Milt, du bringst die Kinder von hier weg, sie sollen das nicht sehen. Elitha soll den Beutel mit meinen Arzneien holen, und Leanne soll frischen Verbandstoff abreißen.«

Sie versorgte ihn beinahe eine ganze Stunde lang. Glücklicherweise wurde George bald ohnmächtig, sodass Tamsen nicht auch noch aufpassen musste, ihm nicht wehzutun. Sie wusch die offene Wunde zuerst mit Wasser aus und dann mit dem Rest des Alkohols, den sie noch hatten. Das Schwierigste war, den Verband so zu fixieren, dass all die Fleischklumpen korrekt wieder zusammenwuchsen und George nicht zum Krüppel wurde. Jacob ging ruhelos in Tamsens Rücken auf und ab, während die Helfer entsetzt auf Abstand blieben. »Wir haben den Wagen mit dem Ast angehoben, dann ist er plötzlich abgerutscht«, erklärte Jacob, während Tamsen versuchte, die zerquetschten Finger wieder einzurichten.

Als sie endlich fertig war, fielen die ersten dicken Tropfen. Es war weder Regen noch richtiger Schnee. »Wir schlagen besser die Zelte auf«, sagte Tamsen zu ihrem Schwager. »Weiter werden wir heute nicht mehr kommen.« Im Geheimen fragte sie sich, wie weit die anderen wohl inzwischen waren.

Sie führten die Ochsen zum Grasen und schlugen die Zelte unter einem großen alten Baum mit ausladender Krone auf, die so etwas wie ein natürliches Dach bildete. Dann betteten sie George und vor allem seine Hand mit Kissen so bequem wie möglich.

»Wenn er aufwacht, wird er etwas von deinem Laudanum brauchen«, merkte Jacob an.

Bei Anbruch der Nacht waren Burger und Shoemaker immer noch nicht zurück. Tamsen versuchte, nicht an das Schlimmste zu denken. Jeder der beiden hatte ein Gewehr, und sie hatte keine Schüsse gehört. Wären sie irgendeiner Gefahr begegnet, hätten sie doch bestimmt versucht, sich zu verteidigen.

»Wie weit mag es bis zu den anderen Wagen sein?«, murmelte Betsy und rang die Hände.

»Wahrscheinlich wollten sie sich in dieser Nässe nicht auf den Rückweg machen«, versicherte Jacob.

Die Bäume und Wiesen waren jetzt mit einer dicken, matschigen weißen Schicht überzogen. Eine Stunde später kam ein kalter, trockener Wind auf, die Flocken wurden leichter und flauschiger. Sie würden sich auftürmen. Wie hoch, daran wollte Tamsen lieber nicht denken.

Die Helfer schliefen alle in einem Zelt. Tamsen konnte Betsy und Jacob überzeugen, es genauso zu machen, statt für jede Familie ein eigenes aufzuschlagen.

»Bist du sicher?«, fragte Betsy, während sie versuchte, all die Kinder irgendwo unterzubringen.

»So haben wir es wärmer«, erwiderte Tamsen. Doch das war nicht der Grund. *Je mehr wir sind, desto sicherer sind wir auch*, dachte sie.

Um sie herum war es so still. Auf dem Höhepunkt hatte der Treck über neunzig Menschen gezählt. Trotz der Toten und derer, die sie unterwegs verlassen hatten, waren sie wie ein fahrendes Dorf gewesen. Tamsen sah sich um: Sie waren gerade einmal noch zu zwanzigst, winzig klein im Angesicht dieser Berge, des heraufziehenden Winters – und der Nacht. Die Stille war erdrückend, niemand schnarchte auch nur. Das Einzige, was Tamsen hörte, war das leise Rieseln der Flocken draußen und das gelegentliche Rascheln, wenn ein größerer Schneehaufen von der gewachsten Zeltplane abrutschte.

29

Edwin Bryant war nun schon fast einen ganzen Monat bei den Washoe. Der Stamm lebte über den gesamten Gebirgszug verteilt und noch darüber hinaus. Bryant war zu einem kleinen, aber gut organisierten Dorf gebracht worden, das aus zwei Dutzend Rindenhütten auf einer Lichtung mit roter Erde bestand. Über ein paar davon stiegen Rauchwolken träge in den Himmel und vertrieben die morgendliche Kälte. Darüber spannte sich ein niedriger, grauer Himmel.

Bryant fühlte sich wieder besser, aber ohne Pferd oder Proviant würde er allein kaum überleben, und er war sicher, dass die Washoe das wussten.

Der Name des Anführers war Tiyeli Taba, was, soweit er verstanden hatte, so viel wie »großer Bär« bedeutete, weil er als junger Mann einen riesigen Grizzly mit einem einzigen Pfeil getötet hatte. Tiyeli Taba ließ Bryant bei seiner Familie wohnen und teilte auch sein Essen mit ihm. Zwar war es nicht gerade viel, hauptsächlich Nüsse, Wurzeln und geröstete Wildgräser, aber er bekam genauso große Portionen wie die anderen. Er wusste nicht, ob und wann er dieses Dorf jemals wieder verlassen würde, also versuchte er möglichst nicht an das Leben zu denken, das er zurückgelassen hatte. Lieber stellte er sich vor, die Zeit sei lediglich angehalten, und dass seine Verlobte und seine Freunde Walter Gow und Charles Stanton ihn bereits erwarteten. Dann, wenn er eines

Tages zurückkehrte, würde alles genauso weitergehen, wie es zuvor gewesen war. Das redete er sich ein, gleichzeitig wusste er aber, wie unwahrscheinlich es war. Ohne Briefkorrespondenz war er ohne Halt, befand sich wie im freien Fall. Alles Mögliche konnte geschehen, und niemand würde je davon erfahren. Margie würde bis ans Ende aller Zeiten warten und nie sicher sein können ...

Nacht für Nacht saßen sie um das Lagerfeuer, und bald versuchte Bryant, den Ältesten die Legenden ihres Stammes zu entlocken. Es war eine anstrengende Aufgabe, denn er musste oft nachfragen, was genau die Sprecher soeben gesagt hatten, und am Ende konnte er doch immer nur mutmaßen, was sie ihm mitteilen wollten. Dann kehrte eines Tages ein Jagdtrupp zurück. Eines der Mitglieder, ein junger Mann namens Tanau Mogop, hatte für die amerikanische Armee als Späher gearbeitet und sprach etwas Englisch. Bryant war außer sich vor Freude.

Am ersten Abend bat er Tanau Mogop, die anderen Stammesmitglieder nach dem Goldgräberlager zu befragen, das Bryant im Wald entdeckt hatte. Die Schädel und anderen Knochen, die er in der verlassenen Hütte gefunden hatte, gingen ihm nicht mehr aus dem Kopf. Wenn irgendjemand wusste, was an dem Ort geschehen war, dann die Bewohner dieses Dorfes, das die nächstgelegene menschliche Ansiedlung zu sein schien.

Ohne ein Wort zu sagen, saß Tiyeli Taba nachdenklich dabei, zwei andere begannen gleichzeitig und aufgeregt auf Tanau Mogop einzureden. Schließlich wandte sich Tanau Mogop an Bryant und erklärte, dass das Lager tatsächlich von Goldschürfern errichtet worden war, die über ein Jahr dort gelebt hatten. Die Ältesten bestanden jedoch darauf, dass der Stamm nichts mit ihnen zu tun gehabt habe. Ab und zu seien sie dort gewesen, um sich zu versichern, dass niemandem etwas zugestoßen war. Und gelegentlich ließen sie einen Sack Pinienkerne oder Wurzelknollen da, wenn die Schürfer hungrig aussahen. Damals gab es noch Wild in der Gegend, hauptsächlich Kaninchen, weshalb sie sich keine Sorgen machten, dass die Weißen verhungern könnten. Doch dann wurde einer der Goldgräber von *na'it* angesteckt.

»*Na'it?*«, wiederholte Bryant. »Was ist das?« Er kannte das Wort, hätte schwören können, es von einem der Jäger gehört zu haben, die ihn im Wald gefunden hatten.

»Es ist der Hunger. Ein böser Geist, der von einem Menschen zum anderen wandert. Es ist eine sehr alte Legende meines Volkes, für die es, wenn überhaupt, kaum überlieferte Beweise gibt. Doch was mit diesen weißen Männern geschah ... das war *na'it*. So sagen es die Ältesten.«

»Aber wie kann es passieren?«, fragte Bryant weiter. »Wie ... wandert dieser ... *na'it?*«

Tanau Mogop hörte den Ältesten lange zu, bevor er antwortete. »In den alten Geschichten heißt es, dass der *na'it* einen Menschen angreift und ihn verspeist, aber wir glauben ... wir glauben, manchmal kommt es vor, dass der Mensch überlebt und selbst von dem bösen Geist bewohnt wird. So wird auch er zum *na'it* und will fortan das Fleisch seiner Mitmenschen verspeisen.«

Bryant dachte an die Inkas, die die spanischen Eroberer vor über dreihundert Jahren wegen ihrer hochgewachsenen Gestalt und hellen Haut angeblich für Götter gehalten hatten. Die Geschichte war ihm zwar immer wie eine Erfindung der Spanier erschienen, aber war es nicht möglich, dass die Anawai, die diesen *na'it* anbeteten, vor langer Zeit einem halb verhungerten Weißen mit entsprechend großem Hunger begegnet waren? Hatten sie sich sein eigenartiges Verhalten vielleicht damit erklärt, dass er von einem bösen Geist besessen war?

Nachdenklich rieb er sich die Unterlippe. Andererseits, wenn sich die Goldschürfer tatsächlich mit irgendetwas *angesteckt* hatten ... Es gab eine Menge Krankheiten mit ähnlichen Symptomen. Walton hatte ihm einmal von einem britischen Forscher namens Thomas Addison berichtet, der eine seltene Form der Blutarmut entdeckt hatte. Nach ihm wurde sie die Addison'sche Krankheit genannt und verursachte, wenn auch nur sehr selten, bei manchen der Betroffenen eine Art Bluthunger nach rohem Fleisch und Organen. Bestimmt gab es noch mehr solcher Krankheiten, die noch nicht entdeckt und erforscht waren. Dieses *na'it* mochte eine simple Variation der Addison'schen Krankheit sein ...

Aber die Parallelen, diese verblüffende Ähnlichkeit mit dem Vorfall in Smithboro und dem Mann, der sich gleichsam in ein Tier zurückverwandelt und das Vieh mit bloßen Händen und Zähnen angefallen hatte, kamen Bryant seltsam vor.

Genau das war es, wonach er von Anfang an gesucht hatte.

»Das bedeutet also, dass einer der Goldschürfer die anderen tötete, nachdem der *na'it* ihn angesteckt hatte?« Bryant dachte an die abgenagten Knochen, die er gefunden hatte, und wollte jeden noch so kleinen Zweifel ausräumen. »Er hat sie getötet – und dann aufgegessen?«

Tanau Mogop nickte ernst. »*Na'it* sind nie satt. *Na'it* wollen alles. Sie *töten* alles.«

»Und ihr sagt, dass es ansteckend ist? Dass der Zustand von einem Infizierten auf einen Gesunden überspringen kann?«

Blutarmut war nicht ansteckend, also bedeutete es, dass es sich vielleicht um eine neue Art von Krankheit handelte, die sich wie Tollwut verbreitete. Eine Krankheit, die in einem

Menschen ein verzweifeltes Verlangen nach rohem Fleisch auslöste. Nach Menschenfleisch. Und die den Indianern so viel Angst machte, dass sie jeden umbrachten, der die Symptome zeigte.

Na'it *töten alles.*

Später am gleichen Abend saß Bryant vor der Grashütte seines Gastgebers, starrte in die Ferne und fragte sich, ob er dieses Dorf je wieder verlassen, seine Freunde je wiedersehen würde. Margie kam ihm zusehends wie eine Ausgeburt seiner eigenen Fantasie vor, wundervoll und unerreichbar, eine unsichtbare Freundin, die er sich erträumt hatte, um sich nicht eingestehen zu müssen, dass er ein einsamer alter Junggeselle war, bestimmt zu einem ebenso einsamen Tod.

Tanau Mogop sah ihn und fragte, ob Bryant irgendetwas brauche.

»Ich muss zurück nach Hause«, antwortete er. »Glaubst du, jemand aus deinem Stamm könnte mir dabei helfen?«

Tanau Mogop setzte sich und schnitzte, während er überlegte. »Ich werde Tiyeli Taba fragen«, sagte er schließlich. Es war keine leichte Bitte, erklärte der Indianer, da sie, um zu Johnsons Ranch zu gelangen, durch das Gebiet der Anawai mussten. Er schüttelte den Kopf. »Die Anawai sind nicht immer so gewesen. Sie haben erst vor fünf oder sechs Sommern mit diesen Opfern angefangen. Als Schutz gegen den *na'it.*«

Bryant, der gerade eine Pfeilspitze schärfte, hielt mitten in der Bewegung inne. Etwas an Tanau Mogops Worten setzte einen Gedanken in Gang, einen Verdacht oder vielleicht eine Theorie, die schon seit Wochen an ihm nagte. »Vor sechs Jahren ...«

Tanau Mogop nickte und zog sein Messer mit einem lauten Geräusch über einen Wetzstein. »Diese Gruppe, sie tun schändliche Dinge. Sie wählen einen Mann aus ihrer Mitte und opfern ihn dem *na'it*, um den bösen Geist zu besänftigen. Aber das ist falsch. Sie *füttern* ihn nur und machen ihn stark.«

Bryant konnte sie dennoch verstehen. Er konnte verstehen, wenn ein Stamm seine eigenen Mitglieder opferte, um sich menschenfressender Menschen - *Monstern* - zu erwehren. Tanau Mogop hatte gesagt, die Anawai hätten vor fünf oder sechs Jahren angefangen, den *na'it* anzubeten.

Nun fiel es Bryant wie Schuppen von den Augen: Die »Wiederauferstehung« dieses *na'it* fiel genau in den Zeitraum, in dem die Goldschürfer verschwunden waren, von denen Bridger ihm erzählt hatte. Er dachte noch einmal an das verlassene Lager dort und die verstörenden Anzeichen von Kannibalismus.

Vielleicht waren die verschwundenen Weißen gar nicht das Opfer dieser Krankheit geworden.

Sie waren der Ursprung.

30

Dezember 1831

Durch das Fenster des viktorianischen Hauses, das seinem Großvater gehörte - es war eines der größeren in der Nachbarschaft - sah Stanton den zugefrorenen Fluss, der sich wie ein weißes Band durch die Stadt schnitt. Die Schule hatte geschlossen, und die Kinder liefen, jauchzend vor Entzücken, nahe am Ufer Schlittschuh.

Doch der versprochene Treffpunkt mit Lydia lag weiter unten, an einer Biegung, die sich zum Waldrand hin wie ein Teich verbreiterte. Denn heute war der Tag, an dem sie gemeinsam weglaufen würden.

Als er dort ankam, an genau der gleichen Stelle, an der sie gestern noch gesprochen hatten, dachte er im ersten Augenblick, sie wäre nicht da, hätte es sich anders überlegt, wäre aufgehalten worden oder hätte es mit der Angst bekommen.

Er hörte das Läuten der Kirchenglocke.

Dann sah er sie. Allein, eine kleine dunkle Silhouette, die langsam immer weiter hinaus auf den Teich lief, wo das Eis dünner wurde.

»Lydia!«, rief er. »Lydia!« Sie blieb kurz stehen, drehte sich aber nicht um.

Stanton brauchte einen Moment, um zu begreifen, dass sie ihn gehört hatte. Und noch einen, um zu merken, dass sie keinen Mantel trug, auch keinen Hut oder Schal. Obwohl es mitten am Nachmittag war, schien sie nur mit ihrem

Nachthemd bekleidet zu sein. Stanton erstarrte. Sein Herz begann wie wild zu trommeln, er räusperte sich und rief noch einmal.

Diesmal drehte sie sich um, doch aus der Entfernung konnte er den Ausdruck in ihren dunklen Augen nicht erkennen. Das einzige Geräusch, das er hörte, war, als das Eis unter ihr brach.

Binnen eines Wimpernschlags war Lydia verschwunden.

Stanton wurde aus seiner Trance gerissen und rannte durch die beißende Kälte, noch bevor er selbst wusste, was er da tat. Die Landschaft raste an ihm vorbei, Panik rauschte in seinen Ohren. Er musste geschrien haben, denn plötzlich hörte er von überall Schritte im Schnee und Rufe, die von den Bäumen widerhallten. Er rannte, bis zwei Männer ihn packten und festhielten.

Zu diesem Zeitpunkt war ihr Körper bereits aus dem Wasser gezogen worden. Jemand anderer war vor ihm da gewesen. Eiswasser lief in kleinen Rinnsalen aus Lydias Haar und über ihr Gesicht, das Nachthemd klebte ihr an der blässlich blauen Haut.

Einen grausamen Moment lang glaubte er, ihre Lider flackern zu sehen, glaubte, es bestünde vielleicht die Möglichkeit, dass sie noch lebte.

Und dann brach, genau wie zuvor das Eis, die Wahrheit über ihn herein, und er stürzte ins Leere.

Sie waren praktisch Tür an Tür aufgewachsen. Stantons Vater war Landvermesser und oft unterwegs, also brachte er Stanton und seine Mutter bei seinem Vater unter, der ein bekannter Prediger war. Es war eine schwierige Kindheit. Stantons Großvater, Reverend Resolved Elias Stanton, konnte man es nie recht machen, und bei seinem Enkel schien er doppelt anspruchsvoll. Vielleicht war dem Jungen Lydia deshalb so wichtig: Ihr Haus war wie eine Zuflucht. Zumindest war das am Anfang der Grund. Als sie älter wurden, verliebte er sich Hals über Kopf in das Mädchen, das ihm schon in Kindertagen ein Mysterium gewesen war, obwohl sie in direkter Nachbarschaft lebten.

Eine Dunkelheit umgab ihre Seele, etwas Ungreifbares, Flackerndes, wie eine Flamme im Wind, und Stanton ... nun, er war jung, zu jung, um zu verstehen, weshalb sie so geworden war.

Lydias Mutter starb, als sie noch sehr klein war, seither lebte sie allein mit ihrem Vater in einem großen Haus, in dem es von Dienern nur so wimmelte. Sie konnte äußerst arrogant sein, was die Leute darauf zurückführten, dass ihr Vater sie nach Strich und Faden verzog. Es stimmte. Lydia erwartete, stets zu bekommen, was sie wollte, und reizte die Erwachsenen damit bis aufs Blut. Aber der, der am meisten unter ihr zu leiden hatte, war Stanton. Weil sie wusste, dass er in sie verliebt war; das musste der Grund sein.

Es war nicht mehr zwischen ihnen gewesen als ein paar heimliche Küsse auf dem Flur, auf dem Dachboden oder hinter Lydias Haus, dort, wo der Buchsbaum am dichtesten wuchs.

Stanton wollte aber viel mehr als das, doch er bekam nie die Gelegenheit - und selbst wenn, dann hätte er höchstwahrscheinlich nicht gewusst, was er tun sollte. Sein Großvater und seine Mutter hatten alles, was Männer und Frauen im Dunkeln miteinander taten, sorgsam von ihm ferngehalten.

Er stellte sich immer vor, wie er alles richtig machte. Er wollte hinaus in die Welt ziehen, einen Mann aus sich machen und Lydias Liebe gewinnen. Dann würde er um ihre Hand anhalten, und aus den Fantasien, die in ihm schwelten, würde Realität. Daran glaubte er mit einer selbstverständlichen Zuversicht. Er vertraute seiner Liebe zu Lydia genauso, wie sein Großvater auf die starke Hand Gottes vertraute.

Doch als er Lydia von seinem Traum erzählte, wurde sie plötzlich kühl. Es war die reinste Folter. Stanton war krank vor Sorge, dachte, sie wäre enttäuscht von ihm, er hätte die Grenzen ihrer Freundschaft überschritten oder schlimmer noch: dass sie einen anderen gefunden hatte.

Der Herbst des Jahres 1831 war wie im Flug vergangen. Außer auf dem Markt oder über den Mittelgang der Kirche hinweg hatte er Lydia seit Monaten nicht gesehen. Es war ein bitterkalter Winter, die Feiertage würden bald kommen, als Stanton sie schließlich an einem Sonntag nach der Kirche beiseitenahm. Ihr Vater war krank geworden und hatte Lydia allein zum Gottesdienst geschickt. Ihre Hände waren blass und eisig kalt, und Stanton fragte sich, was wohl mit ihren Handschuhen passiert sein mochte.

Lydia führte ihn in den Wald, wo sie heftig miteinander stritten. Sie sagte, er solle sie in Ruhe lassen, sie habe seine Avancen nie gewollt. Stanton war am Boden zerstört, all die Jahre der Freundschaft und die Momente aufgeheizter Intimität zwischen ihnen zogen in einem wirren Knäuel an ihm vorbei. Was hatte er falsch gemacht?

Er flehte sie an, es ihm zu erklären, ihm zu helfen, es zu verstehen. Er wollte sie weder drängen noch unter Druck setzen, aber er weigerte sich, ihre Ablehnung einfach so hinzunehmen. Es gab etwas, das sie ihm verschwieg, und er musste wissen, was das war. Sie schuldete es ihm, schuldete ihm einen Grund, warum sie nie *sein* werden würde. Sobald er den hatte, würde er es akzeptieren und für immer aus ihrem Leben verschwinden.

Schließlich gab sie nach und nannte ihm den Grund. Er hätte sich auch so nicht mehr allzu lange verheimlichen lassen.

Sie war schwanger.

Vor Scham und Verwirrung fing Stanton zu stottern an. Die Kälte kroch unter seinen Mantel, obwohl es sein bester war, aus schwerer Wolle, den er nur sonntags trug. »Aber ... wie?« Er spürte, wie seine Wangen heiß wurden. Er mochte unerfahren sein, aber er war nicht blöd. Stanton wusste, wie man Kinder machte, und begriff: Es musste einen anderen geben.

Seine Sorge vermischte sich mit Eifersucht, Wut und Schmerz. »Wer ist es? Werdet ihr heiraten?«

In diesem Augenblick begann Lydia zu weinen, zuerst nur ganz leise, wie fallender Schnee, dann immer heftiger. Dabei sagte sie nicht ein einziges Wort.

Stanton sank auf die Knie. Ihre Hände waren zu kalt, er nahm sie und rieb sie zwischen den seinen, während Lydia weinte und weinte. Wenn er ihr die innere Wärme zurückgab, bekäme er vielleicht die Lydia zurück, die er gekannt – oder zu kennen geglaubt – hatte. »Wer immer es ist, es ist mir gleich«, sagte er zwischen ihren Schluchzern. »Ich liebe dich schon immer und werde dich weiter lieben. Bitte, Lydia, wenn du mich auch liebst, heirate mich.«

Sie hörte endlich auf zu weinen. Ihre Tränen hatten feine Linien auf dem vom Wind geröteten Gesicht hinterlassen. Lydia kam ihm wie ein Gemälde vor, dessen Farben zerflossen, bis nichts mehr zu erkennen war.

»Kenne ich ihn? Hat der Schuft dich sitzen lassen?«

Sie schüttelte den Kopf. »Er ist noch hier. Er ... ich ... ich werde nie frei von ihm sein, Charles.«

Seine Sorge vervielfachte sich. »Ich werde nicht zulassen, dass ein Ungeheuer dein Leben zerstört. Wir gehen zu deinem Vater. Er wird ihn bezahlen lassen, wer immer es ist.«

Auf diese Worte hin brach sie erneut in Tränen aus, in tiefe, bellende Schluchzer. Sie machte sich von ihm los und rannte noch tiefer in den Wald hinein. Stanton folgte ihr, rief immer wieder ihren Namen, bis er endlich ihren Arm zu fassen bekam und sie herumdrehte. Lydia ließ sich gegen ihn sinken und murmelte etwas, wieder und immer wieder, bis seine Ohren die Bedeutung endlich entschlüsselten und nur sein Gehirn sich noch weigerte.

EswareresswarereswarER. Es war mein Vater.

Das Geheimnis breitete sich wie eine Decke über den Wald. Selbst die Vögel verstummten, während die Einzelheiten, langsam und schmerzlich, zutage kamen: Mr. Knox zwang seine Tochter seit beinahe zwei Jahren, mit ihm das Bett zu teilen.

Angewidert und zutiefst erschüttert, hielt Stanton sie fest, Angst und Übelkeit - beides gleich stark - stiegen in ihm auf. Die ganze Zeit über war er dabei gewesen, ohne es zu sehen, ohne zu helfen. Konnte er sich das jemals verzeihen? Würde er je wieder das Vertrauen einer Frau verdienen?

»Ich werde dir helfen«, sagte er immer wieder, ohne zu wissen, wie.

Sie flehte ihn an, niemandem etwas zu verraten, sagte, sie könnte nicht mehr leben, wenn irgendjemand von ihrer Schande erfuhr. So absurd es war, sie wollte ihren Vater beschützen. Schließlich richtete sie sich auf, wischte sich das Gesicht trocken und sagte, sie müsse nach Hause, bevor jemand etwas merkte.

Und da gab er ihr ein Versprechen: »Wir treffen uns morgen wieder hier. Ich bringe das in Ordnung.«

Lydia nickte. »Bitte erzähl niemandem davon.« Dann eilte sie davon, schnell wie der Wind.

Danach stolperte Stanton stundenlang durch den Wald, der Nachmittag neigte sich rapide dem Abend zu, und er zitterte vor Kälte. Doch er musste in Bewegung bleiben, sonst würde ihn das Grauen ersticken.

Irgendwann ging er nach Hause und direkt in das Arbeitszimmer seines Großvaters. Es gab ein Problem, das wusste er, denn sein Großvater war ein guter Freund von Knox. Streng und unversöhnlich wie er war, rechnete sich Stanton wenig bis gar keine Chancen aus, dass er ihm glauben würde. Aber das spielte jetzt keine Rolle. Die Wahrheit spielte keine Rolle, solange er nur die Dinge in Ordnung brachte.

Und so dachte er sich eine Geschichte aus: Er erzählte seinem Großvater, das Baby wäre von ihm. Er bat ihn, das einzig Ehrenvolle tun zu dürfen, nämlich Lydia sofort zu heiraten. Jung, wie er war, dachte er, sein Großvater würde es ihm erlauben und ihn mit den entsprechenden Mitteln ausstatten. Was er dafür von ihm zu hören bekommen würde, war Stanton gleich.

Doch es kam anders. Statt ihm seine Erlaubnis zu erteilen, drohte Elias, ihn zu enterben. Lydias Vater hatte ihn bereits als Frauenheld und Schurken hingestellt, Stanton blieb gar nichts anderes übrig, als mitzuspielen. Niemand hätte ihm geglaubt. Geld bedeutete Macht, das begann er nun zu begreifen, und Knox kaufte sich mit seinem Geld die Wahrheit, die ihm passte.

Das Schlimmste wurde Stanton erst später klar: dass Knox ihn gar nicht als Schwiegersohn wollte. Gerade ihn nicht, der sein dunkles Geheimnis kannte. Auf keinen Fall ihn, der gesellschaftlich so weit unter ihnen stand.

Nicht solange er seine Tochter für sich selbst wollte.

Aber wenn er keine Erlaubnis bekam, spielte auch das keine Rolle. Dann würden sie eben verschwinden. Stanton hatte keinen Plan parat, aber das musste er auch nicht. Die Liebe – und die Wahrheit – würden sie tragen und befreien.

Das glaubte er von ganzem Herzen.

Winzig kleine Schneeflocken tanzten um Stantons Kopf, als er mehrere Tage später Knox' Haus betrat. Es war vor der Beerdigung. Er schaute zum Himmel hinauf und sah die bauschigen Wolken am Horizont. Ein Sturm zog auf.

Der Salon war vollständig umgeräumt. Die Möbel waren herausgeschafft worden, um Platz für den Sarg zu machen, der, genauso herausgeputzt wie die Leiche darin, auf einem Gestell vor dem Kamin stand. Jemand stieß ihn von hinten an, Stanton ging zu dem Sarg und spähte hinein. Da war sie, seine Lydia. Sie hatten ihr das cremefarbene Flanellkleid mit dem Rosenknospenmuster angezogen. Lydia hatte dieses Kleid gehasst, weil sie darin wie ein Kind aussah. Knox hatte den Dienerinnen aufgetragen, den Leichnam herzurichten, doch die hatten sich nicht die Mühe gemacht, ihr Haar zu einer Lockenfrisur hochzustecken, wie Lydia es immer getragen hatte. Glatt gekämmt, fiel es offen bis über ihre Schultern. Lydia sah überhaupt nicht so aus, wie er sie in Erinnerung hatte.

Am schlimmsten fand er die Haut, so weiß und kreidig wie sie war. Die Augen waren geschlossen, das Gesicht schlaff und leblos. Dieser Leichnam war nicht die Lydia, die er gekannt hatte.

Das machte es etwas einfacher.

Er versuchte, Knox' unterdrückte Schluchzer auszublenden, doch sie waren überall, unterdrückt und gleichzeitig so erstickend wie nasser, schwerer Schnee. Stanton war wie gefangen in dem Geräusch und bekam kaum Luft.

Den Rest des Tages war er so angespannt, so geistesabwesend und launisch, dass sein Großvater ihn trotz des mittlerweile heftigen Schneefalls nach draußen zum Holzhacken schickte. Stanton hackte, bis er wohltuenden Schweiß auf seiner Haut spürte und seine Sorgen endlich vergessen hatte, zumindest für wenige Augenblicke. Doch er war kaum wieder nach drinnen gegangen, da befahl ihm Elias, Knox als gutnachbarschaftliche Geste eine Schubkarre voll Feuerholz vorbeizubringen.

Stanton war zu müde, um zu protestieren, und begann, das Holz neben dem Kücheneingang aufzustapeln.

Die Tür ging auf, Herbert Knox blickte auf ihn herunter. Er hatte seine Krawatte gelockert, der gestärkte Hemdkragen war offen, das grau melierte Haar unordentlich. Offensichtlich war er betrunken.

Er bestand darauf, dass Stanton hereinkam. Stanton setzte sich neben Knox in einen Esszimmerstuhl, der für die Leichenschau in den Salon gestellt worden war, stierte den Sarg an und schwieg. Aus Angst, er könnte Lydia verraten.

»Weißt du, weshalb ich dich hereingebeten habe?« Herbert Knox' dröhnende Stimme hallte von der hohen Decke wider.

Stanton schüttelte unmerklich den Kopf.

Knox fuchtelte mit der Hand. »Du kannst ganz frei sprechen. Ich habe den Dienern für den Nachmittag freigegeben. Es ist niemand im Haus außer dir und mir.« Als er immer noch nichts erwiderte, beugte Knox sich heran. Stanton roch den Alkohol in seinem Atem. »Es gibt etwas, worüber ich mit dir sprechen möchte.« Er machte eine kurze Pause und musterte Stantons Gesicht. »Du hast meiner Tochter nahegestanden, und ich möchte wissen ... hat sie dir ihre Geheimnisse anvertraut?«

Erzähle niemandem davon, hatte sie ihn angefleht.

Stanton schwitzte.

Herbert Knox erhob sich und ging im Zimmer auf und ab. »Denn ich weiß, dass mein kleines Mädchen Geheimnisse hatte, Charles. Geheimnisse, von denen du nicht das Geringste ahnst. Kannst du dir das vorstellen? Dass es Dinge über meine Tochter gibt, von denen du nichts weißt?«

»Ich glaube, jeder hat Geheimnisse«, brachte Stanton schließlich heraus, auch wenn er meinte, jeden Moment an seinem eigenen Speichel ersticken zu müssen.

»Meine Tochter war schwanger, Charles. Wusstest du das?« Stantons Kiefermuskeln zuckten, ansonsten rührte er sich nicht. »Glaub nicht, sie hätte es mir nicht erzählt. Ich weiß, wer der Vater war.«

Wieder fühlte es sich an, als bekäme er keine Luft in seine Lunge. Er seufzte schwer.

Knox redete weiter. »Tu nicht so, Charles. Dass du dich zu meiner Tochter hingezogen gefühlt hast, ist verständlich. Aber dein Verhalten nicht.«

Also würde Knox weiter alles abstreiten. Stanton wurde schlecht, auch wenn er nicht wusste, was schlimmer wäre: Wenn Mr. Knox ihn beschuldigte, der Vater zu sein, oder wenn er zugab, dass er selbst der Schuldige war. Der Raum schien immer kleiner zu werden, in seinem Schädel pochte es lauter und lauter.

»Lydia und ich standen uns sehr nahe«, fuhr Knox fort. Sein Blick ging in die Ferne, als wäre er gar nicht hier. »Viel näher als die meisten Väter und Töchter. Nach dem Tod meiner Frau war sie alles, was ich noch hatte, meine ganze Familie. Sie hat mir alles erzählt.«

Stanton sprang auf. Abscheu schäumte in seinen Adern wie ein Gift. Er musste weg von hier, raus aus diesem Haus, fort von diesem abscheulichen Schauspiel.

Die schnelle Bewegung schien Knox aus seinen Gedanken zu reißen. Er fixierte Stanton wie ein Reptil. *Er weiß, dass ich es weiß.* Das wurde ihm in diesem Augenblick klar. *Alkoholisiert oder nicht, er weiß es.*

Bitte verrate es niemandem. Lydias flehende Stimme legte sich wie eine Schlinge um seinen Hals.

Knox stank nach Alkohol und Schweiß. Plötzlich packte er Stanton am Arm und drückte zu wie ein Irrer. Er zog ihn ganz nahe an sich heran, als versuche er, an Stantons Augen abzulesen, was er dachte. »Du glaubst, du kennst die Wahrheit, aber du verstehst das nicht. Du hast geglaubt, meine Tochter würde dich lieben, aber du warst wie ein Kind für sie. Sie hat dich bemitleidet, wie du ihr hinterhergerannt bist, als seist du ein liebestolles Hündchen. Du hast keine Ahnung, was Liebe ist, Junge ...«

Im nächsten Moment sah er Knox auf dem Boden liegen und sich erschrocken den Kiefer reiben. Stanton musste ihm einen Kinnhaken versetzt haben, so schnell, dass er sich nicht einmal selbst daran erinnern konnte. Das einzige Anzeichen war der Schmerz in seinen Knöcheln.

Knox schaute zu ihm hinauf, sein glasiger Blick wurde plötzlich hart. »Wenn du Lydia wirklich liebst, wirst du ihr Andenken schützen. Sie hätte es nicht ertragen, wenn die Leute über sie tratschen. Das weißt du.«

»Sie glauben, ich werde es niemandem erzählen ...«

»Niemand würde dir glauben.« Ganz langsam und überlegt stand Knox auf. Er ließ Stanton nicht aus den Augen. »Du hast deine Wahl bereits getroffen, Charles. Lass Lydias Andenken ruhen. Niemand würde dein Wort über meines stellen, Bursche. Nicht nachdem du meiner Tochter jahrelang hinterhergelaufen bist. Nicht nachdem du die Schuld schon auf dich genommen hast.«

Stantons Wut raubte ihm beinahe das Bewusstsein.

Auf einmal war er über ihm. Er saß auf Knox' Brust, binnen Sekunden waren seine Knöchel so blutig wie das Gesicht des alten Mannes unter ihm. Immer wieder schlug er auf das kranke, selbstgefällige Grinsen ein, wollte, dass sich diese grauen Augen für immer schlossen. Knox war wie der Tod, er zerstörte alles, was auf dieser Welt gut und schön war.

Wäre nicht die Haushälterin, Mrs. Talley, schreiend hereingerannt gekommen, Herbert Knox wäre noch an diesem Tag seinem Schöpfer gegenübergetreten. Doch der Lärm, den sie machte, rief die anderen Diener herbei, die Stanton von der blutverschmierten Gestalt auf dem Boden herunterzerrten.

Stanton keuchte, er weinte und zitterte. Die Diener starrten ihn verwundert und verängstigt an, dann schleiften sie ihn in Furcht und Schande zu seinem Großvater.

Man ließ ihn stundenlang in seinem Bett liegen, vielleicht auch über Tage. Elias sah nicht nach ihm, und seine Mutter auch nicht. Es kam überhaupt niemand. Stanton fragte sich, ob er vielleicht gestorben war und sich in einer Art Vorhölle befand, in einer Welt, die nur aus seinem Bett und den kurzen, von Albträumen geplagten Schlafphasen bestand. Draußen vor dem Fenster tobte ein Blizzard.

Irgendwann dämmerte der Morgen, und sein Großvater rief ihn zu sich ins Arbeitszimmer. Stanton stand auf und merkte, dass sein ganzer Körper schmerzte – zweifellos von dem Kampf. Seine Knöchel waren verschorft.

Würde ihn sein Großvater auspeitschen? Ihn halb totprügeln und auf die Straße setzen? Stantons Fantasie reichte nicht aus, um sich all die Arten vorzustellen, wie Knox versuchen könnte, sein Leben zu zerstören. Welche Strafe er sich für ihn ausgedacht haben mochte.

Er hörte seine Mutter in ihrem Zimmer weinen. Ihre Tür war fest verschlossen, aber Stanton nahm es ihr nicht übel. Sie konnte ihm nicht helfen.

Er drückte die Klinke hinunter, und die Tür zum Arbeitszimmer öffnete sich mit einem Quietschen.

Sein Großvater sagte nichts, er deutete lediglich mit dem Kinn auf einen Stuhl. Es war unheimlich still im Raum, als ersticke der Schnee draußen jedes Geräusch.

Was dann geschah, zog Stanton den Boden unter den Füßen weg.

Laut den Worten seines Großvaters hatte Herbert Knox »Erbarmen mit dem gramgebeugten Jungen« gezeigt. Er zog einen dicken Umschlag hervor. Die Summe darin verschlug Stanton den Atem.

»Das«, erklärte sein Großvater, »soll dir helfen, noch einmal ganz von vorne anzufangen. Eine Gefälligkeit der Familie Knox.« Er hielt kurz inne. »Unter der Bedingung, dass du nie zurückkehrst.«

Stanton war wie gelähmt. Er wollte Knox' Geld nicht. Er wollte dieses Almosen nicht, das so groß war, dass es einem Schuldgeständnis gleichkam. Es war nichts als Schweigegeld. Das begriff selbst er.

»Nimm es, Junge«, sagte sein Großvater. »Du bist hier nicht mehr willkommen.«

Stanton mochte kein Kind mehr sein, aber er war immer noch jung, sehr jung. Wenn es einen anderen Weg gab, dann kannte er ihn nicht. Wenn es eine Möglichkeit gab, die Dinge zurechtzurücken und die Wahrheit ans Licht zu holen, dann sah er sie nicht.

Das Bündel Geldscheine starrte ihn an. Wie hätte er ahnen können, dass Knox es eines Tages zurückfordern würde – als alles längst ausgegeben war? Woher hätte er wissen sollen, auf wie viele Arten und mit wie vielen Frauen er versuchen würde, die Erinnerung an Lydia zu ertränken? Dass ein Punkt käme, an dem seine Unschuld keine Rolle mehr spielte und er sich in all den Fehlern und Affären verlor, die er in all den Jahren angehäuft hatte ...

Vielleicht war er damals tatsächlich naiv gewesen, ein Kind.

Er konnte die Dinge nicht geraderücken, er konnte Lydia weder Gerechtigkeit verschaffen noch Frieden. Und genauso wenig konnte er weiter in dieser Stadt leben, mit dem Mann als Nachbar, der Lydias Vertrauen und ihre Liebe so sehr missbraucht hatte. Er würde entweder den Verstand verlieren oder Knox umbringen oder beides.

Er sah keinen anderen Ausweg, als das Geld zu nehmen und zu verschwinden.

Ein wahrer Held hätte gewusst, was zu tun war, ganz bestimmt. Er hätte sein Leben niemals auf ein Fundament aus Grauen, Fäulnis und Schuld gebaut.

Aber Charles Stanton war kein Held.

Vergib mir, Lydia.

Sechster Teil
November 1846

31

Schnee fiel auf den Alder Creek. Er war zart, hübsch sogar. Erbarmungslos.

Oft, wenn ihr Mann unruhig schlief, sah Tamsen ihn verwundert an und dachte daran, wie sehr sie seinen Tod herbeigesehnt hatte. Sie hatte darum gebetet, dass es sich als eine angenehme und entsetzliche Überraschung ereignen möge, ordentlich, sauber und schnell, wie es bei ihrem ersten Mann gewesen war. Sie hatte sich so sehr gewünscht, irgendwo etwas Besseres zu finden, dass ihre Schönheit sie noch einmal retten und ihr irgendwo einen noch besseren Fang verschaffen würde. All diese Fantasien kamen ihr nun erstaunlich naiv vor, waren sie doch aus der Erwartung geboren, dass das Leben trotz allem gut zu ihr sein würde, dass sie das Ruder noch einmal herumreißen und sich ihr eigenes Glück erschaffen könnte. Dass es sich erreichen ließ, indem sie wie mit Klauen danach griff.

Inzwischen wusste sie es aber besser, und dieses Wissen ermöglichte ihr, George zu verzeihen – zumindest ein bisschen – für die grässliche Falle, als die sie ihr Eheleben empfand. Er hatte seine eigene Sicherheit zugunsten der ihren aufgegeben, und das ohne Not, nur weil sie die Mutter seiner Kinder war. Nur weil er sie – unerklärlicherweise – vergötterte.

Nüchtern betrachtet, brauchte sie ihn nicht. George taugte zum Schwingen großer Reden und konnte mit leuchtenden

Augen Schmeicheleien verteilen, mehr aber nicht. Doch genau das brauchte sie, genau diese Art von Bewunderung.

Jemanden, dem sie am Herzen lag.

Die Temperatur fiel.

Seit zwei Tagen schon hatten sie sich in ihren Zelten verbarrikadiert. Der Schnee lag kniehoch, eine dichte weiße Decke versperrte den Weg und wurde bereits hart. Alle zitterten unter ihren Quilts und Decken. George hatte hohes Fieber und delirierte. Seine Haut war glühend heiß und so blass wie der Schnee draußen. Jedes Mal, wenn er im Schlaf vor Schmerz aufschrie, zuckten die Mädchen wimmernd zusammen. Tamsen flößte ihm einen Tee aus Ingwer, Melisse und Zimt ein. Gegen die Infektion.

Es war spät. Sie schlief nur noch in kleinen Etappen, eine Stunde, vielleicht zwei, wenn sie Glück hatte. Burger und Shoemaker waren wieder da, zurückgekommen, als es gerade einmal nicht schneite, allerdings mit der bitteren Nachricht, dass Eddy seine Hilfe verweigerte. Es blieb ihnen nichts anderes übrig, als den nächsten Wetterwechsel abzuwarten. Sie saßen fest.

Schlaflos saß Tamsen an Georges Seite, als sie ein Geräusch von draußen hörte: ein leises Zischen wie von Kufen. Ein Schlitten, genau das, was sie brauchten, aber hier draußen in der Wildnis? Ausgeschlossen. Tamsen hoffte so verzweifelt auf Rettung, dass sie bereits Halluzinationen hatte.

Sie warf sich ihren Umhang über und schob sich zwischen den anderen durch das enge Zelt ins Freie. Dort lauschte sie auf das Knirschen von Stiefeln im Schnee, doch sie hörte etwas anderes: ein Flüstern. Aber ganz gleich, wie sehr sie sich auch anstrengte, sie verstand nicht, was gesagt wurde.

Etwas war da draußen. Noch vor einem Monat hätte sie

gesagt, es seien Wölfe, doch nun wurde sie von einer anders gearteten Furcht erfasst. Die Szene auf der Lichtung kehrte zurück, die Schattenkreaturen, die sich so eigenartig bewegt hatten, als wäre etwas, das längst tot war, wieder zum Leben erwacht. Der entsetzliche Gestank der einen, die Feuer gefangen hatte. Aber neben ihrer Furcht spürte Tamsen auch Wut: Sie hatte sich von den anderen einreden lassen, sie hätte sich getäuscht, hatte den Kopf eingezogen und sich verhöhnen lassen.

Dabei hatte sie recht gehabt, das wusste sie jetzt. Sie *spürte* es.

Nein, Tamsen spürte *sie*.

Sie waren ihnen gefolgt. Vielleicht die ganze Zeit schon.

Inzwischen rasten ihre Gedanken. Sollte sie Hilfe holen, die anderen wecken? Würden sie überhaupt auf sie hören oder sich nur wieder über sie lustig machen, während die Gefahr immer größer wurde? Ihr blieb nicht mehr viel Zeit.

Tamsen dachte an die Gesichter, die im Feuerschein zuckten. Sie brauchte ein Gewehr.

Feuer. Das Feuer auf der Lichtung hatte ihnen Angst gemacht.

Sie hielt inne und lauschte noch einmal. Da war es wieder, ein fernes, hungriges Flüstern, das sich durch die Bäume bewegte, während der Wind den Schnee auf dem Boden vor sich her trieb.

Sie bildete sich das doch nicht ein, oder?

Tamsen überlegte noch einmal, die Helfer zu wecken, aber die waren schwer wach zu bekommen, und sie durfte jetzt keine Sekunde mehr verlieren, während sich diese Kreaturen vielleicht schon auf ihre Familie stürzten. Sie würde sich nicht noch einmal von Männern davon abhalten lassen, das Richtige zu tun.

Diesmal nicht.

Feuer. Sie musste Feuer machen, *jetzt*. Darauf konzentrierte sie sich.

Mit den Armen voller vom Raureif glitschiger Äste ging Tamsen so nahe an den Waldrand, wie sie es wagte. Ihre Stiefel füllten sich mit nasskaltem Matsch. Der Saum ihres Umhangs knackte vom Eis, ihre Finger waren taub und aufgedunsen von der Kälte.

Sie schob den Schnee beiseite und stapelte das Holz auf, so schnell sie konnte. Immer wieder schaute sie über die Schulter, glaubte, Augen in der Dunkelheit glitzern zu sehen.

»Verschwindet.« In der Kälte klang ihre Stimme dünn.

An der alten Feuerstelle entzündete sie einen Zweig, trug ihn zu dem frisch aufgeschichteten Holz und hielt ihn an das Reisig. Feuchter Rauch stieg auf, es begann gerade so zu brennen. Tamsen musste noch ein drittes Feuer bauen. Sollten die anderen es ruhig Verschwendung nennen. Sie wusste es besser.

Während sie arbeitete, kamen Solomon und William, Betsys Söhne aus erster Ehe, aus dem Zelt gekrochen, die Schultern wegen der Kälte hochgezogen. »Was machst du da, Tante Tamsen?«, fragte Solomon.

Tamsen richtete sich auf. Ihr Atem gefror in der Luft zu weißen Wölkchen. »Da ist etwas im Wald. Hört ihr es?«

»Wilde Tiere?«, fragte William. Er war der jüngere der beiden und immer auf der Suche nach Abenteuern.

Tamsen zögerte kurz, schließlich nickte sie.

»Dann sollten wir sie jagen. Vater sagt, wir könnten etwas Wild gut gebrauchen.«

»Diese Tiere ... sind nichts zum Essen. Du bist ein mutiger Junge, William, aber im Dunkeln geht man nicht mehr auf die Jagd.« Tamsen musste die Kiefer aufeinanderpressen, damit ihre Zähne nicht klapperten. »Aber ihr könntet mir helfen, noch ein Feuer zu machen, um sie abzuhalten.«

Die beiden wirkten verwundert, aber sie waren brave Jungen und gehorchten. Sie bauten noch zwei Feuer, sodass sie nun insgesamt vier hatten. Irgendwann hatten die Ochsen zu muhen begonnen, aber um sie suchen zu gehen und nachzusehen, ob alles in Ordnung war, war es zu kalt und zu dunkel. Tamsen hatte das Gefühl, ihr Herz würde jeden Moment zersplittern wie Eis und sie von innen heraus aufschneiden. Sie dachte an Elitha, an ihren Schrei, als das Geschöpf mit seinen schwarzen Armen nach ihr gegriffen hatte. Daran, wie es ihren Hals beschnuppert hatte. An das Gesicht, das wie verwest ausgesehen hatte, und die feuchten, zitternden Nüstern.

Als wäre es ihrer Fährte gefolgt.

Die Geschöpfe waren immer noch da. Tamsen konnte sie hören. Das Holz war nass und brannte nicht schnell genug. Warum hatte sie ihr Gewehr nicht mitgenommen? Vielleicht hätte der Lärm ausgereicht, um sie zu verscheuchen. Waren vier Feuer genug? Nein. Sie mussten noch mehr entzünden, so viele sie konnten. In einem Kreis um die Zelte ...

Eine Hand fasste sie am Arm, und Tamsen hätte beinahe geschrien.

Es war Jacob. Er hatte seinen Mantel über den Deckenstapel seines Bruders gebreitet, was gegen Georges Schüttelfrost allerdings nicht das Geringste ausgerichtet hatte, und trug lediglich ein verdrecktes Hemd am Körper. Seine Nase war jetzt schon rot von der Kälte.

»Was tust du da?« Er rieb sich blinzelnd den Schlaf aus den Augen. »Es ist taghell hier draußen. Ihr da«, sagte er an Solomon und William gewandt. »Geht schlafen.«

Tamsen sah, dass die beiden vor Kälte und Erschöpfung

schon ganz blass waren. Sie wusste nicht mehr, wie lange sie schon mit ihr hier draußen waren.

»Etwas ist da im Wald«, sagte Tamsen, sobald sie allein waren. »Sie beobachten uns. Man kann sie hören.«

Sie hielten sich beide ganz still und lauschten. Binnen kurzer Zeit erhob sich ein Murmeln über das Muhen der Rinder.

»Hörst du das?«, flüsterte Tamsen.

Als Jacob nickte, wäre sie beinahe in Tränen ausgebrochen. Sie hatte schon geglaubt, allmählich den Verstand zu verlieren.

»Klingt wie Menschen«, flüsterte Jacob zurück. »Vielleicht welche aus der anderen Gruppe, die nach uns suchen.«

Tamsen schüttelte den Kopf. »Nein.«

Sie standen still da, und nach einer weiteren Minute sahen sie dunkle Silhouetten zwischen den Bäumen, gefangen hinter dem Rauchschirm der Lagerfeuer. Sie kamen heran, verschwanden und tauchten wieder auf. Kreisten, suchten und *pirschten.*

»Da«, flüsterte sie.

Jacob blieb stumm. »Das sind nur Schatten. Das Feuer lässt sie tanzen«, sagte er schließlich. »Und das ... Geflüster könnte genauso gut der Wind sein. Vielleicht spielt uns auch die Fantasie einen Streich.« Doch Tamsen hörte das Zittern in seiner Stimme. Sah, wie er den Kopf neigte und lauschte.

»Vielleicht. Oder etwas folgt uns schon seit dem Großen Becken«, erwiderte sie und betonte dabei das letzte Wort ganz leicht.

Jacob drehte ihr das Gesicht zu. »Tamsen ...« Er legte ihr die großen Hände auf die Schultern und blickte Tamsen fest in die Augen. »Worum geht es hier wirklich?«

Am liebsten hätte sie geschrien oder geweint oder ihn geohrfeigt. Wie konnte er immer noch an ihr zweifeln?

»Wir sind hier ganz allein«, rief sie ihm ins Gedächtnis. »Ich wette, sie - diese Kreaturen oder Monster - wissen, dass in dem Zelt ein Verletzter liegt.« Sie hielt inne. Die Wahrheit, mit der sie sich längst abgefunden hatte, grub sich noch tiefer in ihr Innerstes. Sie senkte die Stimme zu einem krächzenden Flüstern. »Wir werden sterben. Nach alldem ... alldem. Wir sind so weit gekommen, und jetzt kriegen sie uns.« Sie zitterte so stark, dass sie glaubte, jeden Moment zu stürzen.

»Es gibt keine Monster.« Jacob hob sein Gewehr an die Schulter. Seine Augen tränten wegen des Rauchs. »Weck die Männer. Wir holen die Ochsen, nur damit wir auf der sicheren Seite sind.« Also glaubte er ihr *doch*. »Sag ihnen, sie sollen ihre Gewehre mitnehmen.«

»Die Ochsen sind es nicht wert, dass wir unser Leben für sie opfern, Jacob. Sollen sie sich die Ochsen doch holen.« *Vielleicht sind sie dann zufrieden*, hätte Tamsen beinahe dazugesagt.

»Ohne Ochsen können wir die Wagen nicht ziehen, nicht einmal, wenn der Weg schneefrei wäre.« Jacob schaute sie nicht an, als er das sagte. Sein Blick blieb auf die Schatten jenseits des Rauchs gerichtet. Also sah er sie.

Er sah, wie sie sich von einem animalischen Hunger getrieben bewegten. Schatten bewegten sich nicht so. »Ohne die Ochsen sitzen wir in der Falle.«

Das taten sie jetzt schon.

Und Jacob wusste es genauso gut wie sie.

32

Mary betrachtete die schneebedeckte Blockhütte und die beiden kleineren, die ein Stück weiter entfernt standen. Sie sahen wie zerbröselnde Zuckerwürfel aus. Hübsch, beinahe einladend, wenn sie es nicht besser wüsste. In Wahrheit waren sie eine Art Vorhölle.

William Eddy hatte die verlassenen Unterstände vor knapp einer Woche entdeckt, und da hatten sie tatsächlich wie vom Himmel gesandt ausgesehen: eine richtige Blockhütte mitten im Nirgendwo, zweifellos von einer anderen Siedlerfamilie erbaut, die vor ihnen versucht hatte, diese Berge zu überqueren.

Die ersten Schneeflocken waren bereits gefallen, und die Kinder, so müde sie auch waren, waren umhergerannt und hatten versucht, sie mit der Zunge aufzufangen.

Außer den Donners hatte es die gesamte Karawane bis hierher geschafft. Nicht weit entfernt lag ein pechschwarzer See mit zahllosen Felsen am Ufer. Alles war dunkel und still wie ein Mausoleum.

»Hier bleiben wir für die Nacht«, hatte Patrick Breen gesagt; das war jetzt mehrere Tage her. In Abwesenheit der Donners hatte er die Rolle des Anführers übernommen.

Die Eddys hatten versucht, ihre wenigen Besitztümer in Breens Blockhütte unterzubringen, doch der hatte sie wieder hinausgeworfen. »Ich habe mehr Kinder. Wir brauchen das Dach über dem Kopf dringender«, war sein Argument gewesen.

Die beiden anderen Hütten waren inzwischen von den Murphys besetzt worden. Die Dächer waren undicht, und die Witterung hatte den Wänden so stark zugesetzt, dass sie kurz davor waren einzustürzen, doch sie richteten alles wieder her, so gut es ging. Es gab keine direkte Sichtverbindung zu den Breens, und das war gut so, denn zwischen den beiden Familien war eine Art Fehde ausgebrochen; sie hatten seit einer Woche nicht ein Wort miteinander gesprochen.

Alle anderen verkrochen sich, wo sie konnten. Die Graves teilten sich ein Zelt mit den Eddys, Margaret Reed und ihre Kinder hatten sie ebenfalls zu sich genommen. Charles Stanton blieb für sich und bewohnte ein winzig kleines Zelt am Rand der Senke, von dem aus der dunkle See zu sehen war.

Die Feuerstellen hatten sie so windgeschützt wie möglich gleich neben den Hütten angelegt, dann waren alle zusammengekommen, um sich die Hände an den Flammen zu wärmen. Seitdem hatte es nicht mehr aufgehört zu schneien. Alle waren unruhig und besorgt.

Stantons Beichte lastete schwer auf Marys Herzen. Sie war sicher, in ihn verliebt zu sein, doch der ganze Ort machte einen so lieblosen Eindruck, dass sie den Gedanken, es ihm hier zu sagen, nicht ertragen konnte. Es würde noch eine andere Gelegenheit kommen, spätestens in Kalifornien. Oder wenn der Pass wieder passierbar war und sie jenseits dieser Berge die nächste Ranch erreichten. Es war nicht einmal weit, und die Liebe war wie die Vergebung: tief und geduldig.

Auf der anderen Seite würde sie auf Mary warten.

»Morgen versuchen wir einen Weg über diese Berge zu finden«, erklärte Breen, als alle am Feuer saßen. Er deutete mit dem Kinn in Richtung der beiden Gipfel, die vor ein paar Tagen noch zu sehen gewesen waren und jetzt vom Schneetreiben verschluckt wurden. Das Gleiche sagte er schon seit Tagen. Mary wusste in der Tat nicht mehr, *was* sie tun sollten, wenn dieser Sturm nicht bald weiterzog; der Schnee fiel stärker und dichter, als sie es in Illinois je erlebt hatte. Es war beinahe, als litte Breen an Wahnvorstellungen. »Aber jetzt sollten wir uns alle schlafen legen.«

Am Morgen mussten sie feststellen, dass eine der Kühe wahnsinnig geworden war. Im ersten Augenblick hatte Mary das schmerzverzerrte Gebrüll für ein Echo vom See gehalten. Die Tiere schrien jeden Morgen, brüllten ihren Hunger hinaus und bettelten um Getreide, das sie doch nicht bekommen würden. Aus den verbliebenen Wagen hatten sie einen behelfsmäßigen Pferch für die Rinder errichtet. Das Gras unter dem Schnee hatten die Tiere bereits bis auf den letzten Halm aufgefressen. Immer wieder stießen sie die Wagen an, als wollten sie ausbrechen.

Dann sah sie es: tiefe Furchen – eine klaffende Wunde in der Flanke eines Tieres, als wäre es während der Nacht von Wölfen angefallen worden. Seine Augen waren blutunterlaufen, an der Unterlippe hatte sich Schaum gebildet. Als die Männer sich ihm näherten, senkte es den mächtigen Kopf und scharrte schnaubend mit dem Vorderhuf.

»Spare in der Zeit, dann hast du in der Not«, sagte William Eddy und jagte dem Rind eine Kugel zwischen die Augen.

»Verdammt, Eddy«, fluchte Breen. »Das war *meine* Kuh.«

Die anderen Rinder humpelten murrend davon, Eleanor Eddy weinte.

Sie zerteilten den Kadaver und entzündeten mehrere

Grillfeuer, doch Mary blieb – wie viele andere – dem Festmahl fern. Sie hatte gesehen, wie das Biest mit den Augen gerollt hatte, und seine unheimlichen Schreie gehört. Und sie kannte Geschichten von Hunden und Waschbären, die Menschen mit ihrem Biss ansteckten. Sie hatte zwar noch nie von einer infizierten Kuh gehört, wollte aber kein Risiko eingehen. Sie hatten noch genug anderen Proviant. Mary würde dieses Fleisch auf keinen Fall anrühren.

Aber viele der anderen – zu viele – hatten Hunger. Der verführerische Geruch von frischem, gegrilltem Rind ließ sie alle Vorsicht vergessen. An diesem Abend gab es keine Geschichten am Lagerfeuer, kein Gelächter und keine Lieder und auch keinen Whiskey, der herumgereicht wurde wie am Anfang der Reise. All diese Dinge waren ihnen längst ausgegangen. Das einzige Geräusch war das von schlingenden Mündern, schmatzenden Lippen und Fleisch, das von Knochen gerissen wurde.

Der Schnee fiel so dicht, dass die Welt um sie herum wie hinter einem Schleier versank, der selbst das Geschrei der frierenden Babys überdeckte.

33

Die Dämmerung zog herauf, blass und grau. Sie schmeckte nach Asche. Der Himmel war von dicken Wolken verhangen. Nur noch wenig Schnee fiel, aber der Sturm war noch nicht vorüber. Irgendwann während der vergangenen Stunden waren die Feuer ausgegangen. Dicke schwarze Rauchfinger erhoben sich in den Himmel.

Stanton stampfte so lange, bis das Gefühl in seine Füße zurückkehrte, dann schloss er sich den anderen an, die sich um die letzte noch glimmende Feuerstelle versammelt hatten, und hoffte, die Wärme würde die Taubheit aus seiner Brust vertreiben. Ein Gerücht machte die Runde: Einer von Breens Söhnen, der nach seinem Vater benannte Patrick, sei in der Nacht verschwunden. Patrick senior, dessen Freund Dolan und John, der älteste Sohn, waren bei Sonnenaufgang losgezogen, um ihn zu suchen.

Ein paar Stunden später kehrten Breen und die anderen zurück. Sie hatten keine Spur von dem Jungen entdeckt, nichts außer einer roten Pfütze irgendwo im Wald, die sich unter dem frischen Schnee abzeichnete.

Unterdessen war William Graves immer noch nicht aufgewacht. »Seine Stirn ist ganz heiß«, sagte seine Mutter Elizabeth durch zusammengepresste Zähne. James Smith, ein Fahrer, der auch an dem Festessen teilgenommen hatte, schwitzte, als wären sie in den Tropen.

Die dreizehn Jahre alte Virginia Reed war weggelaufen, niemand wusste, wann. Sie befürchteten das Schlimmste.

Und dann war da noch Eleanor Graves, die mit rosa leuchtenden Wangen und glasigen Augen durch den Schnee tanzte und behauptete, sie sei eine Elfenprinzessin.

Stanton stand mit den anderen in dem aufgewühlten Schnee vor der Hütte der Graves und hielt den Blick gesenkt. Keiner wusste, was er zu Franklin und Elizabeth Graves sagen sollte. Ihre Familie war am härtesten von allen getroffen worden, und das in so kurzer Zeit. Drinnen lag Margaret Reed in Amanda McCutcheons Armen und beweinte das Verschwinden ihrer Virginia.

»Ich verstehe das nicht. Wie konnten William und Eleanor so schnell krank werden?«, murmelte Elizabeth Graves, ihr Gesicht starr vor Trauer. »Gestern ging es ihnen noch gut, ihnen fehlte nichts.«

»Was wir durchgemacht haben ... irgendwann musste es sich rächen«, sagte die Dienerin der Reeds, Eliza Williams. Sie saß mit an die Brust gezogenen Knien auf einem Baumstumpf neben ihrem Bruder Baylis.

»Es ist genauso wie bei Luke Halloran. Sein Zustand hat sich auch so schnell verschlechtert, wisst ihr noch?«, warf Lavinah Murphy ein. Sie blickte forschend von Gesicht zu Gesicht. »Er hat plötzlich hohes Fieber bekommen und sich komisch benommen, wie bei einem Hirnfieber.«

Ein Klagelaut löste sich aus Elizabeth Graves' Kehle. »Sie glauben wirklich, William und Eleanor haben die Schwindsucht?«

»Nein, Schwindsucht geht viel langsamer«, widersprach Eliza Williams. »Ich habe schon mehrere Schwindsüchtige gepflegt, drüben in Taylorsville. Sie entwickelt sich langsam. Sie ist überhaupt nicht so.«

Stanton dachte an Hallorans letzte Tage, an die fiebrig glänzenden Augen und den Unsinn, den er geredet hatte, und schließlich an den Angriff auf Tamsen. Er hatte noch nie einen Schwindsüchtigen gesehen, doch das Ganze erinnerte ihn an eine Epidemie, die er als Junge in Massachusetts erlebt hatte. Plötzlich waren in der ganzen Stadt die Pocken ausgebrochen, als hätte der Wind sie gebracht. Die Kinder starben als Erste, erst die Jungen und die Alten und die Schwachen.

Vielleicht war es so ... vielleicht war dieser Wahn ansteckend und bewohnte auf unsichtbare Weise einen Körper. Vielleicht genügte schon sehr wenig, um die Krankheit zu übertragen.

Er hasste es, die schlechten Neuigkeiten zu überbringen. Nicht nur *schlechte* Neuigkeiten waren dies, sondern die schlimmsten, die man sich in Anbetracht ihrer Lage vorstellen konnte.

Zögernd trat er in die Mitte der Gruppe und hüstelte. »Ich glaube, wir sollten überlegen, was alle Erkrankten gemeinsam haben: Sie haben alle gestern Abend von dem Fleisch gegessen.«

Die Gespräche verstummten. Alle schauten einander mit hochgezogenen Augenbrauen an und überlegten, wer noch davon gegessen hatte. Viele Gesichter wurden blass.

Elizabeth Graves schlug sich entsetzt eine Hand vor den Mund. »So ist es«, keuchte sie. »William und Eleanor haben beide von dem Rind gegessen. Der Fahrer auch. Ich habe es gesehen.«

»Heißt das, dass wir alle krank werden?«, fragte Baylis mit schriller Stimme.

»Vielleicht. Aber Panik hilft uns jetzt nicht weiter«, erwiderte Stanton. Er breitete die Arme aus. »Wir können nur abwarten. Vielleicht gibt es einen Grund, warum nur einige krank wurden. Vielleicht ist nicht jeder dafür anfällig.«

Mary schaute ihn an, die grauen Augen waren von Sorge verhangen. Er wusste auch, weshalb: Ihre Eltern hatten Marys Geschwister gedrängt, von dem frischen roten Fleisch zu essen, solange es noch welches gab, denn es konnte für eine ganze Weile die letzte Gelegenheit sein, zu einer frischen Mahlzeit zu kommen. Die Kinder hatten die gesamte Portion erhalten, die der Familie zugeteilt worden war. Stanton hatte das Fleisch nach Marys Warnung nicht angerührt. Gott sei Dank hatte er auf sie gehört.

»Wollen Sie damit sagen, dass die Kuh krank war?«, fragte Lavinah Murphy zitternd. Ihre gesamte Familie hatte davon gegessen. »Sie sah doch ganz normal aus - vor den Wunden.«

Diese grässlichen Wunden. »Vielleicht ist es das: Vielleicht lag es an den Bissen«, antwortete Stanton. »Vielleicht war das Tier krank, das die Kuh angefallen hat ...«

»Ein Wolf, es muss ein Wolf gewesen sein«, warf Baylis Williams ein und sprach damit aus, was alle dachten. »Was sollte es sonst gewesen sein?«

»Ein Wolf oder ein Bär«, entgegnete Stanton. »Was auch immer uns folgt, vielleicht ist es der Überträger.« Er deutete auf den umliegenden Wald. Die Blicke der anderen folgten ihm.

Was er nicht verstand, war, wie sich die Krankheit so schnell ausbreiten und die Infizierten binnen Stunden dahinraffen konnte. Bei den Jungen schien es schneller zu gehen, als ernähre sich die Krankheit von den Gesunden und körperlich Starken. Einmal mehr verfluchte er Edwin Bryants Abwesenheit. Sein medizinisches Wissen wäre jetzt unbezahlbar. Ohne ihn konnten sie nur raten.

Stanton ging auf und ab und deutete noch einmal auf die Bäume. »Wenn wir verhindern wollen, dass es Nacht für

Nacht wiederkommt und die Rinder eines nach dem anderen ansteckt, müssen wir etwas unternehmen.«

Patrick Breen, der ganz in seine Sorgen versunken gewesen war, blickte jetzt auf. »Was wollen Sie damit sagen? Wir brauchen doch das Vieh, um uns über den Winter zu bringen.«

Stanton wandte sich wieder der ganzen Gruppe zu. »Ich sage, wir schlachten die Tiere. Heute. Wir können die Kadaver im Schnee lagern. So wäre es einfacher, als zwanzig lebende Tiere zu bewachen.« Er sah Breen an. »Es sind Ihre Tiere, Mr. Breen. Die Entscheidung liegt bei Ihnen. Wenn wir es nicht tun, laufen wir Gefahr, die Rinder eines nach dem anderen zu verlieren, ohne dass irgendjemand etwas davon hat. Was sagen Sie?«

Alle Augen waren auf Breen gerichtet. In seinem dicken Mantel und dem Bärenfell über den Schultern wirkte er sogar noch größer als sonst. Er warf einen Blick auf seine Frau Peggy. Ihre Augen waren ganz rot vom Weinen. Sie nickte kaum sichtbar. »Also gut, tun wir, was Sie sagen. Zum Wohle aller.«

Die Erwachsenen trafen sich am See, jeder hatte Messer, Axt und Seil dabei. Es war eine harte, anstrengende Arbeit, nach einer Stunde waren sie alle bis hinauf zu den Ellbogen mit Blut verschmiert. Es klebte in ihren Haaren und machte die Griffe ihrer Waffen glitschig. Schließlich baumelten ein Dutzend dürre Kadaver von den Bäumen. Das warme Blut darunter schmolz den Schnee, Dampf stieg auf und verbreitete einen warmen, furchtbaren Geruch.

Sie stapelten das in Streifen geschnittene Fleisch wie Feuerholz, um es danach im Schnee gefrieren zu lassen. Nahe genug, dass Patrick Breen es im Auge behalten konnte, aber weit genug entfernt, damit die kranken Wölfe, falls sie die Überträger waren, nicht bis direkt an ihre Türschwelle kamen.

Stanton half, den Rest mit Eis und Schnee zu bedecken. Es war zwar eine unglaubliche Menge, aber nicht genug, um sechzig Menschen über den ganzen Winter zu bringen, falls es dazu kommen sollte.

Er betete, dass es anders kommen möge.

Stanton dachte an den schmalen Pass, über den er erst vor wenigen Wochen geritten war. Bei gutem Wetter waren es lediglich zwei Wochen bis zu Johnsons Ranch, aber unter diesen Bedingungen konnten sie es schlichtweg nicht riskieren. Der Boden war von tiefem Schnee bedeckt, und man wusste nie, was sich darunter befand. Zurzeit würden sie es nicht einmal bis zum Pass schaffen.

Die Jungen wurden losgeschickt, um noch mehr Feuerholz zu holen. Stanton, William Eddy und Jay Fosdick, der Mann von Marys Schwester Sarah, machten sich unterdessen ans Häuten. Die Geräusche vom See drangen zu ihnen herüber, das ständige Hacken von Metall auf Knochen ... und die Schreie.

Sie kamen vom See, wurden immer lauter und schriller.

Es gab eine Rauferei. Stanton legte sein Messer weg und folgte den anderen Männern, die wie Ameisen zum Seeufer strömten. Er schob sich durch die Menge und sah Noah James und Landrum Murphy einander gegenüberstehen. Beide waren noch jung, noch nicht einmal siebzehn.

»Was ist hier los?«, fragte er und versuchte, sich zwischen sie zu stellen.

»Landrum passt nicht richtig mit seinem Messer auf«, sagte Noah mit finsterer Miene. »Um ein Haar hätte er mir die Hand abgeschnitten.«

»Er ist selber schuld«, höhnte Landrum, der ein strammer Bauernjunge mit den einfachen, ehrlichen Gesichtszügen seiner Mutter Lavinah war. »Steht nur rum und dreht Däumchen. Das hier ist Männerarbeit.« Stanton merkte, wie er sich bewusst vor den Zuschauern aufspielte. »Wenn er nicht arbeiten kann, dann soll er eben zurück zu den Hütten gehen, wo die *Frauen* sind.«

Das war ein Tiefschlag. Noah lief feuerrot an und stürzte sich auf Landrum, doch Stanton hielt ihn fest. Die Kraft des Burschen überraschte ihn. Er konnte ihn gerade so halten.

»Ihr habt hier so oder so nichts verloren. Seid ihr nicht beide heute Morgen noch krank gewesen? Ihr solltet euch erholen und ausruhen.« Stanton schob Noah noch ein Stück weiter von seinem Kontrahenten weg, doch der Junge hörte überhaupt nicht zu. Das mordlüsterne Blitzen in seinen Augen jagte Stanton einen Schauder über den Rücken.

Es war Landrum Murphy, der angriff, das blutverschmierte Messer hoch erhoben. Noah, der der Schnellere von beiden war, sprang zur Seite, rutschte aber im Schnee aus. Die Menge taumelte zurück, während sich Landrum auf Noah stürzte und ihn auf den Rücken warf. Schneller, als irgendjemand schauen konnte, hatte er sein Messer in Noahs Brust vergraben.

Alle schnappten nach Luft, niemand rührte sich auch nur.

Landrum saß auf Noah James' Brust wie ein Schuster vor seiner Werkbank. Mit einer flinken Bewegung führte er sein Messer an Noahs Gesicht – es war hübscher als seines, beinahe so hübsch wie das eines Mädchens – und schnitt das linke Ohr ab. Er hielt es einen Moment lang hoch, sah zu, wie es zwischen seinen Fingern zitterte wie ein frisch gefangenes Fischlein.

Dann biss er grinsend hinein.

Panik, Schreie. Stanton packte ihn, bevor er auch noch Noahs anderes Ohr abschneiden konnte. Zwei weitere Männer eilten ihm zu Hilfe. Alle brüllten durcheinander, Stanton bekam einen Tritt an den Kopf und spürte den klingenden Schmerz bis in seine Zähne, aber er ließ nicht los.

Mörder, brüllte jemand. *Mörder. Teufel.*

Er hielt Landrum so fest er konnte. Die Schultern des Jungen pumpten wie ein Blasebalg, sein ganzer Körper vibrierte vor Anspannung. Und er war heiß. Als verbrenne er von innen.

»Was zum Teufel ist in dich gefahren?«, schrie Stanton den Jungen an, selbst beinahe wahnsinnig vor Angst. Noah lag daneben, ein schmales rotes Band ergoss sich von seinem entstellten Gesicht, und seine Brust war klebrig von Blut. Neuer Schnee fiel vom Himmel. »Was zum Teufel ist nur los mit dir?«

Eliza Williams taumelte rückwärts, weg von Noah. »Wahnsinn, es ist der Wahnsinn. Wir haben einfach viel zu viel durchgemacht, und jetzt werden wir allesamt wahnsinnig.«

Stanton hatte von Männern gehört, die in der Wildnis den Verstand verloren, wirres Zeug redeten und auf allen vieren krochen. Er hatte von Männern gehört, die monatelang allein durch den Schnee geirrt waren, dabei ihre Namen vergaßen und wer sie waren, dass sie Menschen waren, und keine Tiere.

Doch das hier war etwas anderes.

Er dachte an die Donners, die sie immer noch nicht eingeholt hatten. Also waren auch sie gezwungen gewesen, irgendwo ein Notlager aufzuschlagen. Was würde aus ihnen werden? Es schien ihm so gut wie sicher, dass derselbe Wahnsinn auch sie befallen würde. Es tat ihm weh, dass er ihnen nicht helfen konnte, aber er wurde hier gebraucht.

Dann musste er plötzlich wieder an Halloran denken. Man hatte ihm erzählt, dass Halloran nur Tage vor seinem Tod wie ein Verrückter auf seiner Geige gespielt hatte. Aber das war inzwischen lange her und weit entfernt von hier passiert. »Wohl wahr«, sagte er schließlich. »Aber vielleicht ist dieser Wahnsinn ein Teil der Krankheit. Vielleicht ist er ansteckend.«

In der Nacht beobachtete Charles Stanton, wie der Pass immer tiefer unter dem Schnee versank, und dachte an Mary. Rein wie Schnee. Er wollte sie mit reinem Herzen lieben. All der Schnee und all die Gefahren schienen dazu beizutragen, seine Vergangenheit auszulöschen, ganz genau wie Stanton es wollte. Und während dies geschah, wurde auch er selbst ausgelöscht, jedenfalls verändert. Sein Großvater hätte gesagt, ihre schreckliche Lage wäre Teil von Gottes Plan, doch Stanton wollte verdammt sein, wenn sein Großvater recht hatte. Nur eines sah er klar und deutlich: seine Liebe zu Mary Graves. Mit jedem Tag, der verging, kam sie ihm mehr wie der Engel auf dem Kaminsims seines Großvaters vor – makellos, rein, aber auch unerreichbar.

Die anderen – keiner konnte schlafen – beobachteten *einander*: Die Krankheit, falls es eine war, verbreitete sich womöglich genau wie jede andere. Also achteten sie auf Niesen, Husten und Anzeichen von Fieber.

Noah James starb noch vor dem Morgengrauen.

34

Die Donners waren nun schon seit über einer Woche am Alder Creek, und an jedem einzelnen Tag hatte es geschneit. Elitha hatte das Gefühl, als wäre die gesamte Welt auf die Größe des Zeltes zusammengeschrumpft, auf die Spannweite der Äste der großen Erle, auf die Entfernung zwischen den Feuerstellen. Um die Lagerfeuer herum, die sie jede Nacht auf Tamsens Drängen hin entzündeten, war der Schnee geschmolzen, aber außerhalb dieses Kreises bestand die Landschaft aus nichts als Weiß. Die meisten Bäume waren bis auf die halbe Höhe zugeschneit. Tamsen und Onkel Jacob sagten, der Schnee sei zu tief für die Wagen. Sie besprachen sich, wie weit sie mit Schneeschuhen kommen mochten, wenn sie welche hätten, aber das war bloß eitles Gerede, denn sie hatten keine.

Sie saßen fest, fest in einem immer tiefer werdenden Tal aus Schnee und Eis.

Doch ein Gutes hatten der Schnee und der abgelegene Lagerplatz irgendwo in den Bergen: Die Toten schienen Elitha nicht gefolgt zu sein. Selbst sie wussten, dass es besser war, sich von diesem verfluchten Ort fernzuhalten. Zum ersten Mal seit Monaten hallten keine sinnlosen Gesprächsfetzen, Flüche und Streitigkeiten durch ihre Gedanken. Und das ließ umso mehr Raum für das Stöhnen ihres Vaters, der krank und in Decken gewickelt am Ende des Zeltes lag, wo Tamsen ihn jeden Tag stundenlang pflegte.

Elitha fragte sich zum ersten Mal, ob ihr Vater sterben würde. Sie wusste, der Tod war schon eine ganze Weile hinter ihnen her, aber so nah war er ihnen bisher noch nie gekommen. Wie ein bettelnder Hund saß er ihnen im Nacken, sein Geruch war in ihren Haaren und unter ihren Fingernägeln. Er war einfach überall, und er lauerte.

Der Gedanke ließ sie Thomas vermissen, sogar sehr. Sie vermisste, wie er sie anlächelte, wenn niemand hinschaute, vermisste, wie sie sich küssten, wann immer sie für ein paar Augenblicke allein waren. Nun waren sie durch Gott weiß wie viele Meilen voneinander getrennt und auch noch durch Schnee, der so tief war, dass man darin versinken und für immer verschwinden konnte wie ein Stein. Es war unmöglich zu sagen, wann sie ihn wiedersehen würde – oder ob überhaupt jemals.

Und dann waren da noch die Wesen, die im Wald auf sie lauerten. Elitha wusste: Was sie im Großen Becken gesehen hatte, war wirklich da gewesen. Sie wusste, was auch immer diese Kreaturen sein mochten, sie waren hinter ihnen her und warteten.

Die Erwachsenen sprachen nicht gerne darüber, aber manchmal, wenn sie nachts aufwachte und Tamsen weinen hörte oder die Stiefel ihres Onkels draußen im Schnee knirschten, wusste Elitha, dass sie da waren. Und sie wusste, dass die Geisterstimmen ihr nicht gefolgt waren, weil auch sie Angst hatten.

Es wurde unglaublich schwer, Feuerholz zu finden. Die Erwachsenen sprachen schon davon, die Wagen zu verbrennen oder zu versuchen, einen Baum zu fällen. Auch die Ochsen wurden Ziel ihrer begehrlichen Blicke, als der Proviant zur Neige ging. Unter dem Schnee gab es Gras, aber das reichte nicht, und die Tiere würden sicher bald sterben. »Entweder das, oder diese *Wesen* da draußen holen sie«, sagte Onkel Jacob verbittert. So nannte er sie, denn niemand wusste, *was* sie tatsächlich waren. Schatten, Umrisse in der Dunkelheit. Als hätten ihre schlimmsten Ängste Gestalt angenommen, als hätten sich die Dämonenstimmen, die Elitha so oft heimgesucht hatten, Glieder wachsen lassen, um sich beide Familien zu holen.

Eines Nachts hörte sie, wie Tante Betsy ihrem Mann zuflüsterte: »Wir werden hier sterben, oder?« Jacob erwiderte nichts.

Kurz darauf geschah es. Sie lagen zusammengedrängt in ihrem Zelt und lauschten, immerzu waren sie am Lauschen. Sechzehn Menschen, dicht an dicht in einem Zelt, das nur für eine einzige Familie gedacht war. Die vielen Körper hielten sie warm, so warm, dass der Gestank von Öl und Schweiß und allen möglichen anderen Körperausdünstungen überdeutlich war. Die Luft war dick und verbraucht. Draußen hielten zwei Fahrer mit ihren Gewehren Wache und gaben Acht, dass die Feuer nicht ausgingen.

Da: ein unverkennbares Scharren neben dem Zelt. Es gab keine Tür, nur ein altes Rinderfell hing vor dem Eingang und ließ an den Rändern die bitterkalte Luft durch, sodass der, der direkt danebensaß, unweigerlich fror. Etwas stand vor diesem Eingang, nur durch den dünnen Fetzen Tierhaut von den Menschen im Zelt getrennt.

Alle blickten auf. Tante Betsys Gesang verstummte. Die Angst brachte eine neue Art von Kälte mit sich, die die Luft in Elithas Lunge gefrieren ließ. Warum hatten die Wachposten sie nicht gewarnt?

Vielleicht waren sie längst tot. Plötzlich sah Elitha vor ihrem inneren Auge, wie die beiden aufgeschlitzt dalagen, schwarze Geschöpfe mit Menschenhänden nagten an ihren Rippen. Der Schnee ringsum war rot.

Onkel Jacob hob sein Gewehr und spannte den Hammer. »Wer ist da?« Er richtete sich auf, so gut es in dem niedrigen Zelt ging.

Keine Antwort. Das Knirschen von Schnee, dann noch einmal.

Die Kuhhaut bewegte sich ...

Tante Betsy schrie, als hätte etwas sie gepackt.

Jacob schoss. Der Blitz erhellte sein Gesicht, es sah fremd und entsetzlich aus. Das Zelt füllte sich mit Schießpulverrauch, Elithas jüngere Schwester Eliza schrie, und die Kleinen weinten.

Draußen ertönte ebenfalls ein Schrei – so hoch und kindlich, dass Jacob erstarrte. Tamsen schlug das Rinderfell zur Seite. Dahinter war Elithas Freundin Virginia Reed, die sie nicht mehr gesehen hatte, seit sich die beiden Gruppen getrennt hatten. Sie lag auf dem Rücken im Schnee, der rechte Arm ihres Filzmantels war dunkel von Blut.

Sie trugen sie nach drinnen, George musste seine Pritsche freimachen.

»Wenn sie stirbt, werde ich das ihrer Mutter nie erklären können«, stammelte Jacob, während Tamsen Virginia behutsam den Mantel auszog. Elitha fand den Kommentar eigenartig. Glaubte er denn wirklich, dass sie die anderen je wiedersehen würden? Zwischen den beiden Lagern hätte genauso gut ein ganzer Ozean liegen können. Andererseits hatte Virginia es irgendwie bis hierhergeschafft, und das sogar ganz allein, wie es schien.

»Sieht aus, als wäre es nur ein Streifschuss. Gott sei Dank«, sagte Tamsen. »Wenn sich die Wunde nicht infiziert, kommt sie durch.«

Jacob war immer noch bleich im Gesicht. »Was hat sie

hier überhaupt zu suchen? Ganz allein und mitten in der Nacht?«

»Vielleicht gab es Ärger, wo auch immer die anderen jetzt sein mögen. Ich hoffe bei Gott, dass es ihr nicht gefolgt ist, was immer es gewesen sein mag«, wimmerte Betsy. Jacob atmete schwer und war kreidebleich im Gesicht. Er hatte sich wieder auf seinen Schemel gesetzt und das Gesicht in den Händen vergraben. Das Gewehr lag auf dem Boden, außerhalb seiner Reichweite.

Elitha setzte sich zu Virginia und hoffte inständig, sie würde aufwachen. Sie war ihre beste Freundin auf dieser Reise gewesen, und Elitha hatte sie praktisch vergessen, hatte kaum noch Zeit mit ihr verbracht, seit Thomas aufgetaucht war. Sie hatte Virginia nicht einmal vermisst, sondern nur noch an ihn gedacht.

Falls sie starb, wäre es zumindest teilweise Elithas Schuld.

Und sie würden nie erfahren, warum sie hergekommen war.

35

Edwin Bryant erkannte den Pfad zu dem verlassenen Lager der Goldschürfer sofort wieder.

Von Tiyeli Tabas Dorf aus war er auf Tanau Mogops Pferd Richtung Nord-Nordwest geritten. Das Pferd hatte er ein paar Meter weit entfernt an einem Baum festgebunden. Der Wind fuhr durch die Äste der umstehenden Kiefern, er klang lebendig. Ein Schauder lief über Bryants Rücken.

Er machte ein Feuer, benutzte ein brennendes Stück Holz als Fackel und ging damit in die verfallene Hütte, in der es so finster war wie in einer Höhle. Die Gegenstände, die er beim ersten Mal gefunden hatte, waren immer noch da: die Blechtasse, das Psalmenbuch, die Münzen und die Flaschen. Er untersuchte das alles nach eventuellen Erkennungsmerkmalen, vor allem das Psalmenbuch. Das Deckblatt, wo normalerweise der Name stand, war herausgerissen, genauso wie die nächsten dreißig oder vierzig Seiten, die aus hauchfeinem Dünndruckpapier bestanden.

Er kniete sich auf den Boden und durchwühlte das Laub und die vertrockneten Kiefernnadeln, die durch das eingestürzte Dach hereingefallen waren. Vorsichtig suchte er die lehmige Erde ab und hob die essbaren Käfer für einen späteren Zeitpunkt auf. Insekten waren nun seine Hauptnahrungsquelle.

Nach einer Stunde hatte er nichts gefunden außer den

Resten eines Hemds, von dem die Elemente allerdings kaum noch etwas übrig gelassen hatten. Er setzte sich und strich den Stoff mit den Händen glatt. Sein Mut begann zu schwinden. War es Zeitverschwendung gewesen herzukommen? Was hatte er überhaupt zu finden erwartet?

Bryant legte das Hemd zu den anderen Gegenständen und ging nach draußen, dankbar für die frische Luft ohne den Modergeruch der Hütte. Beim letzten Mal hatte er die Knochen vor der Hütte aufgeschichtet, gleichsam als Mahnmal für den Schrecken, der sich hier zugetragen hatte. Er starrte die Schädel an und fragte sich, ob es womöglich Überlebende gegeben hatte. Ließ sich irgendwie herausfinden, wie viele Männer ursprünglich in diesem Lager gewesen waren? Es waren fünf Schädel, aber jemand hatte die Gliedmaßen von den Skeletten abgetrennt. Hatte einer aus der Gruppe das getan oder ein Außenstehender?

Er holte die Werkzeuge der Verstorbenen aus den Gebüschen hervor und sortierte sie. Ein Dutzend Schaufeln, aber das bewies noch gar nichts. Wer den ganzen Weg bis in diese Wildnis zurücklegte, um nach Gold zu suchen, würde wahrscheinlich mehr als eine Schaufel mitnehmen. Neun Spitzhacken unterschiedlicher Machart. Mehrere verbeulte Eimer und ein halbes Dutzend Siebpfannen. Bryant untersuchte sie nach und nach und hielt auch hier nach Erkennungsmerkmalen Ausschau. Die Schaufelblätter waren zwar verrostet, aber die eingeprägten Herstellernamen konnte man noch erkennen: *Greenlee, Beatty, Stanley.*

Da fielen ihm die Namen auf, die in manche von den Holzschäften geritzt waren. Wahrscheinlich, damit sich die Werkzeuge eindeutig zuordnen ließen und es keinen Streit gab. Bryant sortierte sie nach Namen. *Whitely. Gerjets. Appleby. Smith. Stowe. Dunning. Foulkes. Peabody.*

Keseberg.

Bryants Magen krampfte sich zusammen. Plötzlich erinnerte er sich mit erstaunlicher Klarheit an etwas, das ihm während der letzten Wochen entfallen war: Lewis Keseberg hatte einen Verwandten erwähnt, einen Onkel, der sich vor ein paar Jahren genau in diesen Bergen auf Goldsuche gemacht hatte. Damals hatte sich Bryant nicht viel dabei gedacht, aber er war ziemlich sicher, dass er Margie davon geschrieben hatte. Doch jetzt sah er, dass es unmöglich Zufall sein konnte: Lewis Kesebergs Onkel hatte zu der Gruppe gehört und war mit den anderen gestorben. Oder doch nicht?

Nachts, als er beim Feuer saß und die nassen Innereien aus den Insektenschalen saugte, fragte er sich, was genau an diesem todgeweihten Ort geschehen sein mochte - wie alles wohl angefangen hatte. Natürlich war nach wie vor denkbar, dass es sich gar nicht um eine Krankheit handelte und die Schürfer überfallen worden waren. Andererseits war die Gruppe groß genug, um sich zu verteidigen, was wiederum bedeutete, dass die Gefahr von innen gekommen sein musste.

Nein, er war sicherer denn je, dass es sich um eine Krankheit handelte, um die gleiche, die er in Smithboro gesehen hatte. Dieses bizarre Verlangen nach Menschenfleisch, von dem die Indianer berichtet hatten, das obendrein ausgezeichnet zu dem *na'it*-Mythos passte, das alles hatte hier angefangen, genau an diesem Ort. Tanau Mogop hatte gesagt, sein Stamm glaube, die Anawai hätten das Unglück selbst über sich gebracht, weil sie sich zu viel mit den Mountain Men abgaben, die in ihren Wäldern unterwegs waren. Die Washoe waren weit misstrauischer gegenüber Fremden, die oft Krankheiten mitbrachten. Und er hatte gesagt, die ersten Fälle der Krankheit sowie die ersten Menschenopfer für den *na'it* seien in etwa zur gleichen Zeit aufgetreten, in einer ansonsten eher friedlichen Phase. Was sonst könnte der Grund gewesen sein, wenn nicht, dass Weiße die Krankheit eingeschleppt hatten? Aber wie?

Wie konnte eine Krankheit so plötzlich an einem Ort auftauchen, geradezu aus dem Nichts? Einer der Goldschürfer musste sich damit angesteckt und sie dann an die anderen weitergegeben haben.

Bryant dachte an einen von Walton Gows letzten Briefen. Darin hatte er die Arbeit eines gewissen Dr. Snow erwähnt, der der Überzeugung war, Krankheiten könnten sich auf Tausende Arten verbreiten. Snow hatte behauptet, dass ihr gesamtes bisheriges Verständnis von Krankheit, die Verbindung zwischen einer Krankheit und ihren Symptomen, möglicherweise fehlerhaft sei. Und zwar dergestalt, dass Krankheit und Symptome nicht unbedingt dasselbe seien. Dass die Krankheit selbst etwas Lebendiges, aber Unsichtbares sein könne – einem bösen Geist nicht unähnlich –, das sich im Körper einnistet und dort die Symptome *verursacht*. Diese Symptome können von Mensch zu Mensch unterschiedlich aussehen und manchmal sogar überhaupt nicht auftreten.

Er dachte außerdem an die Geschichte der irischen Großfamilie, deren Mitglieder von einer ganz ähnlichen Krankheit befallen worden waren – alle bis auf ein Mädchen, das überhaupt keine Symptome gezeigt hatte.

Bryant warf die Insektenpanzer ins Feuer, lauschte dem Knistern und überlegte. Schließlich streckte er sich auf dem nackten Boden aus, beobachtete das Feuer und ließ seine Gedanken wandern.

Die Schädel zwinkerten ihm zu, die Flammen tanzten leuchtend golden und blutrot.

Doch der Schlaf wollte nicht kommen. Bryant drehte den Holzgriff mit Kesebergs Namen zwischen den Fingern hin und her und dachte an den Lewis Keseberg aus dem Treck. Es war eine Reihe höchst unangenehmer Begegnungen gewesen: Keseberg, der seine damals noch schwangere Frau ins Zelt stößt. Keseberg, der einmal mehr Streit mit James Reed sucht. Keseberg, der außerhalb des Lagers Kaninchen für das Abendessen vorbereitet, mit blutigen Händen und konzentrierter Miene, während Hallorans Hund gleich daneben aufgeregt hin und her läuft. Bryant erinnerte sich, wie Keseberg mit dem Messer abrutschte und sich tief in die Handfläche schnitt. Ein breiter Streifen frischen Rots. Hallorans Terrier sprang auf den Hackstock, schnappte sich gierig das Stück Kaninchenfleisch, das Keseberg gerade zwischen den Fingern gehalten hatte – und leckte dabei sein Blut auf.

Tiefes Entsetzen ergriff Bryant, als er an den Hund dachte, an Kesebergs brutales Gesicht und sein angeberisches Getue. Der Kerl war eine Plage gewesen, abstoßend und gefährlich.

Je mehr er die Puzzlestücke hin und her drehte, desto sicherer wurde Bryant, dass er auf der richtigen Spur war. Ein Hunger, der sich von Mensch zu Mensch ausbreitete. Eine Krankheit, am Anfang möglicherweise noch unsichtbar – oder nur bei *manchen* unsichtbar, wie bei dem irischen Mädchen, deren Familienangehörige den Verstand verloren hatten und fortan mehr Tier als Mensch gewesen waren. Man feierte ihr glückliches Geschick und glaubte, sie hätte es unbeschadet überstanden – bis zu einem Tag viele Jahre später, als man sie im Kinderzimmer der Nachbarn über die Wiege gebeugt fand, Mund und Hände blutverschmiert.

Eine Krankheit, die manche Menschen in Monster verwandelte, während andere die Monstrosität in ihrem Innern verbargen.

Ruckartig richtete sich Bryant auf. Er war klatschnass von Schweiß. Die Schlussfolgerung lachte ihm plötzlich ins Gesicht: Kesebergs Onkel musste die Krankheit in sich getragen haben.

So war sie hierhergekommen. Sie war der Grund für das Verschwinden der Goldschürfer.

Kesebergs Onkel musste die Krankheit in seinem Blut getragen haben - ebenso wie das irische Mädchen -, vielleicht sogar, ohne es selbst zu ahnen. Er war es gewesen, der sie vor sechs Jahren hier eingeschleppt und damit eine Seuche ausgelöst hatte, die nicht nur den Rest der Gruppe das Leben gekostet hatte, sondern auch die hier lebenden Stämme erschütterte, ihre grausigsten Mythen befeuerte und in der gesamten Bergregion für Angst und Schrecken sorgte.

Wenn das stimmte, wäre es doch möglich, dass auch andere Mitglieder seiner Familie die Krankheit in sich trugen ... oder eine bestimmte Eigenschaft, die sie selbst widerstandsfähig dagegen machte.

Andere Mitglieder wie Lewis Keseberg.

Es mochte weit hergeholt klingen, aber wenn Bryant recht hatte, schwebte jedes Mitglied der Donner-Party - nein, jeder Mensch in dem gesamten Gebiet! - in höchster Gefahr. Er musste sie warnen.

Bryant überlegte kurz und dachte an das, was kommen würde, nicht für ihn persönlich, sondern für die Zukunft der Wissenschaft.

Ein weiterer Brief begann in seinem Kopf Gestalt anzunehmen.

36

Zwei Tage nachdem sie wieder zu Bewusstsein gekommen war, weigerte sich Virginia immer noch, den Grund zu verraten, warum sie hier war, oder was am Truckee Lake geschehen sein mochte. Anfangs glaubte Elitha, sie wäre lediglich stur, dann merkte sie an Virginias Gesten und anderen Zeichen, dass sie es lediglich vor den Erwachsenen nicht sagen wollte.

Was auch immer geschehen war, sie schämte sich dafür. Selbst nachts, wenn die beiden allein waren, gab sie kaum etwas preis. Aber sie erzählte von den Schlachtungen, von eigenartigem Benehmen, von Kämpfen und Streits. Dass die Jüngeren schneller Symptome zeigten. »Sie sagen, es ist eine Krankheit.« Virginias übergroße Augen schauten Elitha wie in ständigem Erstaunen an. »Sie sagen, Mary Murphy hat sie jetzt auch.«

»Bist du deshalb weggelaufen?«, fragte Elitha. »Hattest du Angst, dich anzustecken?« Doch Virginia antwortete nicht. Sie sagte nur, dass Mr. Stanton und Mr. Eddy versucht hatten, Hilfe zu holen, aber unverrichteter Dinge wieder zurückgekehrt waren, und Mr. Keseberg war offenbar dabei, sich zum Anführer zu machen. Mehr verriet sie nicht, und als Elitha weitere Einzelheiten aus ihr herausholen wollte, zog sich Virginia die Decke übers Gesicht und tat, als wollte sie jetzt schlafen.

Die Erwachsenen berieten, was sie mit ihr tun sollten. »Wir können sie nicht zurückschicken, nicht mit dieser Wunde«, erklärte Jacob, der sich immer noch größte Sorgen wegen der Reaktion von Virginias Mutter machte. »Schon gleich gar nicht allein - aber wir brauchen alle Männer, um Wache zu halten«, fügte Betsy hinzu. Selbst Elitha merkte, dass Betsy sich mit so vielen Kindern und so wenigen Erwachsenen überfordert fühlte.

»Sie ist allein hergekommen, also kann der Weg nicht allzu schwierig sein«, warf Tamsen ein und musterte Virginia genau. Virginia hingegen sagte, sie habe mehr als einen halben Tag gebraucht und sich beinahe verirrt. Dass sie es schließlich doch geschafft habe, sei ein Wunder.

»Bitte, schicken Sie mich nicht zurück«, bettelte sie.

Mehrere Tage nach ihrer Ankunft, an einem überraschend klaren Tag ohne jeden Schneefall, kam Lewis Keseberg so früh zum Alder Creek, dass die Lagerfeuer noch nicht einmal heruntergebrannt waren.

»Dacht ich mir doch, dass sie hier ist«, sagte er zu Jacob, Betsy und Tamsen. Sie standen zu viert draußen in der kalten Dämmerung. Feuchter Rauch hing in der Luft. »Ihre Mama macht sich schreckliche Sorgen. Ich bin hier, um sie zurückzuholen.« Keseberg war auffallend viel freundlicher als sonst.

»Margaret Reed hat Sie geschickt?«, hakte Tamsen nach. Elitha sah, dass sie ihn durchschaute.

»Ich bin hier, weil ich jetzt die Verantwortung trage«, antwortete er etwas zu laut. »Es ist ja nicht so, dass Mrs. Reed noch einen Mann hätte, der sich um solche Dinge kümmern und eine ausgerissene Tochter wieder einfangen könnte.«

Virginia nahm den Schlag hin, ohne auch nur mit der Wimper zu zucken. Alle wussten, dass ihr Vater James mittlerweile wahrscheinlich längst erfroren war. »Kommt schon. Wir brauchen sie. Wir sind fast durch mit dem Schlachten, auch die Mädchen müssen mit anpacken.«

Mit dem Schlachten der Rinder waren sie fast durch – und das bedeutete, dass es dort Fleisch geben würde. Elitha versuchte sich zu erinnern, wie viele Rinder die Breens gehabt hatten. Bestimmt ein Dutzend. Der Gedanke an so viel Fleisch ließ ihren Magen Saltos schlagen. Sie wusste, die Aussicht auf Fleisch würde den Ausschlag geben. Tamsen würde Virginia gehen lassen. Es gab nicht viel Essen hier am Alder Creek, nur noch ein paar Reste von einem zähen alten Ochsen. Auf einen weiteren hungrigen Mund konnte die Gruppe gut verzichten.

Als sie ans Feuer trat, schmatzten ihre Stiefel auf dem weichen Boden. »Ich möchte sie begleiten, Tamsen. Ich melde mich freiwillig, Virginia zu helfen.«

Tamsen schien überrascht, sie zu sehen. So war es immer: Alle waren überrascht, wenn sie Elitha sahen. Sie gehörte zu den Mädchen, die einfach vergessen wurden. Außer von Thomas. Thomas wirkte immer, als habe er nur auf sie gewartet.

»Red keinen Unsinn«, widersprach Tamsen. »Du gehörst zu deiner Familie.«

Sie gehörte zu Thomas, doch das konnte sie Tamsen nicht sagen. Außerdem war Virginia nicht ohne Grund weggelaufen, Elitha konnte schlecht zusehen, wie Keseberg mit ihr verschwand, zurück in die Gefahr, der Virginia gerade erst entflohen war. »Sie wird Hilfe brauchen. Ihr habt es doch selbst gesagt: Sie hat Blut verloren und ist noch sehr schwach. Es ist besser, wenn ich sie begleite.« Die Krankheit, von der Virginia erzählt hatte, erwähnte sie nicht. Sie würde vorsichtig sein. Sie hatte Angst, aber ihr Wunsch, Thomas wiederzusehen, war stärker. Außerdem konnte eine Krankheit niemals schlimmer sein als diese Kreaturen, die sie Nacht für Nacht belauerten. »Komm schon, lass mich gehen. Ich bin kein kleines Mädchen mehr. Ich kann auf mich aufpassen.« Und dann: »Vertrau mir. Bitte.«

Diese letzten drei Worte schienen den Ausschlag zu geben. »Nun gut. Wahrscheinlich seid ihr in der größeren Gruppe sicherer«, sagte Tamsen leise. Sie half Elitha, ihre wenigen Sachen zusammenzupacken, und bevor Tamsen sie mit einem Kuss verabschiedete, gab sie ihr noch einen Rat mit: Sie sollte darauf aufpassen, nie allein mit Lewis Keseberg zu sein.

Elitha konnte die Zustände am Truckee Lake nicht fassen. Die Hütten waren kaum besser als die Zelte am Alder Creek und genauso überfüllt. Sie konnte kaum glauben, wie viele Menschen aus dem Verschlag strömten, den Virginias Familie mit den Graves bewohnte. Wenigstens war Thomas dabei. Als er Elitha entdeckte, rannte er zu ihr und warf ihr vor allen anderen die Arme um den Hals.

»Was tust du hier?«, flüsterte er.

Seine Berührung wärmte ihren gesamten Körper – sofort. Elitha wurde rot, und dann merkte sie, wie die Leute sie beide anstarrten. »Ich bin hier, weil ich dich sehen will.«

Sein Gesicht veränderte sich. Es wirkte plötzlich wie verschlossen, kalt. »Das hättest du nicht tun sollen. Hier bist du nicht sicher.«

»Wo ich herkomme, ist es auch nicht sicher«, erwiderte sie. Sie wusste, wenn er sie zurückschickte, würde es ihr das Herz brechen.

Aber Thomas sagte nur: »Komm mit.« Und nahm ihre Hand.

Er führte sie weg von den anderen, da sah sie Keseberg und Virginia. Er hatte sich zu ihr hinuntergebeugt, Gesicht an Gesicht, und sprach sehr leise. Virginia war am ganzen Körper stocksteif, ihr Gesicht so weiß wie der Schnee ringsum. Elithas Magen krampfte sich zusammen. Was wollte er von ihr?

Es waren die Graves-Töchter, die zwölfjährige Lovina und die neun Jahre alte Nancy, die Virginias Geheimnis schließlich verrieten. Keseberg hatte ihnen gesagt, dass sie von nun an den Wölfen jede Nacht ein Kind opfern würden. Er sagte, alle Eltern wüssten Bescheid, es nütze also nichts, zu ihnen zu gehen. Sie seien übereingekommen, dass er die Entscheidung treffen sollte, damit die Eltern nicht darüber bestimmen mussten, welches Kind starb. Die Erwachsenen hätten sich darauf geeinigt, damit möglichst viele überlebten, ebenso wie die Indianer, die einen ihrer Söhne geopfert hatten. Alle müssten Opfer bringen.

Aber er würde sie verschonen, wenn sie mit ihm in den Wald gingen und taten, was er sagte.

»Es ist gar nicht so schlimm«, erklärte Lovina, obwohl ihr Gesicht etwas ganz anderes ausdrückte. Sie lächelte eigenartig, als sie davon erzählte, und war zappelig wie ein Kolibri. »Er greift nur unter deinen Rock und so.«

»Er hat ihn in meine Hand gelegt, dann musste ich ihn halten«, fügte Nancy Graves so leise hinzu, dass Elitha sie fast nicht hörte. Nancy war so dünn und ausgezehrt wie ein Gespenst.

Elitha glaubte, keine Luft mehr zu bekommen, als drücke eine unsichtbare Hand sie unter Wasser. Es war so dumm gewesen herzukommen. Und sie durfte nicht einmal Thomas davon erzählen. Er würde sich nur in Gefahr bringen. Mit Keseberg konnte er es nicht aufnehmen.

Nach weniger als vierundzwanzig Stunden war sie an der Reihe.

Sie war mit Thomas in den Wald gegangen. Es war seine Idee gewesen, er wollte im Bach nach Fischen suchen. Elitha wollte ihm sagen, dass es Schlimmeres gab, als zu hungern. Sie dachte an Virginias bleiches Gesicht und an ihr ängstliches Nicken, als Keseberg auf sie eingeredet hatte.

Sie lag bäuchlings auf dem zugefrorenen Bach, das Gesicht auf die harte Eisdecke gepresst, und hielt Ausschau nach Bewegungen. Thomas hatte sich auf die Suche nach einem Stein gemacht, der groß genug war, um das Eis einzuschlagen. Eigentlich wusste Elitha nicht das Geringste über Fische. Sie war auf einer Farm aufgewachsen und hatte in ihrem gesamten Leben vielleicht ein- oder zweimal welchen gegessen. Trotzdem schien die Idee nicht verkehrt, denn nach allem, was Thomas ihr erzählt hatte, wussten die Indianer am besten, wie man harte Zeiten überstand. Er hatte nur einen Blick auf den Bach geworfen und sofort gesagt, dass sie hier wahrscheinlich keine essbaren Fische finden würden. Aber da war Elitha schon so bemüht gewesen, dass er es nicht übers Herz gebracht hatte, alles wieder abzublasen. Also suchte er nach einem Stein, während Elitha den Schnee zur Seite wischte und auf den Knien übers Eis rutschte. Sie sah immer noch nichts außer einem Gewirr aus verrottenden Zweigen und Blättern im schwarzen Wasser.

Jetzt, da sie mit Thomas zusammen gewesen war, hatte sie erwartet, dass sich ihr Körper anders anfühlen würde. Aber außer einem leichten Schmerz zwischen den Beinen spürte sie nur eine tiefe Zufriedenheit, als hätte das Zur-Frau-Werden sie in einen Schlaf versetzt, in dem sie endlich frei von bösen Träumen war. Es war ihre Idee gewesen. In der letzten Nacht hatte sie Thomas gefragt, ob sie sich bei den Wagen treffen könnten. Niemand ging nachts mehr dorthin. Es war zu gefährlich, selbst mit den Feuern. Ständig patrouillierten mindestens zwei Männer mit Gewehren, und in der Dunkelheit hätten die sie leicht mit *ihnen* verwechseln können.

Elitha hatte eine Decke mitgenommen, aber keine Kerze oder Laterne. Thomas tauchte wie aus dem Nichts auf. Er konnte sich praktisch unsichtbar machen; darin waren sie sich sehr ähnlich.

Als er über das Rückbrett geklettert war und das notdürftige Bett sah, das Elitha vorbereitet hatte, fragte er: »Bist du sicher, dass du das möchtest. Denk nach, Elitha. Deine Familie wird mich nie mit dir zusammen sein lassen. Sobald wir diese Berge hinter uns haben, werden sie uns trennen.«

Alle Sorgen um die Zukunft waren sinnlos. Elitha wollte Thomas' Frau sein, und sei es nur für diese Nacht. Dann konnte sie ohne Reue sterben.

Das würden sie ohnehin bald alle.

Elitha kniete auf dem dicken Eis über dem Bach, da hörte sie ein Flüstern und lauschte. Ihre Nackenhaare stellten sich auf. Das Flüstern setzte sich fort, wurde zu einem gleichmäßigen Zischen, zu einem Säuseln, das an den Wind erinnerte.

Die Stimmen kehrten zurück. Elitha verstand nicht, was sie sagten, aber sie waren da und kratzten wie ein bohrender Kopfschmerz am Rand ihres Bewusstseins herum. Ein paar der Stimmen waren neu, und das bedeutete, dass noch mehr Menschen gestorben waren. Sie versuchte, ihren Geist dagegen zu versperren.

Da spürte sie plötzlich jemanden hinter sich. Es war wie der Besuch eines Gespensts, wie ein dunkler Schatten, der über ihren Geist glitt. Sie wirbelte herum und sah Keseberg mit dampfendem Atem herankommen.

»Sieh mal einer an«, sagte er, packte Elitha an den Schultern und hob sie hoch wie eine Puppe. »Was tust du ganz allein hier draußen?«

»Ich bin nicht allein«, erwiderte sie hastig.

Keseberg lachte grunzend, als hätte sie gerade etwas besonders Lustiges gesagt. »Ich weiß. Du hast ja deinen Indianer-Liebsten. Was für eine Schande, wenn ein hübsches Mädchen wie du sich einfach wegwirft.«

»Wir lieben uns«, platzte Elitha heraus. Sie wusste nicht, warum, aber es schien ihr wichtig. Wo war Thomas? Sie wollte, dass er sie rettete, und gleichzeitig wollte sie, dass er wegblieb.

Keseberg zog einen Handschuh aus und legte ihr die nackten Finger auf die Wange. Seine Berührung ließ ihr das Blut in den Adern gefrieren. »Glaubst du, diese Wilden wissen überhaupt, was Liebe ist? Sie lieben nicht wie ein Weißer«, sagte er, als wäre das eine Tatsache.

Sie dachte an Kesebergs Frau, Philippine, sie war eine zierliche Person mit hellbraunem Haar und meistens einem Bluterguss irgendwo im Gesicht. Elitha hatte sie noch nie etwas sagen hören. Liebte Keseberg seine Frau? Hatte er je irgendjemanden geliebt? Elitha war ziemlich sicher, dass sie die Antwort kannte.

»Ich werde schreien.«

Keseberg drückte sie rücklings gegen einen Baum. Elitha konzentrierte sich auf einen Rotzfaden an der Spitze seiner roten Nase, damit sie ihm nicht in die Augen sehen musste.

»Wenn du mir Ärger machst, mache ich deinem Freund Ärger. Du weißt, dass ich das kann. Niemand hilft 'nem Indianer.«

Elitha spürte die Wahrheit seiner Worte bis in die Knochen hinein. Sie drückte sich mit dem Rücken gegen den Baumstamm und machte sich bereit. Sie trug so viele Kleidungsschichten übereinander, dass Keseberg, selbst wenn er die Hände darauf legte, ihre Brüste nicht berühren würde, wenigstens nicht im eigentlichen Sinn. Dennoch zitterte sie allein bei dem Gedanken. Sie dachte daran, wie Thomas erst letzte Nacht ihren Hals liebkost hatte.

Aber Keseberg würde nichts wirklich Schlimmes tun, das hatten die beiden Mädchen gesagt. Elitha versuchte, sich von dem Gedanken beruhigen zu lassen, noch während ihr Magen rebellierte und ihr ganzer Körper hart wie Stein wurde. Er würde sie nur anfassen. Das konnte sie ertragen, und Thomas würde nichts passieren. Elitha wünschte beinahe, Keseberg würde sich beeilen, damit sie es bald hinter sich hatte ...

Keseberg packte ihren Mantel und riss ihn auf, dann riss er die Vorderseite ihres Kleides auf, sodass die nackte Haut an ihrem Hals und auf dem Brustbein zu sehen war. Elitha schnappte entsetzt nach Luft, doch Keseberg presste ihr eine Hand auf den Mund. Seine Finger schmeckten widerlich. Sie überlegte, ihm das Knie zwischen die Beine zu rammen, aber sie fürchtete, dass ihn das nicht aufhalten und nur noch wütender machen würde. Keseberg gehörte zu der Sorte, die zuschlug, wenn sie wütend war. Seine Frau war der lebende Beweis.

»Du bist nicht so hübsch wie die anderen«, sagte er leise und drückte mit dem Knie ihre Oberschenkel auseinander. »Aber immer noch gut genug.«

Elitha merkte zu spät, dass er mehr vorhatte, als sie nur zu berühren. Es war zu spät, als er schon seinen Gürtel öffnete. Sie ahnte, dass er etwas viel, viel Schlimmeres wollte. *Lauf, lauf, lauf!*, schrie eine Stimme in ihrem Kopf. Waren es die Toten? Es machte keinen Unterschied, denn ihre Beine waren steif vor Angst.

Da spürte sie einen fürchterlichen Schlag. Keseberg wurde von ihr weggerissen, und gleichzeitig stürzte Elitha in den Schnee. Sie hatte sich auf die Zunge gebissen, schmeckte Blut im Mund. Ein entsetzlicher Schrei hallte durch den Wald. Im ersten Moment dachte Elitha, es wäre einer von *ihnen*.

Doch es war Thomas. Er lag auf dem Boden und rang mit Keseberg. Thomas hatte ihn überrascht, doch Keseberg gewann schnell die Oberhand zurück. Elitha suchte den Boden nach einem Stein ab, einem Ast, nach irgendetwas, das sie als Waffe benutzen konnte.

Schließlich stieß Keseberg Thomas von sich herunter und stand keuchend auf, schüttelte den Schnee von sich ab wie ein zuckender Schatten. »Du glaubst, du kannst es mit mir aufnehmen, Bursche? Glaubst, du kannst sie retten?« Er trat Thomas mit dem Stiefel in die Rippen. »Dass ich nicht lache. Sie ist eine Hure! Sie *will* mich, sie will, dass ich sie zur Frau mache.«

Als Keseberg zum nächsten Tritt ausholte, stürzte sich Elitha auf ihn und riss ihn rückwärts zu Boden.

Keseberg schlug wild um sich. »Runter mit dir, dreckiges Miststück!« Er drückte sie in den Schnee, der ihr Kleid durchnässte und in ihren Ausschnitt rutschte. Die eisige Kälte ließ Elitha nach Luft schnappen. Sie war so müde. Hatte es satt, gegen ihn zu kämpfen. »Lassen Sie uns in Ruhe, lassen Sie uns einfach in Ruhe!«

Keseberg holte aus, und Elitha schloss die Augen. Seine Faust würde sie jeden Moment treffen. Eine starke Hand packte sie und zog sie auf die Beine.

»Komm.« Es war Thomas. Elitha rannte los und blickte verwirrt über die Schulter. Keseberg verfolgte sie nicht, er kauerte auf dem Boden, den Kopf gesenkt, als suche er nach etwas. Sie rannten immer weiter, stolperten und sprangen wieder auf. Thomas schaute sie an. Sein Gesicht war feuerrot, und sein Atem ging abgehackt. Er zog so fest an ihrem Arm, dass ihre Schulter wehtat.

»Lauf, lauf!«, sagte er immer wieder.

Aber warum. Keseberg war weit hinter ihnen, die Hälfte des Weges bis zu den Hütten hatten sie bereits geschafft. Sie mussten nicht mehr laufen.

Da sah sie, was Thomas in der anderen Hand hielt: ein kleines Messer, nicht größer als ein Gemüsemesser. Die Schneide war rot, ein dünner roter Faden spannte sich davon bis über den Schnee. Keseberg verfolgte sie nicht, weil er nicht konnte. Andernfalls hätte er sie niemals entwischen lassen.

Thomas, Thomas, hallte es in ihrem Kopf. *Was hast du getan?*

37

Am nächsten Morgen sah Mary Graves Mary Murphy mit dem Baby der Eddys auf dem Arm ins Freie rennen. Eddy und William Foster folgten den Spuren, die sie im Schnee hinterlassen hatte, doch als sie das Mädchen einholten, hatte sie das Baby bereits getötet; sie verschlang gerade die Leber. Eddy erschoss sie sofort, Foster hatte keine Chance dazwischenzugehen.

Danach traf es Eleanor, Marys eigene Schwester. Sie tanzte barfuß im knietiefen Schnee, bis ihre Zehen blau wurden und Erfrierungen zeigten. Als ihre Mutter versuchte, sie zurück ins Zelt zu holen, floh sie schreiend in den Wald, ihr langes dunkles Haar wehte und flatterte, als winke sie zum Abschied.

»Wir bleiben nicht. Wir werden von hier verschwinden«, versprach Stanton. Er hatte sein Jagdmesser frisch geschärft und schnitt damit ein Hirschfell in Streifen. »Wir machen uns Schneeschuhe. Damit kommen wir leichter vorwärts. Bei meinem Großvater habe ich einmal welche gesehen ... Ich habe sie zwar nie benutzt, aber ich denke, ich weiß noch, wie sie aussehen müssen.«

»Wir kommen mit. Ich glaube, wir sind genug bei Kräften, um euch nicht aufzuhalten«, sagte Sarah, als sie sah, was die beiden vorhatten. Sie setzte sich zu Mary und begann, die Streifen auf Holzrahmen aufzuspannen, die sie aus dem Holz leerer Mehlfässer angefertigt hatten.

Sie arbeiteten den gesamten Nachmittag an den Schneeschuhen. Ein paar schmale Sonnenstrahlen, die durch die Spalten in der Wand hereinfielen, spendeten etwas Licht. Überall um sie herum waren kleine Kinder - die Eltern hatten Angst, sie nach draußen zu lassen. In dem Bewusstsein, dass sie selbst bald nicht mehr hier sein würde, die Kinder aber schon, warf Mary den Kleinen einen schuldbewussten Blick zu.

Wir werden so bald wie möglich Hilfe schicken.

Sarah saß neben ihr auf dem Boden, und während sie eine Melodie summte, befestigte sie die Fellstreifen an dem Holzgestell. Da knallte draußen ein Schuss. Sie riss den Kopf hoch und schaute Mary fragend an. »Was kann das gewesen sein?«

Die wenigen Rinder, die sie noch hatten, muhten in Panik.

Stanton war als Erster im Freien. Marys Vater und Jay Fosdick packten ihre Gewehre und folgten ihm.

Mary hörte einen weiteren Schuss, danach Geschrei, und dann eine ganze Salve, die wie Donner klang.

Das Warten war unerträglich. »Geh nicht da raus«, sagte ihre Mutter, als sie Marys Anspannung sah. »Mr. Stanton kann gut allein auf sich aufpassen.«

Eine weitere Salve und spitze Schreie. Mary hielt es nicht mehr aus. Sie sprang auf und rannte los.

Unten am See gab es einen Tumult. Mary hörte laute Rufe hinter den Kiefern und Felsen hervordringen und rannte darauf zu, rutschte immer wieder im brüchigen Schnee aus.

Schließlich fand sie Stanton. Er hatte einen Arm um Thomas gelegt, den Indianerjungen. Er war verwundet. Angeschossen. Seine rechte Schulter hielt er hochgezogen und presste sich eine Hand auf die Rippen. Blut quoll durch seine Jacke, ein dunkler Fleck, der immer größer wurde. »Was ist geschehen? Kommt er durch?«, rief Mary noch im Laufen.

Sie sah die Antwort in Stantons Gesicht. »Sagen Sie Margaret Reed, sie soll Wasser abkochen und einen Verband vorbereiten.« Mrs. Reed hasste Indianer genauso sehr wie ihr Mann und würde keinen Finger krümmen, da war Mary absolut sicher. Sie erwischte sich dabei, wie sie wünschte, Tamsen wäre hier. Dann hätte Thomas bestimmt bessere Chancen gehabt.

Amanda McCutcheon versorgte Thomas' Wunde, Elitha Donner kauerte blass vor Angst daneben. Ganz offenkundig liebte sie den Jungen. Amanda ließ Thomas seinen Oberkörper frei machen und sich auf einen Schemel setzen. Sie spritzte Wasser auf die Wunde, sorgsam darauf bedacht, sie nicht mit den Fingern zu berühren. Die Einschüsse waren so tief und klaffend, dass Mary glaubte, bis zu den Rippen sehen zu können. In dem Bewusstsein, dass sie es eines Tages vielleicht brauchen könnte, zwang sie sich, Amanda genau zuzusehen. Jeden von ihnen konnte es als Nächsten erwischen, vor allem die, die sich um die Kranken kümmerten.

»Halt das«, sagte Amanda und legte Elithas Hand auf das eine Ende der Bandage, während sie das andere um seinen Oberkörper wickelte.

Draußen vor der Hütte redeten Leute, allerdings zu leise, um etwas zu verstehen. Mary stand auf und schlich zur Tür, während sich Thomas anzog.

»Ich sage, wir warten ab.« William Eddy stand in der Mitte der Gruppe. Beim Aufstieg zum See hatte er die Hälfte seines Gewichts verloren; er sah wie eine Vogelscheuche aus. »Bis jetzt habe ich keine Anzeichen der Krankheit bei ihm gesehen.«

»Aber wenn sie erst einmal ausbricht ...« Das kam von Peggy Breen. »Denken Sie nur an Noah James und Landrum Murphy. Es geht so schnell. Wir können nicht einfach warten, bis er anfängt, uns anzugreifen. Sehen Sie sich um, hier sind fast nur noch Frauen und Kinder. Wir müssen an unsere Kinder denken.«

»Bis jetzt ist es nicht mehr als eine Behauptung«, betonte Stanton. »Es gibt keinerlei Beweise, nur Kesebergs Wort.«

Peggy Breen verschränkte die Arme vor der Brust. »Warum sollte er auf den Indianer schießen, wenn er es nicht mit eigenen Augen gesehen hätte?«

Mary zog sich mit pochendem Herzen von der Tür zurück. Keseberg hatte Thomas also beschuldigt – beschuldigt, dass er die Krankheit hatte. Sie wusste nicht, was er den anderen erzählt hatte, und mit einem Stich im Herzen wurde ihr bewusst, dass es auch keine Rolle spielte. Die Idee hatte sich bereits in den Köpfen festgesetzt.

Der Streit ging draußen weiter, doch Mary hatte keine Zweifel über den Ausgang. Sie fühlte sich schwach, als würde sie jeden Augenblick einfach zusammenbrechen. Schließlich wandte sie sich an Elitha und Thomas, der steif sein Hemd zuknöpfte. »Hört zu, ihr beiden: Thomas muss sofort von hier verschwinden.« Auf seinen fragenden Blick hin fügte sie hinzu: »Sie wollen dich holen kommen.«

Er ließ von den Knöpfen ab und schaute sie ungläubig an. »Wovon reden Sie?«

Amanda verstaute gerade die unbenutzten Verbände und blickte fragend auf, doch das war Mary gleich.

»Sie haben Angst, dass du die Krankheit hast.« Mary schob einen Schrankkoffer gegen die klapprige Wand. »Keseberg sagt, dass er deshalb auf dich geschossen hat. Er sagt, er hätte etwas gesehen, das ihm nicht gefiel. Du musst hier hochklettern, unter dem Dach durchschlüpfen und dann verschwinden.« Das Dach bestand lediglich aus notdürftig über die Wände gespanntem Segeltuch und Kuhfellen. »Du darfst auf keinen Fall stehen bleiben, Thomas, sie werden dich töten.«

Mary hätte gerne etwas anderes geglaubt, doch sie hatte gesehen, was aus den Siedlern geworden war: Sie verurteilten schnell und straften noch schneller. Wahnsinnig. Wahnsinnig vor Angst.

Thomas zögerte keine Sekunde – offensichtlich hatte auch er sofort erfasst, wie hoffnungslos die Lage war. Er kletterte auf die Kiste und drehte sich noch einmal zu Elitha um. »Kommst du mit? Oder bleibst du hier?«

Mary fühlte zutiefst mit Elitha. Mit Thomas zu gehen bedeutete den sicheren Tod. Sie hatten weder Proviant noch Waffen, und dann waren da auch noch die Wölfe in den Wäldern, oder was auch immer das für Geschöpfe sein mochten, von denen diese Krankheit ausging. Außerdem der Schnee. Durch diese Massen würden sie es niemals schaffen, und trotzdem war es Thomas' einzige Überlebenschance. Wenn er blieb, würden sie ihn mit Sicherheit töten.

Bei Elitha war das etwas anderes.

Elitha zog eine Decke von der nächstbesten Pritsche und warf sie sich über die Schultern. »Ich komme. Kletter weiter.«

Die Männer kamen hereingeplatzt, noch bevor Thomas draußen war.

Mary versuchte, ihnen den Weg zu versperren, aber ihr Vater packte sie am Arm, zerrte sie nach draußen in den Schnee und ließ sie nicht mehr los.

Der rotgesichtige Patrick Breen und sein Freund Patrick Dolan, der Deutsche namens Spitzer und Lewis Keseberg zogen Thomas an den Beinen wieder herunter und schleiften ihn ins Freie, vorbei an Mary und Elitha, als wären sie gar nicht da.

»Wenn du dich ihnen in den Weg stellst, wird dir nur etwas zustoßen«, raunte ihr Vater, als Mary versuchte, sich von ihm loszumachen.

Sie riss sich trotzdem los, und Elitha folgte ihr.

Die Männer brachten Thomas in den Wald. Elitha holte sie ein und warf sich auf die beiden, die ihm die Arme auf den Rücken gedreht hielten, doch Spitzer schüttelte sie einfach ab wie eine Fliege.

»Geh wieder zurück, Mädchen. Das hier ist nichts für dich«, warnte Breen.

Mary kämpfte sich ein Stück hinter ihnen durch den Schnee. »Sie müssen ihn nicht töten! Lassen Sie ihn einfach gehen. Er ist keine Gefahr – er wird uns in Ruhe lassen.«

»Er wird durchdrehen wie die anderen und sich dann auf uns stürzen. Vielleicht bringt er einen von uns um, vielleicht auch eins von den Kindern. Sie haben gesehen, was mit Landrum passiert ist. Ist es das, was Sie wollen?«, fragte Dolan wütend.

»Das wissen Sie nicht! Ich schwöre, dass wir verschwinden und Sie uns beide nie wiedersehen, wenn Sie ihm nur eine Chance geben«, flehte Elitha.

Die Männer gingen einfach weiter, die Augen starr geradeaus, als hätte keine der beiden Frauen auch nur ein Wort gesagt. Irgendwann rief Breen: »Halt!« Es war ein stilles Fleckchen, nur eine leichte Brise fuhr durch dic Äste einer Kiefer. Die Stimmen von den Hütten, das einzige Zeichen menschlichen Lebens in dieser Wildnis, waren kaum noch zu hören. Franklin Graves holte sie ein und packte Mary erneut, sein Blick sagte, dass sie ihren Willen nicht bekommen würde, diesmal nicht, zu ihrem eigenen Besten und dem ihrer Familie. Wütende, uneinsichtige Männer waren nun einmal nicht aufzuhalten.

Sie traten von Thomas zurück, und Dolan hob sein Gewehr.

Thomas war gespenstisch ruhig. Sein Blick sprang zu Elitha. »Du hättest nicht mitkommen sollen. Geh jetzt zurück, bitte.«

Keseberg nickte in Elithas Richtung. »Mach es ihr leichter. Sag ihr, dass es stimmt. Sag ihr, dass du die Krankheit in dir spürst.«

Thomas sagte nichts und starrte stumm über ihre Köpfe hinweg.

Mary schaute verzweifelt zwischen den Männern hin und her, wollte ihnen verständlich machen, dass sie es nicht tun mussten, aber die richtigen Worte wollten ihr nicht einfallen. Für Vernunft waren sie ohnehin nicht mehr zugänglich. Sie waren zu Sklaven ihrer Wut und ihrer Angst geworden.

Elitha weinte haltlos. Sie deutete auf Keseberg. »Er hat euch das eingeredet, nicht wahr? Was auch immer er behauptet, es ist gelogen. Er tut das, um sich an uns zu rächen, weil wir nicht gemacht haben, was er wollte.«

Sie hörten nicht einmal zu. Mary sah, dass keiner von ihnen auch nur eine Augenbraue hob. Keseberg lächelte sie zufrieden an, während Dolan den Hammer spannte.

Elithas Schrei ertönte gleichzeitig mit dem Schuss. Eine schwerelose Sekunde lang blieb Thomas einfach stehen, Hoffnung flammte in Mary auf. Vielleicht hatte Dolan vorbeigeschossen.

Dann kippte er rückwärts in den Schnee.

38

Springfield, Illinois
Juli 1840

Onkel Reiner hatte sich in den fünfzehn Jahren fast gar nicht verändert, dachte Lewis Keseberg. Sein Haar war noch etwas weißer und die Gesichtshaut noch etwas rauer, ansonsten aber sah er beinahe genauso aus wie bei ihrer letzten Begegnung, damals in Deutschland, als Lewis noch ein Junge gewesen war. Reiner hatte das gleiche gelassene Lächeln und die gleiche blitzende Wildheit in den Augen. Beides brachte etwas in Lewis' Eingeweiden zum Rumoren. Er hatte gehofft, Reiner sei inzwischen gestorben. Ihn wiederzusehen, noch dazu auf seiner Türschwelle, erschreckte Lewis zu Tode. Man konnte diesem Lächeln nicht vertrauen, und diese Augen - das wusste Lewis - verbargen schreckliche Geheimnisse.

Reiner war einfach so aufgetaucht, ohne Vorwarnung. Briefe zu schreiben war noch nie seine Art gewesen, trotzdem war es beunruhigend. Lewis hatte dieses Häuschen erst vor ein paar Monaten gemietet. Wie hatte Reiner ihn gefunden?

Er holte eine Flasche von dem Whiskey, den sein Nachbar brannte, dazu zwei Blechtassen. »Warum bist du hier?«, fragte er in eingerostetem Deutsch und behielt Reiner sorgfältig im Auge, während er die Tassen auf den splittrigen alten Tisch stellte.

Da war es wieder, das gelassene Grinsen. »Der Familienfluch« antwortete er lachend, setzte sich und leerte seine Tasse in einem Zug.

Sein Onkel war also aus der Heimat geflohen. »Wofür haben sie dich drangekriegt?«

»Das Übliche. Aber sie konnten nichts beweisen. Ein Mann verschwindet, doch es gibt keine Leiche – wer sagt denn, dass es Mord war?« Sein Onkel stieß ein weiteres, schnaubendes Lachen aus, dann lehnte er sich zurück und spähte in die schattigen Ecken des kleinen Raumes. »Wo ist dein Vater hin verschwunden?«

»Er ist im Gefängnis. Drüben in Indiana.«

Reiner hob die Augenbrauen. »Du lässt ihn allein im Gefängnis verrotten?«

Kesebergs Wangen wurden heiß. »Ich fange noch mal ganz von vorne an.«

Sein Onkel musterte ihn durchdringend, doch Lewis wagte es nicht, seinem Blick zu begegnen. Aus seiner Kindheit war ihm Reiners Zorn noch gut in Erinnerung: gewaltig und vollkommen unberechenbar. Eine Tracht Prügel, weil er einen Teelöffel voll Salz verschüttet hatte, ein ausgeschlagener Zahn, weil er wegen eines Kommentars von Reiner die Augen verdreht hatte.

Doch sein Onkel lachte jetzt nur wieder. »Für Männer wie uns gibt es keinen Neuanfang. Was du bist, steckt in deinem Blut. Du kannst es nicht verleugnen.«

Lewis sah sich in der Kammer um. Der Staub verdeckte, wie schäbig sie eigentlich war. Ein einfacher Raum mit einem Hochbett. Der Tisch und die beiden Stühle waren praktisch die einzigen Möbelstücke, die er besaß. »Ich habe nicht viel Platz für Gäste, Onkel.«

Reiner schenkte sich noch einen Drink ein. »Ist nur für ein

paar Wochen. Ich bin auf dem Weg nach Westen. Hab gehört, da soll es Gold geben in den Bergen.«

»Kalifornien?«

Reiner nickte. »Wie ich gehört habe, gibt es dort kein Gesetz. Männer wie wir sind dort frei, wenn du weißt, was ich meine. Niemand sieht zu.«

Losziehen und mit Gold ein Vermögen machen. Wie eine Fata Morgana flammte der Gedanke in Lewis' Fantasie auf. Die tägliche Plackerei auf der Farm einfach hinter sich lassen, das Pflügen, Bewässern und Jäten. Es war hart, sich ein Leben aufzubauen, wenn man nichts hatte, aus dem Nichts kam.

Nein. Lewis hatte durchaus Pläne. Er wollte sich eine Frau suchen, hart arbeiten und dazugehören. Als Kind hatte er so etwas wie Glück nie gekannt – sein Vater war ein Schwein gewesen, und seine Mutter war so früh verschwunden, dass er keine einzige Erinnerung an sie hatte –, doch er hatte sich geschworen, nicht die gleichen Fehler zu machen wie sein Vater und sein Onkel und der Rest der Familie. Er hatte beschlossen, anders zu sein. Kein Versager. Er würde den Familienfluch durchbrechen.

Wenn er durchhielt und die harten Anfangszeiten überstand, würde es einfacher werden. Es musste.

Reiner griff in seine Hosentasche und legte ein zerknittertes Bündel Scheine auf den Tisch. »Ich kann für alles bezahlen. Ich brauche keine Almosen.«

Lewis' Augen wurden tellergroß, als er das Geld sah. Es war mehr, als er in einem ganzen Jahr verdiente. »Wo hast du das her?«

Reiner füllte seine Tasse beinahe randvoll mit Whiskey. »Ich habe Arzneien verkauft. Mein eigenes Rezept aus der alten Heimat. Die Geschäfte gingen gut.«

»Ich verstehe ... Aber wenn die Arzneien so gut laufen, warum willst du dann den ganzen Weg nach Kalifornien auf dich nehmen?«

Das war der Moment, in dem Lewis wusste, dass sein Onkel log. Reiner lehnte sich in seinem Stuhl zurück und fixierte ihn, beobachtete Lewis' Reaktion genau. »Ich habe eine Krankheit, die keine Medizin heilen kann. Goldfieber heißt sie, glaube ich.« Er zwinkerte.

Lewis wurde übel. *Eher Blutfieber*, dachte er.

Erst am Abend, als Lewis auf dem Fußboden eine Schlafrolle für seinen Onkel herrichtete – er bot ihm keinen Platz in seinem Bett, konnte die Vorstellung, die ganze lange Nacht neben ihm zu liegen, nicht ertragen –, machte Reiner sein Angebot.

»Warum kommst du nicht mit?« Er hatte sich gerade erst aus seiner verdreckten Jacke geschält, um sich bettfertig zu machen. In dem beinahe ebenso schmutzigen Hemd stand er vor ihm und fixierte Lewis mit seinen hellen Wolfsaugen. »Was hält dich denn hier? Diese lausige Farm? Sieht in meinen Augen wie ein weiterer von deinen vielen Fehlschlägen aus, mein Sohn.«

»Sag nicht Sohn zu mir«, erwiderte Lewis verletzt. »Ich *wünsche mir* dieses Leben. Es ist meine Entscheidung.«

Reiner zuckte die Achseln. »Wie du meinst, aber du machst einen Fehler, Junge. Es gibt einen Grund, warum wir Kesebergs immer unterwegs sind. Wenn du zu lange an einem Ort bleibst, kriegen sie dich.«

Der Familienfluch.

Ich werde ihm nicht verfallen. Das sagte er Reiner natürlich nicht. Er wollte den Bullen nicht auch noch reizen. »Ich bin vorsichtig.«

Doch sein Onkel gab noch nicht auf. »Ich mache mir Sorgen um dich. Du hast nicht genug Zeit mit Keseberg-Männern verbracht. Dein Vater sitzt im Gefängnis, und du lebst in der Neuen Welt, ohne Onkel, ohne Großväter. Du hast keine Ahnung, wie es ist, wenn das Gefühl dich überfällt, so stark, dass du dich nicht dagegen wehren kannst. Und wenn das passiert, wer kümmert sich dann um dich?«

Einen Augenblick lang war Lewis Keseberg wieder elf Jahre alt und stand neben seinem Vater in der Räucherkammer. An einem Schlachthaken hing ein riesiger Kadaver und schwankte sanft hin und her. Der kleine Lewis hörte das Tropf, Tropf, Tropf, mit dem das Blut in die Pfütze auf dem Boden fiel, und roch den Hauch von Eisen in der Luft. Der Kadaver sah nicht wie der eines Tiers aus, sondern wie der eines Menschen.

Etwas wie Verlangen hatte ihn damals erfasst, so stark, dass auch er zu schwanken begann.

Dieses Gefühl hatte ihn seitdem nie mehr ganz verlassen.

Ein Schauder lief ihm über den Rücken.

Lewis wollte nur weg von seinem Onkel, weg von diesen brennenden Augen und dem Aasgeruch, den er verströmte. »Ich komm schon zurecht, Onkel. Mein Vater hat mir genug beigebracht. Ich komme zurecht.« Er konnte sie unterdrücken – die Lust, den Durst und den Hunger.

Reiner drehte sich auf die Seite und blickte ins Feuer. »Du glaubst, du weißt, was dich erwartet, aber du hast keine Ahnung. Geh schön schlafen, Junge. Eines Tages wirst du es schon noch merken.«

Nein, sagte sich Lewis und kletterte die Leiter zu seinem Hochbett hinauf, brachte etwas Abstand zwischen sich und diesen angsteinflößenden alten Mann. In gewisser Hinsicht war es sogar gut, dass Reiner einfach so aufgetaucht war. Es gab Zeiten, da spürte Lewis, wie ihm seine hehren Vorsätze entglitten. Es gab Zeiten, vor allem nachts, da fiel es ihm unfassbar schwer, dem Hunger zu widerstehen, der in seinem Innern brannte. Wenn er sich am Holzrahmen des Bettes festkrallte und sich in die Hand biss, um die Raserei zu unterdrücken, die ihn verschlingen wollte - oder die wollte, dass *er* die Welt verschlang. Er wusste nicht, was von beidem zutraf. Manchmal wollte er einfach aufgeben und sich dem Fluch ausliefern. *Wir Keseberg-Männer wurden so gemacht, es liegt in unserem Wesen, in unserem Blut.* Reiner zu sehen war heilsam wie ein Blitzschlag. Lewis wollte nicht enden wie er, immer auf der Flucht, haltlos, allein.

Doch als er so im Dunkeln lag und sich vorstellte, wie er die Hände um den Hals seines Onkels legte und zudrückte, bis Reiners Haut sich violett verfärbte und Blut von seinen Lippen tropfte, wusste er, dass die Chancen gegen ihn standen ... dass Reiner wahrscheinlich recht hatte. Es war nur eine Frage der Zeit.

Siebter Teil
Dezember 1846

39

Mary taufte die Schneeschuh-Gruppe »Verzweifelte Hoffnung«, weil sie genau das waren: die letzte Hoffnung der Siedler. Sie waren nur zu acht, Mary und Stanton, ihre Schwester Sarah und deren Mann, Jay, ihr Vater Franklin - obwohl kränklich und schwach -, Salvador und Luis, die beiden Miwoks, die Stanton von Johnsons Ranch begleitet hatten, sowie William Eddy.

Die Murphys und die Breens weigerten sich teilzunehmen, was Mary nur recht war. Sie machten sich über die Unternehmung lustig und behaupteten, die Gruppe wäre innerhalb eines Tages wieder zurück - falls sie unterwegs nicht erfroren. Ob Salvador und Luis wirklich mitwollten, war nicht ganz klar. Ihre Loyalität gegenüber Stanton war eindeutig an der Grenze, aber sie schienen auf keinen Fall allein bei den Männern zurückbleiben zu wollen, die gerade erst den Paiute-Jungen getötet hatten.

Sie wollten möglichst wenig mitnehmen, denn es blieben so viele im Lager, die ernährt werden mussten. Patrick Breen und Dolan sagten sogar, sie sollten *gar nichts* mitnehmen. Sie würden ohnehin sterben, ihr Proviant sei sinnlos verschwendet.

Sie wählten ihre Ausrüstung mit größter Sorgfalt. Sie waren schwach, jede Unze konnte zu viel sein, falls sie fliehen mussten. Also packten sie eine Axt ein, ein Seil, das Eddy wie einen Gürtel um die Hüfte trug, und jeder eine Decke, die er sich über die Schultern legte. Stanton und Eddy nahmen ihre Gewehre mit. Margaret Reed und Elizabeth Graves gaben ihnen heimlich getrocknetes Rindfleisch, das für ein paar Tage reichen würde. Mary sah, wie Stanton in letzter Sekunde noch zwei Gegenstände in seine Manteltaschen steckte, konnte aber nicht erkennen, um was es sich dabei handelte.

Am Morgen ihres Aufbruchs schneite es nicht. Ein gutes Zeichen. Ihre Mutter gab Franklin einen flüchtigen Kuss zum Abschied, es war das erste Zeichen von Vertrautheit zwischen den beiden, das Mary seit Langem gesehen hatte. An dem Verlust von William und Eleanor wäre ihre Mutter beinahe zerbrochen.

Der Abschied von ihren Geschwistern fiel Mary weit schwerer. Es war das erste Mal überhaupt, dass sie voneinander getrennt wurden. Die drei jüngeren Schwestern und die beiden Brüder umarmten Mary und Sarah innig. »Nicht weinen. Wir schicken Hilfe, und dann sind wir alle wieder zusammen«, sagte Mary. Sie erwiderte die Umarmung und wusste selbst nicht, ob sie glaubte, was sie da eben gesagt hatte.

Als am Horizont die Dämmerung heraufzog, leuchtend rosa mit einem dünnen blauen Streifen darüber, gingen sie in Richtung der Gipfel los.

40

Innerhalb einer Woche hatte sich Stanton in einen alten Mann verwandelt. Er war blind vom Schnee und von der Sonne, sein gesamter Körper schmerzte. Um sie herum war nichts als diese nie endende Aneinanderreihung von Anhöhen und Tälern, die unter dem nahtlosen Weiß alle gleich aussahen. Seiner Schätzung nach marschierten sie zehn Stunden pro Tag und kamen trotzdem nur wenige Meilen voran. Bis sie irgendwo Hilfe fanden, würden sie bestimmt über einen Monat brauchen.

Ihre Rationen hätten nicht für mehr als fünf Tage gereicht, also aßen sie immer erst, wenn es dunkel war.

Mary zählte die Tage, indem sie Knoten in einen langen braunen Faden machte, den sie aus dem Saum ihres Rocks gezogen hatte. Mit jedem dieser Knoten schien das Flattern in Stantons Brust weniger zu werden, dieser Teil in ihm, der nach wie vor an so etwas wie Liebe glaubte. Dass Mary überhaupt ihre Finger bewegen und Knoten machen konnte, erstaunte ihn. Die seinen, spröde und schwarz von Frostbeulen, waren selbst dann kaum zu gebrauchen, wenn er sie am Feuer gewärmt hatte.

Abends sammelte er Holz. Trotz seiner Erschöpfung trieb ihn ein sturer tierischer Instinkt dazu, wollte, dass er überlebte. Wenn überhaupt, schliefen sie im Sitzen um ein offenes Feuer herum. Stanton, Eddy, Franklin Graves und Jay

Fosdick hielten abwechselnd Wache, doch Graves' Kräfte schwanden schnell, sodass er am Morgen manchmal kaum noch wach zu bekommen war.

Meist brannte das Feuer ein Loch in den Schnee, am nächsten Morgen fand sich die Gruppe dann am Boden einer zwei Meter tiefen Grube wieder. Das Erklimmen der steilen Wände erforderte weitere Kraft, die sie nicht hatten. Stanton fürchtete sich jetzt schon vor dem Tag, an dem einer von ihnen es nicht mehr schaffen würde.

Tagelang hatten sie keinen Hinweis auf die Wölfe mehr gesehen – oder auf irgendwelche anderen Tiere.

Doch als sie schwächer wurden, bemerkte Stanton eine Veränderung. Er hörte Geräusche zwischen den Bäumen, Geflüster und das Schaben kurzer, schneller Schritte im Schnee. Er wusste, dass Raubtiere eine verletzte Beute oft so lange verfolgten, bis sie von allein zusammenbrach. Die Schneeschuh-Gruppe lag im Sterben, langsam, aber sicher, und die infizierten Wölfe hatten die Witterung aufgenommen.

Ein weiterer wolkenverhangener Tag verwandelte die Landschaft in ein einziges blendendes Weiß. Stanton konnte den Anbruch der Nacht kaum erwarten, und sei es auch nur, damit seine Augen sich erholen konnten. Oft hatte er das Gefühl, als bluteten sie oder jemand kitzelte sie mit einem Messer. Eddy war eine Zeit lang vollkommen blind gewesen und hatte sich an Stantons Gürtel festhalten müssen, um überhaupt noch weitergehen zu können.

Mary ließ sich neben ihm zu Boden sinken. Unter einer schmutzigen Decke kuschelten sie sich aneinander, auch wenn es kaum etwas nützte. Irgendwie war Stanton immer kalt, seine Kleidung war immer nass und er selbst immer hungrig.

Marys Gesicht war von der Sonne verbrannt, die Haut auf

ihrer Nase rot und aufgeplatzt. Sie griff in ihre Manteltasche und zog ein Stück getrocknetes Rindfleisch hervor: »Dein Abendessen.« Das sagte sie jedes Mal, *Abendessen*, obwohl es die einzige Mahlzeit des Tages war. »Iss langsam.«

»Wie viel noch?« Das Essen tat weh. Sein Magen schrak zusammen und holte sich dann alles auf einmal. Seine Zähne klirrten vor Kälte und langsamem Verfall. Stantons Körper bekam zu wenig, und das schon viel zu lange. »Für wie viele Tage?«

Sie schüttelte den Kopf. »Denk nicht darüber nach, nicht jetzt. Wir werden etwas finden.«

Der Himmel wurde schnell dunkler, doch das Feuer wollte nicht in Gang kommen; das Holz war zu nass. Eddy versuchte es mit dem Feuerstein, dann versuchte es Stanton, dann Jay. Stanton trat ein Stück zurück und sah die Sonne hinter den Bergen versinken, sah, wie sie das letzte Tageslicht vergoss und zerschmolz. Seine Erschöpfung verwandelte sich in eine urzeitliche Angst.

»Nimm die Axt«, sagte er zu Jay. »Fäll einen Baum. Schlag ein paar Äste, schlag irgendwas.« Trotz des Schnees, der seine Stiefel festzuhalten versuchte, rannte er beinahe auf die Bäume zu. Vor einer Stunde hatte er noch geglaubt, nicht einen einzigen Schritt mehr gehen zu können, doch jetzt vibrierte sein ganzer Körper vor Furcht. Ohne Feuer hatten sie nicht den Hauch einer Chance. Sie würden im Schlaf erfrieren. Außerdem hielt das Feuer die Wölfe ab, oder was auch immer ihnen da folgte.

Die Axtschläge hallten durch die Senke, langsam – zu langsam. Selbst wenn es Jay gelingen sollte, einen Baum zu fällen, würden sie das Holz niemals rechtzeitig aufspalten können. Stanton tauchte in den tiefen Schatten unter einer kleinen Gruppe dunkler, gebeugter Tannen, duckte sich unter den

Ästen hindurch und tastete nach trockenem Holz. Zwar fand er Zweige zum Anfeuern, aber nichts, das auch nur eine Viertelstunde brennen würde. Er lief immer weiter und verlor den Sichtkontakt zu den anderen, verzweifelt, halb verrückt - vom Schnee, von dem endlosen Marsch, dem Hunger und der Sinnlosigkeit ihres Kampfes.

Unter einer großen Kiefer entdeckte er etwas Holz, das die ausladenden Äste darüber einigermaßen vor den Elementen geschützt hatten. Er sammelte so viel davon auf, wie er konnte. Genug für eine Stunde, vielleicht auch für etwas länger, auf jeden Fall für lange genug, damit Jay inzwischen weiteres Holz spalten konnte.

Stanton drehte sich wieder in Richtung Lager, da sah er aus dem Augenwinkel eine Bewegung. Schnell wie ein Wolf, der zwischen den Bäumen umherhuscht.

Aber es waren keine Wölfe.

Ein weiterer Schatten, ein weiteres dunkles Etwas bewegte sich von Baum zu Baum.

Er ließ das Holz fallen. Er behielt nur einen abgebrochenen Ast in der Hand und schlug seinen Feuerstein dagegen. *Brenn schon, verflucht.* Funken regneten harmlos in den Schnee. Seine Finger waren steif gefroren und gefühllos. Beinahe wäre ihm der Feuerstein entglitten.

Er hörte die Kreatur hinter sich erst, als seine Kiefer schon fast über seinem Nacken zuschnappten.

Stanton wirbelte blind herum, schwang den Ast wie eine Keule, hörte, wie er traf und das dunkle, groteske Wesen, das halb Mensch, halb Tier zu sein schien, zurück zwischen die Bäume geschleudert wurde.

Eine Art Dämon. Ein Monster.

Es gab kein anderes Wort dafür.

Stanton rannte, setzte einen Fuß vor den anderen, so

schnell es der knietiefe Schnee eben zuließ. Schweiß strömte ihm übers Gesicht und gefror sofort, zerrte an seinen Wangen und zwang seinen Mund in eine Grimasse.

Panik tobte in seinem Innern, vermischt mit Unglauben.

Tamsen hatte recht.

Die plötzliche Klarheit fuhr durch seinen Körper, spitz wie ein Eiszapfen. Sein Herz schien stehen zu bleiben und seine Gedanken wurden klar. So war die Wahrheit manchmal: nicht die Rettung, wie sein Großvater behauptet hatte, sondern das Gegenteil, kalt und erschreckend und lähmend.

Stantons Gedanken rasten, das Blut in seinen Adern floss viel zu schnell. Er rang um Atem und tastete nach dem Gewehr auf seinem Rücken. Wo war sein Gewehr?

Was sie verfolgt und sich über das Vieh hergemacht hatte, war kein krankes Wolfsrudel. Das war es nie gewesen.

Es waren ... diese *Wesen.*

Nein. Nein. Sein Verstand ließ ihn im Stich. Stanton verlangsamte sein Tempo und drehte sich um, spähte zwischen die Bäume.

Die Schatten bewegten sich, huschten und sprangen, verschmolzen mit der verschneiten Nacht.

Wo war sein Gewehr?

Dann erinnerte er sich. Er hatte es am Waldrand gegen einen Baumstamm gelehnt stehen gelassen. Jetzt musste er rennen, wenn er es bis dahin schaffen wollte. Der Schnee ging ihm inzwischen bis zu den Oberschenkeln, und es war dunkel.

Er legte all seine Kraft in jeden Schritt. *Dreh dich nicht um, lauf.* Sein Puls hämmerte in seinen Ohren. Dann hörte er es: ein nasses Keuchen und angestrengtes Hecheln, als atmete sein Verfolger durch dichte, feuchte Fäulnis. Näher. Immer noch näher.

Was auch immer Stanton angegriffen hatte, was er gesehen hatte, es war echt. *Sie* waren echt.

Es tut mir leid. Stanton wusste nicht, was ihm leidtat. Dass er Tamsens Geschichte nicht geglaubt hatte? Dass er nicht in der Lage gewesen war, sie alle zu beschützen?

Dass er sein Leben zwar nicht in Sünde vergeudet hatte, aber in dem erstickenden Glauben an die Sünde?

Jetzt konnte er sein Gewehr sehen und dahinter eine dünne Rauchsäule, die Anfänge eines Lagerfeuers. Vielleicht war es noch nicht zu spät für ihn.

Stanton war kaum noch zwei Schritte von seinem Gewehr entfernt, als das *Wesen* sprang. Er spürte, wie sich etwas Scharfes in seine Wade grub. Der Schmerz fühlte sich an, als rühre er von einem Brandeisen her. Nun auch in seinem anderen Unterschenkel. Er stürzte, suhlte sich im Schnee wie ein kleines Kind. Versuchte auf Händen und Knien zu kriechen, doch etwas packte seine Beine und zog ihn rückwärts. Ein weiterer Schlag, diesmal gegen seinen Hinterkopf; der Schmerz war so heftig, dass er weiße Blitze sah.

So durfte er nicht sterben.

Nicht jetzt.

Noch nicht.

Stantons Fingerspitzen berührten gerade so den Gewehrkolben. Sie rutschten ab. Das Wesen hatte ihn, hatte seine Kiefer um Stantons Fußknöchel geschlossen. Er drehte den Kopf und schnappte entsetzt nach Luft – was er direkt hinter sich sah, waren die Augen eines Menschen, die Nase eines Menschen …

Was auch immer es sein mochte, es war einmal ein Mensch gewesen.

Aber jetzt nicht mehr. Er spürte, wie sich die Zähne der Kreatur tief in sein Fleisch gruben, bis auf den Muskel, dazwischen war etwas Nasses, Grässliches, das ihn schmeckte und nur eine Zunge sein konnte.

Er trat dem Wesen mit aller Kraft mitten ins Gesicht. Es ließ zwar nicht los, aber für einen kurzen Moment hatte Stanton mehr Bewegungsfreiheit und bekam sein Gewehr zu fassen.

Er rollte sich auf den Rücken, legte an und feuerte direkt zwischen die Augen.

Das Monster ließ ihn los. Er nahm sich nicht die Zeit, um nachzusehen, ob es tot war, und kam irgendwie auf die Beine. Der Schmerz, der dabei in sein rechtes Bein fuhr, ließ ihm schwarz vor Augen werden. Stanton sah noch mehr von diesen Wesen, jenseits der Bäume rotteten sie sich zusammen. Diesmal schoss er blind, einfach zwischen die Bäume. Zitternd und blutend stand er im Schnee und konnte nur zusehen, wie sie sich neu formierten, eine dunkle, flüssige Masse. Stanton versuchte zu zielen, als ihn eine plötzliche Bewegung herumfahren ließ: Eine der Bestien hatte ihm aufgelauert und sprang ihn an. Bevor er abdrücken konnte, war sie schon über ihm, stieß ihn rückwärts um und schlug ihm das Gewehr aus den Händen.

Das Wesen roch wie eine Leiche, die zu lange in der Sonne gelegen hatte. Seine Finger waren kalt, schleimig und nass – verfault. Der Gestank ließ Stanton würgen. Er versuchte, es von sich herunterzustoßen, aber er war zu schwach. Der Mund des Wesens schien doppelt so groß zu werden, als hake es wie eine Schlange seinen Unterkiefer aus. Stanton sah Zähne, lang und spitz wie Eisennägel, viel zu viele davon, und dann einen langen, glitschigen Schlund, wie ein dunkler Tunnel, und dazwischen diese grässliche Zunge, die nach ihm tastete wie ein Wurm nach seiner Beute.

Da riss eine Explosion die Stirn der Kreatur entzwei.

Stanton schmeckte Erbrochenes und kroch davon. Die eine Hälfte der Fratze des Ungeheuers hing wie ein zerschmetterter Fensterladen herab, doch das Vieh bewegte sich *immer* noch.

Schreie. Mary kniete sich neben ihn in den Schnee, zog an seinem Kragen, weinte und schrie. »Warum bist du weggegangen? Du weißt doch, wie gefährlich es ist. Was hast du dir dabei gedacht? Warum bist du verschwunden?«

William Eddy stand jetzt direkt neben ihm, ein rauchendes Gewehr in den Händen. Sein Blick war auf Stantons Bein gerichtet. Der Ausdruck auf Eddys Gesicht sagte alles.

»Ziemlich schlimm, was?«, fragte Stanton. »Die Monster haben mich erwischt.« Er sagte es, noch bevor er merkte, wie verrückt seine Worte klangen.

Waren sie das – Monster?

Vielleicht war das der Fluch dieser Berge: Sie raubten einem Menschen den Verstand und warfen den eigenen Wahnsinn auf ihn zurück, bis er selbst zu dessen Personifizierung wurde.

Wie eine biblische Strafe.

Mary hielt seinen Arm, als würde er jeden Augenblick aufstehen, als könnte er noch gehen.

Stanton *spürte*, wie die Krankheit in ihn drang, etwas Dunkles, Glitschiges, Fremdartiges, das sich zitternd durch seine Adern bewegte, so kalt, dass es brannte. Wie lange würde es dauern, bis er sich verwandelte? Ein paar Tage? Eine Woche? Wenigstens wäre er bis dahin tot, erfroren oder von diesen Monstern gefressen, wenn sie zurückkamen.

Und selbst ohne die Krankheit ... Es spielte keine Rolle mehr. Mit seinen Verletzungen würden sie ihn nie lebendig bis zum See bringen können oder nahe genug an eine Ranch heran, um Hilfe zu holen.

»Geh«, sagte er zu Mary. »Rette dich. Es sind noch mehr. Sie werden jede Minute hier sein.«

»Ich lasse dich nicht allein«, sagte sie.

Glaubte sie ihm nicht? Konnte sie ihn überhaupt verstehen? Es war zu kalt zum Weinen, doch in dem fahlen Schein des Feuers, das nun endlich an ihrem Lagerplatz brannte, war Marys Schmerz deutlich zu erkennen. Ihr ganzes Gesicht war davon erfasst.

»Du musst.« Er hob den Kopf und suchte Eddys Blick. Die Dringlichkeit und der Schrecken ihrer Lage ließen Stanton schwindlig werden. Er musste sich ausruhen, seine Gedanken zum Stillstand bringen ...

»Geht, los. Geht so weit weg von hier, wie ihr nur irgend könnt.«

Eddy hob Stantons Gewehr auf. »Soll ich es nachladen?«

»Nein, nehmt es mit. Ihr werdet es brauchen. Ich komme zurecht.« Und zu Mary: »Geh jetzt. Ich möchte, dass du durchkommst. Wenn du nicht überlebst, war alles umsonst. Alles umsonst.«

Sie rührte sich immer noch nicht von seiner Seite. »Ich lasse dich nicht allein. Niemals.« Ihre Stimme klang wie brechendes Eis. Mary zerbrach. Sie alle zerbrachen.

Stantons Mund brannte, Speichel sammelte sich auf seiner Zunge. Seine Sicht wurde trüb, und er sah kleine leuchtende Pünktchen. Marys Gesicht war so nah. Er wollte sie so gerne küssen.

Aber er vertraute sich nicht mehr. Wusste nicht, was der Geschmack ihrer Lippen in ihm auslösen würde.

Wusste nicht, welche Konsequenzen der plötzliche Hunger in seinen Adern für *Mary* haben mochte.

»Geh«, sagte er ein letztes Mal, mit einem letzten Aufbäumen, das seine Kraft vollends aufzehrte. Als Eddy sie unter den Achseln fasste und auf die Beine zog, war Stanton erleichtert. Er hätte nicht mehr die Willenskraft gehabt, es ihr noch einmal zu sagen. Womöglich hätte er sie sogar angefleht, bei ihm zu bleiben. Sich neben ihn in den Schnee zu legen, die Arme um seine Brust geschlungen, bis die Bestien zurückkamen und sie beide verschlangen.

Vielleicht hätte er sie auch geküsst, um sie dann selbst zu verschlingen. Stanton grub die Finger in den Schnee und versuchte, sein Blut zu kühlen, das ihn von innen heraus verbrannte.

Lange Zeit hörte er Mary noch schreien, seinen Namen rufen und Eddy anherrschen, sie loszulassen. Irgendwann war ihre Stimme dann genauso fern wie das Heulen des Windes zwischen den Gipfeln.

Stanton wartete, bis er beides nicht mehr voneinander unterscheiden konnte, dann griff er in seine Tasche. Er hatte zwei Dinge mitgebracht, sentimentale Andenken. Das eine war sein Tabakbeutel mit dem letzten Rest Virginia Gold. Er musste seine Finger lange anhauchen, bis er sie wieder bewegen konnte, dann nahm er behutsam ein Stück Papier und streute den Tabak hinein. Leckte über den Rand und rollte das Papier zwischen Daumen und Zeigefinger. Irgendwie gelang es ihm, seinem Feuerstein einen Funken zu entlocken. Hätschelte den Funken zu einer Flamme. Nahm einen tiefen Atemzug und sog den würzigen, warmen Rauch in seine Lunge. Gut war das. Ein letztes Gutes auf dieser Welt.

Die Hitze in ihm war drauf und dran, ihn zu verschlingen. Stanton versuchte, seinen Geist zu beruhigen. Erinnerungen glitten über ihn hinweg, so wie Schatten über Wasser: sein Großvater, sonst so streng und unerbittlich, der ein Gemeindemitglied über den Tod seiner Frau hinwegtröstet. Regen, der auf die Schindeln des Dachstuhls von Lydias Haus trommelt, und ihr Haar, das sein Gesicht kitzelt, als sie sich über ihn beugt und ihn küsst. In diesem Augenblick hätte sein Leben aufhören können, es hätte ihm nichts ausgemacht. Er hatte sie im Stich gelassen und alles versucht, es wiedergutzumachen; vielleicht war dies hier seine Buße. *Gottes Mühlen mahlen langsam, aber sehr, sehr fein.* Er fragte sich, wo Edwin Bryant war, und hoffte, dass er noch lebte.

Stanton zwang sich, nicht an Mary zu denken - noch nicht.

Als er die Zigarette bis zu den Fingern geraucht hatte, ließ er sie in den Schnee fallen und zog mit der anderen Hand eine Pistole aus seiner Manteltasche. Mit Perlmutt besetzt, hübsch wie ein Schmuckstück. Er hatte sie behalten, gleichsam als das geeignete Andenken an Tamsen Donner: schön und tödlich. Stanton sah nach, ob sie auch wirklich geladen war.

Erst jetzt schloss er die Augen und stellte sich Marys Gesicht vor. Beschwor es herauf - aus der Dunkelheit in seinem Geist. Und dann hielt er es fest, brachte es zum Leuchten wie einen Stern, seine allerletzte Erinnerung.

Die Pistole war klein und passte leicht zwischen seine Zähne.

41

Die verbliebenen sieben Mitglieder der Verzweifelten Hoffnung waren auf halber Höhe des nächsten Kamms, als der Schuss durch das Tal hallte.

Zu diesem Zeitpunkt hatte Mary bereits aufgehört zu schreien. Sie stolperte nur einmal, dann ging sie weiter und blinzelte in den plötzlichen Ansturm eisiger weißer Flocken.

42

Gott hatte sie verlassen, daran gab es keinen Zweifel mehr. Tamsen fragte sich nur, wie lange sie schon den Launen dieser gottlosen Welt ausgeliefert war. War es von Anfang an so gewesen? War es passiert, als sie sich Jeffrey Williams als ihren ersten Liebhaber nahm, oder schon lange davor? War der Teufel ihr den ganzen Weg bis hierher gefolgt? Oder war er schon seit dem Tag ihrer Geburt in ihr?

Vielleicht war es der Teufel, der sie am Leben erhielt.

In der Nacht, in der er gebissen wurde, hatte Solomon Hook, Betsys Sohn aus erster Ehe, den Wachposten eine Tasse mit heißem Wasser bringen wollen. Bis dahin war es eine friedliche Nacht am Alder Creek gewesen. Tamsen und die anderen hörten seinen Schrei und rannten in die feuchte Kälte hinaus. Sie fanden ihn am Boden liegend, eine schattenhafte Gestalt huschte in Richtung Wald davon.

Tamsen schrie. Als Walt Herron einen Schuss auf die fliehende Kreatur abgab, spürte sie keinerlei Genugtuung, nur noch tieferes Entsetzen. Es gab keinen Zweifel, dass etwas Tödliches und Unmenschliches sie umzingelt hatte und beständig näher kam.

Jacob scheuchte Solomon ins Zelt, und Tamsen sah sich die Wunde an, während Betsy mit dem Gesicht in den Händen weinte. Der faulige Gestank des Wesens hing wie ein

Pesthauch an dem Jungen – ein böses Omen. Die Wunde sah gar nicht mal so schlimm aus, nur ein Schnitt an der Seite seines Halses bereitete Tamsen Sorgen, und schon als sie die Wunde reinigte, merkte sie, dass etwas nicht stimmte.

Am nächsten Morgen war Solomon bereits wieder auf den Beinen, und am Nachmittag schien es, als sei überhaupt nichts passiert. Er ging mit Leanne Feuerholz holen, sammelte Eimer voll Schnee zum Abkochen und hatte einen gesunden Appetit. Er schien unermüdlich.

Als es dunkel wurde, waren seine Wangen rot und heiß. Seine Kleider waren feucht von Schweiß.

Am folgenden Tag lief er ruhelos hin und her und rempelte in der Enge des Zeltes ständig seine Geschwister an. Als Betsy ihn deshalb ermahnte, rannte er ohne Mantel und Handschuhe nach draußen und weigerte sich zurückzukommen. Später durfte Tamsen weder seine Wunde untersuchen noch einen frischen Verband anlegen.

Solomons Augen waren hell und unruhig, seinen Mund umspielte ein entrücktes Lächeln. In Tamsen stieg die Erinnerung an Halloran auf. Sie hatte Angst, aber sie wusste nicht, wie sie es Jacob oder Betsy erklären sollte. Sie beschloss, gar nichts zu sagen, und Solomon im Auge zu behalten. Immerhin war er noch ein Junge. Kinder erholten sich schnell.

Doch von Stunde zu Stunde wurde es schlimmer. Solomon wurde immer unruhiger, aggressiver und manischer.

Tamsen erkannte Halloran in allem, was er tat und sagte, in seiner Feindseligkeit und seiner Ungeduld. In seiner Gegenwart war sie zusehends angespannt und wartete nur darauf, dass er durchdrehte. Der Moment kam, als er sich auf die kleine Georgia stürzte, eine von Tamsens Töchtern.

Schnell wie ein Falke ging sie dazwischen und schubste Solomon von ihr weg. Solomon schaute Tamsen verwundert an, während Betsy an seine Seite sprang.

»Was soll das?«, fuhr Betsy auf. »Du hättest ihm wehtun können! Er ist verletzt, hast du das vergessen?« Doch Tamsen hatte Solomons entsetztes Gesicht gesehen – er wusste genau, was er *beinahe* getan hätte. Und das war sein letzter menschlicher Gedanke. Bevor irgendjemand ihn aufhalten konnte, rannte er ins Freie und verschwand in der Nacht.

Es waren zwei Männer nötig, um Betsy davon abzuhalten, ihm in die Dunkelheit hinterherzulaufen.

Das war der Anfang von Betsys Ende. Zuerst war sie wütend auf alle, weil sie ihr nicht erlaubt hatten, ihren Sohn zu retten. »Er ist nicht mehr zu retten«, sagte Tamsen, doch Betsy glaubte ihr nicht.

»Wir müssen ihn finden. Er kann dort draußen nicht allein überleben«, flehte sie ihren Mann an. Wenigstens war sie noch ausreichend bei Verstand, um zu begreifen, dass sie nicht allein gehen konnte. »Was auch immer das für Geschöpfe da draußen sind, sie werden ihn töten. Sie werden ihn in Stücke reißen.«

Zwei Nächte später wurde er gesehen. Eine der Wachen, der glücklose Walter Herron, wurde angefallen, als er sich zu weit von den Lagerfeuern entfernte. Als John Denton, der zweite Wachposten, dazukam, verschwanden die Kreaturen wieder in der Dunkelheit. Denton erkannte Solomon unter ihnen, der mit geweiteten Augen und tapsig wie ein Wolfsjunges auf seiner ersten Jagd zwischen seinen Artgenossen umherlief. Es gab nicht den geringsten Zweifel, darauf schwor er bei seinem Leben.

Betsy stürzte sich heulend auf ihn und nannte ihn einen

Lügner, doch Denton ließ sich nicht beirren. »Ihr Sohn ... hat sich verwandelt.«

Tamsen schluckte. »Er ist einer von ihnen geworden.«

Niemand widersprach.

Nun hatten sie verstanden, wie es funktionierte.

43

Weihnachten. Die Morgendämmerung war gerade so jenseits des dichten Feuerrauchs zu erkennen.

Mary hätte es nicht einmal bemerkt, wenn Sarah sie nicht darauf hingewiesen hätte. Sie hatte den Faden mit den Knoten vor drei Tagen verloren. Nachdem sie Stanton zurückgelassen hatten und schließlich der Schuss ertönt war, hatte sie den Faden einfach fallen lassen – und all ihre Gedanken, Erinnerungen und Hoffnungen mit ihm.

Sie war wie ein Tier. Sie stand auf, wenn man es ihr sagte, folgte der Person vor ihr wie ein Maultier in einer Kolonne und setzte sich erst wieder, wenn der Tag vorüber war. Wenn sie Durst hatte, schmolz sie etwas Schnee in ihrem Mund. Der Hungerschmerz hatte sich verändert. Mary konnte nichts mehr essen, sie würde nie wieder Hunger verspüren. Ein Tier hauste in ihrem Magen, ein entsetzlicher Schmerz, der sie von innen zerfetzte. Sie durfte diesen Schmerz nicht noch füttern.

Sarah hörte nicht auf, von den Weihnachtsfesten auf ihrer Farm in Springfield zu erzählen. »Weißt du noch, wie Mama jeder von uns ein Kleid aus diesem roten Baumwolltuch genäht hat? Was haben wir uns damals nicht eingebildet auf diese Kleider! Ich habe meines getragen, bis es auseinandergefallen ist und Mama die Stoffbahnen für eine Steppdecke weiterverwendet hat.«

Hör auf, beabsichtigte Mary zu sagen, aber sie wollte nicht sprechen. Sie konnte den Klang ihrer eigenen Stimme nicht ertragen, wie sie unverändert hinaus in eine Welt schallte, in der es keinen Charles Stanton mehr gab.

Seit sie Stanton zurückgelassen hatten, kümmerte sich Sarah um sie wie um eine Greisin: *Setz dich hierhin. Nicht zu nahe am Feuer. Versuch zu schlafen. Halt dich an meiner Decke fest und folge mir.* Schlaf war tückisch. Er war das Einzige, worauf sie sich freute – auf das Vergessen, eine Stille, die so vollkommen war, dass sie nicht nachdenken musste über das, was passiert war.

Manchmal schreckte Mary mitten am Tag hoch – wann hatte es zu schneien begonnen? Seit wann gingen sie zwischen diesen Gipfeln? – und merkte, dass sie im Gehen eingedöst war.

Weiter, immer weiter. Sie hatten sich bis über den Gipfel gequält, wo der Wind so stark blies, dass der Schnee waagerecht fiel, und machten sich nun an den Abstieg. Wie viele Tage vergangen sein mochten, war schwer zu sagen, denn sie waren alle gleich: Meile um Meile endlosen Schnees. Luis war mehrmals einfach ohnmächtig geworden. Am Morgen war Marys Vater meist zu schwach zum Aufstehen und musste auf die Beine gezogen werden, manchmal mussten sie ihn sogar ein Stück tragen, bevor er allein weitergehen konnte, taumelnd wie eine Leiche unter dem Einfluss eines Zauberspruchs.

Heute, am Weihnachtstag, konnte er nicht mehr. Mehrere Stunden vor Sonnenuntergang fiel er auf die Knie und war nicht mehr zum Aufstehen zu bewegen.

Durch den Feuerrauch sah Mary, wie sich Sarah und ihr Mann über ihren Vater beugten. Ihre Stimmen – sie waren zu leise, um sie genau zu verstehen – kitzelten den Rand ihres

Bewusstseins. Luis und Salvador, die beiden Miwoks, kauerten sich niedergeschlagen unter einer Decke zusammen wie zwei zu Skeletten abgemagerte Vögel unter einem gemeinsamen Federkleid. Sie schienen sich von Lederstreifen zu ernähren, die sie von ihrer Kleidung abschnitten und endlos kauten, bis sie weich wurden.

Sarah richtete sich auf und setzte sich zu Mary.

Lange Zeit blieb sie stumm.

»Papa ist tot«, sagte Sarah schließlich.

Mary blickte in sich hinein, suchte nach etwas wie Trauer oder Bedauern, doch es war, als hätte die Kälte dieser Berge sie bis in ihr Innerstes zu Eis gefroren. »Wir müssen ihn begraben«, erwiderte sie.

Sarah schüttelte den Kopf. »Wir müssen weiter.«

Etwas in Mary zerbrach. »Ich habe es satt. Ich gehe jetzt zurück. Wir sind zu wenige, sie werden sich uns holen, einen nach dem anderen. Wir haben keine Chance.«

Sarah packte sie mit eisigen Fingern an den Schultern. »Es gibt jetzt kein Zurück mehr, Mary. Wir sind schon zu weit.«

»Wir haben die anderen in Gefahr gebracht«, entgegnete sie und merkte, dass es stimmte. »Wir wollten vorausgehen und Hilfe holen, aber damit haben wir die Gruppe nur verkleinert. Die Schatten werden sich die anderen genauso holen wie uns. Verstehst du nicht? Wir haben uns in immer kleinere Gruppen aufgeteilt und so immer angreifbarer gemacht. Wir haben unser eigenes Schicksal besiegelt und damit auch das der anderen.«

»Mary«, sagte ihre Schwester und schüttelte sie, ganz fest.

Oder kam das Schütteln von der Kälte?

Es war so leicht, sich vorzustellen, wie sie sich hinlegte und der Schnee sie verschlang. Wie sie sich der Kälte einfach hingab. Wie sich die Taubheit bis in ihre Finger, Zehen,

Ohren und die Nase, den Hals und schließlich die Brust ausbreitete.

Mary *hatte* es sich gar nicht vorgestellt, sie lag *tatsächlich*.

Sarah war irgendwohin verschwunden. Vielleicht war sie gar nicht da gewesen – vielleicht war keiner der anderen jemals da gewesen.

Schnee senkte sich auf Marys Augenbrauen und ließ sie steif werden, winzig kleine Eiszapfen, in denen sich der Feuerschein brach. Oder war es das Sonnenlicht? Irgendwie war es Morgen geworden.

Mary spürte keinen Hunger mehr – sie spürte überhaupt nichts. Der Schnee war grell und endlos weit.

Sarah tauchte vor ihr auf und zwang sie auf die Beine, dann nahm sie ihre Hand.

Sie schleppten sich weiter, hinein in das blendende Licht.

44

Springfield, Illinois
September 1840

Er kam plötzlich und übermächtig: der Gestank von verbranntem Haar. Stechend, befremdlich.

Tamsen schrie ... und ließ das Lockeneisen zu Boden fallen.

Flink hob sie es wieder auf, tauchte es ins Wasser und stieß einen erleichterten Seufzer aus, als der kühlende Dampf aufstieg.

Sie war nervös, abgelenkt. Zum Glück hatte sie nicht allzu viele Haare verloren, nur ein paar Strähnen waren versengt.

Sie war früh aufgestanden, um sich für die Feierlichkeiten zurechtzumachen, aber sie hatte ohnehin nicht schlafen können. Es war, als spürte sie jeden der anderen hier im Haus. Sie war hier aufgewachsen, und jetzt gehörte das Haus ihrem Bruder. Nacht für Nacht lag er in dem großen Himmelbett, gleich auf der anderen Seite der Wand. Wenn sie genau genug hinhörte, glaubte Tamsen, seinen Atem zu hören und auch seine Gedanken. Dachte er das Gleiche wie sie?

Seit sie wieder hier war und in ihrem alten Zimmer schlief, wurde sie von Erinnerungen geplagt, die sich damals, als sie fortgegangen war, in ihre Haut gebrannt zu haben schienen.

Wenigstens die Schönheit bot ihr Trost. Tamsen versuchte es noch einmal mit dem Lockenstab. Oben in North Carolina hatte sie immer jemanden gefunden, der ihr beim Zurechtmachen half. Jemanden, der es genoss, um sie herumzuscharwenzeln und dafür ihre Aufmerksamkeit zu bekommen. Doch hier in Illinois hatte sie keine Freundinnen, gab es keine weiblichen Bewunderer, die zu ihr aufschauten, als hofften sie, Tamsens Schönheit würde irgendwie auf sie abfärben. Hier, im Haus ihres Bruders, war sie allein.

Für die Hochzeit wählte Tamsen ihr zweitbestes Kleid aus blauem Musselin mit Faltenrock und langen Ärmeln. Ihr schönstes Kleid war salbeigrün, doch auf einer Hochzeit Grün zu tragen bedeutete Unglück. Seit sie vor ein paar Jahren in der Zeitschrift *Godey's Lady's Book* von der Hochzeit der englischen Königin gelesen hatte, hatte Tamsen eigentlich von einer Hochzeit in Weiß geträumt. Es war nicht das Geld, das sie abgehalten hatte – George Donner hatte angeboten, aus Chicago jedes Kleid kommen zu lassen, das sie sich wünschte. Aber mit ihm verheiratet zu sein bedeutete, dass sie auf einer Farm leben und nicht oft Gelegenheit haben würde, ein weißes Kleid zu tragen. Es wäre ein höchst ungeschickter Kauf gewesen.

Doch auch das war nicht der eigentliche Grund, sondern die Tatsache, dass alles Außergewöhnliche die Gewöhnlichkeit ihres Lebens nur umso schmerzhafter machen würde.

Außerdem fühlte sich Tamsen nicht rein genug für Weiß.

Jenseits des Fensters wogten die Weizenfelder ihres Bruders im Wind auf und ab wie ein goldenes Meer. Der klare Himmel darüber war von einem vollkommenen Blau. Bei dem Anblick, wie sich das Gold so sanft diesem vollkommenen Blau entgegenstreckte, ging Tamsen das Herz auf. Sie hätte weinen können ob all der Schönheit; wenn sie das nächste Mal herkam, dann als Besucherin, als Fremde. Als Frau eines anderen Mannes. Schon wieder.

Nach Tullys Tod hatte ihr Bruder sie unter dem Vorwand, er brauche ihre Hilfe, angefleht nach Illinois zu kommen. In

Wirklichkeit hatte er damit *ihr* geholfen. Jory wollte nämlich nicht, dass sie allein war.

Doch das war sie. Daran würde auch die Hochzeit mit George nichts ändern. In ihrem Herzen würde Tamsen weiterhin allein bleiben, das hatte ihre erste Ehe gezeigt.

Wieder hier zu sein, bei dem Bruder, den sie hatte vergessen wollen, war nur ein weiterer Beweis. Der Schmerz über all die Dinge, die sie nie aussprechen konnte, war entsetzlich.

Jory stand ganz plötzlich in der Tür, als hätte die Kraft ihrer Gedanken ihn herbeigerufen. In dem braunen Sonntagsanzug wirkten seine breiten Schultern ein wenig eingezwängt. »Du siehst wie eine Erscheinung aus, Tamsen.« Der Hauch von Anspannung in seiner Stimme ließ ihr Herz einen Satz machen.

Andererseits war es nur normal, wenn er an einem Tag wie diesem aufgewühlt war, oder nicht?

»Der Wagen ist bereit. Wir können fahren, sobald du so weit bist.« Jory räusperte sich. Tamsen sah, wie sich sein Adamsapfel auf und ab bewegte, und dachte daran, was für ein komisches Wort das war. Adams Apfel. Hatte nicht Eva den Apfel gepflückt?

Tamsen vermied es, in Jorys Augen zu sehen, die noch blauer und stechender waren als ihre eigenen. Stattdessen fixierte sie die Stoppeln an seinem Kinn. Und dann nickte sie.

Sie stand auf und folgte ihm nach draußen. Als sie Jorys Hand nahm und sich von ihm auf den Wagen helfen ließ, spürte sie eine unüberwindbare Traurigkeit in der Wärme seiner Finger. Sie wollte ihn nicht loslassen, musste sich dazu zwingen, als sie sich neben ihn auf die Bank setzte. Jory breitete einen Mantel über ihren Schoß, um die morgendliche Kälte abzuhalten.

Die Hochzeit würde im Farmhaus der Donners stattfinden, dort war es schöner und geräumiger. Jorys Kinder – zwei Mädchen und ein Junge, keiner der drei war älter als acht – setzten sich hinter ihnen auf die Ladefläche und tuschelten miteinander, als spürten sie Tamsens Anspannung, ohne den Grund zu verstehen. Nach dem Tod seiner Frau hatte Jory Tamsen um dieser Kinder willen gebeten, zu ihm zu kommen. *Ich kann meine Töchter nicht allein aufziehen*, hatte er geschrieben. *Sie brauchen eine Frau, die sie richtig erzieht.* Was er nicht schrieb, was Tamsen aber zwischen den Zeilen las, war, dass auch *er* sie brauchte. Seit dem Tod seiner geliebten Melinda war er wie am Boden zerstört.

Er hatte alles in seiner Macht Stehende versucht, um sie zu retten. Als dann aber der einzige Arzt in der Gegend gesagt hatte, er könne nichts mehr tun, hatte Jory den Großteil ihrer Ersparnisse bei einem fahrenden Händler ausgegeben, einem stets lächelnden Deutschen, der behauptete, seine Stärkungsmittel würden sie heilen.

Ein Quacksalber, hatte Jory danach verbittert geschrieben. *Wir haben alles getan, was er sagte – für nichts.*

Melinda war kurz nach Tully gestorben, und Tamsen schämte sich für die Gefühle, die sie damals gehabt hatte. Sie schämte sich, weil es ihr einen Augenblick lang vorgekommen war wie Schicksal. Sie schämte sich, weil die Aussicht, ihren Bruder nach all den Jahren, in denen sie voneinander getrennt gewesen waren, wiederzusehen, alles in ihr wieder aufbrechen ließ.

Sie schämte sich dafür, dass sie im ersten Moment glaubte, der Quacksalber, dieser Schwindler aus Deutschland, der – wie indirekt auch immer – für Melindas Tod verantwortlich gewesen war, sei vom Teufel persönlich gesandt worden, um Tamsen zu quälen und längst begrabene Gedanken wieder heraufzubeschwören.

Dennoch hatte Jory richtig gehandelt. Nach Tullys Tod hatte Tamsen jeden Halt verloren. Das Leben als junge Witwe in einer Kleinstadt war schwer. Männer hatten ganz bestimmte Vorstellungen von einer Frau, die die Zuwendung eines Mannes gewohnt war und dann plötzlich ohne auskommen musste. Es hatte Zwischenfälle gegeben, anfangs war jeder von ihnen berauschend und aufregend gewesen, doch jedes Mal blieb nur eine Leere zurück.

Trotzdem war Tamsen hin- und hergerissen, als sie Jorys Einladung erhielt. Eigentlich wollte sie absagen, doch der mutige Teil ihres Wesens stimmte von ganzem Herzen zu – um das Wohl der Kinder willen, redete sie sich ein.

Sie beobachtete, wie die kräftigen Hände ihres Bruders die Zügel schnalzen ließen und das Pferd in Trab versetzten. Verhalten musterte Jory sie – aus dem Augenwinkel. »Du bist heute schöner als ein Gemälde, Tamsen. Ich hoffe, George Donner weiß, wie glücklich er sich schätzen kann.«

»Ich bin sicher, das tut er.« Sie zwang sich zu einem Lächeln.

Jory nestelte an den Zügeln herum. »Weißt du wirklich ganz bestimmt, dass du das auch willst? Noch kannst du dich anders entscheiden.«

»Wo kommt das denn auf einmal her?« Sie versuchte, nicht aufgebracht zu klingen.

»Du kennst diesen Mann nicht. Oder nur kaum. Es sind erst drei Monate.«

Richtig, sie kannte George Donner nicht besonders gut – aber so gut wie Jory würde sie *niemals* einen Mann kennen. Das musste er doch begreifen.

»Ich weiß genug.« Tamsen wusste, dass ihr zukünftiger Gatte wohlhabend war. Er und sein Bruder Jacob besaßen zwei große Farmen. Obsthaine – Äpfel, Pfirsiche, Birnen – und Vieh. Ein hübsches Haus auf achtzig Morgen Grund.

»Er ist so viel älter als du. Glaubst du, er kann dich glücklich machen?«

Tamsen gab keine Antwort. Die Frage fühlte sich viel zu aufgeladen an. Sie überlegte, ob Jory es möglicherweise genauso empfand. Falls nicht, falls er nicht merkte, wie sehr es ihr wehtat, wenn er ihre Hochzeit infrage stellte, dann empfand er bestimmt nicht wie sie.

Und was Donner betraf, er würde ihr Sicherheit geben. Ein Dach über dem Kopf, einen Platz in der Gemeinde und Geld auf der Bank. Mit George Donner an ihrer Seite wäre Tamsens Leben in ordentliche Bahnen gelenkt, ihre Sorgen wären ausgelöscht. Er war sogar schön, auf seine eigene Art, auch wenn sein Aussehen sie kaltließ und Tamsen keinerlei Erregung verspürt hatte, als er seinen Mut zusammengenommen und sie geküsst hatte.

Keinen Kitzel – so wie jetzt, wo sie kurz davor stand, dieses vollkommen neue Kapitel aufzuschlagen und alles andere hinter sich zu lassen.

»Ich weiß, was das Beste für mich ist«, sagte sie leise. »George Donner ist das Beste für mich. Ich kann schließlich nicht ewig bei *dir* bleiben«, fügte sie hinzu.

Jory räusperte sich. Etwas huschte über seine Augen, und Tamsen fragte sich, was es wohl sein mochte. »Ich sage nur, dass du nichts überstürzen sollst. Ich bin sicher, du könntest was Besseres finden. Und ich weiß, dass die Kinder dich vermissen werden.« Er verstummte kurz. »Wir alle werden dich vermissen.«

Tamsen schluckte den Zorn hinunter, der als Schluchzer aus ihr herausbrechen wollte. Wie konnte Jory so gedankenlos sein, so unsensibel? Was sie jetzt brauchte, war doch Halt. George Donner war ihr Anker.

»Ich weiß, was ich tue, Jory. Ich habe meine Entscheidung

getroffen. Und jetzt lass uns nicht mehr darüber sprechen.« Sie zog den Mantel enger um sich und rutschte ein Stück zur Seite, damit sich ihre Oberschenkel nicht mehr berührten. Sie spürte die Kälte an der Stelle, wo eben noch Jorys Wärme gewesen war.

Jory nahm sie beim Wort. Den restlichen Weg zu Donners Farm legten sie schweigend zurück.

Das Blechdach auf George Donners Farmhaus schimmerte silbrig in der Morgensonne. Das Haus war groß, zweimal so groß wie das von Jory. Außerdem war es frisch getüncht, geschrubbt und überhaupt sorgfältig in einem guten Zustand gehalten. Neben der Eingangstreppe stand ein großer Tonkrug voller wilder Astern - als Willkommensgruß. Der Anblick hob Tamsens Stimmung ein wenig, genauso wie die verstohlenen, bewundernden und neidischen Blicke der Gäste.

Jory half den Kindern beim Aussteigen, Tamsen stand zögernd daneben. Durch die offenen Fenster drangen die Stimmen von Männern und Frauen heran, das leise Rumpeln der Stühle, die im Salon für die Hochzeitszeremonie aufgestellt wurden. Georges Koch bereitete gerade das Hochzeitsfrühstück vor, Eier und gebratenen Speck, außerdem eine Pfanne voll mit süßem Gebäck. Gedeckter Apfelkuchen, Georges Leibspeise, stand zum Abkühlen in der Speisekammer.

Die Vordertür öffnete sich plötzlich, und heraus trat George Donner. Er war so groß, dass er in dem düsteren schwarzen Anzug fast wie eingeschnürt aussah. Seine Augen blinzelten überrascht, vielleicht sogar erstaunt, als er sie sah. Er hatte ein gütiges Gesicht und gütige Augen. Tamsen rief sich noch einmal ins Gedächtnis, dass sie die richtige Entscheidung getroffen hatte.

»Meine Liebe - du siehst wie eine Erscheinung aus.« Es waren beinahe die gleichen Worte, die auch Jory benutzt hatte, und doch wirkten sie jetzt leblos, fielen wie tot zu Boden. Seine Lippen bebten, als er ihre Hand küsste. »Womit habe ich den Segen verdient, dass du meine Frau wirst?«

Hinter ihm standen seine beiden kleinen Töchter Elitha und Leanne. Als ihre Mutter starb, waren sie noch Babys gewesen, und Tamsen war nicht ihre erste Stiefmutter, sondern schon die zweite. Kein Wunder, dass sie Tamsen so misstrauisch musterten. Mütter waren vergängliche Geschöpfe. Es rächte sich, wenn man zu sehr an ihnen hing.

Elitha, die ältere, trat vor und hielt ihr ein von einem breiten Seidenband zusammengehaltenes Bündel Blumen hin. »Für Sie, Ma'am«, sagte Elitha, und dabei war ihre Stimme kaum lauter als ein Flüstern. Es war ein eigenartiges Arrangement. Blumen, das schon, aber auch alles Mögliche andere: Kräuter, Gräser, ja sogar Unkraut. Ein seltsames Hochzeitsgeschenk.

»Sie haben sie selbst gepflückt« erklärte George, als er Tamsens verwirrten Blick sah. »Weil du dich so für Botanik interessierst. Weißt du noch, wie du gesagt hast, dass du eines Tages ein Buch über die Pflanzen hier in der Gegend schreiben möchtest, vor allem die medizinisch wirksamen? Als Elitha und Leanne davon erfuhren, haben sie von jeder Pflanze, die sie auf dem Grundstück finden konnten, eine mitgenommen und daraus diesen Strauß für dich gebunden.«

Tamsen hatte ganz vergessen, dass sie ihm davon erzählt hatte. George hatte sie nicht ausgelacht – eine Frau, die ein wissenschaftliches Buch schreiben wollte – so wie einige der Männer drüben in Cullowhee. Er hatte es sich gemerkt und sogar seinen Töchtern davon erzählt. Das bedeutete Tamsen weit mehr als Georges Angebot, ihr jedes Kleid zu kaufen, das sie sich wünschte.

Seine Güte trieb ihr Tränen in die Augen. Tamsen kämpfte sie nieder und lächelte erst George an und dann seine Töchter. »Danke, ihr beiden. Eure Aufmerksamkeit rührt mich sehr.« Sie nahm Georges Arm. Er fühlte sich fest an und stark, und doch hatte Tamsen das Gefühl, als schwebe sie durch die Luft davon – als löse sie sich auf und würde selbst zu Luft.

Sie riskierte einen kurzen Blick in Jorys Richtung, aber der war gerade mit den Kindern beschäftigt und bemerkte es nicht. In diesem Moment zerbrach etwas in ihr. Es war wie eine Vorahnung.

Nicht jeder war für die Liebe bestimmt.

Sie stützte sich auf Georges Arm und nahm einen tiefen Atemzug. »Wollen wir nach drinnen gehen? Ich glaube, es ist Zeit.«

Siebter Teil
Januar 1847

45

Alle waren fort. Tamsen hatte es erlaubt – je mehr sie waren, desto sicherer. Beim ersten Tageslicht hatten sie zusammengepackt, so viel sie tragen konnten, und waren in Richtung Truckee Lake aufgebrochen.

George würde nicht durchkommen.

Also war Tamsen geblieben. Es war weniger eine Entscheidung gewesen als ein Instinkt, ein Bedürfnis.

Sie legte den letzten Rest des getrockneten Rindfleischs auf den Teller. Drei Streifen, von denen jeder so groß wie ihr Zeigefinger war. Gab es eine Möglichkeit, sie irgendwie zu strecken, konnte sie irgendetwas tun, damit sie länger vorhielten? Auskochen vielleicht, eine Brühe daraus machen?

Sie setzte sich neben ihren Mann und tupfte ihm mit einem feuchten Lappen die Stirn ab. Mittlerweile war er die meiste Zeit über nicht mehr bei Bewusstsein, und Tamsen gab sich keinerlei Illusion hin, dass er sich wieder erholen würde. Sie dachte an die Ironie der Situation: Seine Verletzung und die Infektion bewahrten George davor, das Schlimmste mitansehen zu müssen. So gesehen, fungierte sein törichter, tollpatschiger Stolz noch als Schutzhülle für sein weiches Wesen.

Trotzdem gab Tamsen nicht auf. Mittlerweile wusste sie, dass es keine Schwäche ihrerseits war, sondern eine Form von Barmherzigkeit. Sie hatte jede Hoffnung auf echte Zuneigung längst aufgegeben, aber sie fühlte, dass ihr gesamtes

Leben möglicherweise von Anfang an nur darauf hinausgelaufen war, Zeugin dieses langsamen Verfalls zu werden: zu spüren, wie sie langsam und unabwendbar einen Menschen verlor, den zu lieben - oder auch nur zu kennen - sie sich nie gestattet hatte.

Sie stellte sich vor, dass George um ihretwillen ein klein wenig länger durchhielt, um ihr - wenn auch ganz und gar unabsichtlich - mit diesem letzten Akt der Güte eine Art Lebenszweck zu geben, einen Grund, selbst noch weiter durchzuhalten.

Draußen hüllten die Lagerfeuer, die nun sogar mitten am Tag brannten, die Sonne in einen Rauchschleier. Selbst jetzt hörte sie die leisen Schritte. Walt Herron war inzwischen gestorben, und das Rudel wurde immer dreister, als spürte es Tamsens Schutzlosigkeit.

Sie hatte seine Leiche auf eine Decke gelegt und sie in den Wald gezogen. Das, so hoffte sie, würde ihr ein wenig mehr Zeit verschaffen. Sie beneidete George wegen seiner Bewusstlosigkeit. Die ganze Nacht über hatte Tamsen mit anhören müssen, wie die Kreaturen Herrons Leiche verspeisten, das Krachen der Knochen, das feuchte Schmatzen ihrer entsetzlichen Zungen und danach das tierische, befriedigte Grunzen.

Als sie George weckte, damit er etwas zu sich nahm, weigerte er sich. »Ich habe dir schon mal gesagt, dass du kein Essen an mich verschwenden sollst«, murmelte er, beinahe ohne den Mund zu öffnen.

»Du musst nur noch ein bisschen länger durchhalten. Tu es für mich«, antwortete sie wie jedes Mal.

»Ich habe keine Angst vor dem Tod.« Er schloss die Augen. »Du solltest mit den anderen zu dem Lager am Truckee Lake weiterfahren.«

George wusste nicht, dass die anderen bereits fort waren. Ihren Töchtern hatte Tamsen fünfhundert Dollar von ihrem Ersparten in die Hände gedrückt. Sie gehen zu lassen war schlimm, aber noch schlimmer wäre es gewesen, sie hierzubehalten. So hatten sie zumindest eine Chance.

Tamsen erzählte ihrem Mann schon seit Wochen nicht mehr, was geschah. Er wusste weder, dass Herron tot war, noch dass seine Töchter nicht mehr hier waren - oft fragte er sogar nach James Reed oder Charles Stanton. Offensichtlich hatte er vergessen, dass sie sich schon vor Monaten von der anderen Gruppe getrennt hatten.

»Ich verlasse dich nicht«, war alles, was sie darauf erwiderte.

Tamsen versuchte, ihm etwas Brühe einzuflößen, aber es war vergebens.

»Warum bist du bei mir geblieben? Du hättest dich retten können.« Seine Stimme war kurz davor zu versagen. »Liebe war jedenfalls nicht der Grund.« Er sagte das ganz ruhig, als nüchterne Feststellung, dann schloss er die Augen, als raubten ihm die Worte alle Kraft. »Möglicherweise habe auch ich dir nicht allzu viel Liebe ... geschenkt.«

So lange Zeit hatte Tamsen sich nichts sehnlicher gewünscht, als George los zu sein. Doch jetzt, da sich die Gelegenheit bot, *konnte* sie es nicht. Es war ganz und gar unmöglich.

»Du bist mein Ehemann, George.« Das mochte zwar keine wirkliche Begründung sein, aber sie genügte vollkommen. Tamsen stellte überrascht fest, dass sie gleich weinen musste. Sie hatte geglaubt, längst keine Träne mehr zu haben. »Jetzt trink.«

Er starb noch in der gleichen Nacht, glitt im Schlaf einfach davon.

Vielleicht war es Einbildung, doch während sie bei ihm

saß, neben seinem leblosen, auskühlenden Körper, glaubte Tamsen, das Rascheln und Schnuppern draußen näher kommen zu hören. Das Rudel witterte ihre Einsamkeit.

Tamsen hielt die ganze Nacht lang das Gewehr vor der Brust.

Am Morgen schichtete sie neues Feuerholz auf und sah die eigenartigen Fußabdrücke um das Lager herum. Sie fischte eine Schaufel aus dem Wagen, fest entschlossen, George so tief in der Erde zu vergraben, dass diese Monster nicht an seine Leiche herankamen. Doch der Boden war hart wie Stein.

Ihre Arme zitterten. Sie verlor beinahe das Bewusstsein vor Anstrengung, und schließlich musste sie es sogar aufgeben.

Also legte Tamsen ihn auf eine Decke und zog ihn zur Feuerstelle. Sie schichtete noch mehr Holz darauf, wartete, bis aus der dünnen Rauchfahne eine mächtige Säule geworden war, dann rollte sie die Leiche ihres Mannes in die Flammen und wandte sich von dem beißenden Geruch ab.

Tamsen musste schnell sein.

Sie würde nichts mitnehmen, nur das Gewehr, Munition und einen Beutel Kräuter. Den Rest ihrer Ersparnisse – mehrere Tausend Dollar – würde sie unterwegs in einem hohlen Baum verstecken. Wenn sie überlebte, konnte sie später wiederkommen und es holen. Sie schnitt ein paar Streifen von dem Fell, das als Zeltklappe diente, und bereitete daraus ihre letzte Mahlzeit zu, würgte das zähe Leder hinunter und sagte sich, dass es im Lager der anderen echtes Essen geben würde. Speck und Kuchen und Orangen, so wie zu Weihnachten. Heidelbeermarmelade und heißen Hagebuttentee.

Sie blieb die zweite Nacht in Folge wach, das Gewehr stets an die Brust gepresst. Ab und zu nickte sie ein, und um Mitternacht war sie ziemlich sicher, die Bestien in dem heruntergebrannten Feuer nach Resten scharren zu hören. Tamsen gab mehrere Schuss in die Richtung ab und hoffte, sie damit zu verscheuchen.

Am Morgen wickelte sie sich in die beste Decke, die sie noch hatte, hängte sich das Gewehr über die Schulter und machte sich auf den Weg, immer am Bach entlang.

46

Die Sonne war bereits am Untergehen, als Tamsen den See erreichte. Alles war gespenstisch still, so still, dass ihr erster Gedanke war, die anderen seien entweder weitergezogen oder tot.

Die Stille gab ihr ein schlechtes Gefühl.

Schon aus der Ferne konnte sie die großen schwarzen Flecken sehen, heruntergebrannte Lagerfeuer, genauso wie am Alder Creek. Die verbliebenen Wagen sahen wie zurückgelassen aus. Die Dachplanen waren löchrig und von den Elementen zerfressen. Der ganze Ort fühlte sich wie eine Geisterstadt an - und außerdem feindselig, als würde in dieser Stille eine wütende Stimme widerhallen. War es ein Fehler gewesen herzukommen?

Tamsen roch Fäulnis, so stark, dass ihr davon schlecht wurde. Sie war schwach und musste sich eine Zeit lang an einen dürren Baum lehnen, während sie den Drang niederkämpfte, sich zu übergeben. Wo waren all die Menschen? Wenn sie tot waren, wo waren dann die Leichen?

Sie erreichte die erste Hütte, die durch einen kleinen Hain von den anderen beiden getrennt war. Drinnen herrschte Chaos, Kleidung und Decken lagen auf dem irdenen Boden verstreut, leere und umgestürzte Truhen, verdreckte Kleider, auf denen Fliegen krabbelten. Tamsen hatte erwartet, jemanden anzutreffen, ein krankes Kind vielleicht, das auf die

Rückkehr seiner Eltern wartete, die gerade Holz oder Wasser holen gegangen waren. In dem Durcheinander entdeckte sie eine Taschenbibel und hob sie auf. *Für Eleanor, in Liebe, Tante Minnie* stand auf dem Vorsatzblatt. *Möge dies dein Trost sein.*

Dann sah sie es: Kesebergs Gewehr, es war unverkennbar seines. Tamsen hatte ihn so oft damit gesehen, ständig war er damit herumgelaufen, als hätte er andauernd alle daran erinnern wollen, bloß auf Abstand zu bleiben. Ihr Puls beschleunigte sich, während sie die Hütte genauer absuchte. Hatte Keseberg den anderen etwas angetan? War deshalb alles so still?

Ihr wurde wieder schlecht, doch sie schluckte das Gefühl hinunter und durchsuchte Kesebergs Habseligkeiten. Vielleicht würde sie zumindest etwas zu essen finden – Proviant, den er von den anderen gestohlen hatte, ein Stückchen getrocknetes Fleisch, irgendetwas. Tamsen zitterte und fror. Sie handelte aus purem Überlebensinstinkt, würde sich nehmen, was immer sie fand, und dann verschwinden, um in den anderen Hütten nach Lebenszeichen zu suchen, vor allem nach ihren Töchtern.

Doch sie fand nichts Essbares. Nur unter einem Stapel Holz, als hätte er sie absichtlich dort versteckt, ein Bündel Papiere, zusammengehalten von einem dünnen Lederband. Tamsen wusste, sie musste sich beeilen, sollte von hier verschwinden, doch ein schrecklicher Verdacht hielt sie an Ort und Stelle. Die Sonne ging bereits unter, es war so düster in der Hütte. Sie kniff die Augen zusammen und hob das Bündel mit zitternden Händen auf.

Briefe.

Es waren Briefe, bestimmt ein Dutzend, alle stammten von Edwin Bryant und waren an Charles Stanton adressiert. Wie lange hatten sie dort schon versteckt gelegen? Tamsen konnte sie in der Dunkelheit nur verschwommen erkennen, und sie fürchtete, sie bilde sich das alles bloß ein, aber irgendetwas drängte sie dazu, einen nach dem anderen zu öffnen.

Die ersten waren Warnungen vor den Gefahren des Trails – *kehrt um, meidet den Hastings Cutoff* –, dann wurden die Briefe weitschweifiger, es war von Geistern und Geschöpfen die Rede, die sich von Menschenfleisch ernährten.

Ein Schauder durchlief Tamsen. Bryant wusste Bescheid. Er wusste von *ihnen.*

Die Wahrheit ließ ihre Finger erzittern. Es war genau so, wie sie vermutet hatte, aber es niedergeschrieben zu sehen fühlte sich wie ein zusätzliches Bleigewicht in ihrem Magen an.

Sie las weiter. In den späteren Briefen bezeichnete er die Kreaturen als an irgendetwas erkrankte Menschen, sprach von Ansteckung.

Tamsen dachte an die zurückliegenden Ereignisse. Halloran hatte angefangen, sich seltsam zu benehmen, nachdem sein Hund Keseberg gebissen hatte. Hatte also auch Halloran diese Krankheit gehabt, schon so früh auf der Reise?

Keseberg.

Lewis Keseberg wusste ebenfalls Bescheid.

Er hatte die Briefe vor den anderen versteckt gehalten.

Warum? Sie hatte Keseberg nie gemocht und wusste, dass man ihm nicht vertrauen konnte, aber was hatte er zu gewinnen, wenn er den anderen Siedlern die Wahrheit über diese Krankheit vorenthielt?

In diesem Augenblick hörte sie ein Knarren aus der Richtung der alten Holztür und drehte sich um.

Tamsen schnappte laut nach Luft, ließ die Briefe fallen und wäre beinahe rücklings gegen die Wand hinter ihr gestürzt. Keseberg stand im Türrahmen. Tamsen hatte geglaubt, nach all den Wochen, die sie am Alder Creek festgesessen hatte, wäre sie überglücklich, einen anderen Menschen zu sehen, gleichgültig wen, selbst Peggy Breen. Jeden, nur nicht ihn.

Das letzte Tageslicht fiel auf seine Schultern. Tamsen kauerte in einer Ecke der Hütte und dachte, dass Keseberg jetzt noch größer wirkte, als sie ihn in Erinnerung hatte.

Er hatte eine Axt in der Hand. Also war er irgendwo Holz hacken gewesen - vielleicht für die Feuerstellen. Vielleicht lebten die anderen noch. Vielleicht, vielleicht ... Tamsens Herz schlug immer schneller, und ihr Gehirn weigerte sich, einen klaren Gedanken zu fassen.

»Schön, schön, Mrs. Donner. Sie sind also zurückgekommen«, sagte er mit einem Lächeln.

Sie krabbelte rückwärts von ihm weg, bis ihr eine Wand den Weg versperrte, trotzdem betrug der Abstand zu ihm nur wenige Schritte.

»Dann kennen Sie wohl jetzt mein Geheimnis«, sagte er mit einem Nicken in Richtung der Briefe. »Vielleicht war es nur Gefühlsduselei, aber ich hab's einfach nicht fertiggebracht, sie zu verbrennen. Ich wusste nicht, wie lange ich sie vor neugierigen Augen verbergen kann, aber solche Überfälle von wilden, blutrünstigen Kreaturen lenken die Leute ganz schön ab.«

Tamsens Magen schlug einen Salto, sie würgte.

»Wo ... was haben Sie mit den anderen gemacht? Wo sind sie?«

Keseberg seufzte. »Ihren Töchtern geht's gut. Sie wissen ja, ich mag hübsche Mädchen.«

Sie wollte sich auf ihn stürzen, ihm das Gesicht zerkratzen, aber sie hatte zu viel Angst.

»Die Breens«, sprach er weiter, »ein paar von den Kindern und beide Eltern. Doris. Wir sind noch etwa vierzig.«

»Aber das Lager ist so ruhig.«

»Sie wissen alle, dass sie besser drinnen bleiben. Darauf haben wir uns geeinigt. So ist's sicherer.«

»Sicherer«, wiederholte Tamsen tonlos. Wegen der Kreaturen, meinte er. Ganz bestimmt.

Ganz langsam breitete sich Erleichterung in ihr aus. Sie lebten. Er hatte gesagt, sie wären am Leben. Keseberg war ein Lügner und Betrüger, aber welchen Grund hätte er, ausgerechnet jetzt zu lügen?

Ihre Töchter waren ganz in der Nähe am See. Tamsen brauchte nur zu rufen, sie würden sie hören, und schon im nächsten Augenblick würde sie ihre Kleinen im Arm halten. »Dann ... dann haben Sie es geschafft, diese schrecklichen ... *Wesen* fernzuhalten«, fragte sie vorsichtig. »Wie?«

»Feuer. Ich war gerade dabei, eines für heute Nacht anzufachen.«

Tamsen nickte und stand langsam auf. »Ich sollte jetzt nach meinen Töchtern sehen.«

Sie schob sich an ihm vorbei, wieder hinaus in die beißende Kälte, wo der Schnee das Mondlicht reflektierte und alles in einen blauen Schimmer tauchte.

Sie wollte gerade mit ihrer letzten Kraft die wenigen Hundert Schritte zu den anderen Hütten rennen, als etwas – sie wusste nicht genau, was, eine Art Gewissheit tief in ihrem Bauch – sie innehalten ließ.

Keseberg stand immer noch da und beobachtete sie. Tamsen schaute ihm ins Gesicht, sah ihn im Mondlicht zum ersten Mal richtig an. Das anzügliche Grinsen, das ihr schon immer eine Gänsehaut bereitet hatte, war immer noch da, aber es lag noch etwas anderes in seinem Blick, das sie nicht recht deuten konnte. Beinahe hätte sie gedacht, es sei Einsamkeit. Und da wusste Tamsen, was sie so beunruhigte: Keseberg sah kein bisschen hungrig aus. Er hatte kein Gewicht verloren und wirkte auch sonst nicht, als hätte er sonderlich gelitten.

Ihr Blick wanderte weiter zu der Axt in seiner Hand. Sie war rot von Blut.

»Ich ... ich.« Tamsen stolperte rückwärts.

Seine Stimme drang ganz ruhig an ihr Ohr. »Tamsen, warte.«

Sie fuhr herum und rannte, brach durch ein Gestrüpp, stolperte über etwas und fiel auf die Knie. Ein langer, dicker Stock lag unter ihr im Schnee.

Nein, es war ein Knochen. Von einem Menschen.

Entsetzt sog sie die eiskalte Luft ein und musste weinen, sie vergoss dampfende Tränen, die sofort auf ihren Wangen gefroren.

Sie hatte zu viel gesehen. Zu viel ertragen müssen.

»Es ist nicht so, wie du denkst.« Keseberg klang, als wollte er sie vor etwas warnen.

Tamsen sah sich um. Sie war gleich neben etwas gestolpert, das sie für einen Schneehaufen gehalten hatte, doch nun sah sie, dass es etwas vollkommen anderes war: Leichen, steifgefroren, aufgedunsen und blau.

Am Fuß des Haufens lag eine dünne Frau, ihre Glieder waren unnatürlich verrenkt. Tot, wie all die anderen. In ihrer Stirn klaffte eine tiefe Wunde, aber es war kein Blut zu sehen.

Tamsen zwang sich, die Leiche genauer zu betrachten. Es war Elizabeth Graves, vom Tod entstellt, starrten ihre Augen blind in den Himmel.

Die Welt um Tamsen herum geriet ins Wanken. Sie musste sich zwingen, nicht in Ohnmacht zu fallen. Plötzlich kniete Keseberg neben ihr.

Er legte einen Arm um sie.

»Verschwinde!«, schrie Tamsen und versuchte ihn wegzustoßen.

»Tamsen, Tamsen«, sagte er immer wieder.

»Nein!«, brüllte sie und krabbelte über den Schnee, nur weg von ihm.

Er war so nah und roch so widerlich, als dünste er die Fäulnis aus jeder seiner Poren aus. Er griff nach ihrem Fuß, und sie fiel bäuchlings in den Schnee.

»Ich bin nicht stolz darauf«, sagte er auf einmal. Seine Stimme klang seltsam hoch, aufgewühlt. »Aber es ist die einzige Möglichkeit.«

Tamsen trat aus, versuchte sich ihm zu entwinden.

»Ich tu dir schon nichts, kleines Miststück. Genau wie ich den anderen nichts getan hab«, erklärte Keseberg. »Hör mir einfach zu, Tamsen.« Er riss an ihrem Bein, recht heftig.

Sie zitterte und weinte stumm. Ihre Wangen waren steif von dem Eis, das sich darauf gebildet hatte.

»Bryant hat recht, es ist eine Krankheit. Ich weiß es, weil ich sie in mir trage. Wie einen Fluch, verstehst du. Aber nicht wie diese Viecher da draußen in der Dunkelheit, so nicht.«

»Lassen Sie mich los«, krächzte Tamsen und versuchte noch einmal, die Hand an ihrem Knöchel abzuschütteln.

»Erst wenn du mich angehört hast. Ich habe es getan ... ich habe *das* getan ...«

Sein Blick wanderte zu der toten Mrs. Graves. »Ich habe sie zerlegt und gehortet, die Toten. Weil ich musste. Wir hatten nichts mehr zu essen, Tamsen. Es ist nichts mehr übrig, gar nichts. Sie werden alle sterben. Ohne mich wären sie jetzt schon tot. Ich habe sie gerettet, sehen Sie, Mrs. Donner? Nur wegen mir ist Ihre Tochter noch am Leben.«

»Ich verstehe kein Wort.«

»Sie hätten das nicht fertiggebracht«, knurrte er. »Niemals. Es ist unnatürlich, es ist nicht richtig. Aber es ist die einzige Möglichkeit zu überleben. Sie müssen essen, wir alle müssen das. Sie wollen bloß nicht wissen, wo's herkommt, sie bleiben drinnen, damit sie's nicht sehen müssen. Damit sie's nicht glauben müssen.« Seine Augen leuchteten, als wäre er ganz begeistert von dieser Lösung und von seinem Heldenmut.

Tamsen wusste, worauf er hinauswollte. Sie wünschte, sie würde es nicht verstehen und müsste der Wahrheit nicht ins Auge sehen: Keseberg verfütterte die Toten an die Lebenden. Menschenfleisch. Und sie wussten es nicht.

»Meine Töchter, Elitha und Leanne ...«

»Am Leben, wie ich gesagt habe. Aber Elitha ist krank. Sie könnte die Nächste sein, die stirbt.« Sein Blick wanderte wieder zu dem Leichenstapel, da merkte Tamsen mit einem neuerlichen Anfall von Abscheu und Entsetzen, dass er sich bereits vorstellte, wie er Elithas Leiche zerlegte, sie verspeiste und den Rest an die anderen verfütterte. Ihr Magen krampfte sich schmerzhaft zusammen, und ihr wurde schwindlig.

»Ich halte ihnen die Kreaturen vom Leib«, erklärte Keseberg weiter. »Überlasse denen ein paar Brocken, nur so viel, dass sie nicht zu nahe am Lager herumschnüffeln. Ich habe alles genau ausgezirkelt.« Tamsen erinnerte sich mit einer plötzlichen Klarheit, wie die Männer, schon kurz nachdem sie Illinois verlassen hatten, jeden gewarnt hatten, nicht mit Keseberg Karten zu spielen. Er betrog nicht nur, sagten sie, er merkte sich auch jede einzelne Karte, die gespielt wurde.

»Wir können noch einen Monat durchhalten«, fuhr er fort, »aber bis der Schnee weit genug getaut ist, damit der Pass wieder begehbar wird, sind es mindestens noch sechs oder acht Wochen. Wir brauchen mindestens noch einen Toten.«

Er ließ sie los und rollte seinen Ärmel hoch. Selbst in der Dunkelheit konnte Tamsen die eiternden Wunden erkennen, die Kratzer, Blutergüsse und Bissstellen.

»Was immer diese Viecher haben, es kann mir nichts anhaben. Sie können mich nicht anstecken. Ich bin vor ihnen sicher, deshalb kann nur ich das tun. Nur ich.«

Tamsen hatte aufgehört zu weinen.

Sie hörte jetzt zu, mit einer gespenstischen Ruhe lauschte sie auf jedes seiner Worte.

»Vielleicht ist ein Dämon nötig, um die anderen fernzuhalten.« Er hielt inne. Seine Augen glänzten von Tränen. »Luzifer war ursprünglich auch ein Engel. Das sage ich mir immer wieder.«

In Illinois habe er zum ersten Mal Menschenfleisch gekostet. Ein Onkel, der später, als er sich im Westen als Goldschürfer versuchte, verschwunden sei, habe es ihm gegeben. Keseberg sei auf den Geschmack gekommen. Ein Hunger habe sich in ihm breitgemacht, doch er hielte ihn in Schach, sei sogar abgestoßen davon. Er merke, dass es ihn nie wirklich befriedige, sondern das Verlangen danach nur noch stärker mache ...

Tamsen hörte Kesebergs Stimme wie durch einen Nebel hindurch. Hatte er sie bewusstlos geschlagen? War sie gestürzt und hatte sich den Kopf angeschlagen? Oder hatte sie von selbst für eine Weile das Bewusstsein verloren? Es spielte keine Rolle. Sie war wieder in der Hütte, ohne Erinnerung, wie sie dorthin gekommen war. Ihr Gewehr war nicht mehr da. Zweifellos hatte Keseberg es genommen. Sie saß auf dem Boden, auf eine Seite geneigt wie eine kaputte Spielzeugpuppe; Lewis Keseberg kauerte neben ihr und beobachtete sie genau, als mache er sich Sorgen wegen ihrer Gesundheit.

»Eine Zeit lang hab ich gedacht, Sie wären wie ich«, sagte er. »Ich habe in Springfield von Ihnen gehört, wie Sie Williams, den Arzt, in Ihr Bett gelockt haben und all die anderen. Dachte mir, das ist eine Frau, die weiß, was sie will, und scheut sich nicht, es sich zu holen.«

»Ich bin nicht wie Sie.« Tamsens Mund schmeckte stark nach Eisen.

»Mehr als Sie glauben. Wir nehmen uns, was wir wollen, Sie und ich. Wir tun, was wir tun müssen.« Keseberg lächelte sie an, aber er täuschte sich.

Niemand außer ihr wusste, wonach sie sich schon so lange sehnte, dass die Entbehrung sie zerriss und ihr die Fähigkeit zu lieben geraubt hatte, ja sogar beinahe die Fähigkeit, überhaupt etwas zu spüren.

Niemand ahnte, wer ihr Herz als Erster besessen und dann nie wieder hergegeben hatte.

Nicht einmal Jory.

Denn wie hätte sie ihrem eigenen Bruder erklären sollen, dass er es war?

»Nein«, sagte sie schließlich. »Ich nehme mir nicht, was ich will. Ich bin kein bisschen wie Sie. Alles alles, was ich je getan habe, war immer für andere. Für meine Kinder, damit sie in Sicherheit aufwachsen können. Ich werde es Ihnen beweisen.«

»Wovon reden Sie?«, fragte Keseberg.

»Ich werde Ihnen helfen.«

Sie blieb in seiner Hütte. Wäre sie nach draußen gegangen, hätte sie ihre Töchter auch nur noch ein einziges Mal gesehen, hätte sie ihre Entschlossenheit vielleicht verloren, wäre womöglich daran zerbrochen. Also ließ sie Keseberg schwören, ihnen nie zu erzählen, dass er sie gesehen hatte. Nie davon zu sprechen, was als Nächstes geschah.

In dieser Nacht, nachdem Keseberg die Feuer entzündet hatte, mischte Tamsen ihre restlichen Kräuter zusammen – Lavendel, Kamille, Minze und die letzten Tropfen Laudanum. Sie verrührte die Mixtur mit geschmolzenem Schnee, trank – und dann wartete sie auf den Schlaf.

Sie begann bereits wegzudämmern, als Keseberg näher kam. »Ich werde warten, bis Sie schlafen, wie versprochen«, erklärte er, und Tamsen wusste, dass er Wort halten würde.

»Und Sie sorgen dafür«, wiederholte sie nichtsdestotrotz, »Sie sorgen dafür, dass sie als Erste davon bekommen. Dass meine Mädchen es bekommen.«

Keseberg nickte.

Er setzte sich ihr gegenüber auf den Boden und wartete, die Axt quer über seinem Schoß.

Ihre Lider flackerten, gingen auf und wieder zu, auf und wieder zu. Die Hütte verschwand. Tamsen sah die Weizenfelder auf der Farm ihres Bruders. Den weiten Spätsommerhimmel, blau und niedrig über den wogenden Getreideähren, Welle um Welle bis zum Horizont. Ein Meer aus Gold. Tamsen hörte Kinder lachen und spürte den Anflug eines Gefühls, das sie seit ihrer Kindheit nicht mehr gekannt hatte. Dann endlich schlief sie ein.

Epilog

März 1847

James Reed hatte es beinahe über den Kamm geschafft, als der große rotbraune Wallach unter ihm plötzlich im tiefen Schnee abrutschte und ins Straucheln geriet. Einen Moment lang fürchtete Reed, sie würden beide stürzen.

Der Untergrund war tückisch, auf jedem Meter seit John Sutters Fort. Entweder war es schwerer, nasser Schnee oder glitschiger Matsch, der seinem Wallach bis über die Fesseln reichte. Es war eine feuchte, elende Jahreszeit, doch Reed blieb keine Wahl. Die Rettungsaktion aufzuschieben, bis es wärmer wurde, kam nicht infrage. Schon jetzt fürchtete er, zu lange gewartet zu haben.

Reed trieb das verängstigte Pferd weiter. Hinter ihm folgten, wie eine Schlange, weitere Reiter und mit Vorräten bepackte Maultiere.

Vor sieben Tagen waren sie vom Fort aufgebrochen, der Schnee reichte den Pferden jetzt bis zur Brust. So kamen sie nicht mehr weiter. Besser, sie gingen ab jetzt zu Fuß. Und das bedeutete, dass sie weit weniger von dem kostbaren Proviant mitnehmen konnten, den Reed unter so großen Mühen beschafft hatte. Schlimm, aber nicht zu ändern. Sie packten einen großen Teil in Säcke, die sie an den Bäumen aufhängten, um sie auf dem Rückweg wieder abzuholen. Die Säcke, die hoch über ihren Köpfen leicht hin und her schwankten, sahen wie unförmige Insektennester aus. In diesem Augenblick gab sich Reed ein Versprechen: Wenn sie wieder hierherkamen, dann mit seiner Familie. Margaret, Virginia, Patty, James Junior und Thomas.

Die Aussicht auf diese Wiedervereinigung hatte ihm während der harten Monate seines Exils Kraft gegeben. Hätte sich seine Stieftochter Virginia nicht aus dem Lager geschlichen und ihn mit einem Pferd und etwas Proviant versorgt, Reed hätte nicht eine Woche lang durchgehalten. Kluges Mädchen. Obwohl sie erst dreizehn war, hatte sie genau gewusst, was zu tun war. In einem Stoffbündel fand er Essen aus den schwindenden Vorräten des Trecks: getrocknetes Rindfleisch, Johannisbeeren, hart gekochte Eier und eine Feldflasche mit dem Rest ihres Biers. Er kämpfte mit den Tränen, als er sich bei ihr bedankte.

»Du warst uns immer ein guter Papa«, erwiderte Virginia und reichte ihm die Zügel.

Als er Ende Oktober Sutter's Fort erreichte, blies bereits ein kalter Wind von Norden. Das Fort war weitläufig und gut befestigt, verfügte über eine dicke Ziegelmauer und eine Kanone - kein Dreckloch wie Fort Bridger. Sutter hatte zwei Dutzend Paiute, Miwoks und Mexikaner, die für ihn arbeiteten, außerdem kamen jeden Tag Siedler aus der Gegend, um sich mit Gütern zu versorgen, Briefe abzuholen und die letzten Neuigkeiten zu hören.

Reed war hocherfreut gewesen, als er Will McCutcheon dort antraf. Er war beinahe wieder gesund und arbeitete für Sutter, um für seinen Aufenthalt zu bezahlen. Zu zweit überredeten sie Sutter, ihnen zwei Maultiere und etwas Ausrüstung zu leihen, obwohl er sie warnte, dass sie es nicht über den Pass schaffen würden.

Er sollte recht behalten. In den höheren Lagen hatte der Winter bereits Einzug gehalten. Sie schafften es beinahe bis zum Kamm, dann mussten sie ihre Niederlage eingestehen und umkehren.

»Der Pass wird noch bis Ende Februar zugeschneit sein«, erklärte Sutter, weshalb Reed sich bereitwillig meldete, als das California Battalion Rekruten für den Unabhängigkeitskampf gegen Mexiko anwarb. Er hatte während des Black-Hawk-Kriegs in der Miliz gekämpft und kannte das Leben als Soldat.

In Yerba Buena berichtete er auf Zusammenkünften von dem Siedlertreck, der in den Bergen festsaß, und bat um Spenden. In Yerba Buena erfuhr er auch, dass eine Handvoll Überlebende es bis zu Sutter's Fort geschafft hatte. William Eddy wurde in mehreren Zeitungen zitiert und berichtete von der Not, der sie ausgesetzt waren: Hunger, schwere Schneefälle und eine seltsame Krankheit, die Menschen in Ungeheuer verwandelte, in etwa so, wie Tollwut aus einem zahmen Hund einen blutrünstigen Beißer machte.

Blutrünstig. Reed dachte an den jungen Nystrom, an Hastings' geistesgestörtes Gefasel und den gefesselten Indianerjungen, den sie gefunden hatten.

In der Zeitung stand außerdem, dass gerade ein Rettungstrupp zusammengestellt wurde. Reed beschloss, ihn anzuführen.

Beim Abstieg auf der anderen Seite konnte Reed keinerlei Hinweise auf Hütten – oder überhaupt irgendwelches Leben – entdecken. Nicht einmal der See war zu sehen. Nur ein langes, weißes Tal, aus dem hier und da die Wipfel zugeschneiter Kiefern ragten. Die Bäume sahen aus, als liege der Schnee darunter meterhoch.

Im Näherkommen wurde allmählich die dunkle Eisdecke

des Sees erkennbar, hier und da ein Hügel, und schließlich etwas Braunes in all dem Weiß. Möglicherweise eine baufällige Hütte. Dünne Rauchschwaden stiegen in den Himmel auf. Ein Lager.

Das letzte Stück dauerte entsetzlich lange. Wegen des blendenden Lichts musste Reed die Augen zusammenkneifen und kämpfte den Drang nieder, einfach loszurennen. Hast würde ihn nur erschöpfen. Mit Disziplin war er bis hierhergekommen, mit Disziplin würde er auch den Rest des Weges schaffen.

Überall waren Anzeichen von Aktivität erkennbar, von Überlebenden - aber nichts Lebendiges, keine Menschen, keine Rufe und kein Vieh, nicht einmal ein Pferd oder ein Maultier. Die Hütten waren eingefasst von einem Ring aus schwarzen Feuerstellen. Aber alles war still, eine hallende Stille.

Als er auf die nächstgelegene Hütte zuging, ergriff ihn eine tiefe, alles durchdringende Angst - sie war wie eine Glocke in seinem Innern, die durch Reeds ganzen Körper schallte. Mit einem Mal machte ihn die Anwesenheit der Helfer nervös. Nervös, falls er seine Familie tot auffinden sollte, nervös aber auch, falls er vor ihren Augen zusammenbrach. Denn er liebte seine Familie, daran glaubte er unumstößlich. Dies war der Grund, warum er hier war. Dass er in Schande verstoßen worden war, spielte jetzt keine Rolle.

Geh mit mir fort, hatte Edward McGee einmal zu ihm gesagt, aber Reed hatte abgelehnt. Edward war voller Wut und Schmerz gewesen, befeuert von der Selbstgerechtigkeit seiner Jugend. Er beschuldigte Reed, er hätte lediglich Angst, seine Familie zu verlassen, doch Reed hatte keine Angst. Er versteckte sich nicht. Das war es, was McGee nicht verstand.

Reed *liebte* seine Familie, auf seine Art. Vielleicht spürte er, dass die Liebe, die seine Familie erwiderte, anders war - dauerhafter und verzeihend - als die, die er bei Edward finden würde. Und damit hatte er immerhin recht behalten, oder etwa nicht?

Doch Edward McGee war jetzt nicht mehr wichtig. Auch das, was zwischen ihm und John Snyder gewesen war, änderte nichts. Reed hatte einmal geglaubt, Liebe wäre das Gleiche wie Leidenschaft. Nun begriff er, dass Liebe etwas vollkommen anderes war; vielleicht eine Art Glaube.

Wegen der Stille im gesamten Tal rechnete er mit nichts anderem als damit, die Hütte leer vorzufinden. Dass die Zeitungsmeldungen falsch gewesen waren, dass Sutter sie zum falschen See geschickt hatte.

Reed drückte die Eingangstür auf und hätte beinahe laut geschrien. Aus der stinkenden Dunkelheit starrte ihm eine Traube aus Schädeln entgegen.

Nein, das waren keine Schädel - aber beinahe. Menschen, die so abgemagert waren, dass sie fast aussahen wie Skelette.

Einer davon bewegte sich mit einem leisen Stöhnen.

Eine Mischung aus Entsetzen und Hoffnung rollte über James Reed hinweg. Er hatte sie gefunden, ein paar zumindest. Sie waren am Leben.

Eine gepresste, heisere Stimme drang aus der Dunkelheit. Die Stimme eines Mädchens, jung und fast nicht zu verstehen. »Vater?«

Es war Virginia. Seine Tochter. Jetzt erkannte er ihre Gesichtszüge, vom Hunger gezeichnet und verändert, gebleckte Zähne in einem gepeinigten Gesicht. Es folgte eine Pause. Reed war nicht sicher, ob er die Gefühle ertragen würde, die ihn nun bei der Kehle packten. Doch dann war es, als erstrahle ein Licht in seinem Innern, und er war sicher – sicherer als je zuvor in seinem Leben –, dass er *wusste*, was Liebe ist.

Er sank auf die Knie und streckte die Hand aus.

Danksagung

Leser, die die tragische Geschichte der Donner-Party bereits kennen, werden schnell merken, dass ich mir einige Freiheiten genommen habe, um den Stoff in Romanform zu bringen. Namen, Orte und Daten blieben davon unberührt, doch einiges andere wurde verändert. Ich habe sogar ein paar fiktive Charaktere hinzugefügt: Walton Gow, Edwin Bryants Mentor, hat nie gelebt, auch wenn Davy Crockett während seiner Zeit in Tennessee tatsächlich der Blinddarm entfernt wurde. Thomas, Elithas tragische Liebe, basiert auf John Baptiste Trudeau. Ich hatte ursprünglich bei Trudeau bleiben wollen, doch als die Handlung nach Änderungen verlangte, die in einem Widerspruch zu Trudeaus Geschichte standen, beschloss ich, einen neuen Charakter zu schaffen, der jede beliebige Anforderung erfüllen konnte. Dies ist der Grund, warum Trudeau im Roman nicht auftaucht.

Ich danke Tiffany Morris von ganzem Herzen für ihr gründliches, sensibles Lektorat und für ihre ausführlichen Hinweise zu problematischen Themenkomplexen. Es ist eine schwierige Aufgabe, die unbestreitbar vorhandenen und oft sehr schädlichen Geisteshaltungen der damaligen Zeit – vor allem gegenüber Ureinwohnern und deren Kultur – historisch korrekt darzustellen, ohne sie wiederaufleben zu lassen oder gar zu verfechten. Die oft problematische Einstellung gegenüber den Indianern, die einige der weißen Siedler im Roman zeigen, entspricht in keiner Weise meiner Haltung oder der des Teams.

Selbstverständlich erfordert auch die »Neuerzählung« eines historischen Ereignisses ausgedehnte Recherchen. Über die Tragödie der Donner-Party wurde viel geschrieben, was sich als Segen und Fluch zugleich herausstellte: Ein Segen war es, weil sich praktisch auf jede Frage eine Antwort finden lässt, wenn man nur lange genug danach sucht. Ein Fluch, weil das zu durchsuchende Material beinahe unbegrenzt ist. Wenn Sie mehr über die tatsächlichen Ereignisse wissen wollen, empfehle ich diese beiden hervorragenden Bücher, auf die ich mich beim Schreiben hauptsächlich verlassen habe: *The Donner Party Chronicles: A Day-by-Day Account of a Doomed Wagon Train (1846-1847)* von Frank Mullen Jr. (Halcyon, Nevada Humanities Committee) und *Desperate Passage: The Donner Party's Perilous Journey West* von Ethan Rarick (Oxford University Press). Die Atmosphäre der damaligen Zeit konnte ich mir in *Covered Wagon Women: Diaries and Letters from the Western Trails, 1840-1849*, Kenneth L. Holmes, Hrsg. (University of Nebraska Press) aneignen. Des Weiteren möchte ich mich bei der Belegschaft des Donner Memorial State Park in Kalifornien und der Fort Bridger State Historic Site in Wyoming für ihre Gastfreundschaft während meiner Besuche bedanken.

Dieser Roman ist eine Gemeinschaftsleistung und das Ergebnis einer engen Zusammenarbeit mit Lauren Oliver und Lexa Hillyer von Glasstown Entertainment. Ein weiterer Dank geht an meine Lektorin bei Glasstown, Jessica Sit, deren Anregungen mir geholfen haben, diesen Roman zu dem zu machen, was er ist, außerdem an Lynley Bird und Emily Berge für ihre sorgfältige Lektüre.

Ein herzliches Dankeschön auch an Sally Kim von G. P. Putnam's Sons, die gütigste und fähigste Lektorin, die sich eine Autorin nur wünschen kann, sowie an meine Agenten Richard Pine, Eliza Rothstein und den Agenten von Glasstown, Stephen Barbara, für ihren Rat und ihre große Geduld. Zu guter Letzt ein Dank an Howard Sanders und Jason Richmond von United Talent Agency, die daran arbeiten, *The Hunger* auf die Leinwand zu bringen.

Alma Katsu

Reise in den Tod

Das Schicksal der Donner-Party

Es ist wohl eines der tragischsten Ereignisse in der US-amerikanischen Geschichte: Ein Wagentreck unter der Leitung des Großgrundbesitzers George Donner bricht im Frühjahr 1846 von Illinois aus nach Kalifornien auf, doch nur die Hälfte der Siedler erreicht knapp ein Jahr später ihr Ziel. Die Gruppe - siebenundachtzig Männer, Frauen und Kinder - wird in den Bergen der Sierra Nevada vom Winter überrascht und eingeschneit. Vierzig Menschen sterben, die Überlebenden sollen aus Hunger und Verzweiflung schließlich sogar ihre eigenen Toten gegessen haben. Noch während im Februar und März des Jahres 1847 die Rettungstrupps die letzten Mitglieder der »Donner-Party« bergen, entstehen zahlreiche Mythen und Legenden um den Unglückstreck, sodass man nicht genau sagen kann, welches Drama sich in den Bergen der Sierra Nevada damals wirklich abspielte. Die heutigen Wissenschaftler sind sich uneinig, ob es überhaupt zu Fällen von Kannibalismus kam, damals jedoch verunglimpfte die Presse die Überlebenden als blutrünstige Ungeheuer, die aus purem Vergnügen Menschenfleisch verzehrt hätten. Aber wie konnte es überhaupt zu dieser schrecklichen Tragödie kommen?

Zu Beginn des neunzehnten Jahrhunderts setzt in den USA die sogenannte Frontierbewegung ein, die Besiedelung des »wilden« Westens durch weiße Pioniere. In dem Bewusstsein, einem göttlichen Auftrag zu folgen (»Manifest Destiny«), brechen sie auf, um die amerikanischen Ideale von Freiheit und Zivilisation in die bis dahin noch unerschlossenen Gebiete zu tragen. Eine gottgefällige Gesellschaft wollen sie inmitten der Wildnis errichten. Dass dabei die indianischen Ureinwohner um ihr Land gebracht und blutige Kriege angezettelt werden, spielt für das Sendungsbewusstsein der Siedler keine Rolle. Doch es ist nicht nur der pure Idealismus, der sie Richtung Westen treibt. Seit der Unabhängigkeitserklärung der USA im Jahr 1776 und aufgrund politischer und wirtschaftlicher Krisen in Europa kommen immer mehr europäische Einwanderer, in der Hoffnung, in der »Neuen Welt« ihren Traum von Freiheit und Wohlstand zu verwirklichen. Es wird also eng in den US-amerikanischen Staaten an der Ostküste. Dagegen lockt der Westen des Kontinents mit unendlichen Weiten und scheinbar unbegrenzten Ressourcen. Im Jahr 1820 begünstigt der Public Land Act den Erwerb von Farmland und macht den Aufbruch in den Westen für viele Pioniere noch attraktiver. Ebenso wie die verbesserte Infrastruktur - auf den viel genutzten Routen wie dem Oregon Trail und dem California Trail ist die lange Reise mit den Planwagen zwar mühselig, aber innerhalb von vier bis sechs Monaten zu schaffen. Als dann 1848 ein gewisser James W. Marshall bei Sutter's Mill in Kalifornien das erste Goldnugget entdeckt, strömen Abenteurer und Goldsucher zu Tausenden in den Golden State - der Goldrausch beginnt.

Bis dahin soll es allerdings noch zwei Jahre dauern, als sich im April 1846 die neun Planwagen der Familien Donner und Reed von Springfield, Illinois, aus in Bewegung setzen. Ihr Ziel ist Kalifornien, obwohl es dort zu dieser Zeit wiederholt zu Feindseligkeiten zwischen Mexiko und den USA kommt, die schließlich im mexikanisch-amerikanischen

Krieg (1846–1848) münden werden. Die Reise ist riskant – immerhin führt der Weg direkt durch Indianergebiete. (Ein gewisser Abraham Lincoln hatte übrigens vorgehabt, sich George Donner anzuschließen, sich dann aber auf Bitten seiner Frau dagegen entschieden.)

In Independence, Missouri, begegnet die Donner-Party einem weiteren Wagentreck, und gemeinsam geht es auf dem California Trail Richtung Westen. Dann, im Juli 1846, erreicht George Donner und James Reed jedoch ein fataler Brief, in dem der Abenteurer und Schriftsteller Lansford Hastings behauptet, eine Abkürzung (»Hastings Cutoff«) auf dem Weg nach Kalifornien gefunden zu haben, die direkt durch die Wastach-Berge in Utah führt. Wenn sie die Bergkette durchqueren, statt sie auf dem California Trail zu umrunden, könnten die Siedler 560 Kilometer einsparen. Die strapaziöse Reise um einige Wochen abzukürzen, ist eine verlockende Aussicht, doch nicht alle sind bereit, die Risiken einer unbekannten Route einzugehen. Man diskutiert, man streitet und beschließt dann, getrennter Wege zu gehen: Der Großteil des Trecks zieht von Little Sandy River aus auf dem California Trail weiter, während sich die Donners und die Reeds gemeinsam mit einigen anderen Familien Richtung Fort Bridger wenden, um von dort aus Hastings' Abkürzung zu nehmen. Dass dieser die Strecke zu Pferd und mit nur leichtem Gepäck zurückgelegt hat – oder auch gar nicht, hier widersprechen sich die Quellen –, ahnen George Donner und James Reed nicht. Ein Brief des Journalisten Edwin Bryant, der vorausgereist war, erreicht sie nicht mehr; darin hatte Bryant dringend davon abgeraten, den Weg durch die Berge zu nehmen, da dieser mit Planwagen und noch dazu mit Kindern und Alten sowie den Herden von Nutzvieh, die damals jeden Wagentreck begleiten, kaum zu bewältigen sei.

Und Bryant soll recht behalten – der Weg durch die Berge ist ein katastrophaler Fehler. Ständig müssen die Räder der Wagen blockiert werden, damit sie auf dem abschüssigen Gelände nicht nach unten rollen. Alle kräftigen Männer werden dazu abkommandiert, Bäume zu fällen und Felsbrocken beiseite zu schaffen, sodass die sperrigen Planwagen passieren können. Das kostet Kraft und Zeit, und so kann der Treck im Schnitt nur zweieinhalb Kilometer pro Tag zurücklegen. Als die Pioniere schließlich den höchsten Punkt der Wasach-Kette erreichen, von dem aus man den großen Salzsee sieht, ist es bereits Ende August und langsam aber sicher werden ihre Vorräte knapp. Bis sie dann die Gipfel der Wasach-Kette hinter sich gelassen haben und schließlich am Humboldt River wieder auf den California Trail stoßen, vergehen noch einmal vier Wochen. Die »Abkürzung« hat die Donner-Party um einen ganzen Monat in ihrem Zeitplan zurückgeworfen, und Mensch und Tier sind am Ende ihrer Kräfte. Dabei sind sie mit ihrer Rückkehr auf den offiziellen Trail noch lange nicht in Sicherheit, denn der schwierigste Abschnitt der Strecke, die 160 Kilometer durch die schroffen Berge der Sierra Nevada, liegt erst noch vor ihnen. Als sie schließlich am Fuß der Sierra Nevada ankommen, ist ein weiterer Monat ins Land gezogen. Es ist jetzt Ende Oktober, und die Pioniere müssen entscheiden, ob sie weitergehen oder an Ort und Stelle überwintern sollen – auch um den Ochsen und Pferden, die kaum noch etwas zu fressen finden, eine Ruhepause zu gönnen. Angeblich kommt der Schnee in der Sierra Nevada nicht vor Mitte November – das haben sie zumindest gehört. Was also tun?

Da erschießt William Pike beim Nachladen seiner Waffe versehentlich einen Mitreisenden, und als ob das schreckliche Unglück der Startschuss zur Weiterreise gewesen wäre, macht sich die Donner-Party wieder auf den Weg. Kurz darauf beginnt es zu schneien. Am Truckee Lake (heute Donner Lake) und am wenige Kilometer entfernten Alder Creek schlagen die Siedler ihre Lager auf. Dann kommt der 4. November 1846, und das Schicksal der Donner-Party nimmt endgültig seinen Lauf: Ein acht Tage lang andauernder Schneesturm bricht über die Lager herein und macht eine Überquerung der Pässe der High Sierra unmöglich – die Siedler sitzen in der Falle. Bald sind die letzten Vorräte aufgebraucht, und man beginnt die Ochsen zu schlachten, die aber nicht ausreichend Nahrung für alle liefern. Es kommt zu ersten Todesfällen. Als es das Wetter schließlich zulässt, bricht eine Gruppe von achtzehn Siedlern nach Sutter's Fort auf der Westseite der Sierra Nevada auf, um Hilfe zu holen. Sie geraten jedoch in einen Blizzard und verirren sich. Elf von ihnen sterben, und die Überlebenden erreichen Sutter's Fort erst am 18. Januar. Inzwischen sind die Menschen in den Wintercamps dem Hungertod nahe. In ihrer Verzweiflung sollen sie ihre toten Gefährten gegessen haben. Als schließlich die erste von insgesamt vier Suchmannschaften am 22. Februar 1847 die Lager der Donner-Party erreicht, sind vierzehn Menschen tot. Weitere Todesfälle folgen, darunter auch George Donner. Bis der letzte Überlebende aus den Bergen der Sierra Nevada gerettet werden kann, soll es noch einmal zwei Monate dauern.

Bis heute ist die Donner-Party unvergessen und inzwischen ein beliebtes Motiv der modernen Popkultur. Neben Alma Katsu beschäftigt sich auch Stephen King mit dem Thema. In seinem Roman *Shining* fürchtet Wendy Torrance, als sie mit ihrer Familie im Hotel Overlook festsitzt, dass sie wie die Donner-Party zu Kannibalen werden müssten, um zu überleben. Und auch Jamie Morton, Stephen Kings Hauptfigur in *Revival*, spricht von der Donner-Party. Dazu gibt es zahlreiche Sachbücher und wissenschaftliche Abhandlungen wie zum Beispiel *The Best Land Under Heaven: The Donner Party in the Age of Manifest Destiny* des renommierten US-Historikers Michael Wallis oder Charles F. McGlashans *History of the Donner Party: A Tragedy of the Sierra*. In Deutschland hat die Donner-Party schließlich sogar Eingang in den sozial-psychologischen Diskurs gefunden: Frank Schirrmacher erläutert in seinem Sachbuch-Bestseller *Minimum* anhand des Beispiels der Donner-Party seine These, dass Familien das ideale Gesellschaftsmodell der Zukunft sind. Tatsächlich hatten jene Siedler, die im Familienverbund unterwegs waren, eher überlebt, als diejenigen, die alleine reisten.

Doch die Donner-Party war nicht die einzige Expedition, die unglücklich endete – man denke nur an die Franklin-Expedition, bei der 129 Männer den Tod fanden, oder George Mallorys gescheiterten Versuch, den Mount Everest zu besteigen. Warum also lässt uns gerade das Schicksal der Siedler aus Springfield nicht los? Das Besondere daran mag sein, dass beinahe sofort, noch bevor die Überlebenden evakuiert werden konnten, Gerüchte über die halb verhungerten Männer, Frauen und Kinder entstehen. Von Menschenknochen, die man im Lager gefunden habe, ist da die Rede. Von Kindern, die angeblich die Leber ihres Vaters verspeist hätten. Solche und ähnliche Schauergeschichten verbreiten sich wie ein Lauffeuer und stigmatisieren die Überlebenden und ihre Nachkommen über Generationen hinweg. Ob die unglücklichen Siedler aber tatsächlich zu Kannibalen wurden, um dem Hungertod zu entgehen, ist dagegen bis heute ungeklärt.